Protection risquée

Unis par le mensonge

MARIE FERRARELLA

Protection risquée

Traduction française de
LUCIE DELPLANQUE

BLACK ROSE

HARLEQUIN

Collection : BLACK ROSE

Titre original :
CAVANAUGH IN PLAIN SIGHT

HARPERCOLLINS FRANCE
83-85, boulevard Vincent-Auriol, 75646 PARIS CEDEX 13
Service Lectrices — Tél. : 01 45 82 47 47 - www.harlequin.fr
ISBN 978-2-2804-6281-5 — ISSN 1950-2753

Composé et édité par HarperCollins France.
Imprimé en novembre 2021 par CPI Black Print (Barcelone)
en utilisant 100% d'électricité renouvelable.
Dépôt légal : décembre 2021.

FSC www.fsc.org MIXTE Papier issu de sources responsables FSC® C159065

Pour limiter l'empreinte environnementale de ses livres, HarperCollins France s'engage à n'utiliser que du papier fabriqué à partir de bois provenant de forêts gérées durablement et de manière responsable.

Prologue

Krystyna Kowalski traversa la rue pour rejoindre l'immense parking où elle avait garé sa voiture. Elle se sentait très lasse et avait l'impression de ne pas avoir dormi depuis l'enterrement. Cela expliquait sans doute cette vague appréhension qui la tourmentait, comme si quelqu'un la surveillait. Par réflexe, elle jeta un coup d'œil par-dessus son épaule afin de s'assurer qu'elle n'était pas suivie.

Personne.

Toutefois, cette crainte diffuse refusait de la laisser en paix et lui nouait l'estomac. Elle soupira. Elle devenait complètement paranoïaque. L'heure tardive et le parking presque vide n'arrangeaient en rien son malaise. La nature même de son métier non plus, d'ailleurs. En tant que journaliste d'investigation indépendante, elle passait ses journées à fouiner pour déterrer de sombres secrets et faire la lumière sur des ténèbres que certains auraient préféré conserver à l'abri des regards. Évidemment, cela l'amenait à s'aventurer dans des endroits peu fréquentables.

Krys ne comptait plus les insultes ou les menaces qu'elle avait reçues, sans parler des promesses de lui faire payer les outrages qu'elle avait osé commettre. C'était presque devenu banal. Les risques du métier, en quelque sorte. Toutefois, elle restait vigilante. Sa sécurité était une question qu'elle ne traitait jamais à la légère et elle veillait toujours à bien prendre les précautions nécessaires. Pour le reste, elle se contentait de hausser les épaules et de poursuivre son chemin.

Toutefois, ce sentiment étrange d'être surveillée la taraudait depuis presque six semaines. C'était la première fois que cela se produisait. Alors qu'elle se trouvait à l'hôpital, au chevet de son mentor, Ian Marshall, la sensation de malaise ne l'avait pas quittée. À tel point que, chaque fois que quelqu'un poussait la porte de la chambre, Krys se crispait, sur le qui-vive. En général, il s'agissait de personnel soignant ou d'un vieil ami venu faire ses adieux et, à chaque fois, Krys avait dû se rappeler mentalement à l'ordre.

Elle avait tenu la main de Ian jusqu'à son dernier soupir. Elle n'avait pas hésité à rester auprès de lui, quitte à rater le mariage de sa sœur, Nikola, tant il lui paraissait impensable de laisser cet homme mourir seul. Nik avait compris, bien sûr. Elles étaient jumelles et les jumeaux devinent ce genre de choses que personne d'autre ne comprend.

Puis, Ian était mort, Nik s'était envolée en lune de miel au bras de Finn Cavanaugh, et Krys s'était retrouvée seule. Refusant de s'attarder trop longtemps sur la façon dont le décès de Ian l'affectait – sans parler de la mauvaise conscience d'avoir raté le mariage de sa sœur –, elle s'était jetée à corps perdu dans le travail.

Après neuf mois de recherches acharnées, à remonter pas à pas une piste complexe qui lui avait fait traverser la moitié des États-Unis, elle avait enfin bouclé un dossier détaillé sur Alan Parker, un homme au charme ravageur et à la beauté insolente, qu'elle avait surnommé « Barbe Bleue » pour les besoins de son article… mais aussi à cause de la nature de ses crimes. Avec ses yeux bleus caressants et un sourire à faire crever de jalousie George Clooney, il avait fait profession de séduire de riches femmes esseulées, puis de les épouser. Krys avait découvert l'existence d'au moins six victimes, mais elle soupçonnait qu'il en existait davantage. Le mode opératoire de Parker – à vrai dire, c'était sans doute un de ses nombreux pseudonymes – était toujours le même : il les délestait d'abord de leur fortune, avant de les délester tout simplement de leur vie.

Patiemment, Krys avait accumulé assez de preuves pour convaincre la police d'émettre un mandat d'arrêt. Barbe Bleue avait fini par être interpellé et sa condamnation semblait inévitable. Malheureusement, grâce à ses contacts, il avait réussi à s'évader avant même l'ouverture de son procès. Pour l'heure, personne ne savait où il se trouvait et il poursuivait sans doute sa sombre besogne en toute impunité.

Krys se souvenait encore de l'expression de Parker, au moment de son arrestation. L'espace d'une seconde, le masque parfait de ce beau parleur s'était fissuré et il lui avait lancé un regard si chargé de haine qu'elle avait senti son sang se glacer.

À l'époque, elle était déjà passée à son enquête suivante. Weatherly Pharmaceutique, un grand laboratoire d'Aurora, avait investi une somme dantesque dans la recherche, le développement et les essais cliniques d'un nouveau médicament miracle, dont les propriétés étaient censées empêcher le cancer de métastaser et de se répandre aux autres organes. Les chercheurs espéraient ainsi contenir la maladie, voire d'obtenir une rémission totale. Après quinze années de labeur, le médicament était très attendu et promettait de rendre les investisseurs plus riches que dans leurs rêves les plus fous.

En d'autres termes, ce médicament était presque trop beau pour être vrai. Pour Krys, c'était toujours un signal d'alerte.

Contrairement à sa sœur jumelle, elle estimait que

si quelque chose était trop beau pour être vrai, il devait y avoir anguille sous roche. Et c'était son boulot de le prouver.

Depuis, elle enquêtait sur toutes les personnes impliquées de près ou de loin dans le développement du fameux remède miracle, depuis les chercheurs jusqu'aux sujets ayant participé aux essais cliniques. Elle était déterminée à découvrir la vérité. Si ses soupçons étaient fondés, cela risquait de faire beaucoup de mécontents chez Weatherly Pharmaceutique. Des mécontents potentiellement prêts à tout pour retrouver le sourire.

Krys avait agi sur une simple intuition, mais elle ne se serait jamais lancée dans une enquête d'une telle ampleur sans la certitude de pouvoir découvrir le pot aux roses. Rapidement, son travail d'investigation avait dévoilé des ramifications intriquées et c'est sans doute pour cela que son imagination avait tendance à partir au galop et qu'elle avait l'impression que des menaces invisibles la guettaient à chaque coin de rue.

Peut-être avait-elle simplement besoin de vacances. Se détendre, profiter un peu de la vie, quitter sa casquette de journaliste obsédée par son travail, au point d'en oublier tout le reste.

Elle traversa le parking presque désert, serrant sous son bras la volumineuse pile de notes et de documents apportée pour son dernier entretien. Alors qu'elle s'apprêtait à ouvrir la portière pour déposer son chargement sur la banquette arrière, plusieurs feuilles s'échappèrent et s'éparpillèrent sur le sol. Avec un juron, elle se pencha pour les ramasser. Au même instant, un claquement sec retentit juste au-dessus de sa tête et résonna dans le silence, bientôt suivi de deux autres. Cela ressemblait à l'explosion d'un pétard, mais Krys avait trop roulé sa bosse pour ne pas comprendre de quoi il retournait.

La pluie de verre brisé qui se déversa sur elle juste après acheva de balayer ses derniers doutes.

La bouche sèche, elle se figea.

Quelqu'un venait de la prendre pour cible.

1

L'inspecteur Jay Fredericks était la caricature parfaite du cinquantenaire résigné. Dégarni et bedonnant, il avait la fâcheuse manie de traîner les pieds en marchant et avait depuis longtemps renoncé à maintenir un semblant de prestance. Il se dégageait de lui une impression d'indécision fuyante, comme si, en permanence, il aurait souhaité se trouver ailleurs.

— Hé, Cavanaugh ! appela Fredericks en entrant dans le bureau de la Brigade criminelle pour s'approcher de la table de son collègue.

L'inspecteur Morgan Cavanaugh leva les yeux de son écran d'ordinateur. Il n'essayait même plus de lire le langage corporel de son coéquipier, dans l'espoir de déterminer si ce dernier était sur le point de lui annoncer une bonne ou une mauvaise nouvelle, ou encore de partager un détail totalement insignifiant. Fredericks laissa planer un silence dramatique, soit pour soigner ses effets, soit parce qu'il cherchait les mots justes. Morgan était en train de mettre à jour sa paperasse, une occupation qu'il considérait comme à peu près aussi agréable qu'une rage de dents. Il ne se sentait donc guère de patience pour tant de mise en scène.

— C'est simplement pour le plaisir que tu prononces mon nom ou parce que tu veux réellement me parler ? demanda-t-il enfin.

Fredericks avait rejoint les bureaux qu'ils occupaient tous les deux et qui se faisaient face au fond de la salle. Il coula un regard alangui en direction de son fauteuil, visiblement tenté de s'y vautrer. Quelque chose, cependant, sembla le retenir.

— Dis-moi…, commença-t-il. Tu n'as pas un cousin qui vient de se marier ?

En effet, le dernier mariage Cavanaugh avait eu lieu peu de temps auparavant. Tous les collègues du commissariat avaient été invités et la plupart avaient répondu présents. Fredericks faisait partie des rares absents, car sa femme avait programmé leur semaine de vacances annuelles à la même date.

— Finn et Nikki, rappela Morgan. Tu as vu une photo. Pourquoi ? Qu'est-ce qui te tracasse ?

Fredericks se mordillait pensivement la lèvre inférieure.

— Je ne sais pas trop…, avoua-t-il.

Morgan abandonna temporairement son ordinateur et lança un regard impatient à son collègue. Fredericks pouvait se montrer excessivement mutique – sans doute parce que cela faisait dix-huit ans que son épouse ne le laissait pas en placer une.

— Allez, Fredericks, insista-t-il. Crache le morceau. Qu'est-ce qui se passe ?

— Que dirais-tu si tu apprenais que les tourtereaux étaient revenus plus tôt que prévu de leur lune de miel ? bafouilla maladroitement Fredericks.

— Ils ne sont pas rentrés, répondit Morgan d'un ton ferme. Pourquoi dis-tu ça ? Et par pitié, assieds-toi ! Tu ressembles à un flamant rose qui ne sait pas sur quelle patte s'endormir !

Fredericks, visiblement indécis, resta debout et se dandina de plus belle d'un pied sur l'autre.

— Tu pourrais me remontrer cette photo ? demanda-t-il. Tu sais… celle de leur mariage ?

Quelques jours après la cérémonie, Morgan avait apporté un souvenir pour ses collègues absents, puis il avait rangé le cliché et l'avait oublié. La question de Fredericks était un peu étrange, mais après tout…

— D'accord.

Morgan Cavanaugh ouvrit un premier tiroir, puis un second, avant de retrouver le cliché qu'il tendit à son coéquipier.

— Donc ? De quoi s'agit-il ? À moins que tu ne m'aies caché une passion secrète pour les photos de mariage…

Fredericks étudia l'image d'un air concentré puis murmura :

— Ouais. C'est bien elle.

— Elle ? répéta Morgan, incertain. Qui ça, elle ?

Son collègue avait la réputation d'être un peu excentrique, mais là… c'était carrément bizarre.

— La femme de ton cousin, reprit Fredericks, en lui rendant la photo. Tu ferais mieux de te préparer. Je crois qu'il y a quelque chose qui cloche.

Vraiment bizarre, pensa Morgan.

— Tu sais… Pour un inspecteur de police, tu es parfois aussi clair que du jus de chique. Qu'est-ce qui se passe, à la fin ?

Fredericks se pinça les lèvres.

— Elle a demandé à te parler.

— Mais qui ? aboya Morgan, à deux doigts de s'emporter.

Avant que Fredericks ait le temps de s'expliquer, la réponse que Morgan attendait apparut : la femme de Finn venait d'entrer et se dirigeait droit vers lui.

Morgan n'avait rencontré Nik qu'à deux occasions, notamment le jour du mariage. Il ne comprenait pas pourquoi elle était rentrée plus tôt de leur lune de miel, mais l'expression sur son visage laissait entendre qu'il se passait quelque chose de grave.

Étant donné le nombre de Cavanaugh qui occupaient l'espace au commissariat d'Aurora, pourquoi était-ce justement lui qu'elle venait voir ? En cas de problème, il aurait pensé que c'était l'oncle Andrew, ancien chef de la police et patriarche de la famille, que la jeune mariée serait allée consulter. D'autant plus qu'elle avait grandement aidé le frère d'Andrew, Seamus, à remonter la pente après son agression.

Morgan se leva pour l'accueillir, une bonne dizaine de questions aux lèvres. Peut-être devait-il se lancer. C'était sa nouvelle cousine par alliance, après tout. Il n'eut pas le temps de se décider.

— Vous devez être Morgan Cavanaugh, lança la jeune femme en se plantant devant son bureau.

Morgan lui adressa un regard perplexe. Mais à vrai dire, elle avait rencontré plusieurs membres du clan Cavanaugh le jour de ses noces, sans doute même plus que lors de la première réunion de famille à laquelle elle avait été invitée chez l'oncle Andrew. Et ce genre de situations pouvait se révéler déstabilisant, avec tous ces prénoms et ces visages à retenir. Lui-même s'y perdait encore un peu, même s'il avait fait d'énormes progrès depuis le jour où il avait appris avec stupeur qu'il faisait partie de ce clan gigantesque.

— On s'est croisés chez l'oncle Andrew, rappela-t-il avec un sourire. Lors du repas de famille ?

— Non.

Surpris, Morgan s'apprêtait à lui rafraîchir la mémoire, mais se ravisa. Inutile de se chamailler avec un nouveau membre de la famille.

— Où est Finn ? demanda-t-il, tentant une autre approche.

— Aux dernières nouvelles… toujours en lune de miel avec ma sœur.

Morgan resta perplexe. Il avait l'impression d'avoir basculé dans un univers parallèle. D'après ce que Finn lui avait raconté, sa jeune épouse n'avait pas de famille. En tout cas, personne n'était venu au mariage. C'était un peu l'avantage avec les Cavanaugh : on en trouvait treize à la douzaine et le clan était toujours prêt à accueillir une nouvelle « pièce rapportée ».

— Oui, répéta la jeune femme. Ma sœur : Nik.

Krys hésita. Avait-elle fait le bon choix en se présentant au commissariat ? Certes, on avait tenté de lui tirer dessus, et ce genre d'affaires concernait bien la police. Mais elle s'en était sortie indemne, après tout. Peut-être réagissait-elle de façon excessive. En général, elle avait des nerfs d'acier et préférait se débrouiller seule ; il était encore temps de mener l'enquête de son côté sans demander de l'aide. Toutefois, elle devait bien admettre que l'agression l'avait ébranlée ; elle se sentait vulnérable.

Si elle était venue trouver Morgan Cavanaugh, c'était uniquement parce que Nik avait évoqué son nom, lors de la longue conversation téléphonique qu'elles avaient eue, la veille du mariage. Krys savait qu'il était inspecteur à la Brigade criminelle. Il semblait donc être le mieux placé pour se charger de l'enquête.

— Tu veux dire que mon cousin te trompe ? demanda Morgan, stupéfait.

— Me trompe ? répéta Krys, perplexe. Pourquoi me tromperait-il ?

Soudain, la lumière se fit dans son esprit. Ce n'était pas la première fois qu'elle se retrouvait dans une situation semblable : elle était si concentrée sur la raison de sa présence qu'elle en oubliait que Nik et elle se ressemblaient comme deux gouttes d'eau – en dehors d'une très légère différence de taille, car elle-même mesurait exactement deux centimètres de moins que sa sœur. Au passage, elle nota que Morgan Cavanaugh semblait considérer l'infidélité potentielle de son cousin comme une supposition parfaitement absurde. C'était plutôt bon signe.

— Pardon, j'oubliais ! s'écria-t-elle. Il faut que je vous explique.

Morgan Cavanaugh jeta un regard en direction de son collègue qui ne quittait pas Krys des yeux.

— Je vous écoute, marmonna-t-il, en croisant les bras sur son large torse.

— Je suis la sœur jumelle de Nik, reprit Krys, espérant que cela suffirait à tout éclaircir.

Malheureusement… non.

— La sœur jumelle ? répéta Morgan en écarquillant des yeux comme des soucoupes.

De toute évidence, c'était la première fois qu'il entendait parler d'une sœur, encore plus d'une sœur jumelle. Krys se rendit compte soudain qu'il n'était sans doute pas le seul de la famille à ne pas avoir eu vent de son existence. Morgan semblait soudain méfiant. Peut-être envisageait-il la possibilité que son cousin ait épousé une folle schizophrène ?

— Oui, confirma Krys avec patience. Sa jumelle.

Puis, voyant qu'il n'était toujours pas convaincu, elle sortit son portefeuille de son sac et en tira son permis de conduire.

— Sa sœur jumelle. Krystyna Kowalski. Krys. On est nées à cinq minutes d'écart. Je suis l'aînée, précisa-t-elle, pour anticiper la question qu'elle savait inévitable.

— Pourquoi tu… Pourquoi n'étiez-vous pas au mariage ? bafouilla Morgan Cavanaugh, visiblement perdu. À moins que… vous ne puissiez pas vous trouver au même endroit au même moment ?

Il se croit drôle, en plus, pensa Krys, en serrant les dents.

Pour toute réponse, elle ouvrit de nouveau son portefeuille et fouilla un instant dans les différents compartiments. Enfin, elle en sortit une photo qu'elle mit sous le nez de Morgan. C'était un cliché de Nik et elle, pris presque vingt ans plus tôt.

— Vous voyez ? Toutes les deux au même endroit, au même moment. Nik et moi sommes très proches. Le problème, c'est qu'on n'a plus souvent l'occasion de se croiser, depuis quelque temps. Nik travaille pour une compagnie d'assurances et je suis journaliste d'investigation free-lance. Je suis presque toujours en déplacement.

Elle se décida à lui accorder un sourire.

— Donc… Semblables, mais différentes, vous voyez ? reprit-elle. Vous avez besoin de preuves supplémentaires ?

— Non, ça ira, marmonna Morgan.

Il réfléchit une seconde, puis ajouta :

— J'ai une question, en revanche.

Krys se redressa. Elle faisait ça pour Nik, se rappela-t-elle. Elle craignait que son agresseur de la veille ne s'en prenne à sa sœur par erreur.

— Je vous écoute, soupira-t-elle avec patience.

— Pourquoi n'étiez-vous pas au mariage de votre sœur ? Je… Je demande ça juste par curiosité. Puisque vous prétendez être très proches.

— Je ne prétends rien du tout, corrigea Krys, vaguement agacée. C'est un fait. Et même si cela ne vous regarde pas, je n'ai pas assisté à la cérémonie parce que j'étais au chevet d'un proche malade.

— Votre moitié ?

— Non, répondit Krys, après une hésitation. Mon mentor. Il n'avait pas de famille et je ne voulais pas qu'il soit seul au moment de sa mort.

— Oh ! marmonna Morgan, soudain gêné.

— D'autres questions ?

— Pas… Pas pour l'instant.

Morgan se sentait parfaitement idiot. Qu'est-ce qui lui avait pris de poser des questions aussi indiscrètes ? Mieux valait recommencer sur de bonnes bases. Il prit une profonde inspiration et demanda :

— Alors, qu'est-ce qui vous amène ici ? C'est moi spécifiquement que vous souhaitiez rencontrer ou simplement quelqu'un de la Criminelle ?

— Les deux, répondit Krys. J'ai pensé que vous pourriez m'aider.

Morgan avait l'impression de progresser sur une fine couche de glace qui menaçait de céder à tout instant.

— Vous aider pour… ?

— Trouver qui essaie de me tuer et pourquoi, expliqua-t-elle d'un ton détaché.

Morgan la regarda, l'air effaré. Il lui fallut quelques secondes pour digérer ses paroles. Décidément, il n'y avait rien d'ordinaire chez cette femme.

— Vous feriez mieux de tout me raconter. Depuis le début, suggéra-t-il.

— Peut-être bien, en effet.

Krys jeta un coup d'œil en direction de Fredericks, toujours debout derrière elle et qui écoutait la conversation, mine de rien.

— Est-ce qu'on pourrait discuter ailleurs ? demanda-t-elle discrètement.

2

À présent, la curiosité de Morgan était piquée.

— La salle de réunion, annonça-t-il. Ce sera plus calme qu'ici.

— Je vous suis, approuva Krys.

Fredericks s'approcha aussitôt d'eux, incapable de quitter Krys des yeux.

— Tu as besoin d'un coup de main, Cavanaugh ? proposa-t-il avec enthousiasme.

— Ça va aller, assura Morgan.

Il passa devant son collègue plus âgé et se dirigea vers le fond du bureau où se trouvaient une vaste pièce pour les réunions et des salles d'interrogatoires réservées à la Brigade criminelle.

— N'hésite pas, si tu as besoin de moi, bredouilla Fredericks, visiblement dépité. Je ne bouge pas.

— Je le prends comme un compliment, lui glissa Krys en passant avec un petit sourire.

Fredericks sursauta, puis rougit violemment et s'éloigna.

Morgan resta silencieux jusqu'à la salle de réunion. Dès que Krys fut entrée à son tour, il ferma la porte derrière eux et l'invita à s'asseoir, puis choisit la chaise située en face, de l'autre côté de la table ovale. Les mains croisées, il observa un instant la jeune femme, s'efforçant de décrypter son expression.

— Bien, annonça-t-il enfin. Racontez-moi pourquoi vous pensez qu'on essaie de vous tuer. Avez-vous reçu des menaces ? Ou auriez-vous pu mettre quelqu'un en colère ? Au point de vouloir vous tirer dessus ?

Krys éclata de rire malgré elle. Morgan avait parlé avec un tel calme et un tel sérieux qu'elle n'avait pas pu se retenir.

— Ai-je dit quelque chose de drôle, madame Kowalski ? demanda Morgan, interloqué.

— Non, désolée, répondit-elle. Ne faites pas attention. C'est…

— Hum.

Krys se reprit.

— Pour commencer, dit-elle, je tiens à préciser que c'est surtout pour Nik que j'ai décidé de venir vous trouver.

Morgan hocha la tête.

— Compris. Vous l'avez déjà dit : c'est Nik qui vous a conseillé de venir me voir.

— Non, Nik n'a jamais rien dit de tel, corrigea Krys. Elle a simplement mentionné que vous travailliez à la Criminelle. C'est moi qui ai conclu que vous seriez peut-être en mesure de m'aider. Mais ce n'est pas ce que je voulais dire.

— D'accord. Que vouliez-vous dire, dans ce cas ?

Il n'y comprenait rien. Krys se mordit la lèvre. Pour la première fois de sa vie, elle n'avait pas les idées claires. Elle allait devoir choisir ses propos avec soin, afin de ne pas s'emmêler les pinceaux.

— Nik et moi, on se ressemble beaucoup…

— C'est un fait déjà établi, rappela Morgan.

Quelque chose chez ce policier la troublait. Elle avait cru que son histoire était simple et limpide, mais elle ne parvenait pas à se faire comprendre. Avait-elle surestimé l'inspecteur ?

— Ce que je veux dire, c'est qu'en temps normal je ne serais jamais venue vous voir. Malheureusement, je crains que, si nous ne retrouvons pas mon agresseur avant que Nik rentre de lune de miel, celui-ci risque de tirer sur elle en pensant qu'il s'agit de moi.

Avec soulagement, Krys vit une lueur s'allumer dans le regard vert de l'inspecteur.

Enfin !

— Vous comprenez, maintenant ?

— Oui, grommela-t-il d'un ton bourru.

Morgan avait l'impression que cette femme le prenait un peu de haut, mais il préféra ne rien dire. Techniquement, elle faisait partie de la famille et, à ce titre, il devait lui laisser le bénéfice du doute. Même si cela ne lui était pas facile car la patience n'était pas son point fort.

— Revenons à nos moutons, soupira-t-il. Je vais reformuler ma question : à votre connaissance, avez-vous agacé quelqu'un récemment ?

Depuis des années, la vie de Krys était à ce point centrée sur son travail qu'elle avait tendance à oublier qu'il existait un univers en dehors. Elle devait donc tout reprendre depuis le début.

— Je suis journaliste d'investigation, expliqua-t-elle à Morgan. C'est un peu mon métier de prendre les gens à rebrousse-poil, de froisser les ego et d'agacer les gens.

Morgan sembla sceptique.

— Dans quel domaine enquêtez-vous ?

— Tout ce qui peut intéresser ou affecter le public. Mon dernier article concernait un homme qui séduisait et épousait de riches veuves esseulées. Des femmes qui ont toutes connu une fin tragique peu de temps après.

— Il les a tuées ? demanda Morgan à qui l'histoire disait vaguement quelque chose.

Krys acquiesça.

— J'ai réuni suffisamment de preuves pour le faire arrêter, précisa-t-elle, non sans une pointe de fierté.

Après tout, elle avait travaillé dur pour rassembler les éléments qui avaient permis d'interpeller Barbe Bleue.

— Malheureusement, ajouta-t-elle, il s'est évadé juste avant le procès et a disparu sans laisser de traces.

Morgan pensa que cet homme constituait un suspect plus que probable. L'affaire ne devrait pas prendre trop de temps.

— Vous croyez que c'est lui qui cherche à vous tuer ? demanda-t-il.

Si seulement c'était aussi simple…, pensa Krys.

— Eh bien… Cela vaudrait certainement la peine de le retrouver, mais je ne suis pas sûre que ce soit lui qui m'ait tiré dessus.

— Pourquoi ? Qui d'autre avez-vous pris « à rebrousse-poil », comme vous dites ?

— Je travaille sur une nouvelle affaire, en ce moment…

— Quel genre d'affaire ?

— Weatherly Pharmaceutique va bientôt mettre un médicament révolutionnaire sur le marché. C'est un événement très attendu.

Morgan hocha la tête.

— J'en ai entendu parler, oui.

À vrai dire, c'était à la une de tous les journaux. Une histoire savamment orchestrée depuis près d'un an.

— Et donc ? poursuivit-il.

— Une fois sur le marché, ce médicament va sans doute rapporter des sommes incroyables à tous ceux qui ont participé à son développement.

Pour l'instant, cette femme ne lui apprenait rien qu'il ne sache déjà, mais il se doutait à son expression que cela allait changer.

— Mais… ? insista-t-il.

— Mais j'ai effectué des recherches de mon côté et je ne suis pas convaincue que ce remède soit aussi miraculeux que le laboratoire le prétend. Il existe des failles que le labo, selon mes sources, a tout fait pour enterrer.

— Et vous vous êtes bien documentée ? demanda-t-il.

Krys pouvait en général se vanter de savoir lire dans les pensées des gens, mais elle ne parvenait pas à déterminer si Morgan la croyait ou pas. Elle avait le sentiment qu'elle allait devoir faire ses preuves.

Tant pis. Ce ne serait pas la première fois.

— J'ai tenté de localiser quelques-unes des personnes ayant participé aux essais cliniques, mais la plupart semblent avoir disparu dans la nature. Si je réussis à les retrouver… et si j'ai raison… cela risque de représenter un gros pavé dans la mare.

Morgan restait impassible.

— Vous pensez donc que les dirigeants de ce laboratoire chercheraient à vous éliminer ? demanda-t-il.

Son ton était si neutre que Krys ne savait pas s'il était sérieux ou ironique.

— Honnêtement, je n'ai pas la moindre idée de qui est derrière tout ça, avoua-t-elle. C'est pour ça que je suis venue vous trouver. J'ai pensé qu'avec votre expérience vous pourriez m'aider à y voir plus clair et à découvrir qui cherche à me tuer, avant que Nik rentre de lune de miel.

— Et vous êtes certaine que quelqu'un cherche à vous tuer ? demanda encore Morgan. Il ne peut pas s'agir du fruit d'une imagination un peu débordante ?

Il la fixait calmement, attendant toujours qu'elle le convainque.

— Vous comprenez…, reprit-il. Étant donné la nature stressante de votre travail, il se peut que vous soyez en train de vous imaginer des choses qui…

— Vous ne me croyez pas.

Une simple constatation, que Morgan ne tenta pas d'infirmer ou de confirmer.

— Je sais que, lorsque quelqu'un se met une idée en tête, il est parfois très difficile de le faire changer d'avis.

— Vous ne croyez pas que quelqu'un cherche à me tuer, répéta-t-elle pour en avoir le cœur net.

— Il ne s'agit pas de ce que je crois ou non, répondit Morgan, s'efforçant de rester diplomate.

Krys réfléchit un instant. Elle ne voyait plus qu'une solution pour convaincre ce policier. Elle se félicita d'être venue en voiture plutôt qu'en taxi. Au moins, elle avait apporté la preuve avec elle.

— Accepteriez-vous de me suivre dehors ? demanda-t-elle poliment.

Morgan pensa aux rapports qu'il lui restait à rédiger. En temps normal, il aurait saisi avec joie n'importe quelle excuse pour esquiver la corvée, quitte à repousser l'inévitable – il savait d'expérience que la paperasse ne disparaissait jamais toute seule. Cependant, malgré l'air sérieux de Krystyna Kowalski, il sentait qu'il risquait surtout de perdre son temps.

— Je suis assez occupé..., commença-t-il, espérant ainsi mettre un terme à cette situation.

— Ce ne sera pas long, assura-t-elle sans le laisser finir sa phrase. Il vous suffit de me suivre dehors.

Morgan subodorait que la sœur de Nikki était du genre têtu. Après tout, il pouvait bien vérifier si ses soupçons étaient fondés ou s'il s'agissait simplement d'un peu de paranoïa. Si elle se faisait du souci pour rien, le moyen le plus rapide de détricoter ses hypothèses était encore de jouer le jeu.

— D'accord, concéda-t-il. Si ce n'est pas long, montrez-moi.

L'espace d'une seconde, leurs regards se croisèrent et Morgan sentit comme un frisson de chaleur lui parcourir la colonne vertébrale. Si Krystyna Kowalski était la copie conforme de la femme de son cousin Finn, il comprenait pourquoi celui-ci était tombé amoureux aussi facilement. Il y avait quelque chose de fascinant dans ses yeux... Il s'ébroua mentalement pour se libérer de cette emprise. Il avait l'impression d'être une mouche prise au piège dans une toile d'araignée. Peut-être devrait-il prévenir un collègue qu'il sortait...

Il chassa cette idée ridicule. Il ne faisait que se rendre sur le parking. Que pouvait-il lui arriver devant le commissariat ? Il se leva donc et ouvrit une seconde porte, qui donnait directement sur le couloir.

— Après vous, dit-il.

Krys eut un petit sourire étrange, presque séducteur. *Bizarre*, pensa Morgan, dont l'esprit semblait s'engager dans des voies inattendues. Cela confirmait vraiment qu'il avait besoin de vacances.

Krys Kowalski prit la direction de l'ascenseur.

— Simple curiosité..., dit Morgan. Qu'est-ce que vous avez l'intention de me montrer ?

Encore une fois, elle eut ce sourire.

— Une preuve, répondit-elle.

— Quel genre de preuve ?

Krys resta silencieuse. Elle savait depuis longtemps que les gens se laissaient moins facilement convaincre si on leur révélait la vérité d'un seul coup. Pour l'instant, elle préférait ménager ses effets et tenir l'inspecteur en haleine.

Dehors, le soleil était aveuglant, à tel point qu'il leur fallut plusieurs secondes pour s'habituer à la clarté. Debout sur la première marche, Morgan regarda autour de lui. Ils se trouvaient sur le parking situé à l'arrière du commissariat et il ne remarquait rien qui sortît de l'ordinaire. Quelques voitures, ainsi que plusieurs motos de police étaient en patrouille, dans le but de maintenir la réputation de tranquillité d'Aurora.

— Alors, que vouliez-vous me montrer ? demanda-t-il.

Il avait à présent la certitude que toute cette histoire n'était que du vent, une lubie alimentée par l'imagination admirablement créative de cette femme.

— Par là-bas, répondit Krys en désignant la zone du parking réservée aux visiteurs.

Bon, pensa Morgan. Il était venu jusque-là. Il pouvait bien faire quelques pas de plus et en finir pour de bon. Plus vite elle lui aurait montré ce qu'elle voulait, plus vite il pourrait retourner à son travail. Un peu surpris, il la vit s'approcher d'une berline bleue tout à fait banale, exactement le même modèle que sa sœur Jacqui avait autrefois qualifié de « voiture de ses rêves » et pour lequel elle avait économisé pendant des années.

— C'est la vôtre ? demanda-t-il sans pouvoir retenir un petit sourire.

— Oui.

— Ma sœur s'accorderait à penser que vous avez très bon goût.

— Mais pas vous ? interrogea Krys, à qui l'ironie du commentaire n'avait pas échappé.

Morgan haussa les épaules. Contrairement à certains de ses cousins, il n'avait jamais été un dingue de voitures.

— Pour moi, du moment que ça roule…, répondit-il.

Krys contempla le véhicule d'un air lugubre.

— Elle roule encore, c'est sûr, marmonna-t-elle.

— Vous avez eu des soucis avec ?

Elle laissa échapper un petit rire.

— On pourrait dire ça, oui.

Elle contourna la berline pour rejoindre le côté conducteur. Morgan s'approcha à son tour et se figea, bouche bée. La vitre était en miettes.

— La vache, dit-il, au bout de quelques secondes.

— Ce n'est pas exactement le terme que j'ai employé quand c'est arrivé, dit Krys.

— C'était quand ? demanda-t-il, en refaisant un tour complet du véhicule.

— Hier soir. Vers 23 h 30.

Krys semblait presque calme et Morgan dut bien admettre que cela l'impressionnait car l'agression était de toute évidence intentionnelle. Il connaissait pas mal de gens, tant des hommes que des femmes, qui seraient devenus hystériques. À quelle distance de la vitre Krys se trouvait-elle au moment de l'impact ?

— Et vous n'avez rien ? demanda-t-il soudain en l'observant avec attention, à la recherche du moindre signe de blessure physique.

— Ça va. Un peu secouée, c'est tout.

— Vous avez prévenu la police ?

Krys le regarda un instant, l'air perplexe.

— C'est ce que je suis en train de faire en ce moment même, répondit-elle simplement.

3

— Mieux vaut tard que jamais, marmonna Morgan, en réponse à l'attitude un peu blasée de Krys. Vous auriez dû nous alerter tout de suite, au lieu d'attendre ce matin. Vous savez, l'avantage d'avoir une sœur dans la famille, c'est que l'un de nous serait intervenu en un clin d'œil.

Il ajouta, après un instant d'hésitation :

— En vérité, même si vous ne faisiez pas partie de la famille, quelqu'un serait venu prendre votre déposition.

Krys secoua la tête. Visiblement, elle ne regrettait rien. Pour quelqu'un qui avait été la cible d'un tireur embusqué, elle faisait preuve d'un calme à toute épreuve.

— Je voulais surtout filer avant que mon agresseur ne se rende compte que je n'étais pas morte, expliqua-t-elle. Pas question de lui laisser le temps de retenter sa chance… Je ne suis même pas rentrée chez moi.

Morgan releva la tête, surpris. Cette femme l'étonnait de plus en plus.

— Où êtes-vous allée ?

— J'ai pris une chambre au Hilton, en ville. C'est le plus grand hôtel d'Aurora. Je me suis dit qu'avec tous ces gens autour de moi, c'était sans doute plus sûr que mon domicile.

— Ils n'ont pas trouvé bizarre que vous débarquiez sans bagages ?

— Oh ! mais j'avais un bagage, corrigea-t-elle. J'ai

toujours un petit sac dans mon coffre, au cas où je devrais partir à la dernière minute.

Évidemment, pensa Morgan.

— Au fait, où étiez-vous quand on vous a tiré dessus ? demanda-t-il.

— Dans le parking de Weatherly Pharmaceutique. C'est le bâtiment situé juste en face des bureaux.

— Et vous m'avez dit qu'il était 23 h 30 ? précisa-t-il en sortant une paire de gants en latex bleu de la poche de sa veste.

— À peu près, oui. Je n'ai pas vraiment pensé à regarder ma montre, si vous voyez ce que je veux dire. Je voulais surtout filer le plus vite possible.

Morgan ne releva pas l'insolence de sa réponse.

— Vous a-t-on suivie ?

Elle resta silencieuse un instant, comme si elle se repassait le scénario dans sa tête.

— Non, dit-elle enfin. Pas que je sache. Les rues étaient plutôt désertes, à cette heure-là.

— Et quand vous êtes entrée dans l'hôtel ? Avez-vous remarqué quelqu'un qui s'approchait ? Ou qui se dirigeait vers vous ? Réfléchissez bien.

— C'est ce que je fais, en général. Je n'ai vu que le voiturier. Il a semblé vraiment surpris par ma vitre en miettes, mais je crois que les employés de ce genre d'hôtel reçoivent pour consigne de ne pas poser de questions.

Le front soucieux, Morgan acheva son inspection du véhicule. Pour l'instant, il ne remarquait rien d'inhabituel, en dehors de ce qui sautait aux yeux.

— On ne trouvera aucune empreinte digitale, marmonna-t-il.

— Le tireur n'a pas essayé de m'abattre depuis l'intérieur de la voiture et il n'a visiblement pas déposé une bombe dedans. Donc, non : je ne crois pas qu'il y a des empreintes.

— Il ? répéta Morgan.

— Ou elle, concéda Krys. Je vous ai déjà dit que je n'avais vu personne.

Morgan se contenta de hocher la tête, puis il sortit son téléphone et composa un numéro. Au bout d'un certain temps, son interlocuteur finit par décrocher. Krys ne put alors s'empêcher de remarquer qu'il parlait soudain d'une voix beaucoup plus amicale qu'avec elle.

— Salut, chef, c'est Morgan. Si ça ne te dérange pas, est-ce que tu pourrais descendre une minute ? Je voudrais que tu jettes un œil à un truc… Sur le parking de derrière… Oui, derrière chez nous.

— C'est votre supérieur ? demanda Krys, dès qu'il eut raccroché.

— Non, c'est un de mes oncles.

Krys se renfrogna.

— Vous vous rendez compte que ça ne m'avance pas beaucoup ?

— Sean, clarifia Morgan. Chef de l'équipe médico-légale de jour. À ce propos, il ne va sans doute pas être ravi d'apprendre que vous avez quitté les lieux de la fusillade, hier soir. Ni que vous avez roulé sur des preuves potentielles.

Krys haussa les épaules, vaguement agacée.

— Je n'avais pas vraiment le choix. Ma priorité, c'était de rester en vie. Désolée si j'ai enfreint le protocole.

— Je vous prie de m'excuser, ce n'est pas ce que je voulais dire. Il est évident qu'il n'était pas question que vous risquiez votre peau en demeurant sur place. Vous avez bien fait. Je…

Il sembla hésiter.

— J'ai eu une semaine difficile, ajouta-t-il.

Krys eut un rire sec et désigna ce qui restait de sa vitre.

— Comme ça, on est deux, grinça-t-elle. On a cherché à vous abattre, vous aussi ?

— Dans un sens, oui…

Il tourna la tête en direction de la porte du commissariat, comme s'il espérait faire apparaître Sean.

— D'accord, plaisanta Krys. Vous me tendez une perche, je vais la saisir. Comment peut-on abattre quelqu'un « dans un sens » seulement.

— Peu importe…

Krys le regarda.

— Il faut que vous sachiez que j'adore les mystères et les énigmes. Je ne laisse jamais tomber. Et puis, c'est vous qui avez commencé, je vous signale. Donc… Qu'entendez-vous par se faire tirer dessus métaphoriquement ?

— C'est marrant que vous parliez de « laisser tomber », soupira-t-il.

Krys l'observa avec attention.

— Vous étiez dans une relation et l'un de vous deux a rompu ? demanda-t-elle.

L'expression de stupeur qui apparut sur le visage de l'inspecteur lui indiqua qu'elle avait touché en plein dans le mille.

— Je suis plutôt douée pour lire dans les pensées des gens, expliqua-t-elle sans fausse modestie. Vous voulez bien me raconter le reste ?

Morgan s'apprêtait à répondre, mais elle ne sut jamais si c'était pour tout lui dire ou simplement l'envoyer promener car Sean Cavanaugh choisit cet instant précis pour franchir les portes du commissariat et descendre sur le parking. Il les rejoignit d'un pas rapide.

— Nikki ! s'écria-t-il en s'approchant d'elle, les bras grands ouverts. Tu ne devrais pas être en lune de miel ? Je croyais que Finn et toi restiez encore une semaine. Tout va bien ?

Avant que Krys puisse réagir, il la prit dans ses bras et la serra affectueusement contre lui. Morgan toussota.

— Ce n'est pas Nikki, oncle Sean, expliqua-t-il, avec autant de tact que possible.

Sean relâcha Krys et s'écarta un peu pour la dévisager.

— C'est quoi cette blague, Morgan ? demanda-t-il.

Krys se redressa et repoussa les cheveux de son visage, afin que l'homme puisse mieux la voir. Malheureusement, elle savait d'expérience que personne ne remarquait jamais la moindre différence entre sa sœur et elle.

— Ce n'est pas une blague, monsieur Cavanaugh, expliqua-t-elle. Je suis la sœur jumelle de Nikki. Krys Kowalski.

Elle lui tendit la main, que Sean accepta.

— Vraiment ? demanda-t-il en jetant un coup d'œil incertain en direction de son neveu.

— Vraiment, confirma Morgan. Vous pourriez lui montrer la photo, madame Kowalski ?

Krys hocha la tête. C'était sans doute le moyen le plus rapide de couper court à cette situation, un peu pénible à la longue. Elle sortit son portefeuille, en tira la photo qu'elle avait déjà montrée à Morgan et la tendit à Sean. Celui-ci l'examina attentivement en silence pendant quelques secondes, puis la lui rendit.

— Je… Vous…, commença Sean, pris de court. Je n'avais pas la moindre idée.

— Apparemment, personne ne savait, confirma Morgan.

— Ce n'est pas tout à fait exact, le contredit Krys. Nik a informé Finn qu'elle avait une jumelle. Mais comme je ne pouvais pas assister au mariage, je leur ai conseillé de ne pas parler de moi tout de suite, afin qu'on ne lui demande pas quinze mille fois pourquoi le seul membre de sa famille n'était pas présent à la cérémonie. Je me suis dit qu'il serait toujours temps de faire connaissance avec tout le monde plus tard.

Sean lui reprit la photo des mains pour l'étudier avec encore plus d'attention.

— Vous vous ressemblez comme deux gouttes d'eau, s'émerveilla-t-il en lui rendant le cliché. J'ai d'abord cru qu'il s'agissait d'un montage.

— Pas du tout, répondit Krys, en rangeant la photo. Et pour information : j'ai cinq minutes de plus que Nikki et deux centimètres de moins qu'elle.

L'oncle de Morgan hocha la tête, comme s'il enregistrait ce détail. Puis il afficha un large sourire, ouvrit de nouveau grand les bras et s'écria :

— Bienvenue dans la famille, alors ! C'est dommage que tu aies raté le mariage !

Il la serra une seconde fois contre lui avec chaleur. À ses côtés, Morgan semblait un peu mal à l'aise, pourtant un sourire bienveillant flottait sur ses lèvres.

— Andrew va adorer ça, quand il va apprendre la nouvelle ! lança Sean avec un rire joyeux.

Il reprit soudain son sérieux, comme s'il enfilait de nouveau son costume de chef du département médico-légal.

— Bon, Morgan. J'imagine que tu ne m'as pas appelé pour me présenter cette jeune dame. De quoi s'agit-il ?

— J'ai une scène de crime pour toi et ton équipe, expliqua Morgan.

Sean sembla surpris. Il regarda autour de lui.

— Où ça ? demanda-t-il.

— Ici, expliqua Morgan, en désignant la voiture.

Sean se mit à en faire le tour.

— Je ne comprends p… Oh !

Il s'arrêta brusquement en découvrant la vitre en miettes.

— Quand est-ce arrivé ? demanda-t-il, en sortant aussitôt ses gants.

— Hier soir. Vers 23 h 30.

Krys avait l'impression de répéter les mêmes phrases encore.

— Où te trouvais-tu à ce moment-là ?

— À vrai dire, je venais de me baisser pour ramasser des documents qui avaient glissé par terre. C'est alors que j'ai entendu le coup de feu.

— Tu étais juste à côté ? s'écria Sean, ébahi.

— Oui.

— Tu as eu une sacrée veine, marmonna-t-il en se penchant pour examiner ce qui restait de la vitre.

— Pour l'instant, approuva Krys. J'espère que votre neveu pourra m'aider à trouver celui ou celle qui a fait ça, monsieur Cavanaugh. Afin que ma veine ne disparaisse pas.

— Ah non, pas de chichis entre nous, hein ! protesta Sean. Tu peux m'appeler Sean. Tu fais partie de la famille, maintenant. Pas vrai, Morgan ?

Morgan s'agita sans répondre.

— S'il y a quelque chose à découvrir, nous le découvrirons, promit Sean. Mais… Cela n'a visiblement pas eu lieu ici…

— C'est arrivé dans le parking de Weatherly Pharmaceutique, intervint Morgan, comme s'il se réveillait soudain. En face de leurs bureaux.

Sean regarda Krys d'un air intrigué.

— Que faisais-tu là-bas à une heure pareille ?

— J'interrogeais un des chercheurs qui a travaillé sur ce nouveau « remède miracle » qu'ils doivent mettre sur le marché le mois prochain, répondit-elle.

— Et c'est là qu'on t'a tiré dessus.

— Oui.

Sean se gratta la tête.

— Je vais envoyer une équipe pour voir si on peut retrouver des douilles, ainsi que des éclats de verre. Sais-tu combien de coups ont été tirés ? La plupart des gens ne s'en souviennent pas, donc… pas de pression.

— J'ai entendu trois coups. J'ignore si les douilles sont encore sur place ou si le tireur les a récupérées. J'ai filé aussi vite que j'ai pu.

— Tu as bien fait, approuva Sean. Sinon, cette conversation n'aurait peut-être jamais eu lieu.

Il consulta sa montre.

— Il est encore tôt. Je suis presque certain que les éclats de verre n'auront pas été nettoyés. On va s'y mettre tout de suite.

Il hésita un instant.

— Tu… Tu as conscience de ce qui va se passer ? Il va falloir que quelqu'un te ramène chez toi. Tant qu'on n'a pas pu examiner ta voiture, elle va rester ici. C'est un élément d'enquête, à présent.

Cela n'arrangeait pas Krys, mais elle avait envisagé cette éventualité.

— Ça va être long ? interrogea-t-elle.

— On fera aussi vite que possible, assura Sean. Mais certaines analyses demandent du temps.

Krys acquiesça, l'air résigné.

— Faites ce que vous avez à faire. Je veux juste le nom de la personne qui a fait ça.

En voyant Sean et Morgan échanger un regard, elle ajouta :

— Je comprends que je ne suis que la victime et que les résultats resteront confidentiels tant que l'enquête sera en cours. Logiquement, vous n'avez aucune donnée à me transmettre, mais pour la sécurité de tous, j'ai besoin d'être tenue informée en même temps que vous.

— La sécurité de tous ? répéta Sean, surpris.

Morgan fut plus rapide.

— Elle craint que le tireur ne s'en prenne à Nik par

erreur, quand Finn et elle rentreront de lune de miel. À cause de la ressemblance.

Sean fit signe qu'il comprenait.

— Donc, on joue contre la montre, conclut-il.

— Encore plus que d'habitude, renchérit Morgan.

Il leva la tête en direction de deux de ses hommes, qui venaient de sortir du bâtiment.

— Au boulot, dans ce cas.

— Merci… Sean, répondit Krys avec un sourire.

Elle tira son téléphone de sa poche et s'apprêtait à composer un numéro quand Morgan s'approcha.

— Qui appelez-vous ?

— Je croyais que je faisais partie de la famille, fit-elle remarquer. Pas de chichis entre nous, c'est ça ?

— Je…

— J'appelle un taxi pour retourner à l'hôtel. Il faut que je rende ma chambre.

— Je peux t'y conduire, si tu veux, proposa-t-il. J'en profiterai pour te poser d'autres questions.

Krys eut l'air un peu surpris, mais elle rangea son téléphone dans sa poche et déclara :

— L'argument est recevable. Je suis d'accord.

Morgan ne put s'empêcher de penser qu'en temps normal Krys Kowalski ne devait pas se laisser convaincre aussi facilement.

4

Sean et son équipe se mirent rapidement au travail et examinèrent minutieusement chaque centimètre carré de la voiture. Debout à l'écart, Krys ne pouvait détacher son regard de la vitre brisée. Quand Morgan l'invita à le suivre, elle finit par s'arracher à sa contemplation et se laissa guider jusqu'à l'emplacement où il avait garé son propre véhicule.

— L'assurance ne va pas être ravie, fit-elle remarquer, en jetant malgré elle un dernier coup d'œil par-dessus son épaule. Ils ne doivent pas souvent traiter des dossiers de ce genre en provenance d'Aurora.

Elle ouvrit la portière passager et s'installa.

— Depuis combien de temps n'avez-vous pas enregistré une plainte semblable au commissariat ?

— Si je me souviens bien…, réfléchit Morgan, en démarrant. Ça n'est jamais arrivé.

Krys rit.

— J'imagine que ça fait de moi un cas à part.

On peut dire ça, pensa Morgan, en jetant un regard en coin à la femme assise à son côté. Mais pas simplement à cause d'une vitre détruite par un tireur embusqué. Krys avait beau afficher une façade impassible, quelque chose dans sa voix trahissait qu'elle avait peur.

— Ne t'inquiète pas, la rassura Morgan. Je ne laisserai personne te faire du mal.

Krys se redressa, les lèvres pincées, comme si on venait de la prendre en faute. Elle n'avait sans doute pas l'habitude de demander de l'aide.

— Je n'ai jamais sous-entendu que j'avais besoin d'être protégée, déclara-t-elle, sur la défensive.

— Aucun sous-entendu. Plutôt un simple constat.

En passant près de son oncle, Morgan ralentit et baissa sa vitre.

— Tu me tiens au courant, chef ? Appelle-moi dès que tu as du nouveau.

— Comme d'habitude, répondit Sean sans même lever le nez, trop concentré sur la tâche qui l'occupait.

Morgan s'éloigna pour sortir du parking.

— Donc…, dit-il au bout de quelques secondes. Après que ce tireur a raté son coup, tu t'es réfugiée au Hilton pour y prendre une chambre, c'est bien ça ?

Krys soupira avec lassitude, mais elle finit par répondre :

— Oui. C'est sur…

— Je sais où ça se trouve, merci.

Il emprunta un raccourci pour se rendre à l'hôtel, situé à quelques kilomètres du commissariat. Le premier parking était étonnamment plein pour un jour de semaine et une heure aussi matinale. Préférant ne pas attendre le voiturier, Morgan décida de chercher une place un peu plus éloignée de l'entrée.

— J'espère que ça ne te dérange pas de marcher, annonça-t-il à Krys.

La femme avec qui il avait rompu récemment se plaignait dès qu'il fallait parcourir plus de cinquante mètres à pied – surtout à cause des talons aiguilles qu'elle adorait porter.

— Je peux te déposer devant l'hôtel, si tu préfères, ajouta-t-il.

— Je ne…, commença Krys, agacée.

Elle se ravisa et se mordit la lèvre.

— Merci, mais je peux marcher, reprit-elle enfin. Je ne suis pas en sucre. Et je n'ai pas besoin de baby-sitter.

Morgan la regarda.

— Ravi de l'apprendre, marmonna-t-il.

Il cherchait simplement à se montrer agréable. Inutile de se lancer dans une joute verbale avec elle pour si peu. Quelques dizaines de mètres plus loin, une place se libéra de l'autre côté de la rue. Morgan manœuvra pour se garer et se dirigea vers la portière de Krys, située du côté de la chaussée. Sans l'attendre, Krys descendit à son tour. À ce moment, quelque chose – l'instinct peut-être – poussa Morgan à tourner la tête. Une camionnette noire avec des vitres teintées fonçait droit sur eux et le conducteur ne semblait pas décidé à s'arrêter.

D'un geste rapide, Morgan tira Krys vers lui et la plaqua au sol, se couchant sur elle pour faire un rempart de son corps. Il sentit le souffle du véhicule, quand celui-ci passa à toute allure près d'eux.

Il s'en était fallu de peu. Il aurait dû être sur ses gardes.

En dehors des vitres teintées, la camionnette ne présentait aucun signe distinctif. Elle roulait si vite qu'il n'avait pas eu le temps de voir si c'était un homme ou une femme qui conduisait.

Le cœur battant sous l'effet de l'adrénaline, Morgan avait du mal à reprendre sa respiration. Krys devait être dans le même état que lui, car il sentait son corps sous le sien et percevait son pouls rapide.

— Tu peux te relever maintenant, l'entendit-il marmonner.

En réalité, Krys priait pour que Morgan ne se rende pas compte que l'incident qui venait de se produire n'était pas seul responsable de son émoi. Le contact de ce grand corps plaqué contre le sien y était pour beaucoup et elle ne pouvait s'empêcher de réagir. Avec force.

— Je crois que la camionnette est partie, ajouta-t-elle d'un ton brusque.

Morgan se mit rapidement à genoux.

— Tu n'as rien ? Ça va ?

— Je vais mieux que si ce taré avait réussi son coup. Il avait l'air sacrément décidé.

Elle s'efforçait de ne pas laisser paraître la peur qui lui tordait l'estomac. Morgan se redressa et lui tendit la main pour l'aider à se relever.

— « Il » ? Tu as aperçu son visage ? demanda-t-il.

— Désolée, j'ai oublié d'enfiler mes lunettes à rayons X ce matin, rétorqua-t-elle en époussetant sa jupe. On ne pouvait rien voir avec ce pare-brise teinté. D'ailleurs, je croyais que c'était interdit dans cet État.

— Ça l'est, confirma Morgan. Peut-être la camionnette vient-elle d'ailleurs. Allons-y. Pendant que tu règles ta note, je vais vérifier si les caméras de surveillance de l'hôtel ont filmé quelque chose d'utile.

Il ajouta, une lueur d'inquiétude dans ses yeux verts :

— Ça va ? Tu peux marcher ?

Décidément, il insistait pour la traiter comme une poupée de porcelaine. Sans répondre, Krys se dirigea vers l'hôtel.

— J'imagine que ça veut dire oui, maugréa Morgan, en lui emboîtant le pas.

Quand ils arrivèrent devant l'entrée, le voiturier les accueillit avec un air effaré. Il semblait visiblement inquiet.

— Vous n'avez rien ? s'enquit-il d'une voix tremblante. Cette camionnette a failli vous renverser ! Les gens roulent vraiment comme des dingues.

— Est-ce que vous auriez noté la plaque d'immatriculation, par hasard ? demanda Morgan.

— Malheureusement, non. J'étais tellement abasourdi que je n'ai retenu que le premier chiffre. C'était un 8… À moins que ce soit un 6.

Il s'arrêta, gêné de se rendre compte que ses informations étaient inutiles.

— Désolé, marmonna-t-il.

— Ce n'est pas grave, dit Morgan. Merci quand même.

Quand Morgan prit Krys par le bras pour la guider vers les portes automatiques, elle se dégagea.

— Je peux marcher, lui rappela-t-elle.

— Et parler aussi, répliqua-t-il. Quel prodige ! Fais-moi plaisir. Ma mère s'est donné un mal de chien pour m'inculquer les bonnes manières et j'aimerais que ça serve un peu.

Quand ils pénétrèrent dans l'hôtel, Krys se dirigea aussitôt vers la réception. Mais Morgan la retint et désigna les ascenseurs.

— On récupère tes affaires d'abord.

— On déménage à la cloche de bois ? demanda-t-elle d'un ton amusé.

— On vide la chambre avant que le chauffard de l'année puisse en découvrir le numéro et avoir une nouvelle chance de s'en prendre à toi.

Il avait donc fini par croire que quelqu'un cherchait à la tuer, pensa Krys. C'était déjà ça.

— Ça me paraît sensé, admit-elle.

— C'est pour ça que je suis grassement payé, répondit Morgan, du tac au tac. Pour rester sensé quand tout le monde perd la tête.

— C'est vrai ? demanda-t-elle, en entrant dans l'ascenseur.

— Tu serais étonnée.

Elle commençait effectivement à comprendre qu'elle n'était pas au bout de ses surprises, avec cet homme.

— Cinquième étage, annonça-t-elle.

Sur le palier, elle se dirigea vers la chambre située tout au bout du couloir. Alors qu'elle s'apprêtait à insérer sa clé magnétique dans le lecteur, Morgan la retint par le bras.

— Quoi ? demanda-t-elle.

Au lieu de répondre, il lui prit la carte des mains, ouvrit la porte et entra le premier.

— Reste derrière moi, ordonna-t-il en tirant son arme.

Il vérifia chaque recoin pour s'assurer qu'il n'y avait personne, puis jeta un œil dans la salle de bains.

— Bon, annonça-t-il enfin. À moins qu'il y ait un enfant caché sous le lit, je pense qu'il n'y a personne. Regarde bien partout : est-ce que quelque chose semble avoir été déplacé ?

La pièce était impeccable, comme si la femme de chambre était passée dix minutes plus tôt.

— Non, répondit Krys en se dirigeant vers la penderie.

— Attends ! dit-il en ouvrant la porte du placard.

— J'allais juste récupérer mes affaires, dit-elle en désignant un petit sac de voyage posé au fond. Tu veux vérifier à l'intérieur que le tueur ne s'y cache pas ?

— Ce n'est pas drôle, Krys.

— Je suis au courant, assura-t-elle d'une voix tout à fait sérieuse. C'est ma façon à moi de gérer mon stress.

Il trouvait qu'elle se débrouillait plutôt bien, étant donné les circonstances.

— Tu as tout ? demanda-t-il.

Elle entrouvrit le sac pour jeter un œil à l'intérieur. La seule chose qui comptait était posée au-dessus des autres affaires : son ordinateur portable.

— C'est bon, annonça-t-elle en refermant le sac. Allons-y.

Quand elle se dirigea vers la sortie, Morgan la surprit de nouveau en lui prenant son chargement.

— Laisse, je vais le porter.

Puis, comme s'il anticipait déjà sa réponse, il ajouta :

— Eh oui, je sais : tu peux porter ton sac toi-même. Mais comme ça, j'ai l'impression de servir à quelque chose.

Krys quitta la chambre en silence. Morgan referma la porte derrière eux et ils redescendirent à la réception.

— Je voudrais régler, s'il vous plaît, annonça Krys à un élégant jeune homme debout derrière son comptoir. Krys Kowalski.

L'employé arborait un badge indiquant qu'il s'appelait Jeremy. Il pianota quelques instants sur son clavier.

— Un problème avec votre chambre ? demanda-t-il, une pointe d'inquiétude dans la voix. Vous nous quittez bien vite.

— Aucun problème, assura Krys avec chaleur. La chambre est parfaite, mais j'ai des rendez-vous ailleurs.

— Tant mieux. J'espère que vous penserez à nous lors de votre prochain passage à Aurora, madame Kol… Heu…

Morgan regarda Krys d'un air perplexe. Visiblement, elle n'avait pas indiqué sa véritable adresse en prenant sa chambre.

— Ne vous inquiétez pas, j'ai l'habitude, répondit Krys avec bienveillance. Ça se prononce Ko-wal-ski.

— Je vous prie de m'excuser, bafouilla Jeremy.

Morgan décida de couper court à cette conversation en sortant son insigne, qu'il agita sous le nez de Jeremy. Le sourire de ce dernier fondit en un instant et le jeune homme le regarda, éberlué.

— Je souhaiterais voir les images de votre vidéosurveillance, annonça Morgan tandis que Krys tendait sa carte de crédit à l'employé, toujours sidéré.

— Il y a un problème ? demanda-t-il pour la seconde fois d'une voix rauque.

— Mme Kowalski a failli se faire renverser par une camionnette noire il y a quelques minutes, sur votre parking. J'espère voir la plaque du véhicule en question.

— Certainement, certainement. Mais… Est-ce arrivé près de l'entrée de l'hôtel ?

— Non. Pourquoi ?

— Les caméras situées près de l'entrée fonctionnent,

expliqua Jeremy, un peu embarrassé. Mais celles qui filment les parkings plus éloignés sont en panne depuis samedi dernier.

Il ajouta précipitamment :

— L'entreprise de surveillance a promis que tout serait rétabli pour le week-end, mais si l'incident dont vous me parlez a eu lieu près de l'un de ces parkings, je crains de ne pas vous être d'une grande utilité.

— Montrez-moi ce que vous avez.

— Bien sûr ! s'écria Jeremy, presque enthousiaste. Je vais demander qu'on vous fasse des copies.

— Je vais prendre les originaux, merci. Je vous les rendrai quand j'aurai fini.

Jeremy parut hésiter.

— Il faut que je vérifie auprès de la direction..., bafouilla-t-il.

Morgan fixa l'employé sans broncher jusqu'à ce qu'il batte en retraite.

— Je... Je suis sûr que ça va aller, étant donné que vous êtes de la police, bredouilla Jeremy, avec un sourire crispé.

— Je vous remercie de votre coopération, répondit Morgan avec le plus grand sérieux.

Armé des images de vidéosurveillance, Morgan décida de ramener Krys chez elle. Elle lui indiqua son adresse et il fut surpris de découvrir une maison.

— C'est ici que tu vis ?

— Oui. Ça t'étonne ?

— Je me disais que quelqu'un qui était toujours en déplacement préférait sans doute être en appartement.

— J'aime le concept de la maison, expliqua-t-elle. Et puis, Nik habite ici. Ça m'aide à m'y sentir encore plus chez moi.

Décidément, pensa Morgan, il y avait autre chose derrière cette façade de rebelle farouchement indépendante.

5

Devant la maison, Morgan observa quelques secondes les cactus qui poussaient parmi un amas de petits rochers colorés.

— Ça te va bien, les cactus, fit-il remarquer.

— À cause des piquants, c'est ça ? demanda Krys, en déverrouillant la porte d'entrée.

— Plutôt parce que ce sont des plantes qui se débrouillent seules et n'ont pas besoin de soin ou d'attention. Mais les piquants, ça marche aussi, ajouta-t-il avec une pointe d'humour dans la voix.

Si Krys tenait farouchement à son indépendance, elle ne pouvait nier que cela lui manquait parfois de ne pas avoir quelqu'un qui fasse attention à elle. L'une des dernières paroles de Ian avant de mourir avait été un conseil : « Ne deviens pas comme moi, Krys. Ne te ferme pas aux autres. Ne vis pas que pour ton travail. De temps à autre, il faut savoir accepter d'être vulnérable. Sinon, tu vas finir seule, comme moi. Je croyais qu'il serait toujours temps de penser à fonder une famille, avoir une maison, tout le tralala… Mais il y avait toujours une affaire en cours. Au final, je n'ai pas eu le temps. »

— Krys ?

Elle cligna des yeux. Son esprit avait vagabondé et cela

faisait plusieurs fois que Morgan l'appelait pour attirer son attention.

— On peut savoir où tu étais partie comme ça ? demanda Morgan.

— Nulle part, marmonna-t-elle en ouvrant la porte.

Elle avait répondu trop vite pour être crédible, mais elle n'avait pas envie de se lancer dans des explications, surtout sur un sujet aussi personnel.

— J'essayais de me souvenir de quelque chose, ajouta-t-elle.

— À propos de ton agresseur ? s'enquit Morgan, en refermant la porte derrière lui.

Il tira le verrou, puis examina le dispositif sans paraître très convaincu.

— Demain matin, il faudra faire installer un système plus sûr, annonça-t-il. Donc, tu réfléchissais à celui ou celle qui cherche à te nuire ?

— Non, à quelque chose que m'a dit mon ami juste avant de mourir.

— Oh.

Morgan n'insista pas. Ce qui le préoccupait, à cet instant, c'était de dénicher des détails susceptibles de le mettre sur la piste de ceux qui s'en étaient pris à Krys. Il doutait sincèrement qu'après deux coups ratés les agresseurs décident sagement d'en rester là.

Morgan observa avec intérêt l'intérieur du domicile de Krys. Ils se tenaient dans un salon spacieux, avec une porte donnant sur la cuisine, d'un côté, et une autre menant sans doute vers les chambres. L'orientation de la maison permettait à la lumière du soleil d'éclairer chaque recoin. La décoration était moderne et épurée, avec juste assez de meubles pour éviter d'encombrer inutilement la pièce. Le mot qui lui vint à l'esprit fut « fonctionnel ».

— C'est gentil, chez toi, fit-il remarquer.

Il avait remarqué que Krys avait déposé son petit sac de voyage près de la porte d'entrée. Ainsi, elle était toujours prête à partir, si jamais elle devait quitter la ville à la dernière minute.

— Merci, répondit Krys. Je m'y sens bien.

Elle se demandait si son compliment était sincère ou simplement poli.

— Tu vis seule ? interrogea Morgan qui continuait son inspection.

Elle le regarda vivement, comme si elle trouvait la question grossière et indiscrète. Cela faisait pourtant partie de son travail d'être indiscret.

— Oui, finit-elle par répondre. Pourquoi ?

— J'essaie de me faire une idée des lieux, c'est tout, expliqua-t-il avec nonchalance.

Il jeta un œil dans la cuisine, puis se tourna vers la seconde porte.

— Combien de chambres ?

— Trois. Enfin... Deux vraies chambres et une qui sert de débarras. Une salle de bains et une salle d'eau. D'autres questions, inspecteur ?

— Plutôt une remarque : tu ferais un très mauvais agent immobilier.

Dans la cuisine, une baie vitrée coulissante ouvrait sur un jardinet.

— Ça n'a pas l'air très sécurisé, constata-t-il avec sévérité.

— Il y a un verrou.

— Un verrou qu'un gosse de neuf ans serait capable de faire sauter. Sans parler du fait que c'est une baie vitrée, facile à briser.

— Tu essaies de me faire peur ?

Morgan fronça les sourcils. Elle ne comprenait pas.

— J'essaie simplement de te faire prendre conscience des failles dans ton environnement.

— Oh ! Ne t'y trompe pas ! J'en ai parfaitement conscience.

Il réfléchit un instant.

— Je peux demander qu'une voiture patrouille le quartier toutes les trente minutes, annonça-t-il en sortant son téléphone pour contacter le commissariat.

— Toutes les trente minutes, répéta-t-elle, songeuse. Ça laisse donc une fenêtre de vingt-neuf minutes à mon tueur.

Morgan la regarda longuement.

— Tu as peur ?

— Non ! s'esclaffa-t-elle, en balayant sa question d'un geste, comme si c'était risible. Je plaisantais, c'est tout.

Elle se dirigea vers la cuisine.

— Tu as faim ? Je peux préparer quelque chose…

— Krys…, dit-il avec impatience. Il ne s'agit pas d'une visite de courtoisie.

— J'en ai bien conscience. N'empêche.

Elle ouvrit le réfrigérateur.

— Il me reste du bouillon de légumes. Sinon, je peux faire livrer. Qu'est-ce qui te ferait envie ?

— Des réponses.

De toute évidence, ils n'étaient pas sur la même longueur d'onde.

— Quel genre de réponses ?

— La liste de noms, rappela-t-il.

Soit elle nageait en plein déni, soit elle avait véritablement oublié qu'il attendait une liste des personnes susceptibles de lui en vouloir. Il pouvait au moins lui accorder le bénéfice du doute. Elle hocha la tête, résignée.

— D'accord, soupira-t-elle. On va s'en occuper. Où est-ce qu'on s'installe ?

— Ici, ce sera très bien, dit Morgan en désignant la table de la cuisine.

— D'accord. Donne-moi juste un instant, annonça-t-elle en se dirigeant vers les chambres.

Comme il faisait mine de la suivre, elle lança par-dessus son épaule.

— Ça va aller. Je n'ai pas besoin d'une escorte pour aller à la salle de bains. Je connais la procédure.

— Il ne s'agit pas d'une plaisanterie, tu sais, répondit-il, agacé par son arrogance.

— Je sais..., rétorqua-t-elle, avec mauvaise humeur. Tu préférerais que je me roule en boule en suçant mon pouce ?

— Non.

Il prit sur lui pour ne pas s'énerver.

— Plus vite j'aurai cette liste, plus vite je débarrasserai le plancher, précisa-t-il.

— À mon avis, lança-t-elle depuis le couloir, tu devrais travailler un peu ta technique,

— Et à mon avis, tu ferais mieux de prendre tout ça un peu plus au sérieux, Kowalski.

Quelques minutes plus tard, elle fut de retour dans la cuisine et sortit son ordinateur portable de son sac.

— Si je prenais tout ça plus au sérieux... je risquerais de m'effondrer complètement. C'est pour ça que je continue à avancer. Je viens d'enterrer un homme que je considérais comme mon père spirituel. Ma sœur jumelle, la seule famille qui me reste, est peut-être en danger à cause de moi et il y a un dingue dans la nature qui veut me descendre pour une raison que j'ignore. Donc, oui : j'ai conscience du sérieux de la situation, mais je fais tout mon possible pour ne pas me laisser écraser, parce que ça ne servirait à rien du tout. Si ma façon de gérer ne te convient pas, j'en suis désolée. Mais pour ta gouverne, sache que je fais de mon mieux.

Morgan fut pris de remords. Il avait peut-être été trop dur avec elle.

— Désolé, marmonna-t-il. Je ne voulais pas t'agacer comme ça.

Krys hésita un instant, puis soupira :

— D'accord. Et moi, je suis désolée de m'être agacée comme ça.

Elle posa son ordinateur sur la table et l'alluma.

— J'ai pensé que ça serait peut-être utile que tu jettes un œil à quelques-uns de mes articles. La série que j'ai faite sur Barbe Bleue, par exemple.

— Le pirate ? demanda Morgan, perplexe.

— Non, expliqua-t-elle avec patience. Ça, c'était Barbe Noire. Barbe Bleue est le surnom de ce type qui épousait des femmes pour leur argent, avant de s'en débarrasser. Enfin… Selon lui, c'étaient elles qui poussaient leur dernier soupir entre ses bras, le laissant éploré, à vif… et extrêmement riche.

Morgan contempla un instant l'écran qu'elle lui présentait. En général, il préférait obtenir des informations de façon directe, mais Krys semblait craindre que ce soit son travail de journaliste qui l'ait mise dans cette situation. Il décida donc de lire sa série d'articles, du moins en partie, si cela pouvait la convaincre d'établir une liste des personnes avec lesquelles elle avait été en contact. Il parcourut rapidement plusieurs paragraphes avant de lever de nouveau les yeux vers Krys. Il côtoyait des criminels en permanence, mais ce qu'il lisait le laissait sans voix.

— Tout est vérifié ? demanda-t-il.

— Évidemment. Chaque détail. Je me targue d'être consciencieuse dans mes recherches. J'ai interrogé tous ceux qui ont été en contact avec le Roméo de la mort. Cela comprend les amis et la famille des victimes, ainsi que ceux qui le connaissaient comme un « époux » aimant… Même si c'était un rôle temporaire, ajouta-t-elle avec un petit rire sec.

— Et selon toi, il s'agit du même personnage à chaque fois ?

— Selon les preuves, corrigea-t-elle. C'est le même,

oui. Pour chaque nouvelle femme, il changeait de nom, d'histoire, de coiffure et de style vestimentaire. Mais c'était toujours lui.

Krys ouvrit alors une galerie de portraits qui, à première vue, représentaient des personnes différentes, mais qui, quand on les étudiait de plus près, s'avéraient être du même homme.

— Regarde la forme de la bouche. C'est le même type. Et encore, je pense que je n'ai découvert que la partie immergée de l'iceberg. Il doit exister d'autres victimes inconnues. J'en étais à ce point dans mon enquête quand il a été arrêté. Et quelque chose dans son attitude laissait à penser qu'il n'avait pas joué sa dernière carte.

— Ensuite… Il s'est évadé, c'est ça ? acheva Morgan.

Krys acquiesça, visiblement déçue par la tournure qu'avaient prise les événements.

— Il a simplement disparu. Un vrai Houdini. Ce qui signifie qu'il est parti dans un autre État, un autre pays peut-être. Ou qu'il se cache par ici, en attendant de se venger de celle qui a perturbé sa petite machination parfaite.

L'idée qu'il puisse surgir n'importe quand et n'importe où terrifiait Krys.

— Toutefois, il n'est pas le seul suspect potentiel, rappela Morgan.

— J'ai bien peur que non, admit Krys. Mais l'article concernant Weatherly Pharmaceutique et leur pilule miracle n'a pas encore été publié.

— Est-ce que quelqu'un sait que tu travailles sur ce sujet ?

— Je suis sûre que la rumeur circule. J'ai interrogé des gens. Beaucoup de gens. Les chercheurs qui ont développé le médicament, les patients qui ont servi de cobayes pour les tests. Étant donné le nombre de personnes impliquées, quelqu'un a dû parler.

— En gros, la liste des suspects se résume à… tout ton entourage. À quelques exceptions près.

— C'est à peu près ça.

Contrairement à Morgan, il n'y avait aucune trace de sarcasme dans sa voix.

— Bon. Ça va demander plus de temps que je le pensais, marmonna-t-il.

— C'est pour ça que j'ai suggéré qu'on mange un morceau, rappela-t-elle avec enthousiasme. Autant prendre des forces avant d'examiner les informations.

Morgan secoua la tête.

— Je n'arrive pas à savoir si tu es particulièrement courageuse ou exceptionnellement blasée.

— Comme je te l'ai déjà dit, tu peux voir ça comme un mécanisme de défense. Alors, qu'est-ce que je peux t'offrir ? En résumé, il me reste du bouillon de poule maison ou on peut se faire livrer. Je suis très copine avec les restaurants qui font de la vente à emporter.

— Du bouillon de poule maison ? répéta-t-il, intrigué. Qui l'a préparé ?

— Moi.

Morgan la regarda, comme pour s'assurer qu'elle ne lui jouait pas un tour.

— C'est une blague, c'est ça ?

— Pourquoi plaisanterais-je sur un sujet pareil ?

Il ne la quittait pas des yeux, essayant de mieux saisir la personnalité de cette femme étrange. Cherchait-elle à se donner des airs, en dépit des circonstances ?

— Tu veux dire que tu as vraiment cuisiné du bouillon ?

— Heu… Oui.

— Avec tes petites mains et tout ? Des légumes, de la poule, des vermicelles ?

— Tu connais une autre façon de préparer un bouillon de poule ?

— Oui. On ouvre un sachet, on mélange son contenu dans de l'eau chaude et on laisse cuire cinq minutes.

Une lueur de pitié passa dans le regard de Krys.

— C'est peut-être ta définition du « fait maison », mais… pas chez moi. C'est la première chose que j'ai faite en revenant ici. Après avoir enterré mon mentor, j'avais besoin d'un peu de réconfort.

— Et tu as préféré le bouillon à des amis ? demanda-t-il.

— Je n'aime pas imposer mes problèmes aux autres. Et puis, le bouillon, ça apporte une sensation de chaleur et de satiété, et ça ne se perd pas en banalités du genre : « il ne souffre plus, à présent » ou « c'est peut-être mieux ainsi ».

— Pas faux…

— En revanche, je t'accorde que ça ne comble en rien le vide laissé par le départ d'un être cher. Le bouillon de poule ne te demande pas si ça va. Ça ne fait que remplir sa fonction : te nourrir. Alors, qu'est-ce que je peux t'offrir ?

— Après une réclame pareille ? Je vais prendre le bouillon de poule, répondit-il avec un sourire.

6

— C'est vraiment délicieux, déclara Morgan avant d'engloutir une nouvelle cuiller.

Au départ, il avait accepté la proposition de Krys pour lui faire plaisir et il avait l'intention de terminer sa soupe le plus vite possible afin de pouvoir passer aux choses sérieuses. Pourtant, après quelques gorgées du bouillon parfumé qu'elle avait posé devant lui, il s'était laissé convaincre.

— Ça a l'air de te surprendre, dit Krys en s'asseyant en face de lui.

Il hésita un instant.

— Je crois que je t'ai cataloguée un peu rapidement, avoua-t-il. C'est juste que… tu es une professionnelle accomplie et la plupart des femmes qui réussissent aussi bien dans leur travail ne savent pas cuisiner ou n'ont pas le temps de le faire. Sauf si leur boulot consiste à animer une chaîne culinaire, corrigea-t-il avec un petit sourire.

— Eh bien, je n'ai pas d'émission de télé, dit-elle. Mais j'ai toujours aimé cuisiner. Et puis, c'est vite barbant d'attendre le livreur de pizza et je ne suis pas une grande adepte des fast-foods.

Elle ajouta avec un sourire coupable :

— Je mange assez mal comme ça quand je suis en déplacement. Tu n'es pas obligé de terminer, tu sais. Je peux te préparer autre chose.

Il avait pourtant presque vidé son bol.

— La prochaine fois, peut-être. Pour l'instant, je veux bien un peu de rab, s'il en reste.

Krys ne se doutait pas qu'une telle demande la rendrait aussi heureuse. Cependant, elle ne pouvait nier cette sensation agréable de chaleur qui se répandait en elle, tandis qu'elle se levait pour resservir Morgan.

— Tu as de la chance, annonça-t-elle en s'emparant de la louche. Il en reste.

— Je ne veux pas te priver, protesta Morgan. Garde-le pour toi.

Elle revint avec le bol plein qu'elle déposa devant lui.

— Crois-moi, te voir manger avec autant de plaisir me remonte sacrément le moral.

— Je n'avais pas conscience que ton moral avait besoin d'être remonté.

Elle haussa les épaules, absolument pas gênée.

— Tout le monde a besoin d'un petit coup de pouce de temps en temps.

Morgan pensa à la vie qu'il menait depuis quelques mois. Il commençait tout juste à sortir la tête de l'eau. Cela n'avait pas été facile, mais il remontait la pente.

— Pas moi, assura-t-il.

— Tu dois être une exception.

Elle réfléchit un instant à ce que sa sœur jumelle lui avait raconté à propos de sa belle-famille.

— J'imagine que le fait d'avoir une très grande famille change la donne.

Morgan posa sa cuiller.

— Qu'est-ce que ça sous-entend ?

— Qu'il y a toujours quelqu'un pour te soutenir, pour t'apporter du réconfort, même quand tu affirmes que tout va bien.

— Tu as une sœur jumelle, non ?

— Ce n'est pas pareil. Nik et moi avons pris des chemins très différents. Le sien lui a permis de s'installer ici, pendant que je m'envolais aux quatre coins du monde. C'est la première fois depuis longtemps que je reste aussi près de chez moi. Enfin, si on considère que cette région, c'est chez moi.

Morgan garda le silence un moment, comme s'il réfléchissait à ce qu'elle venait de lui dire.

— On dirait que je vais avoir besoin d'un plus gros calepin pour noter la liste des suspects, soupira-t-il enfin.

— À ce propos… J'y ai beaucoup réfléchi. Pour être honnête, je ne pense pas que les gens ayant participé aux essais cliniques soient des suspects potentiels. Pour Barbe Bleue, c'est une autre histoire… Mais je vois mal des patients tenter de me supprimer pour empêcher la publication de l'article. À vrai dire, certains espèrent peut-être que je défende leur cause. À condition que j'arrive à les retrouver, évidemment.

— Les retrouver ? Comment ça ? Je suis un peu perdu, là.

— C'est exactement le problème. Eux aussi sont perdus.

Visiblement, il ne comprenait toujours pas.

— Lorsque j'ai commencé à enquêter sur ce médicament miracle, expliqua Krys, des rumeurs circulaient. Apparemment, tous les sujets des essais cliniques n'étaient pas ravis des résultats. J'ai réussi à discuter avec un ou deux cobayes mécontents, ou en tout cas peu convaincus, mais quand j'ai voulu vérifier mes informations initiales, mes sources s'étaient volatilisées. Disparues. Sans laisser d'adresse. Les deux personnes que je suis enfin parvenue à retrouver ont juré leurs grands dieux que j'avais mal compris leurs propos. En vérité, ils étaient ravis des résultats. Ils étaient même prêts à chanter publiquement les louanges de ce nouveau médicament.

Morgan connaissait à peine Krys, mais il avait l'impression

qu'elle mettait un point d'honneur à vérifier l'exactitude de chaque donnée. Apparemment, la vérité n'était pas un concept qu'elle prenait à la légère. Elle n'était certainement pas du genre à accommoder des informations pour arranger ses affaires.

— C'est plutôt suspect, fit-il remarquer.

— Non, tu penses ? ironisa-t-elle.

Le fait que Morgan la croie était important pour Krys. Cela la confortait également dans ses choix.

— Par la suite, reprit-elle, ils ont maintenu leur version et quand j'ai proposé de les rencontrer de nouveau, ils ont décliné. Deux d'entre eux m'ont même répondu que si j'avais des questions supplémentaires à ce sujet, je pouvais m'adresser directement à leurs avocats respectifs. Des avocats qui, ô comble du hasard, travaillent tous pour le même cabinet, précisa-t-elle, en grinçant des dents.

— On dirait bien que Weatherly Pharmaceutique cherche à te museler. Et ils pourraient avoir recours à des méthodes peu scrupuleuses.

Quand Morgan se leva pour rincer son bol dans l'évier, Krys se tourna pour l'observer.

— Tu as décidément été bien élevé, fit-elle remarquer d'un air approbateur.

— Ma mère est décédée quand j'étais encore enfant et mon père travaillait beaucoup. Je crois qu'il était un peu dépassé, avec toute cette marmaille. Du coup, on mettait tous la main à la pâte. Il n'a jamais eu à demander, ça nous paraissait normal.

— Vous étiez combien ? s'enquit-elle d'un ton aussi sérieux que le sien.

Morgan prit soudain conscience qu'ils s'étaient éloignés de leur discussion initiale.

— Pourquoi on a changé de sujet comme ça ? s'étonna-t-il.

Le sourire que Krys lui adressa fut éblouissant et lui alla droit au cœur.

— Ça s'appelle faire la conversation, répondit-elle doucement. Mais ne t'inquiète pas, on peut revenir à nos moutons.

Morgan eut un petit rire.

— Tu n'as décidément rien de la victime typique, je dois t'avouer.

— C'est un compliment ? demanda Krys, vaguement amusée.

Elle avait le chic pour le faire parler de choses qu'il n'avait nullement l'intention de révéler. Mieux valait rester réservé.

— Je ne sais pas encore, admit-il.

— Au moins, tu es honnête.

— Trop, parfois, dit-il, en se souvenant de sa récente rupture. Certaines personnes trouvent ça dérangeant.

Joyce n'avait jamais apprécié son franc-parler.

— De toute évidence, marmonna Krys en retour, certaines personnes n'ont pas eu à encaisser des mensonges à répétition, au point de ne plus être capables de démêler le vrai du faux.

Leurs regards se croisèrent.

— L'honnêteté, même brutale, vaut bien mieux que des mensonges, ajouta-t-elle.

Son attitude sérieuse s'évanouit soudain sous l'effet d'un large sourire désarmant.

— Un dessert ? proposa-t-elle d'une voix enjouée.

— Pardon ?

— Tu veux un dessert ?

Bon. Il était temps de l'arrêter, avant que toute cette situation parte dans une direction imprévue.

— Ce que je voudrais, c'est continuer à récolter autant d'informations que possible sur tes sources disparues et sur la localisation potentielle de ce Barbe Bleue.

— Je vais te dire tout ce que je suis en mesure de partager avec toi.

Morgan comprit le sous-entendu : en tant que journaliste, elle avait l'obligation de protéger ses sources et toutes les personnes qui lui avaient confié des témoignages de façon anonyme. Et la présence d'un tueur ne semblait rien changer à sa conviction.

— Tu veux dire que tu vas me cacher certaines choses ?

Krys soupira.

— Je ne peux pas te donner le nom de tous mes informateurs, répondit-elle d'un air désolé. J'ai eu assez de mal comme ça à faire parler certains d'entre eux. Si on apprend que j'ai communiqué leur identité à la police, plus personne ne me fera confiance. Plus jamais. Autant changer de métier tout de suite.

Ne comprenait-elle pas qu'une de ces personnes était peut-être justement celle qui cherchait à la tuer ?

— Si tu es morte, cette confiance ne servira plus à rien…

Elle lui lança un regard agacé.

— Tu dois vraiment mettre une ambiance de dingue dans les soirées…

— Je ne fais que paraphraser tes propos, fit-il remarquer en se levant. Merci pour la soupe. Je vais lire tes articles sur Barbe Bleue et demander à ma cousine de la Brigade informatique si elle peut essayer de localiser ce type. Elle est très douée pour retrouver les gens. Et tant que je n'aurai pas découvert qui est derrière tout ça, une voiture de patrouille passera devant ta maison toutes les trente minutes pour s'assurer que tout va bien.

Elle hocha la tête.

— Merci, murmura-t-elle en le raccompagnant à la porte.

La voiture de patrouille était une bonne idée… À condition que Krys reste chez elle. Ce qui n'était pas vraiment envisageable pour elle.

— J'ai peut-être paniqué un peu vite, tenta-t-elle, espérant le faire changer d'avis pour la surveillance régulière.

— Des types t'ont tiré dessus et, comme ils ont raté leur coup, ils ont essayé de t'écraser avec une camionnette. Je n'appelle pas ça « paniquer un peu vite ». Je dirais plutôt que tu as eu une sacrée veine de t'en sortir indemne les deux fois. Malheureusement, la veine a la sale habitude de lâcher les gens au pire moment.

Il se tourna pour la regarder. Elle avait beau jouer les dures, elle lui parut soudain très vulnérable.

— Promets-moi de ne pas prendre de risques inutiles et de te tenir un peu tranquille.

— Les deux ne vont pas nécessairement de pair, répondit-elle de façon évasive.

— D'accord. Dans ce cas, j'opte pour la seconde solution. Je veux que tu te tiennes tranquille. Chez toi.

— C'est marrant, j'allais choisir la première, plaisanta-t-elle.

Morgan était sur le point de protester, mais elle lui coupa la parole :

— J'ai encore des gens à interroger. Je n'ai pas fini mes articles et j'ai un délai à respecter.

— Difficile de respecter un délai quand on est mort, répliqua-t-il sombrement.

— En effet. Mais ce qui est certain, c'est que mon rédacteur en chef va véritablement me tuer si je ne termine pas ces articles. Je lui ai donné ma parole. Et je ne reviendrai pas dessus.

Morgan poussa un soupir exaspéré. Il rentra de nouveau dans la maison et referma la porte derrière lui.

— D'accord, dit-il. Comme tu voudras. Il faut juste que je passe un coup de fil à mon supérieur.

Krys le regarda sans comprendre.

— Pourquoi ? demanda-t-elle.

Il l'observa longuement, le visage impassible.

— Pour changer nos plans, expliqua-t-il.

— Quels plans ? Quel changement ?

— Je t'en dirai plus dans quelques minutes. Tu penses pouvoir rester tranquille ici pendant tout ce temps ?

— Pas besoin d'être sarcastique, rétorqua Krys, piquée au vif.

— J'essaie simplement de parler le même langage que toi.

Puis il sortit son smartphone et s'éloigna un peu.

Krys l'observa tandis qu'il téléphonait à son chef, le dos tourné. Elle se retenait d'écouter la conversation – c'était presque devenu une déformation professionnelle –, mais elle ne parvenait pas à lire sa posture. En le voyant soudain redresser les épaules, elle finit pourtant par comprendre qu'il n'avait pas l'intention de reculer ou de changer d'avis.

Elle jeta un coup d'œil à sa montre. Elle était en train de perdre sa journée, alors qu'elle avait déjà du retard dans son travail. À moins qu'un événement dramatique survienne, Weatherly Pharmaceutique allait bientôt mettre sur le marché son nouveau médicament miracle. Soit le remède était efficace, soit il ne l'était pas. Le pire qui puisse arriver, c'était que des gens qui plaçaient de grands espoirs dans ce nouveau remède se retrouvent amèrement déçus.

Krys avait cependant l'impression de rater un détail important et ne pouvait s'empêcher d'envisager une troisième alternative : le médicament pouvait se révéler non seulement inefficace, mais dangereux. Sans parler du fait que ce médicament allait coûter une fortune. Des malades confrontés à des situations déjà éprouvantes s'endettaient pour payer un traitement non pris en charge par leur couverture sociale… quand ils en possédaient une. Aucun n'avait le luxe de se laisser duper par une poudre de perlimpinpin, version 2.0.

Krys s'apprêtait à faire signe à Morgan qu'elle devait vraiment partir quand il raccrocha enfin et se tourna vers elle.

— Donc…, annonça-t-il, comme s'il reprenait une conversation qu'ils venaient juste d'interrompre. C'est bon, mon chef est d'accord.

— D'accord pour quoi ?

Avait-elle raté un épisode ?

— À partir de maintenant, tu as toute mon attention.

Krys sentit une vague sensation de malaise la gagner.

— Et ça signifie quoi exactement ?

— Ça signifie que je sais reconnaître tous les signes d'un cas d'entêtement incurable.

— Et en langage courant, ça donne quoi ?

— Si je te demande de rester chez toi jusqu'à ce qu'on mette la main sur ce mystérieux agresseur, tu ne m'écouteras pas. Je comprends.

— Et ?

— Étant donné l'urgence de la situation, j'ai demandé à mon supérieur d'être affecté exclusivement à cette affaire.

La sensation de malaise se fit plus précise.

— Ce qui veut dire ?

— Que je te suis partout où tu vas.

Il ajouta, avec un petit sourire sérieux :

— En gros, Kowalski, à partir de maintenant, je te suis comme une ombre. Tu viens de gagner une surveillance rapprochée.

7

Krys écarquilla les yeux. La dernière chose dont elle avait besoin, c'était d'un policier dans ses pattes.

— Oh que non ! s'écria-t-elle. C'est hors de question !

— Oh que si, corrigea Morgan, d'une voix patiente.

Il ajouta, l'air soudain grave :

— Écoute, tu es venue toi-même signaler ton agression. Ensuite, quelqu'un a tenté de te renverser. La police d'Aurora ne plaisante pas avec ce genre d'événement. Même si tu ne faisais pas partie du clan Cavanaugh.

Il la regarda un instant, puis soupira, sentant que la bataille était loin d'être gagnée.

— Quelque chose me dit que tu n'as pas l'intention de rester tranquillement chez toi. Donc, la seule façon pour toi de faire « comme d'habitude » c'est que je t'accompagne. Je n'aurai qu'à me faire passer pour ton stagiaire, ton assistant ou n'importe quel titre qui te conviendra.

— C'est parfaitement inacceptable, insista Krys. Tu ne comprends pas. Personne ne témoignera si tu rôdes dans mon dos comme un oiseau de mauvais augure.

Morgan haussa les épaules, visiblement peu impressionné.

— Tu vas devoir user de ton charme légendaire pour les convaincre, c'est tout.

Krys serra les dents pour ne pas hurler de rage. Ne saisissait-il pas que c'était tout simplement impossible ?

La seule présence d'un inspecteur suffirait à envoyer un message négatif à ses sources : il était dangereux de parler à Krys Kowalski.

— Quel genre de journaliste serais-je aux yeux de mes contacts si je débarquais avec une protection policière ?

— Une journaliste vivante, répondit calmement Morgan.

Il leva une main pour prévenir le torrent verbal qu'elle s'apprêtait à déverser sur lui.

— Fin de la discussion, Kowalski. Soit je viens avec toi, soit tu ne sors pas du tout. D'ailleurs… C'est toi qui vas venir avec moi, pour commencer.

— Quoi ?

Krys bouillait de rage. Et plus elle s'agitait, plus Morgan restait calme, ce qui ne faisait qu'aggraver sa fureur.

— La première chose à faire, c'est de localiser ton Barbe Bleue, expliqua Morgan. J'ai une cousine au commissariat qui a une sorte de don pour retrouver les gens. Elle s'appelle Valri. Il est temps que vous fassiez connaissance, toutes les deux.

Il ouvrit la porte d'entrée une seconde fois.

— Vous allez bien vous entendre, promit-il. Elle est aussi bornée que toi.

— Je ne suis pas bornée.

— D'accord, corrigea-t-il de bonne grâce. Obstinée, alors.

— Je dois être obstinée, fit-elle remarquer avec amertume. Sinon, je ne serais jamais en mesure de mener mes enquêtes ou d'amener les gens à se confier à moi. Ceux qui parlent tout de suite n'ont en général rien à dire.

Morgan hocha la tête. Il connaissait le problème.

— Il se trouve que l'obstination est également un trait génétique caractéristique de ma famille, se confia-t-il. Donc, inutile d'essayer d'esquiver. J'en ai déjà croisé des plus coriaces que toi… mes sœurs, par exemple… Et c'est moi qui ai eu le dernier mot.

Krys soupira. Elle savait qu'il avait raison. Elle glissa son ordinateur portable dans sa sacoche et passa la lanière sur son épaule.

— Allons-y, maugréa-t-elle, résignée.

Morgan était secrètement soulagé que Krys n'ait pas protesté plus longtemps. En vérité, il avait anticipé davantage de résistance de sa part. Ses sœurs et ses cousines, par exemple, freinaient des quatre fers et chicanaient sur tous les détails quand elles n'étaient pas d'accord. Il avait omis de préciser à Krys que, contrairement à ce qu'il avait affirmé, il avait dû plusieurs fois rendre les armes devant elles. L'important était de la convaincre et il avait réussi.

Sur le qui-vive, Morgan ne quitta pas Krys des yeux jusqu'à la voiture. Elle resta silencieuse jusqu'à ce qu'ils s'installent et qu'il mette le contact.

— Comment s'appelle ce prodige de l'informatique, déjà ? demanda-t-elle.

— Valri. C'est vraiment la meilleure. Est-ce que tu aurais le nom de ce Barbe Bleue, par hasard ?

— Non, soupira-t-elle. Je connais les pseudonymes qu'il a utilisés pour chacune des femmes qu'il a épousées, mais je dois avouer que l'identité de ce monstre reste un mystère.

Morgan en fut presque surpris.

— Tu veux dire que, malgré toutes tes recherches, tu n'as pas découvert son véritable nom ?

— J'y travaille encore, rétorqua-t-elle, les dents serrées. Ses empreintes digitales ne sont dans aucune base de données. Pour l'instant.

Cela risquait de compliquer les choses, pensa Morgan. Même si Valri avait déjà accompli des miracles à partir de trois fois rien.

— As-tu une liste de toutes les identités factices utilisées par ce type ?

— Oui. Je peux te les réciter de mémoire : Chris Hunter,

McKinley Thompson, Duke Bradley, Alan Gaskell et Victor Marshall. Dans le désordre. Il y en a probablement d'autres, mais ce sont celles que j'ai découvertes pour l'instant.

Morgan se tourna vers elle, un peu surpris.

— Quoi ? demanda-t-elle.

Il l'observa d'un air soupçonneux.

— Tu veux dire que tu ne sais pas ?

— Je ne sais pas quoi ?

— Donc, ce n'est pas une blague…

— Qu'est-ce qui n'est pas une blague ? insista-t-elle, de plus en plus agacée. Tu joues avec le peu de patience qui me reste et je ne suis vraiment plus d'humeur à jouer. Alors, crache le morceau, Cavanaugh.

— Ces noms…, commença-t-il, avant de le réciter de nouveau à toute vitesse. Ce sont tous des personnages de film.

— De film ? répéta Krys, encore plus perplexe. Quels personnages ? Quels films ? Parle, à la fin !

— Ce sont tous des personnages joués par Clark Gable, dans différents films.

— C-Clark Gable ?

Soudain, elle sembla comprendre.

— Tu veux dire le type qui jouait Rhett Butler dans ce vieux film : *Autant en emporte le vent* ?

Morgan s'arrêta à un feu rouge.

— Lui-même. Clark Gable.

— Tu es sûr ? demanda-t-elle, en faisant la moue. Cela dit, ce serait tout à fait le genre de ce monstre égocentrique.

— Oh oui, je suis sûr !

— Tu n'es pas en train de te moquer de moi ? On parle quand même d'un acteur mort depuis soixante ans, si ce n'est plus. Et puis d'abord… comment sais-tu une chose pareille ?

Un sourire se dessina sur les lèvres de Morgan, qui reprit sa route en direction du commissariat.

— Parce que ma mère était une grande fan de Clark Gable. Elle ne ratait jamais une rediffusion de ses films à la télé. Elle aimait partager sa passion avec ses enfants, mais j'étais à peu près le seul que ça ne dérangeait pas de regarder ces vieux trucs.

Il eut un petit rire nostalgique, avant d'ajouter avec une pointe de tristesse :

— Sans doute parce que j'adorais passer du temps avec ma mère, même si je ne savais pas qu'elle était déjà malade. Maintenant que j'y repense, ces heures passées avec elle devant ces vieux films figurent parmi mes meilleurs souvenirs d'elle.

Krys resta silencieuse un instant.

— Estime-toi heureux, murmura-t-elle enfin. Au moins, tu as eu une mère dont tu peux te souvenir.

Morgan lui lança un regard en coin. Krys décida d'abord de l'ignorer, puis se rappela que c'était elle qui avait abordé le sujet. Elle lui devait bien une explication.

— Ma mère est partie quand Nik et moi étions encore très petites. Tout ce dont je me souviens, c'est une cascade de cheveux blonds et des yeux très bleus. Et aussi son front soucieux, ajouta-t-elle, après quelques secondes. Tout le temps.

— Soucieux ? demanda Morgan.

— Ma mère avait toujours le front plissé.

Elle s'ébroua.

— Comment on s'est retrouvés à parler de ça, déjà ? demanda-t-elle, d'un ton légèrement accusateur.

De façon générale, elle préférait ne pas trop penser à sa mère. Ni au sentiment d'abandon ressenti après son départ. Tenter de protéger sa sœur de ce vide avait été sa seule raison de continuer.

— Tu faisais remarquer à quel point nos souvenirs

d'enfance différaient, rappela simplement Morgan, en s'engageant dans le parking du commissariat.

— C'est indéniable. Tu avais une mère aimante qui ne voulait pas te quitter. La mienne est partie avant qu'on ait le temps de dire « ouf ». Alors, c'est qui exactement, cette personne que tu m'emmènes voir ?

Elle avait changé de sujet si brusquement que Morgan sursauta presque.

— Il vaut mieux que tu voies par toi-même, répondit-il en se garant sur la place qui lui était assignée.

Krys avait déjà ouvert sa portière et sortit avant même qu'il ait coupé le moteur.

— Combien de temps vont-ils garder ma voiture, à ton avis ? demanda-t-elle, tandis qu'ils gravissaient les marches à l'arrière du commissariat.

L'ombre d'un sourire passa sur le visage de Morgan. Ce n'était sans doute pas bon signe.

— En dépit de ce que tu as pu voir à la télé, ça prend un peu de temps de traiter une scène de crime. Surtout quand il s'agit d'un véhicule. Mais je suis certain que le chef fera de son mieux pour te rendre le tien au plus vite. Cela dit… Il ne te servirait pas à grand-chose.

— Pourquoi ?

— Parce que, pour l'instant, c'est moi qui fais office de chauffeur, où que tu ailles. Je te suis comme ton ombre, tu as oublié ?

Il semblait presque enthousiaste.

— Tu étais donc sérieux, tout à l'heure ?

Morgan Cavanaugh était peut-être diablement séduisant, mais Krys espérait vaguement qu'il retournerait à ses occupations habituelles, une fois Barbe Bleue localisé.

— On ne peut plus sérieux, répondit-il en entrant dans l'ascenseur.

Krys sentit quelques mots bien choisis lui picoter la

langue, mais elle les garda pour elle. En le voyant appuyer sur un des boutons, elle s'étonna :

— On descend ?

— Rien ne t'échappe, décidément, railla-t-il. La Brigade informatique et la médico-légale sont au sous-sol. Ça leur donne l'impression d'évoluer dans un univers à part. La morgue a été déménagée depuis un autre site, il y a quelques années.

Tout cela était parfaitement lugubre.

— Tu veux dire que la morgue se trouve en bas aussi ?

L'ascenseur s'arrêta avec une petite secousse et les portes s'ouvrirent.

— Évidemment. Sinon, les légistes n'auraient pas grand-chose à autopsier, à part leurs collègues.

Ils sortirent. Quelques dizaines de mètres plus loin, derrière, le couloir se séparait en deux.

— De quel côté ? demanda Krys.

— À gauche, dit Morgan avec un sourire. Brigade informatique. Sauf si tu veux savoir où en sont les analyses sur ta voiture.

— On verra ça plus tard, répondit Krys, qui avait hâte d'en finir. Présente-moi ton prodige.

— Le terme est bien choisi, approuva Morgan. Prodige. Valri va adorer.

Ils franchirent encore quelques portes avant d'atteindre enfin une pièce meublée de plusieurs bureaux encombrés d'ordinateurs. À chaque poste étaient installés divers techniciens et ingénieurs informatiques, tous bardés de diplômes qui auraient intimidé n'importe qui. Une douce musique instrumentale faisait office de fond sonore, à peine troublé par le cliquetis régulier et incessant des claviers.

Morgan fit signe à Krys de le suivre et s'approcha d'une table un peu à l'écart, où une femme aux cheveux blond cendré travaillait. Ses doigts voltigeaient à une telle vitesse sur les touches que Krys se demanda comment elle réussissait à ne pas s'emmêler les phalanges.

Il fallut attendre que Morgan et elle s'arrêtent juste devant le bureau de Valri, pour que celle-ci prenne conscience de leur présence. Elle s'apprêtait à saluer Morgan, quand son regard tomba sur Krys.

— Nikki ! s'écria-t-elle, ravie. Je suis surprise de te revoir si tôt. Cela dit, j'ai une fâcheuse tendance à perdre toute notion du temps quand je travaille… Alors, cette lune de miel ? C'était comment ?

Krys soupira. Elle avait l'habitude qu'on la confonde avec sa sœur jumelle de temps en temps, mais ça devenait lassant. Elle avait aussi le pressentiment que ce petit jeu n'était pas près de cesser.

— Tu sais, je commence à me demander si je ne devrais pas investir dans un badge qui annonce « Je ne suis pas Nikki », lança-t-elle à l'adresse de Morgan.

Valri les regarda tour à tour, sans comprendre, un vague sourire aux lèvres.

— Qu'est-ce que… ? dit-elle en se tournant vers son cousin.

— Il semblerait que la jeune épouse de Finn ait une sorte de sœur jumelle, expliqua Morgan en désignant Krys du doigt. Valri, je te présente Krys Kowalski.

Valri la regarda, stupéfaite.

— C'est une blague ? Tu ressembles carrément à Nikki, dis donc !

— Pas exactement, marmonna Krys avec un geste agacé. Je suis la plus âgée et Nik est la plus grande…

— Val, on a besoin de tes talents, intervint Morgan.

— Pour trouver un moyen de les distinguer ? plaisanta Valri.

— Ce n'est pas une mauvaise idée, mais on verra plus

tard. Pour l'instant, on doit retrouver un tueur en série qui s'est évadé de prison avant d'être jugé.

— Et pourquoi cet intérêt soudain pour ce type, en dehors du fait qu'il s'est évadé ? demanda Valri.

— Il est possible que ce soit lui qui cherche à abattre Krys, expliqua Morgan en regardant ses ongles.

Lassée de ces préambules interminables, Krys intervint :

— Je crains que, si c'est bien lui, il finisse par tuer Nik en pensant que c'est moi. Je dois le retrouver avant que ma sœur rentre de lune de miel. Morgan dit que vous êtes la meilleure, ajouta-t-elle, pour amadouer l'ingénieure en informatique. Vous pouvez nous aider ?

Au cours de ses études et de ses années à la brigade, Valri avait de toute évidence appris à ne jamais répondre tout de suite par l'affirmative. Cette fois, cependant, c'était différent. C'était la famille.

— Bon, commença-t-elle. Déjà, tu vas arrêter de me vouvoyer. Tu es la sœur de Nik, donc tu fais partie du clan. Bienvenue chez les fous.

Elle eut un petit sourire effronté et ajouta :

— Pour le reste, pas besoin d'en dire plus. Je vais voir ce que je peux faire.

8

— Ce serait vraiment génial que tu puisses m'aider, dit Krys à la cousine de Morgan. Même si Barbe Bleue n'est au final pas celui qui cherche à me tuer, tout indique qu'il a assassiné au moins six femmes. Rien que pour ça, il mérite de croupir en prison pour le restant de ses jours, au lieu de continuer à parcourir tranquillement le pays, en quête d'autres victimes.

— Je vais me faire un plaisir de retrouver ce prince charmant, assura Valri avec plus d'enthousiasme que Morgan lui en avait connu depuis longtemps.

Krys sortit aussitôt son ordinateur portable de sa sacoche.

— Dis-moi de quoi tu as besoin. J'ai apporté les articles que j'ai rédigés sur lui, ainsi que toutes mes notes de recherches. J'ai aussi une liste de ses pseudonymes ou, en tout cas, ceux que j'ai pu découvrir. Il y en a sans doute d'autres.

Elle lui tendit un papier comportant les différentes identités de Barbe Bleue.

— Tu vas rire, prévint Morgan en poussant sa cousine du coude, avec un sourire en coin.

— Ça ne me ferait pas de mal de rigoler un peu, aujourd'hui, soupira Valri en désignant la pile de documents sur son bureau.

— Il semble y avoir un schéma, expliqua Morgan. Les

noms que ce type a utilisés sont tous des personnages joués par Clark Gable dans ses divers films.

Valri le regarda d'un air sceptique.

— On parle bien de l'acteur qui joue dans *Autant en emporte le vent* et *New York-Miami* ? Le brun avec sa petite moustache ?

Morgan acquiesça.

— Je pense que ça devrait flatter son ego.

Sa mère lui avait raconté que Clark Gable était adulé par des millions de femmes, en son temps ; c'était peut-être ce que le tueur cherchait. Valri consulta la liste.

— Tu es sûr de ton coup ? demanda-t-elle, visiblement dubitative.

Morgan lui prit des mains la feuille rédigée par Krys et la parcourut des yeux.

— Sûr et certain, annonça-t-il en lui rendant le papier. Je pourrais même te citer le nom des films, pour chaque personnage.

— Ça ira, merci. Je te crois sur parole. Cela dit, si tu me dénichais d'autres pseudonymes potentiels, je pourrais fouiller dans les bases de données pour vérifier si quelqu'un a été arrêté en utilisant ce faux nom.

Krys sembla soudain gênée.

— J'ai bien conscience de t'en demander beaucoup, s'excusa-t-elle. Mais c'est un peu pressé, et Morgan m'a assuré que tu avais accès à bien plus de ressources que moi. Ou que quiconque, d'ailleurs…

— Je vais voir ce que je peux faire, répondit Valri en balayant ses excuses d'un geste de la main. Montre-moi ce que tu as dans ton PC.

Krys posa son ordinateur sur un coin du bureau et l'alluma. Puis elle ouvrit le dossier contenant les données qu'elle avait accumulées et descendit jusqu'aux fichiers dont elle avait besoin. Enfin, elle tourna l'écran vers Valri.

— C'est tout ce que j'ai réussi à collecter sur Barbe Bleue, annonça-t-elle à l'ingénieure.

Valri parcourut les premiers paragraphes.

— La première chose à faire, décréta-t-elle, c'est de trouver la véritable identité de ce type. Je peux garder ton portable quelque temps ?

Krys hésita, mais Morgan intervint aussitôt :

— Elle en a besoin pour son travail, Valri. Tu ne peux pas la raccorder à une imprimante ou tout charger sur une clé USB ? Comme ça, elle pourra transférer ce dont tu as besoin et continuer à bosser.

Krys fut surpris et touchée que Morgan se souvienne de ce détail.

— Pas de souci, répondit Valri en ouvrant le premier tiroir de son bureau.

Elle fouilla un instant et en sortit une clé USB.

— Celle-ci devrait suffire. Elle peut contenir l'équivalent de deux ordinateurs.

— Merci, dit Krys, en regardant autour d'elle. Je peux m'installer quelque part ?

Valri lui indiqua une table inoccupée dans un coin.

— Jackson est malade. Tu peux lui piquer sa place. On ne lui dira rien.

Avec un sourire, Krys rassembla ses affaires.

— J'en ai pour une minute.

— Je ne bouge pas, répondit Valri. Prends ton temps.

Krys se dirigea rapidement vers le poste vacant. Dès qu'elle fut hors de portée de voix, Valri se tourna vers Morgan et murmura :

— C'est bien parce que c'est toi…

— Je croyais qu'empêcher des meurtres entrait dans le cadre de tes fonctions officielles, glissa Morgan avec légèreté.

— Tu vois ces dossiers, là ? demanda-t-elle en désignant

son bureau. Ce sont toutes des affaires prioritaires qui m'ont été transmises avant que toi et la sœur de Nikki ne débarquiez ici. Et mes « fonctions officielles » n'impliquent pas de tout lâcher pour ton bon plaisir.

Elle jeta un coup d'œil dans la direction de Krys.

— Bon sang, reprit-elle, encore sidérée. J'ai déjà croisé des jumelles, mais là ! La ressemblance est carrément hallucinante.

— Je sais. Quand j'ai rencontré Krys pour la première fois, j'ai cru que Nik se payait ma tête.

— Et cette histoire ? Tu es sûr que ce n'est pas une blague ?

— Oh non. J'ai vu la voiture. La vitre côté conducteur a été réduite en miettes par une balle et quand j'ai ramené Krys pour qu'elle récupère ses affaires à l'hôtel où elle avait passé la nuit, une camionnette noire a surgi de nulle part et a manqué de la renverser. Il s'en est fallu d'un cheveu. Le chauffard aurait certainement réussi son coup si je ne l'avais pas poussée sur le trottoir in extremis.

— Et elle pense que c'est ce « Barbe Bleue » qu'elle a dénoncé qui cherche à se venger ?

— C'est un des suspects possibles.

Valri en resta bouche bée.

— Parce qu'il y en a d'autres ? C'est de mieux en mieux, ton histoire.

— Tu n'as pas idée, grommela Morgan. Krys travaille en ce moment sur une série d'articles concernant un prétendu remède miracle développé par Weatherly Pharmaceutique et qui doit bientôt être mis sur le marché. En cas de succès, le médicament va rapporter un joli paquet de fric au labo et à tous ses investisseurs. À condition qu'il tienne ses promesses vantées haut et fort.

— C'est une arnaque ? demanda Valri.

— C'est exactement ce que Krys essaie de vérifier.

Il regarda Krys qui s'affairait toujours sur son ordinateur portable. La concentration absolue et le sérieux de la jeune femme blonde quand elle travaillait l'intriguaient. Elle semblait avoir complètement oublié ce qui se passait autour d'elle.

— Il y a très probablement des gens qui préféreraient qu'elle ne mette pas trop le nez dans leurs affaires et qu'elle se taise.

— Pour de bon, tu veux dire ?

En tant qu'inspecteur, Morgan savait qu'il ne devait pas s'impliquer personnellement dans les enquêtes qu'on lui confiait. Cependant, il se sentait attiré par la journaliste en croisade. L'idée que quelqu'un cherche à la faire taire de façon permanente l'inquiétait et l'agaçait.

— C'est mon avis, conclut-il en s'efforçant de parler comme s'il s'agissait d'une affaire comme une autre. Une chose est sûre : quelqu'un l'a prise pour cible et on a tenté de la renverser en voiture. À mon avis, il s'agit de la même personne et elle ne va pas s'arrêter là.

Valri acquiesça avec sérieux.

— Tu as sans doute raison. Je vais faire de mon mieux pour te fournir des réponses.

Morgan déposa un rapide baiser sur la joue de sa cousine.

— Tu es la meilleure.

— Les compliments ne coûtent pas cher, Morgan. En revanche, j'accepte les pots-de-vin en nature. Dans le genre trop gras, trop salé ou trop sucré.

Krys revenait vers eux. Elle avait rangé son ordinateur dans sa sacoche et tenait à la main la clé USB que Valri lui avait confiée.

— Et voilà ! annonça-t-elle. Tout ce que j'ai sur ce dément assoiffé de sang se trouve sur cette clé.

Elle tendit la clé à Valri.

— Si tu as des questions ou si quelque chose ne te semble

pas clair, appelle-moi. À n'importe quelle heure du jour ou de la nuit. Tiens, je vais te noter mon numéro de portable.

Elle griffonna sur un bloc qui traînait sur le bureau, arracha la feuille et la donna à Valri.

— Je vous contacte dès que j'ai quelque chose, leur promit cette dernière.

— Merci encore, cousine ! dit Morgan.

Valri hocha la tête, puis se tourna vers Krys.

— Ravie d'avoir fait ta connaissance, lança-t-elle avec un grand sourire avant de désigner Morgan. Un conseil : ne t'éloigne pas de ce type. Si tu parviens à résister à l'envie de l'étrangler, je peux te garantir qu'il te protégera.

Sans un mot de plus, elle se replongea dans son travail. Quand Morgan et Krys sortirent de la salle, l'esprit de Valri s'était déjà refermé à tout ce qui ne concernait pas ses recherches.

— Si quelqu'un peut retrouver la trace de ce Barbe Bleue, c'est bien Valri, assura Morgan. Elle est vraiment, vraiment douée.

— Je me demande…, commença Krys. Je ne doute pas des compétences de ta cousine, mais je me demande si ça donnera plus de résultats. Barbe Bleue est très habile pour filer entre les doigts de tout le monde. Il y a quand même trois commissariats, dans trois villes différentes, qui sont à sa recherche.

— La chance finit toujours par tourner, rappela Morgan, en se dirigeant vers l'ascenseur.

— J'espère que tu as raison. Et j'espère que ce sera sa chance qui tournera et pas la mienne.

— Il ne t'arrivera rien, je te le promets, assura Morgan d'une voix grave.

L'espace d'une seconde, Krys se sentit véritablement protégée. Puis, ce sentiment s'estompa. Morgan ne pouvait pas lui promettre une chose pareille.

— Je n'avais pas remarqué que tu portais un collant bleu et un grand S rouge sur le torse, lança-t-elle.

Le sourire que Morgan lui décocha déclencha des fourmillements inattendus dans le creux de son ventre.

— Je les garde bien cachés sous mes vêtements.

— Je note, je note.

L'ascenseur les ramena au rez-de-chaussée. Quand les portes s'ouvrirent, deux inspecteurs qui attendaient pour monter s'écartèrent en murmurant des salutations. Puis l'un d'eux adressa un grand sourire à Krys :

— Je croyais que Finn et toi deviez rentrer la semaine prochaine ! s'exclama-t-il.

— Vous vous ennuyiez déjà ? enchaîna le second.

Les deux hommes se ressemblaient un peu. Sans doute encore des Cavanaugh, pensa Krys.

Morgan intervint rapidement :

— Les gars, laissez-moi vous expliquer.

— Qu'est-ce que tu pourrais bien nous expliquer, Morgan ? demanda le premier policier en riant.

— Eh bien… Par exemple, qu'il ne s'agit pas de Nikki Cavanaugh, la femme de Finn.

— Mais bien sûr ! s'esclaffa le second. Évidemment que c'est Nikki ! On est capables de la reconnaître, quand même.

Puis, voyant que Morgan restait impassible, il reprit :

— Qui d'autre veux-tu que ce soit ?

La porte de l'ascenseur s'ouvrait et se refermait. Krys tendit la main en direction du policier le plus proche.

— Il a raison, expliqua-t-elle. Je suis Krys Kowalski. La sœur jumelle de Nikki.

Les deux hommes éclatèrent de rire.

— Elle est bien bonne, celle-là !

Plutôt que de passer la journée à tenter de les convaincre, Krys reprit la tactique utilisée avec Morgan : elle tira son permis de conduire de son portefeuille.

— Vous voyez ? Et ça…

Elle sortit la photo.

— … C'est une photo de ma sœur et moi.

Le second policier prit la photo, visiblement stupéfait. Il la regarda, puis fixa Krys et revint encore à la photo.

— Mais c'est vrai ! s'écria-t-il en tendant le cliché à son collègue. Vous êtes deux ! Les autres sont au courant ?

— On informe la famille au fur et à mesure des rencontres, répondit Morgan. Krys, je te présente l'inspecteur Christian Cavanaugh O'Bannon et voici son frère Luke.

Christian rendit la photo à Krys avec un sourire ravi.

— Quand l'oncle Andrew va savoir ça ! Ce sera l'excuse parfaite pour une réunion de famille. Il va en tomber de sa chaise !

Les deux frères entrèrent dans l'ascenseur en riant. Les portes se refermèrent.

— L'oncle Andrew ? demanda Krys en se tournant vers Morgan.

— C'est l'ancien chef de la Police d'Aurora. Il adore organiser des repas de famille.

Krys savait qu'elle devrait affronter le clan Cavanaugh tôt ou tard, mais le moment était mal choisi.

— La réunion de famille devra attendre qu'on ait retrouvé mon agresseur, répondit-elle.

Jamais elle ne serait en mesure de rencontrer les Cavanaugh ou de profiter de la fête avec un tueur potentiel en liberté.

— On est d'accord, approuva Morgan. Ta sécurité est prioritaire. Après… Tu connais le proverbe : l'union fait la force.

— Peut-être, mais je refuse de courir le risque que quelqu'un prenne une balle perdue à cause de moi.

Elle se tut un instant et regarda Morgan, le front soucieux.

— À ce propos, l'idée que tu puisses aussi être blessé ne me réchauffe pas vraiment le cœur.

Morgan balaya ses scrupules d'un geste.

— Ne t'inquiète pas. C'est pour ça que je suis payé.

— Pour servir de cible vivante ?

Il eut un petit sourire en coin.

— Ce n'est pas comme ça que je me décrirais, à vrai dire…

Arrivé près de sa voiture, Morgan déverrouilla les portières.

— Et comment te décrirais-tu, alors ? demanda Krys.

— N'oublie pas que je peux dévier les balles, répondit-il avec le plus grand sérieux.

Comme un superhéros, pensa Krys, amusée.

— Oh ! En d'autres termes, tu souffres de bouffées délirantes et de troubles de la personnalité.

— Hé ! protesta-t-il en faisant mine d'être vexé. Je suis corps et âme dévoué à ta sécurité. Tu pourrais au moins faire semblant d'être sympa avec moi.

— Si je voulais vraiment être sympa, je te dirais que je peux me débrouiller toute seule et que tu es libre.

À sa grande surprise, Morgan éclata de rire.

— Je ne vois pas ce qu'il y a de si drôle, s'offusqua-t-elle.

Il la regarda, une lueur amusée dans les yeux.

— Toi.

Krys lutta pour ne pas se sentir agacée.

— Il va falloir t'expliquer.

— Tu ne te débarrasseras pas de moi aussi facilement, Kowalski. Tu es coincée avec moi jusqu'à ce que ton agresseur soit hors d'état de nuire.

Il mit les clés sur le contact, puis ajouta avec un clin d'œil :

— Autant te faire une raison.

9

— Me faire une raison ? répéta Krys.

— C'est bien ça, répondit Morgan sur un ton blasé.

Elle se contenta de secouer la tête en maugréant :

— Vous avez un sacré toupet, vous les Cavanaugh.

— Tu n'as pas idée ! s'esclaffa-t-il.

Il s'arrêta à la sortie du parking.

— Où est-ce que je vous emmène, ma p'tite dame ? demanda-t-il avant de s'engager dans la circulation.

Comme Krys ne répondait pas tout de suite, il insista :

— Allez… Tu as dit que tu avais un emploi du temps chargé et que tu devais rendre ton papier dans les délais. Alors, où est-ce qu'on va ?

— Tu as donc vraiment l'intention de m'accompagner pour mes derniers entretiens ?

— Absolument. Mais ne t'inquiète pas : je ne vais pas dégainer mon insigne… ni mon arme de service. Sauf si quelqu'un te menace, ajouta-t-il, comme si c'était la chose la plus naturelle du monde.

Krys espérait encore vaguement qu'il plaisantait. Certes, elle voulait qu'on retrouve son agresseur, mais cela ne signifiait pas que Morgan devait jouer les gardes du corps. Quant à elle, elle n'avait pas du tout envie de l'avoir dans les pattes.

— C'est une blague, c'est ça ? demanda-t-elle.

— À ton avis, Kowalski ? répondit Morgan avec le plus grand sérieux.

Krys ferma les yeux pour garder son calme. La situation risquait de devenir impossible si elle ne trouvait pas rapidement un moyen de le faire reculer. Soudain, elle envisagea un compromis qui lui parut acceptable pour tous les deux.

— Et si tu restais dans la voiture pendant mes entretiens ? suggéra-t-elle en croisant les doigts mentalement.

— Irrecevable, répondit Morgan.

Raté. Krys se renfrogna et se creusa les méninges pour imaginer une alternative.

— Et si je porte un micro ? proposa-t-elle. Si la personne que j'interroge devient menaçante, je pourrais t'appeler à la rescousse à l'aide d'un signal convenu à l'avance.

Morgan posa de nouveau son véto catégorique.

— Non.

— Il va falloir trouver autre chose, tenta-t-elle de plaisanter. « Non » est un mot beaucoup trop courant.

— Voici ce que je te propose, Kowalski : et si tu me présentais comme ton assistant ?

Krys l'observa longuement.

— Sans vouloir te vexer, tu n'as pas du tout la tête d'un assistant. Pas selon mes critères, en tout cas.

De nouveau, ce fut l'échec.

— Dans ce cas, je dirais qu'il est peut-être temps que tu élargisses tes critères, répliqua Morgan. Bon, maintenant…

Il remit les mains sur le volant et fit ronfler le moteur.

— Où est-ce que je te dépose ?

Inutile de tenter de le raisonner ou de le faire changer d'avis. Avec un soupir résigné, Krys lui indiqua sa destination :

— Weatherly Pharmaceutique. J'ai rendez-vous avec Jim Peters, l'un des biologistes de l'équipe de recherche du projet N° 1317.

— C'est le petit nom du médicament ? s'étonna-t-il. Il va falloir qu'ils trouvent quelque chose d'un peu plus accrocheur…

— C'est le code temporaire de leur « remède miracle », expliqua-t-elle. Le nom commercial restera un secret jusqu'à la mise sur le marché.

— Ils craignent vraiment qu'on le leur pique ?

— Tu serais surpris… Même le nom de code n'a été révélé que très récemment.

— Je vois.

Il prit la direction du laboratoire pharmaceutique.

— Donc, nous sommes d'accord. Quand on arrive chez Weatherly Pharmaceutique, tu me présentes comme ton assistant.

— Voilà. Mon assistant. Waldo Simpson, précisa-t-elle en créant le premier nom qui lui venait à l'esprit.

Morgan fit la grimace.

— Waldo Simpson ? Tu n'as rien trouvé de mieux ?

— Hé ! Tu peux encore m'attendre dans la voiture, si tu préfères…

— D'accord, soupira-t-il. Va pour Waldo Simpson. Après tout, cela n'a aucune importance.

— Et tu ne parles pas, ajouta-t-elle. Pas un mot.

— Tu veux dire que je suis muet ? demanda-t-il, amusé.

— Je me fiche de savoir pourquoi, rétorqua Krys. Mais tu la boucles. Si tu ouvres ta grande bouche pour prononcer la moindre parole, plus personne ne croira que tu es un journaliste. N'importe qui d'à peu près sensé devinera tout de suite que tu es flic.

Elle cherchait à l'agacer et, visiblement, cela fonctionnait parfaitement.

— Il faudra bien que je dise un ou deux mots quand même, fit-il remarquer. Sinon, ce Peters va se demander ce que je fiche là.

Krys fouilla dans son sac et en sortit un bloc-notes.

— Tiens, dit-elle en le posant sur le tableau de bord. Tu n'auras qu'à te promener avec ça et faire semblant de prendre des notes.

— Ça ne risque pas de faire un peu vieux jeu, à l'ère du numérique ?

— Beaucoup de mes sources n'aiment pas qu'on enregistre la conversation. Et puis… C'est à prendre ou à laisser.

Morgan se renfrogna, mais finit par céder.

— Tu parles d'un sacré toupet…, marmonna-t-il en riant malgré lui.

— On est donc d'accord ?

— Non, mamonna-t-il d'abord, avant de soupirer : Bon, oui. On est d'accord.

— Tant mieux. Tout ce que tu as à faire, c'est de t'asseoir à côté de moi et de faire joli, expliqua-t-elle avec le plus grand sérieux.

— Je ferai de mon mieux, promit Morgan en battant des cils…

Des cils très longs et très épais pour un homme, ne put s'empêcher de remarquer Krys.

Le siège de Weatherly Pharmaceutique était situé dans un bâtiment ultramoderne qui semblait plus adapté à accueillir un musée d'art contemporain qu'un laboratoire. Quand ils passèrent devant, Krys se crispa malgré elle. Évidemment, cela n'échappa pas à Morgan.

— Tout va bien ? demanda-t-il.

— Ça va, ce n'est rien, répondit-elle en secouant la tête.

— Rien ? répéta-t-il, peu convaincu. Tu es blanche comme un linge.

— Tu n'es pas censé regarder ta route, plutôt que la couleur de mes joues ?

— Je peux faire plusieurs choses à la fois, affirma-t-il. Ça fait partie du métier. Tu as l'air d'avoir vu un revenant.

Krys le connaissait suffisamment à présent pour savoir qu'il ne la laisserait pas en paix.

— Celui ou celle qui a tiré sur ma voiture devait se trouver quelque part par ici, expliqua-t-elle en désignant le parking situé en face du laboratoire.

— Sean et son équipe ont déjà passé la zone au peigne fin, annonça-t-il. Ils n'ont découvert aucune douille ni aucun indice prouvant que quelqu'un t'avait prise pour cible.

— À part ma vitre en miettes, rappela-t-elle avec amertume.

— Oui, à part ça.

Krys se raidit, un peu méfiante.

— Écoute..., s'empressa d'ajouter Morgan. Ce n'est pas parce qu'on n'a pas retrouvé d'autres preuves qu'on ne te croit pas. Tout ce que ça veut dire, c'est qu'on a peut-être affaire à un pro.

— Comme Barbe Bleue, conclut-elle.

— Ou comme un tueur à gages, précisa-t-il.

L'idée ne plaisait pas beaucoup à Krys.

— Quel bonheur ! grinça-t-elle en réprimant un frisson. Tu sais parler aux filles, vraiment. On se sent tout de suite à l'aise avec toi.

— Peut-être... Mais au moins, je sais comment les protéger. Ne bouge pas, ajouta-t-il en coupant le moteur.

— Comment puis-je mener un entretien en restant dans cette voiture ? Par télépathie ?

— Non.

Il descendit et fit le tour pour lui ouvrir la portière.

— Je voulais simplement que tu attendes que je vienne de ton côté.

En sortant, Krys le surprit à regarder ses jambes à la dérobée.

— Tu ne devrais pas surveiller le parking, plutôt que vérifier le galbe de mes mollets ? demanda-t-elle.

— Je peux faire plusieurs choses à la fois, rappela-t-il avec une bonne humeur qui cachait sa gêne d'avoir été pris sur le fait.

Krys poussa un soupir. Ce type avait réponse à tout… Quitte à mettre les pieds dans le plat.

— N'oublie pas : pas un mot, répéta-t-elle.

Elle remarqua alors le bloc-notes qu'elle lui avait donné. C'était bon signe.

— Ah bien ! Tu as pensé à l'emporter, approuva-t-elle.

Morgan la regarda, une étincelle dans les yeux.

— Je peux faire…, commença-t-il avec un sourire.

— … Plusieurs choses à la fois, je sais, acheva-t-elle avec un soupir exagéré.

Elle tourna les talons et se dirigea d'un pas rapide vers la double porte automatique qui s'ouvrit devant elle avec un bruit feutré. Elle se préparait mentalement à ce qui l'attendait. Même si cet entretien ne la réjouissait guère, elle devait faire de son mieux. Après tout, l'homme qu'elle était sur le point de rencontrer était peut-être celui qui cherchait à la tuer.

— Et sinon, tu fais ça souvent ? demanda Morgan, lorsqu'ils quittèrent le bâtiment deux heures plus tard.

— C'est-à-dire ? Je crains le pire…

— Interroger des gens qui adorent s'écouter parler.

Morgan vit à l'expression de Krys qu'il avait fait mouche. Lui-même avait eu toutes les peines du monde à ne pas s'assoupir pendant l'entretien avec le chercheur.

— Je n'ai jamais entendu quelqu'un prononcer autant de paroles pour ne rien dire, renchérit-il.

Sa remarque la fit sourire. Elle devait souvent croiser ce genre de bavards inutiles. Pourtant, elle resta bienveillante dans son jugement :

— Il ne voulait révéler aucun secret.

Morgan éclata de rire.

— Si tu veux mon avis, il a réussi haut la main. Comment fais-tu pour ne pas piquer du nez ? Moi, j'ai failli m'assoupir à plusieurs reprises.

— Je guette la phrase ou la remarque qui permettra enfin de tout expliquer, répondit-elle.

— Et alors ? Je l'ai ratée ?

— Non. Apparemment, ce Peters est très imbu de sa personne et ne se prive pas de le faire savoir, mais il fait juste partie d'une équipe de recherche. Il n'a aucune responsabilité. Le vrai chef, c'est Lawrence Jacobs.

— Jacobs ? Il est sur ta liste des gens que tu souhaites interroger ?

— Oh oui !

— C'est prévu pour quand ?

— J'essaie encore d'obtenir un rendez-vous, confessa-t-elle. Jacobs n'est pas facile à approcher. Il était en déplacement la semaine dernière, pour tenter de dénicher des financements.

Morgan n'était pas certain de comprendre.

— Tu veux dire qu'ils n'ont pas réuni tous les fonds pour leur prétendu remède miracle ?

Si ce médicament était vraiment aussi merveilleux que le laboratoire l'annonçait, la direction aurait dû crouler sous les investisseurs potentiels.

— Le laboratoire a beaucoup emprunté pour mettre au point ce remède. Jacobs essaie de rembourser le plus possible avant de lancer la dernière étape de la production.

— C'est une sorte d'escroquerie ?

— Ce n'est pas comme ça qu'ils voient les choses, répondit Krys. Et si jamais le médicament tient ses promesses, ils seront récompensés au centuple. Il n'y a escroquerie que si le médicament échoue dans son efficacité.

Il commençait à faire nuit. Ils étaient restés plus longtemps que prévu.

— Tu n'as aucun autre entretien ? demanda-t-il.

— J'en ai quatre programmés demain. Le plus important étant celui avec un potentiel lanceur d'alerte, à la première heure.

Elle s'arrêta un instant, puis soupira :

— Sinon… Non. C'est fini pour aujourd'hui. Je dois t'avouer que ma petite mésaventure m'a un peu coupé les pattes.

— Ravi d'apprendre que tu es humaine, après tout.

Elle le regarda, éberluée.

— Parce que tu en doutais ?

Morgan lui adressa un grand sourire qui la troubla.

— Pour la bonne marche de notre partenariat professionnel, il vaut mieux que je ne réponde pas, lança-t-il. Allez, on rentre chez toi. En plus, je meurs de faim.

Il prit la direction de la maison de Krys.

— Dans ce cas, il va falloir s'arrêter quelque part pour acheter « à emporter » ou bien se faire livrer. Mon garde-manger est vide. Mon réfrigérateur aussi. Sauf si tu considères la sauce soja comme un aliment.

Il était vraiment temps qu'elle fasse la connaissance de l'oncle Andrew, pensa Morgan. Si une famine venait à frapper la ville, Andrew serait en mesure de nourrir la population pendant plusieurs semaines.

— D'accord, dit-il. Qu'est-ce qui te ferait envie ?

— Je ne suis pas difficile, répondit-elle avec un haussement d'épaules. La pizza, c'est très bien.

— C'est vrai, la pizza, c'est très bien, approuva-t-il. Mais toi, en revanche, tu ne rentres pas dans la catégorie « pas difficile ».

Krys sembla sur le point de protester, mais se ravisa.

— Si ma sécurité t'inquiète à ce point…, dit-elle soudain.

Ne crois-tu pas qu'il est un peu risqué de se faire livrer une pizza à domicile ? Tu ne vas pas fouiller le livreur, quand même ?

Le scénario fit sourire Morgan.

— Pas de soucis. Je me charge de ce problème.

Il fut ravi de constater qu'il avait piqué sa curiosité.

— Tu veux bien développer ? Comment comptes-tu t'y prendre ?

— Je vais demander à un de mes frères d'aller chercher la pizza pour nous. Comme ça, on n'aura pas à s'inquiéter d'accueillir un inconnu à ta porte.

— Tu as vraiment réponse à tout, hein ? marmonna-t-elle.

— Il y a beaucoup de Cavanaugh dans la police. Cela fait plusieurs siècles d'informations et de renseignements réunis dans une seule et même famille.

— Vous êtes combien, au juste ? Nik ne m'a jamais évoqué un ordre de grandeur spécifique. Et d'où me vient cette désagréable impression d'être en infériorité numérique ?

Morgan n'avait pas réponse à lui offrir. En revanche, il avait une vision totalement différente de la situation.

— Le but est plutôt que vous vous sentiez protégées.

— D'accord, finit par admettre Krys, presque à contrecœur.

10

Une fois arrivée chez elle, Krys attendit en silence la livraison de la pizza, tandis que Morgan vérifiait toutes les portes et fenêtres. Elle repensait à la conversation qu'ils avaient eue dans la voiture. Pour la première fois depuis très, très longtemps, elle se sentait protégée… Elle avait l'habitude d'être autonome et trouvait normal de se débrouiller seule. Cela faisait tant d'années qu'il en était ainsi – elle était toujours en vadrouille pour ses enquêtes et prenait les précautions nécessaires pour assurer sa propre sécurité –, qu'il lui paraissait étrange d'avoir soudain quelqu'un pour veiller sur elle, même de façon temporaire.

Mieux valait ne pas y prendre goût…

— Bon ! annonça Morgan en revenant dans le salon. À moins qu'un fou furieux décide de forcer l'entrée avec un char d'assaut, je suis quasiment sûr que tu ne risques rien ce soir.

Il est sérieux ou bien il fait le malin ? s'interrogea Krys.

— « Quasiment » ? C'est tout ?

— Je n'exclus pas non plus un tremblement de terre ou un feu de forêt. En dehors de ça, tu n'as rien à craindre.

— J'imagine qu'il faudra que je m'en contente, soupira-t-elle. Je vais chercher des draps propres. Tu n'auras qu'à prendre la chambre d'ami.

— Inutile, dit Morgan.

Krys, qui se dirigeait déjà vers le couloir, se figea. Selon les rumeurs, certains Cavanaugh étaient de véritables coureurs de jupons. Toutefois, ce n'était pas l'impression que Morgan lui avait faite. Peut-être s'était-elle trompée.

— Pourquoi ? demanda-t-elle avec méfiance. Où as-tu l'intention de dormir, exactement ?

— Je n'ai pas l'intention de dormir, répondit-il simplement. Et au pire, le canapé suffira amplement.

— Tu ne vas pas dormir du tout ?

— Je n'ai pas besoin de beaucoup de sommeil, expliqua Morgan. Et j'ai le sommeil très léger.

— Est-ce que ça a un lien avec ta capacité à faire plusieurs choses en même temps ? demanda-t-elle d'un ton moqueur.

— On peut dire ça, répondit-il sans donner plus de détails. Qu'est-ce que tu regardes comme ça ?

— Ton nez.

— Mon nez ? Pourquoi ?

— Pour voir s'il va se mettre à grandir de façon régulière ou par à-coups, répliqua-t-elle avec sévérité.

La prenait-il pour une idiote ?

— Tout le monde a besoin de dormir, Morgan.

— C'est indéniable. Mais il se trouve que je n'ai pas besoin de beaucoup de sommeil, c'est tout. Et pour info : en cas d'urgence, je peux rester éveillé vingt-quatre heures non-stop sans problème.

Krys ne croyait pas une seconde à cette image de surhomme qu'il essayait de se donner.

— Tu ne me seras plus d'une très grande utilité, quand tu te seras écroulé pour de bon.

Quand Morgan la regarda des pieds à la tête, de façon presque caressante, Krys s'efforça de ne pas réagir, mais en vain : cet examen attentif et bienveillant la troublait.

— Je te promets que tu n'auras pas à te plaindre, murmura Morgan d'une voix grave et sexy.

Krys eut toutes les peines du monde à ne pas perdre

contenance. D'où lui venait cette impression que Morgan ne parlait plus du tout de sa mission de garde du corps ?

— On verra, marmonna-t-elle, les lèvres étrangement sèches.

Pour ne rien arranger, son cœur semblait avoir décidé de battre avec force dans sa poitrine. Par chance, la sonnette retentit.

— Ce doit être Dugan, annonça Morgan.

— Dugan ? Encore un cousin ?

— Non, encore un frère, corrigea-t-il en se dirigeant vers la porte. Il faudrait suivre un peu… Je t'en ai parlé tout à l'heure. Comme ça, on ne prend pas de risque avec un livreur inconnu.

— J'ai dû oublier, bredouilla Krys. C'est bien lui avec notre pizza ?

Morgan colla son œil au judas, puis ouvrit la porte en grand.

— S'il n'a pas tout mangé, oui !

Sur le seuil se tenait un jeune homme souriant, qui éclata de rire en entendant la remarque de Morgan.

— Tu plaisantes ? protesta-t-il. Toni m'attend pour le dîner. Tu sais comment elle est. Si elle apprend que je me suis gavé avant, elle m'écorchera vif.

Il tendit le carton de pizza à Morgan et adressa à Krys un large sourire.

— Bonjour, je suis Dugan, le frère de Morgan. Le plus grand et le plus beau, précisa-t-il en lui tendant la main. Tu dois être « celle qu'on ne doit pas confondre avec Nik » ?

Krys le salua avec un petit sourire.

— Je vois que Morgan t'a averti.

— Non. Il m'a demandé de ne surtout pas t'appeler Nik. Le reste allait de soi. Mais je dois dire qu'il avait raison : vous vous ressemblez vraiment beaucoup.

— C'est pour ça qu'on nous appelle des « jumelles »,

répondit Krys avec un sourire. Cela dit, vous vous ressemblez quand même beaucoup, tous les deux.

— Elle essaie d'être gentille avec toi, Morgan, railla Dugan, en donnant un coup de coude à son jeune frère. Il est pourtant notoire que c'est moi le plus séduisant des frangins.

— Ah ! s'esclaffa Morgan. Je crois que même Sully et Campbell ne seraient pas de cet avis.

— C'est quand, ton prochain rendez-vous chez l'ophtalmo ? demanda Dugan, avant de s'approcher de Krys pour ajouter sur le ton de la confidence : je suis inquiet, sa vue baisse sérieusement depuis quelque temps. Tu devrais prendre quelqu'un d'autre pour assurer ta sécurité. Surtout s'il y a un taré en liberté.

Morgan porta une main à son oreille et lança :

— Je crois que ta femme te réclame. Tu ferais mieux de rentrer chez toi, avant que Toni se rende compte qu'elle se débrouille aussi bien sans toi.

Dugan laissa échapper un rire joyeux.

— Ravi d'avoir fait ta connaissance, Krys !

Il était sur le point de partir, quand Morgan le rappela :

— Dugan, attends ! Je te dois combien ?

— Plus que tu ne pourras jamais me rembourser, petit frère.

— Non, sérieusement, insista Morgan, en sortant son portefeuille. Pour la pizza ?

Dugan jeta un regard en direction de Krys et eut un petit sourire.

— Contente-toi de protéger cette p'tite dame et on sera quittes. On a une réputation à maintenir. Aucune perte humaine n'est tolérée quand un Cavanaugh est de service.

Il donna l'accolade à son frère.

— Allez, je file ! J'ai un repas délicieux et une épouse tout aussi délicieuse qui m'attendent.

Après que Dugan eut refermé la porte derrière lui, Morgan remit les deux verrous.

— Tu as combien de frères, déjà ? interrogea Krys en sortant deux assiettes.

— Trois. Et trois sœurs, aussi.

— Vous vous entendez tous aussi bien ?

Elle se demandait ce que ça faisait de grandir dans une maison pleine d'enfants.

— Ça dépend de ce qu'on entend par « bien s'entendre », répondit Morgan.

Puis, avant qu'elle puisse réagir, il éclata de rire.

— Je plaisantais ! En réalité, on s'entend plutôt bien. En tout cas, on n'en vient plus aux mains. Pas comme avant, précisa-t-il avec un petit sourire en coin.

— C'est encore une blague ? vérifia Krys en s'emparant d'une part de pizza dans le carton pour la déposer sur l'assiette de Morgan avant de se servir elle-même.

— Va savoir…

Krys le regarda, puis secoua la tête. Elle avait vraiment du mal à deviner ce qu'il pensait.

— Je ne suis pas dupe, dit-elle.

— Zut, fit Morgan en claquant des doigts. Moi qui pensais avoir réussi à te berner.

— Tu sais, ajouta Krys en prenant une seconde part. Tu me sembles très différent de ce matin.

Il haussa les épaules, termina sa bouchée, puis répondit :

— Il faut parfois du temps pour m'apprécier.

Krys essayait de se montrer sincère, mais Morgan s'évertuait à rester désinvolte.

— Ce n'est pas ce que je voulais dire, tenta-t-elle encore. Tu es… plus sympa. Est-ce que c'est parce que tu me considères maintenant comme un membre ta famille ?

— Il y a un peu de ça… Mais c'est surtout parce que je te crois.

— Tu me crois ? Comment ça ?

— Je pense que quelqu'un cherche bel et bien à te supprimer. Tu serais surprise du nombre de personnes qui inventent ce genre d'histoires pour attirer l'attention ou parce qu'elles ont une idée derrière la tête. Tout le monde n'est pas honnête.

— À qui le dis-tu, soupira-t-elle. C'est mon pain quotidien d'essayer de séparer les affabulateurs de ceux qui ont réellement quelque chose à raconter.

— Comment en es-tu arrivée à faire ce métier ? demanda Morgan.

Krys haussa les épaules, peu encline à se lancer sur le sujet. Cependant, voyant que Morgan attendait une réponse, elle fit un effort :

— Quand j'étais gamine, j'adorais les mystères, résoudre des énigmes, comprendre, expliqua-t-elle, non sans une pointe de fierté. Ça a fini par prendre cette forme quand j'ai grandi. Je me suis retrouvée à enquêter sur des sujets ayant un impact sur le grand public.

C'était venu comme ça. Elle n'avait jamais cherché ce mode de vie.

— Des sujets comme cet homme qui séduit de riches femmes esseulées, leur fait miroiter une romance incroyable, avant de tout leur prendre, compléta Morgan en se servant une quatrième part de pizza.

— Tu oublies un détail important. Crucial, même. Il les assassine afin de pouvoir conserver son niveau de vie et séduire d'autres victimes.

Krys soupira en pensant qu'un tel monstre était toujours en liberté.

— J'espère que ta cousine est aussi douée que tu le prétends et qu'elle pourra retrouver la trace de ce type. De tous ceux que j'ai dénoncés, celui-là mérite vraiment de payer.

— Parce qu'il a tenté de te tuer ?

— Et parce qu'il a assassiné toutes ces autres femmes. Tout ce qu'elles voulaient, c'était un peu d'amour. Cela leur a coûté la vie. Il n'y a rien de bon dans cette affaire.

— Si je comprends bien, tu es convaincue que c'est Barbe Bleue qui cherche à se venger, conclut Morgan en engloutissant une part supplémentaire.

Cet homme était-il donc un puits sans fond ? se demanda Krys, avant de se resservir à son tour. De son côté, Morgan la regarda mordre dans sa pizza ; elle avait déjà mangé quatre portions. Où pouvait-elle bien mettre tout ça ? s'interrogea-t-il en examinant sa silhouette svelte.

— C'est très probable, répondit Krys, la bouche pleine. Mais est-ce que j'en suis convaincue ? Non. Pas complètement. Si j'apprends que les quatre sujets des essais cliniques ont disparu parce que leurs résultats étaient négatifs, alors il serait tout à fait envisageable que quelqu'un de très haut placé chez Weatherly Pharmaceutique cherche à se débarrasser de moi.

— Si tu le crois sincèrement, pourquoi ne pas simplement interrompre ton enquête ? Au moins pour quelque temps.

Krys le regarda comme s'il ne comprenait rien à rien.

— Parce que quelqu'un doit mettre la vérité en lumière, expliqua-t-elle. Si ce médicament n'est qu'une sorte de placebo, alors beaucoup de gens vont être amèrement déçus. On leur aura menti, insista-t-elle avec ardeur. Ce prétendu médicament miracle n'est pas censé guérir le cancer, mais il « promet » d'enrayer la progression de la maladie. Peut-être assez longtemps pour tenir jusqu'à ce qu'on découvre un remède.

Elle s'enflammait au fur et à mesure de son raisonnement.

— Si un labo annonce avoir élaboré un médicament

pareil, les autres chercheurs vont cesser leurs travaux dans le même domaine. Ce serait un mensonge horrible, à tous les niveaux.

Morgan trouvait sa fougue intrigante. Krys défendait ses opinions avec un tel sérieux qu'elle ressemblait à une sorte de croisée des temps modernes. Une croisée qui risquait sa vie, si son agresseur était déterminé à la faire taire. Il l'observa un moment. Il s'inquiétait plus que de raison. Plus que l'exigeait son rôle d'inspecteur. Avec stupeur, il se rendit compte qu'il éprouvait des sentiments pour cette femme. Troublé, il ne put s'empêcher de poursuivre :

— Et tu n'as jamais envisagé de faire un métier… un peu plus simple et beaucoup moins dangereux ?

Krys eut un petit sourire amusé.

— Comme traverser le Grand Canyon sur un fil ? demanda-t-elle. J'y ai pensé. Mais ça reste quand même risqué…

— C'est ça ! railla-t-il. Et se mettre à dos un psychopathe sans remords ou un laboratoire pharmaceutique, ça n'est pas risqué, peut-être ?

— Evidemment, dit comme ça…

Puis elle éclata de rire.

— Que veux-tu ? Je suis comme ça…

— D'accord, d'accord, concéda-t-il. Mais tu oublies juste une chose : pour continuer à « être comme ça », il faut que tu restes vivante.

— C'est là que tu entres en scène, non ? C'est toi qui es censé me maintenir en vie, je te le rappelle.

Morgan secoua la tête en soupirant. Cette femme trouverait tout à fait sa place dans le clan Cavanaugh. Une tête de mule pareille…

— Cela me simplifierait la tâche si tu ne persistais pas à te tenir sur la pointe des pieds au bord d'un précipice en agitant les bras et en faisant tout pour être la cible parfaite.

— Tu as raison. Je vais faire un effort pour ne plus agiter les bras, répondit-elle avec un parfait sérieux.

Morgan soupira de plus belle. Il savait que Krys continuerait exactement comme avant et il n'y pouvait rien… À moins de la ligoter. Tout ce qu'il pouvait espérer, c'était d'être là pour elle en cas de besoin.

11

— Bon, dit soudain Krys en se levant. C'est bien gentil, tout ça, mais j'ai du travail. Tu remercieras encore ton frère pour ce dîner parfaitement diététique.

Elle referma le carton de la pizza presque terminée. Morgan acquiesça et se leva à son tour pour rassembler les assiettes et les déposer dans l'évier.

— Tu dois ressortir ? demanda-t-il en s'emparant de l'éponge.

— Pas ce soir. Pourquoi ?

— Parce que, sinon, je t'accompagnerai, répondit-il en disposant la vaisselle propre sur l'égouttoir avant de s'essuyer les mains avec un torchon.

— Non, tu es tranquille. Je dois relire les notes que j'ai prises pendant que Peters pontifiait, en espérant y trouver quelque chose d'utile pour mon article.

— Et mes notes à moi ? demanda-t-il en pliant le torchon pour l'accrocher à la porte du four.

— Tes notes ? Quelles notes ?

— J'ai pris des notes, moi aussi. J'étais censé être ton assistant, n'oublie pas.

— Je n'ai pas oublié, mais… Tu as réellement noté des choses ?

— Je devais être le plus crédible possible, non ?

— C'est vrai. Mais je pensais que tu ne faisais que gribouiller sur ton bloc-notes.

— Non, pas de gribouillages. J'ai écouté Peters attentivement, au cas où il aurait été impliqué dans une conspiration visant à t'éliminer. Il aurait pu laisser échapper un détail utile. Mais d'après mes observations, il s'écoutait surtout parler.

Krys réfléchit un instant, puis décida que cela valait la peine de jeter un œil aux notes de Morgan.

— D'accord, dit-elle enfin. Ça m'intéresse.

Morgan alla récupérer le bloc-notes qu'il avait déposé sur l'accoudoir du canapé.

— Tiens.

— Merci, murmura-t-elle. Je ne manquerai pas de les lire attentivement. Et toi ? Qu'est-ce que tu vas faire ?

— Ne t'inquiète pas pour moi. Je sais m'occuper.

Cela suffit à éveiller la curiosité de Krys, mais Morgan ne semblait pas disposé à développer, si bien qu'elle ravala sa question. Pour l'instant. Elle posa son ordinateur sur la table qui lui servait de bureau dans un coin du salon et se mit au travail. Au bout de quelques minutes, elle était plongée dans sa lecture. Elle passa minutieusement en revue son dernier entretien pour le comparer aux autres. Elle espérait surtout vérifier si les différents chercheurs se contredisaient ou au contraire confirmaient des détails.

Elle s'efforçait de se concentrer, mais son esprit vagabondait sans cesse vers l'homme incroyablement séduisant, installé sur un des hauts tabourets de la cuisine, devant un grand verre d'eau pétillante. Chaque fois que son regard s'égarait dans sa direction, elle trouvait Morgan perdu dans ses pensées, parfaitement à l'aise.

Allez, Krys, se sermonna-t-elle, *ne te laisse pas distraire. Ce maudit article ne va pas s'écrire tout seul et tu ne seras jamais payée si tu continues à procrastiner comme ça. Garde les yeux sur la ligne d'arrivée.*

Trois heures plus tard, elle émergea avec un soupir. Ses yeux la brûlaient et elle luttait pour rester éveillée. Avec lassitude, elle sauvegarda son travail et referma son ordinateur.

— Un problème ? fit soudain une voix juste derrière elle.

Elle sursauta violemment. Elle n'avait pas entendu Morgan s'approcher. Elle se tourna vers lui et le regarda comme s'il était un fantôme surgi de nulle part.

— Tu as soupiré, précisa-t-il.

Krys attendit quelques secondes que son cœur reprenne un rythme normal.

— J'ai l'impression de rater quelque chose, expliqua-t-elle. Quelque chose qui se trouve juste sous mon nez.

— À mon avis, tu travailles trop. Tu es épuisée.

— Peut-être, répondit-elle. Mais c'est peu probable.

Elle se leva de son bureau et s'étira, puis fit rouler ses épaules pour en chasser les tensions.

— Je crois que je vais aller me coucher. Certains d'entre nous ne fonctionnent pas sur piles.

Morgan sourit.

— Même pas des piles rechargeables ? plaisanta-t-il.

— Non. Même pas.

Elle jeta un regard en direction du couloir, où se trouvaient les chambres, et ajouta :

— Tu es sûr que tu ne veux pas un lit ?

À peine eut-elle posé la question qu'elle s'en mordit les doigts. Il aurait été facile de mal interpréter ses paroles. Surtout pour un homme aussi séduisant que Morgan Cavanaugh. Elle se sentit rougir avec force.

— Je veux dire… pour dormir, bafouilla-t-elle. Tout seul, évidemment.

Plus elle tentait de se rattraper, plus elle s'enfonçait. Morgan laissa échapper un rire et vola à son secours.

— J'ai compris ce que tu voulais dire et, oui, je suis sûr. Je serai très bien dans le salon, ajouta-t-il en désignant le fauteuil.

— Tu peux l'incliner mais ça risque de ne pas être très confortable.

— Il m'est arrivé de dormir debout, tu sais.

Krys était prête à le croire, mais il y avait cette lueur dans ses yeux…

— À vrai dire, reprit-il, je n'ai pas vraiment l'intention de dormir.

Krys jeta un regard désapprobateur au fauteuil.

— Ça ne me semble pas très confortable quand même.

Un sourire apparut sur le visage de Morgan, comme si le fait que Krys essaie toujours de le contredire l'amusait.

— Ne t'inquiète pas pour moi.

Krys haussa les épaules. Après tout, si Morgan était déterminé à ne pas dormir, c'était son droit.

— À ta guise. Mais je ne voudrais pas ternir mon image auprès du clan Cavanaugh en épuisant un de ses membres moins d'une semaine après mon arrivée.

Morgan éclata de rire.

— Ne t'inquiète pas. On est robuste dans la famille. Il en faut plus pour nous épuiser.

— C'est noté, répondit Krys, même si elle doutait encore.

— N'oublie pas de fermer ta porte à clé, rappela-t-il tandis qu'elle s'éloignait vers les chambres.

Krys s'arrêta et se retourna :

— Pourquoi ? Tu as l'intention d'entrer par effraction ?

Morgan eut un grand sourire :

— J'ai pour principe de ne jamais mélanger le travail et le plaisir, Kowalski.

Et ça veut dire quoi, ça ? s'interrogea Krys. Elle eut

soudain envie de lui demander dans quelle catégorie il la rangeait – le travail ou le plaisir ? –, mais elle avait déjà assez d'ennuis comme ça. Inutile d'embrouiller davantage la situation. Même si Morgan était censé la protéger, elle sentait que tout pouvait rapidement se compliquer.

— Bonne nuit, Morgan, lança-t-elle en disparaissant dans le couloir.

— Bonne nuit, Krys.

Juste avant d'entrer dans sa chambre, elle jeta un bref coup d'œil en direction du salon : Morgan s'installait tranquillement dans le fauteuil ; un sourire vague flottait sur ses lèvres.

Krys passa la nuit à se retourner dans son lit, se réveillant toutes les heures. Loin de la rassurer, la présence de Morgan dans le salon la troublait. Au petit matin, elle finit par renoncer. Autant commencer sa journée et tant pis pour la fatigue.

Elle prit une douche rapide – elle avait suffisamment voyagé pour connaître la valeur de l'eau. Malgré cela, elle se sentit incroyablement vulnérable pendant les six minutes où elle resta nue sous le jet brûlant.

Une fois qu'elle fut lavée et habillée, le monde lui sembla de nouveau cohérent. Dans le salon, Morgan était déjà debout. Il avait une bien meilleure mine qu'elle et n'avait pas du tout l'air de quelqu'un qui a passé une nuit dans un fauteuil.

— Comment fais-tu pour être aussi frais que si tu avais ronflé douze heures dans un bon lit ? s'étonna-t-elle d'un ton accusateur. Tu n'as pas dormi toute la nuit, quand même ?

— Non. J'ai fait une petite sieste entre 2 h 15 et 2 h 35. Ça m'a suffi.

Krys le regarda, les yeux ronds. C'était une blague, non ?

— Comment est-ce possible ? demanda-t-elle. Ce n'est pas normal.

— Je n'ai jamais dit que c'était normal, fit remarquer Morgan. Juste que j'avais fait une petite sieste. La meilleure explication que je puisse t'offrir c'est que, quand je ne suis pas de service, j'arrive à engranger du sommeil. Et je semble être en mesure de puiser dans ces réserves en cas de besoin.

Il devait inventer. Il n'y avait pas d'autre possibilité. Il était en train de se vanter.

— Je n'en crois pas un mot, rétorqua-t-elle.

— C'est ton droit le plus strict, concéda-t-il, magnanime. Bon. Maintenant que tu es debout… Quel est le programme de la journée ?

Krys décida d'oublier son rythme de sommeil improbable.

— J'ai quatre entretiens prévus. Dont un avec une femme qui a participé aux essais cliniques et qui est brutalement revenue sur l'histoire qu'elle m'avait racontée. Je veux comprendre si elle m'a menti la première fois ou si elle me ment maintenant.

Morgan hésita un instant, puis hocha la tête.

— Un problème ? demanda-t-elle, un peu sur la défensive.

— Ça ne te fatigue pas, à la longue ?

— Quoi ?

— Tes prises de bec permanentes avec des gens. Penser que, par principe, ils mentent ou ils te considèrent comme l'ennemi.

— J'essaie de me souvenir que c'est la vérité que je cherche. Ça suffit en général à m'apaiser.

Morgan ne sembla pas convaincu.

— Et si tu ne découvres pas la vérité ?

— Dans ce cas, je continue à creuser jusqu'à ce que je la trouve.

Morgan ne doutait pas une seconde de sa sincérité. Il

repensa à ce qu'il devait lui-même parfois endurer pour résoudre une enquête. Il comprenait bien ce que Krys ressentait. Elle ne renonçait jamais tant qu'elle n'avait pas obtenu les réponses qu'elle cherchait. Peu importait le temps que ça prenait. Et peu importait le danger, visiblement.

Un tel engagement était sans doute admirable, mais il n'était pas là pour ça. Son rôle était de faire en sorte qu'elle ne soit pas assassinée à cause de la « noblesse » de ses convictions.

Cependant, qui assurerait la relève, quand il aurait accompli sa mission ? Quand le tueur aurait été arrêté et mis hors d'état de nuire ? Il savait que Krys continuerait à fonctionner de la même façon lorsqu'elle partirait en quête d'un nouvel article, d'une nouvelle vérité. D'un nouveau sujet dangereux qui la mettrait en danger de mort.

Ce n'était pas son problème, pensa Morgan. Il devait juste mener à bien cette mission.

Cependant, il avait beau essayer de s'en convaincre, il n'y croyait pas.

— Que dirais-tu d'aller petit-déjeuner dans un café ? proposa-t-il soudain. Puisqu'il n'y a rien dans tes placards…

— Je dirais que ça me convient, répondit-elle. D'ailleurs, je pense que mon organisme entrerait en état de choc si je prenais mon petit déjeuner dans ma propre cuisine.

Il la regarda d'un air songeur :

— Vraiment ?

— Je mange plus souvent ailleurs que chez moi, c'est tout.

Il hocha la tête et se dirigea vers la porte.

— Rappelle-moi simplement de passer au supermarché en rentrant ce soir, lança-t-il. Comme ça, je pourrais acheter de quoi préparer un vrai petit déjeuner demain matin.

— Tu as réellement envie de cuisiner ?

— Franchement… Non. Mais ça fait partie des contraintes

nécessaires avec lesquelles il faut bien apprendre à vivre. Comme payer ses impôts ou… respecter la loi.

— C'est une blague, hein ? Tu ne mets pas vraiment ça au même niveau ?

Il sourit.

— Je ne m'en tire pas si mal, puisque tu n'as pas l'air sûr.

Krys soupira. Au lieu de réfléchir sur son enquête, elle se retrouvait à s'intéresser à des choses concernant Morgan Cavanaugh et qui n'avaient rien du tout à voir avec son travail.

Concentre-toi, bon sang ! Arrête de penser à ces frissons qu'il est capable de déclencher en toi. Ce n'est pas pour ça qu'on te paie.

— Il reste moins d'une heure avant mon premier rendez-vous, annonça-t-elle pour couper court à la conversation. Espérons que le service sera rapide.

— En route.

Après avoir vérifié une dernière fois que la porte était bien verrouillée, il l'invita d'un geste à se diriger vers la voiture.

12

— Je commence à prendre racine, fit remarquer Morgan, sans quitter des yeux l'entrée du restaurant mexicain.

Krys s'agita sur son siège. Assis dans la voiture, ils attendaient sur le parking depuis plus de quatre-vingt-dix minutes.

— Et j'ai bu assez de café pour arroser un arbre, ajouta-t-il. Tu es sûre que celle que tu es censée rencontrer ne s'est pas trompée ?

— C'est elle qui a choisi cet endroit, répondit Krys.

Claire Williams, la femme qui était revenue sur son témoignage, semblait pourtant lui avoir posé un lapin. Elles avaient convenu de se retrouver devant ce restaurant situé aux abords de la ville, loin du siège du Weatherly Pharmaceutique, car Claire Williams craignait de croiser quelqu'un du laboratoire. Visiblement, elle avait dû décider que c'était tout de même trop risqué.

Krys vérifiait son téléphone régulièrement, guettant un message d'explication ou d'excuse, mais en vain. Elle bouillait d'impatience.

— Je pense qu'elle ne viendra plus, lâcha enfin Morgan. Peut-être qu'elle a eu un empêchement de dernière minute. Pourquoi ne pas aller directement à ton second rendez-vous ?

Krys soupira.

— Tu as raison. Mais ça ne me plaît pas. J'ai du mal à

croire qu'elle m'ait laissée en plan comme ça. Ce n'est pas son genre et elle avait l'air sincère.

— Ça arrive, répondit-il. Ça arrive tout le temps, même. Peut-être a-t-elle décidé que c'était finalement trop risqué et qu'elle était trop gênée pour te l'avouer. Ou bien elle a reçu des menaces. Ou un gros chèque. Les moyens de convaincre quelqu'un de changer d'avis sont nombreux. Je parle d'expérience…

— Je sais, dit Krys. Je ne suis pas née de la dernière pluie. Mais j'aurais mis ma main à couper que ce n'était pas le genre de Claire. Quand elle est venue me trouver la première fois, j'ai dû lui tirer les vers du nez. Le rôle de la lanceuse d'alerte ne lui plaisait pas mais elle a fini par me raconter que les tests effectués sur elle n'avaient pas eu les résultats escomptés.

— N'avait-elle pas affirmé le contraire, au départ ? Que son cancer semblait être entré en rémission ?

— Si. Mais ensuite, elle s'est rendu compte que les analyses avaient été falsifiées afin de donner l'impression d'une rémission. Claire était catégorique… Et bien évidemment furieuse. Quelqu'un comme elle ne change pas d'avis à la dernière minute en prétextant qu'il s'agissait d'une erreur. C'est pour cela que son absence me semble douteuse.

Krys semblait si convaincue que Morgan était prêt à la croire. Peut-être était-il arrivé malheur à Claire. Peut-être l'agresseur de Krys s'était-il également attaqué à elle.

— Tu pourrais me donner toutes les informations dont tu disposes sur cette femme ? demanda Morgan. Je peux envoyer quelqu'un vérifier si elle va bien, trouver où elle habite.

— Tu penses qu'il a pu lui arriver quelque chose ? interrogea Krys avec angoisse.

Elle refusait d'envisager cette possibilité, mais elle était sincèrement inquiète. Morgan ne put s'empêcher de se demander jusqu'où certains dirigeants de Weatherly Pharmaceutique auraient été prêts à aller pour étouffer des témoignages compromettants.

— De façon générale, je pense qu'il vaut mieux se préparer au pire et espérer le meilleur, répondit-il. C'est une théorie qui me réussit plutôt bien. Où se déroule ton prochain entretien ?

Sans avoir besoin de consulter son agenda, Krys répondit :

— J'avais prévu que la rencontre avec Claire durerait jusqu'à 11 heures. On a le temps avant d'aller au Gerry's.

— Le Gerry's ?

Elle gribouilla l'adresse sur un morceau de papier qu'elle lui tendit.

— C'est à l'autre bout de la ville, fit remarquer Morgan. Tu essaies de facturer des frais kilométriques ?

— J'ai affaire à des paranoïaques, expliqua-t-elle. Je voulais éviter qu'ils se croisent. Ils auraient pu se refermer comme des huîtres.

— Ça semble logique.

— Ravie que tu sois de cet avis, répondit-elle laconiquement.

— Hé ! Au cas où tu n'aurais pas compris, je suis dans ton camp, rappela-t-il.

— Désolée, bredouilla Krys en rougissant. Je me suis laissé emporter par ma déception et j'ai été injuste avec toi. Sans parler du fait que je suis réellement inquiète pour Claire.

Morgan balaya l'incident d'un geste.

— Ma mère disait toujours : « Inutile de s'inquiéter à l'avance. Les soucis nous trouvent bien assez vite. »

Krys parvint à afficher un demi-sourire.

— Ta mère m'avait tout l'air d'avoir la tête sur les épaules, fit-elle remarquer avec une pointe de nostalgie dans la voix.

— C'est vrai.

Depuis quelques jours, Morgan pensait beaucoup à sa mère. En temps normal, cela ne lui arrivait que lorsqu'il y avait de grandes réunions de famille. Elle aurait apprécié Krys.

— Elle t'aurait aussi conseillé de ne pas prendre de risques inutiles, ajouta-t-il, l'air pincé.

Krys éclata de rire.

— La profession de journaliste d'investigation tourne justement autour de ce concept de « risque inutile ». Et puis, tu es bien mal placé pour me faire la leçon…

— Moi ? Comment ça ?

— Tu es inspecteur de police ! Un boulot qui consiste essentiellement à prendre des risques.

— Ma mère était femme de policier. Elle était parfaitement au courant des aléas du métier. Elle cherchait simplement à s'assurer qu'on choisisse nos combats avec soin.

Ils auraient pu débattre toute la journée mais ils n'en avaient pas le temps. Krys préféra changer de sujet.

— Tu parlais d'envoyer quelqu'un vérifier où habitait Claire pour voir si elle va bien ? rappela-t-elle.

— Oui, mon coéquipier. Je m'en occupe tout de suite.

Il sortit son téléphone et désigna du menton l'ordinateur de Krys.

— Donne-moi tous les détails que tu as sur cette femme, afin que je puisse les transmettre à Fredericks.

Krys ouvrit son portable et tourna l'écran vers lui, afin qu'il puisse lire directement. Tandis qu'il parlait avec Fredericks, Krys continua à observer les alentours, espérant encore l'arrivée de Claire. Morgan venait de fournir les informations pertinentes sur cette lanceuse d'alerte quand il entendit son coéquipier marmonner quelque chose d'inaudible.

— Que se passe-t-il, Fredericks ? demanda-t-il.

Il craignait que son collègue essaie de s'esquiver en

prétextant une surcharge de travail. Il y eut un silence pesant, puis Fredericks bafouilla :

— C'est cette femme qu'on doit retrouver…

Il se tut encore.

— Oui ? insista Morgan.

— J'ai une bonne et une mauvaise nouvelle. Tu veux laquelle en premier ?

Morgan fronça les sourcils.

— C'était rapide, fit-il remarquer en se tournant vers la fenêtre. Donne-moi d'abord la bonne.

— On l'a retrouvée.

— Tu l'as retrouvée ? répéta-t-il. On parle bien de Claire Williams. Tu as retrouvé Claire Williams ?

Krys s'était figée et ne le quittait plus des yeux.

— Oui, confirma son collègue.

C'était impossible.

— Mais… Je t'ai demandé ça il y a deux minutes, protesta Morgan, méfiant. Comment as-tu pu faire aussi vite ?

— C'est la mauvaise nouvelle, répondit Fredericks. Elle est morte. Deux promeneurs ont découvert son corps dans le parc, un peu plus tôt ce matin.

— Tu es sûr ? interrogea Morgan en jetant un coup d'œil en direction de Krys.

— Certain. Elle avait une pièce d'identité sur elle.

Krys écoutait la conversation avec angoisse. Elle avait sans doute lu l'expression sur son visage.

— C'est Claire ? chuchota-t-elle.

Puis, avant qu'il puisse répondre, elle ajouta :

— Elle est morte, n'est-ce pas ?

Sachant ce que cela signifiait pour Krys, Morgan aurait donné cher pour pouvoir apaiser ses doutes.

— Oui, finit-il par admettre.

— Quand ? demanda-t-elle d'une voix où la panique commençait à poindre.

Il lui expliqua ce que Fredericks lui avait raconté.

— Ce matin. Je n'ai pas encore d'heure précise, mais son corps a été retrouvé dans un parc.

— C'est à cause de notre rendez-vous, s'écria-t-elle, se sentant coupable. Elle est morte à cause de moi.

— Non, l'interrompit-il. C'est la faute de celui qui l'a tuée. Et de ceux qui ont commandité sa mort. Tu n'y es pour rien.

Krys n'avait pas l'air prête à accepter ses arguments.

— Tout cela ne serait jamais arrivé si je n'avais pas insisté, rappela-t-elle avec des larmes de colère.

Morgan entendit Fredericks marmonner quelque chose au téléphone, mais il ne pouvait pas suivre deux conversations à la fois.

— J'arrive tout de suite, lança-t-il à son collègue avant de raccrocher et de ranger son smartphone dans sa poche.

— Viens, Krys. Je me sentirais plus serein si tu restais au commissariat avec une brigade de policiers pour te protéger.

Cependant, Krys n'était pas du genre à se laisser distraire ou arrêter par la peur.

— Cet article est plus important que jamais. Je dois m'assurer qu'il sera publié. Pour Claire. Je lui dois bien ça.

— Personne ne t'empêche de l'écrire, répondit Morgan. Mais ça ne peut pas te faire du mal d'être prudente. Et quelques jours ne changeront pas grand-chose à l'affaire.

Krys secoua la tête.

— Le médicament doit être mis sur le marché dans une semaine. Qui sait quel genre de dégâts il pourrait causer si Claire avait raison ? Et d'ailleurs, jusqu'où le labo est-il prêt à aller pour s'assurer que la vente ne soit pas annulée ?

Elle semblait sur le point de craquer.

— Pour l'instant, mon principal souci, c'est d'empêcher qu'il y ait une nouvelle victime. À savoir, toi. Arrête de discuter. Ferme ta portière et en route.

Krys obéit avec un soupir douloureux.

— J'imagine que ça élimine Barbe Bleue de la liste des suspects, marmonna-t-elle comme si elle s'efforçait de trouver un aspect positif à cette situation.

Morgan n'était pas tout à fait de cet avis.

— Pas nécessairement.

Krys le regarda sans comprendre.

— Peut-être que Barbe bleue cherche à se venger parce que tu as détruit sa mécanique bien rodée, expliqua Morgan. Et que quelqu'un d'autre a tué Claire parce qu'elle s'apprêtait à dénoncer des essais cliniques frauduleux et que cela risquait de coûter une fortune à un laboratoire pharmaceutique.

— C'est de pire en pire, alors... J'ai l'impression de semer la mort partout où je vais, sans même m'en rendre compte.

Il devait l'arrêter avant qu'elle ne s'accuse de tous les maux.

— Ne te fustige pas trop vite, tu veux bien ?

— Tu penses que je me prends pour une sorte de martyre ? demanda-t-elle, aussitôt sur la défensive.

— Non. Je te conseille juste de ne pas mettre la charrue avant les bœufs, d'accord ?

— Tu devrais peut-être en parler à Claire, rétorqua-t-elle avec amertume.

Elle luttait, mais elle était à deux doigts de s'effondrer, suffoquée par la culpabilité. Il lui fallut plusieurs secondes pour se rendre compte que Morgan venait de se garer et de couper le moteur. Clignant des yeux pour chasser les larmes qui menaçaient, elle regarda autour d'elle. Ils se trouvaient sur un parking, encore bien loin du commissariat.

— Qu'est-ce qu'on fiche ici ? demanda-t-elle d'une voix chevrotante. D'ailleurs, on est où ?

— J'ai pensé que tu avais peut-être besoin d'un moment pour retrouver tes esprits.

— Je n'ai pas besoin d'un moment ! s'emporta-t-elle.

Et soudain, elle éclata en sanglots.

— Oui, c'est ça. Tu gères.

Morgan passa un bras autour de ses épaules et la serra contre lui pour la réconforter.

— Il te faut juste quelques minutes pour récupérer.

Krys aurait voulu protester pour qu'il cesse de la traiter comme une poupée fragile, mais elle ne parvenait pas à articuler la moindre parole. Les sanglots qui l'étouffaient l'empêchaient de parler. Emportée par un sentiment terrible d'impuissance, elle tourna son visage contre l'épaule de Morgan et laissa ses larmes couler librement.

— Voilà, l'encouragea Morgan en lui caressant les cheveux. Parfois, il vaut mieux pleurer et tout lâcher. Il n'y a aucune honte à avoir. Vas-y. Personne ne te voit. Pas besoin de jouer les guerrières.

— Toi, tu me vois, parvint-elle à articuler entre deux hoquets.

— Ça ne compte pas, répondit-il sans desserrer son étreinte.

Elle sanglota ainsi cinq bonnes minutes avant de se redresser, bien déterminée à se calmer. Morgan fouilla alors dans sa poche et en sortit un mouchoir qu'il lui tendit.

— Je suis désolée, grommela-t-elle en s'essuyant les yeux.

— De quoi ? D'être humaine ? Ça arrive à des gens très bien, je te rassure. Et ne t'inquiète pas, j'ai d'autres mouchoirs.

Krys renifla.

— Tu n'es pas censé être aussi gentil, dit-elle.

— Je ferai de mon mieux pour que ça ne se reproduise plus, promit-il avec un clin d'œil.

L'ombre d'un sourire dansa sur les lèvres de Krys, puis tout bascula. Avant qu'elle puisse réfléchir, elle se retrouva en train de lui exprimer sa gratitude d'une façon tout à fait différente.

Elle embrassa Morgan.

Surpris, celui-ci commença par reculer, comme s'il ne voulait pas profiter de la situation. Puis, il sembla changer d'avis et prit son visage à deux mains pour l'embrasser à son tour.

Avec passion.

13

Une foule d'émotions contradictoires traversaient Krys à la vitesse de l'éclair. Elle se sentait à la fois attirée par Morgan et stupéfaite de ce qu'elle ressentait à cet instant.

En tous les cas, sa réaction n'avait rien de professionnel.

Elle s'écarta brusquement, et s'apprêtait à bafouiller une excuse quand Morgan la déstabilisa une fois de plus en demandant aussitôt :

— Ça va ?

Il semblait sincèrement inquiet de son état émotionnel. Krys, elle, avait le cœur qui frisait l'excès de vitesse.

— Non, avoua-t-elle franchement en s'efforçant de se calmer. Ça ne va pas. Mais ça va aller.

Elle prit plusieurs inspirations profondes, soudain très gênée de la situation.

— Ce genre de comportement ne me ressemble pas du tout, s'empressa-t-elle d'ajouter. Je te promets de ne pas te mettre mal à l'aise devant tes collègues.

— C'est le cadet de mes soucis. Et tu n'as aucune raison d'être gênée.

Krys avait un avis légèrement différent sur la question, mais elle n'avait pas l'intention de protester davantage. Elle devait se concentrer. Par-dessus tout, elle était déterminée à trouver le meurtrier de Claire.

— On peut aller au commissariat maintenant, annonça-t-elle en se redressant.

Elle entendait bien faire tout son possible pour aider à faire progresser cette enquête.

— Tu es sûre ? demanda-t-il en démarrant. On peut rester ici encore une minute, si tu veux.

— Ce que je veux, l'interrompit-elle avec insistance, c'est mettre la main sur le fumier qui a tué Claire.

C'était la seule façon pour elle de gérer la culpabilité qui la rongeait.

— Dans ce cas, en route, déclara Morgan.

En chemin, il lui expliqua ce qui allait se passer.

— Tu resteras dans nos bureaux pendant que je vais parler avec le légiste pour connaître les détails de l'autopsie. Il me semble que Toni est de service. Ce sera plus facile pour avoir des infos.

— Toni ? C'est un légiste ?

— Une légiste, en l'occurrence. Et ma belle-sœur, accessoirement. La femme de Dugan.

— Évidemment…

Cette famille n'en finissait donc jamais ? Nik savait-elle dans quoi elle avait mis les pieds ?

— Est-ce que tous les employés de la police d'Aurora sont des Cavanaugh ? demanda-t-elle.

— Pas tous. Mais on est nombreux.

Arrivé sur le parking du commissariat, Morgan se gara à son emplacement habituel. En sortant de la voiture, il envisagea un instant de conduire Krys à la salle d'attente du premier étage, plutôt que dans les bureaux de la Brigade criminelle.

— Je n'en ai pas pour longtemps, assura-t-il.

Elle le rattrapa par le bras.

— Je viens avec toi.

— À la morgue ? Tu es sûre ? Ce n'est pas une bonne idée. Tu es déjà assez secouée comme ça.

Il n'avait pas envie qu'elle soit malade.

— J'étais secouée, corrigea-t-elle en le précédant sur les marches de l'entrée. Mais tout est sous contrôle, à présent.

Elle franchit les portes automatiques d'un pas décidé.

— Écoute, reprit-elle. Je ne connaîtrai jamais le fond du problème en mettant la tête dans le sable pour ignorer la réalité.

Comme ses sœurs et ses cousines, cette femme ne ratait jamais une occasion de discuter. Il n'avait cependant pas le temps pour ce genre de prise de bec.

— J'admire ta résolution, mais ce n'est pas ton boulot. C'est le mien.

Quelque chose dans le regard de Krys lui fit comprendre qu'elle ne céderait pas de sitôt. Il essayait de la ménager pourtant. Malheureusement, elle n'avait pas l'air disposée à changer d'avis. Avec un soupir, il reprit :

— Je te propose un compromis : on pourrait décider que c'est notre travail à tous les deux de découvrir la vérité. On fait équipe.

C'était la meilleure façon de garder un œil sur elle et d'éviter qu'elle lui file entre les doigts. Il lui adressa un sourire encourageant, mais elle hésitait.

— Tu t'entendrais vraiment à merveille avec mes sœurs, fit-il soudain remarquer.

Elle parut surprise.

— Est-ce qu'elles sont aussi têtues que toi ?

— Oh ! Bien pire encore ! répondit-il en riant. Avec elle, l'entêtement atteint des degrés stratosphériques.

Cela sembla amuser Krys.

— J'ai du mal à y croire ! s'esclaffa-t-elle.

— Pas si tu les connaissais, je t'assure.

Il la suivit dans l'ascenseur et appuya sur le bouton du sous-sol.

— Maintenant que j'y réfléchis…, reprit-il. Ce ne serait pas une mauvaise idée.

— Quoi ?

— Que tu rencontres mes sœurs. Et tous les autres.

Il devait parler à l'oncle Andrew. La découverte de l'existence de Krys serait un prétexte idéal pour réunir toute la famille.

Ancien membre des forces de l'ordre lui aussi, Andrew avait grimpé les échelons jusqu'à devenir chef de la police d'Aurora. Il aurait terminé sa carrière à ce poste, si sa femme Rose n'avait pas mystérieusement disparu pendant onze ans, le laissant avec cinq bambins à élever. Il avait alors été obligé de prendre une retraite anticipée. Cependant, il n'avait jamais abandonné l'espoir de revoir son épouse et il avait remué ciel et terre pour la retrouver.

Lorsque ses enfants étaient entrés à leur tour dans la police, les uns après les autres, il avait compris qu'il devait trouver une façon de s'occuper. Il avait décidé de diviser son temps libre entre ses recherches et l'invention de prétextes pour réunir toute la famille le plus souvent possible. Un heureux hasard lui avait permis de retrouver sa femme, qui souffrait d'amnésie depuis un accident de voiture. Andrew s'était alors dévoué corps et âme à Rose, pour l'aider à recouvrer la mémoire. Quand les souvenirs étaient enfin revenus, c'était comme si la vie lui avait offert une seconde chance. À partir de ce jour, il avait vécu comme un rescapé, profitant de chaque instant.

Il organisait donc de grandes réunions de famille à la moindre occasion. Et quand il ne préparait pas ces fêtes, Andrew cuisinait pour le clan et les nombreux amis qui passaient lui rendre visite.

Morgan décida qu'un rassemblement de Cavanaugh

était exactement ce qu'il fallait à Krys. Il était persuadé que ces repas auraient dû être prescrits sur ordonnance par les médecins et que ce serait en plus l'occasion de faire des présentations officielles.

Il se promit donc d'appeler Andrew au plus vite. Le patriarche sauterait sans doute sur cette opportunité d'accueillir la sœur jumelle de Nikki en bonne et due forme, et Krys avait besoin d'une bonne dose d'affection et d'attention à la sauce Cavanaugh pour se remonter le moral.

Krys, en revanche, ne semblait pas convaincue que le moment soit bien choisi pour rencontrer la belle-famille de sa sœur.

— On pourrait au moins attendre de savoir qui a tué Claire ? suggéra-t-elle. Je ne vais pas en profiter si je sais qu'il y a un assassin qui rôde, prêt à bondir sur moi. Ou pire : sur ma sœur.

Elle frissonna.

— Ne t'inquiète pas, la réconforta Morgan. Je te garantis qu'en moins d'une heure tout le commissariat sera sur le coup. Et je ne parle pas que de la famille.

— Sans vouloir me montrer grossière, je crois que je ne serai pas tranquille tant que tout ça ne sera pas réglé.

— Tu n'es pas la seule. Mais permets-moi de te signaler qu'Aurora possède le taux de criminalité le plus bas du pays, pour une ville de cette taille.

Ce n'était pas un secret et la municipalité ne se privait jamais de le rappeler.

— Je sais, soupira-t-elle. Mais « bas » ne veut pas dire « inexistant ». Il suffisait d'un meurtre.

— C'est vrai, approuva-t-il en sortant de l'ascenseur. Mais tu dois te concentrer sur les probabilités en ta faveur. Et elles sont plutôt bonnes.

Ils se dirigèrent vers la morgue. Devant la porte, Morgan

consulta le panneau d'affichage. Il avait vu juste : Toni était la légiste de service ce jour-là. Ils entrèrent.

Avant qu'il puisse faire les présentations, Toni leva le nez de l'autopsie qu'elle était en train de terminer et se figea, les yeux écarquillés par la surprise.

— Nikki ? s'exclama-t-elle en retirant ses gants en latex. Qu'est-ce que tu fiches ici ?

Krys offrit à la jeune femme un sourire patient, bien qu'un peu crispé.

— Je ne suis pas Nikki. Ma sœur est normalement toujours en lune de miel avec Finn et elle n'a aucune idée de ce qui se trame ici.

Toni s'approcha pour mieux observer la nouvelle venue qui accompagnait son beau-frère.

— Alors comme ça, Dugan ne plaisantait pas, murmura-t-elle en tournant autour de Krys, l'air impressionné. Il m'a dit qu'il t'avait vue hier soir, quand il a livré la pizza, mais je ne l'ai pas cru. La ressemblance est vraiment frappante !

Krys retint un soupir, mais ce petit rituel commençait à devenir lassant.

— On me le répète souvent en ce moment.

Il devenait urgent d'organiser une réunion chez l'oncle Andrew, pensa Morgan. Ainsi, tout le monde pourrait rencontrer Krys et arrêter une bonne fois pour toutes de faire des remarques sur la ressemblance parfaite entre… des jumelles.

— Oui, j'imagine, dit Toni.

Morgan décida de mettre un terme à cette situation.

— Bon, coupa-t-il. Et la victime ? As-tu des informations concernant l'heure ou la cause de sa mort ?

— Oui, répondit Toni en reprenant son sérieux professionnel. Elle est décédée tôt ce matin, entre 6 heures et 7 heures. D'après les vêtements qu'elle portait, elle était sans doute en train de faire son jogging.

— De quoi est-elle morte ? demanda Krys d'une voix calme.

Toni se tourna vers elle.

— Blessure par balle, expliqua-t-elle simplement.

Enfilant une nouvelle paire de gants, elle fit pivoter la tête de la victime étendue sur la table pour dévoiler une plaie à la base de son cou.

— Sans doute un tireur embusqué, précisa-t-elle.

— Un sniper ? répéta Morgan, un peu surpris. Qu'est-ce qui te fait penser ça ?

— Une seule balle. À une distance impressionnante. Pour moi, c'est forcément l'œuvre d'un tireur d'élite.

Si Toni disait vrai, alors Krys était encore plus en danger et vulnérable qu'il ne l'avait d'abord cru. Il ne pouvait plus prendre le moindre risque.

— Bon, c'est réglé, annonça-t-il. Krys, je te mets sous clés, assignée à résidence.

— Je ne peux pas vivre comme ça ! protesta-t-elle aussitôt.

— Tu préfères ne pas vivre du tout ?

— Il n'a pas tort, tu sais, intervint Toni en s'approchant.

— Ça va aller, assura Krys. J'ai des sources sur lesquelles je peux compter pour m'avertir. Des gens qui peuvent faire circuler l'info et découvrir qui aurait pu faire appel à un sniper pour se débarrasser de Claire.

Morgan était à deux doigts de perdre patience.

— Kowalski, tu ne peux…

Elle le coupa aussitôt :

— Si, je peux. Et je vais le faire. Tu ne comprends pas ? Plus vite on aura trouvé qui a fait ça, plus vite on connaîtra le commanditaire. Je refuse de vivre dans la peur !

L'espace d'une seconde, ils semblèrent tous deux oublier qu'ils n'étaient pas seuls dans la pièce.

— Je ne te demande pas de vivre dans la peur, rétorqua

Morgan d'une voix sourde. Juste de me laisser faire mon boulot. Et je ne pourrais pas le faire correctement si je m'inquiète pour toi en permanence.

Il se souvint soudain de la présence de Toni à leurs côtés en voyant l'air ahuri de sa belle-sœur. Visiblement, il en avait trop dit. Cependant, il n'avait jamais rencontré une femme capable de le mettre hors de lui comme Krys. C'était incompréhensible.

— Tu sais, Morgan, lui rappela Toni, on dispose de pas mal de ressources au commissariat.

— Je sais.

— Dans ce cas, pourquoi ne pas les utiliser ? demanda Krys. À nous deux, on pourrait trouver des réponses.

Elle luttait pour conserver un semblant de normalité et de contrôle sur sa vie.

— Je crois que je préférais quand tu étais abattue, grommela-t-il.

Krys le fusilla du regard.

— Pas moi. Les gens abattus se font avoir en permanence. Ce n'est pas mon genre.

Il était temps d'en finir, pensa Morgan.

— Autre chose, Toni ?

— Non, dit-elle. Je te tiens au courant si j'en apprends plus. Mais pour être honnête, je ne m'attends pas à des découvertes incroyables.

— Tant mieux. On a eu notre compte aujourd'hui.

Il se tourna vers Krys.

— Tu as autre chose à demander ?

Krys réfléchit un instant.

— Juste une question…

— Je t'écoute, l'encouragea Toni.

— Est-ce que… Est-ce que ça a été rapide ?

La légiste eut un élan de compassion, sans doute touchée que Krys s'inquiète autant d'une quasi-inconnue.

— Elle ne s'est rendu compte de rien, assura-t-elle.

Krys poussa un profond soupir.

— C'est déjà ça, j'imagine… Merci.

— Pas de souci, répondit Toni avec un bref sourire. C'est agréable de rencontrer quelqu'un qui ne considère pas tout ça de façon impersonnelle.

Elle lança un regard appuyé à Morgan et alors qu'il se dirigeait vers la sortie avec Krys, elle lança :

— Ravie d'avoir fait ta connaissance, Krys ! Même si j'aurais préféré que ce soit dans de meilleures circonstances…

— Et moi donc…, marmonna Krys.

— Tu veux aller boire un café ? proposa Morgan, quand ils quittèrent la morgue.

Krys fit signe que non.

— À moins qu'il ne soit servi avec un assortiment de réponses…

— Dans ma profession, expliqua Morgan, ça demande du temps. Au fait…

Ils étaient arrivés devant l'ascenseur et il jeta un coup d'œil en direction de l'autre couloir.

— Pourquoi ne pas en profiter pour passer à la Brigade informatique ?

Krys repensa aux informations qu'ils avaient confiées à Valri. Elle doutait que la jeune femme ait déjà des réponses, mais puisqu'ils étaient juste à côté et qu'elle avait reporté son rendez-vous au Gerry's.

— Pourquoi pas ? dit-elle. Autant encaisser toutes les déceptions le même jour. Comme ça, c'est fait.

— Je n'aurais pas cru que tu étais du genre à renoncer aussi facilement, fit remarquer Morgan en se dirigeant vers le second couloir.

— Je ne renonce pas, protesta Krys. Je suis ton conseil : je me prépare au pire.

— J'ai également dit qu'il fallait espérer le meilleur, lui rappela-t-il.

— Désolée, marmonna-t-elle. Mon stock d'optimisme est presque épuisé. Mais ne t'inquiète pas, je vais me ressaisir. Je me sens juste un peu abattue… Cela dit, pas autant que Claire, ajouta-t-elle avec un cynisme glacial.

Morgan ne fit aucun commentaire. En entrant dans les bureaux de la Brigade informatique, il regarda aussitôt en direction de sa cousine, comme s'il cherchait à évaluer son humeur.

— Bonjour, dit-il en arrivant devant sa table de travail. On aurait bien besoin d'une bonne nouvelle.

— Hum, fit Valri. Je te préviens : ça risque d'être plutôt du genre bonne et mauvaise nouvelle.

— On a déjà eu notre compte aujourd'hui, soupira Morgan. Mais vas-y.

— Tu voulais que je retrouve l'identité de Barbe Bleue, rappela Valri.

— Exact.

— Hé bien… Ça y est, répondit-elle avec un sourire.

14

Krys regarda l'experte en informatique avec des yeux ronds. Elle osait à peine y croire.

— Tu as vraiment trouvé le nom de Barbe Bleue ? s'écria-t-elle.

Valri ne semblait pas mécontente de son effet.

— Ça n'a pas été de tout repos, admit-elle, mais j'ai réussi à remonter jusqu'à sa véritable identité.

— Comment ? demanda Morgan, stupéfait. Je veux dire… Je sais que tu es forte, Valri, mais là, tu exploses tes records. Personne n'avait jamais été en mesure de découvrir qui était ce tueur diabolique. Ce type est un caméléon.

Valri eut un petit sourire satisfait.

— Au début de sa carrière, avant qu'il commence à jouer les croqueurs de fortune, « Barbe Bleue » a été arrêté, à la suite d'une plainte de sa petite amie. Il a réussi à filer entre les doigts de la police, mais pas avant qu'un collègue ait eu le temps de prendre ses empreintes. C'était il y a presque douze ans.

Valri pianota sur son clavier et fit apparaître un portrait qu'elle avait déniché dans le dossier de la police. L'homme ressemblait à un inoffensif adolescent… sauf pour le regard. La date de naissance indiquait également qu'il était plus âgé qu'il n'y paraissait.

— Alors ? Comment s'appelle-t-il ? demanda Morgan en jetant un coup d'œil par-dessus l'épaule de sa cousine.

— Le nom que Barbe Bleue a donné lors de cette arrestation était Chris Hunter. Comme vous vous en doutez, c'était déjà un pseudonyme.

— Quelle surprise..., grommela Krys.

— Après son évasion, les policiers qui l'avaient appréhendé étaient furieux et ils ont décidé de tout faire pour le retrouver. Ils ont fini par découvrir sa véritable identité et... tenez-vous bien ! Il s'appelle Elmer Smith !

— Tu plaisantes ? fit Krys en regardant l'ingénieure en informatique.

Le nom était si tristement banal que c'en était presque décevant. C'était pourtant une avancée notoire.

— Je suis parfaitement sérieuse, assura Valri avec un petit sourire.

— On cherche donc Elmer Smith, annonça Krys en se tournant vers Morgan, ravie.

— Je vais tout de suite vous révéler la fin de l'histoire, reprit Valri. Inutile de chercher M. Elmer Smith.

Morgan et Krys la regardèrent d'un air ahuri.

— Pourquoi ? demanda Morgan. Il a encore filé ? Parce que si c'est le cas, il ne...

— Non, il n'a pas disparu. Pour tout vous dire, notre cher Barbe Bleue est mort.

Krys laissa échapper un soupir agacé.

— C'est ce qu'il essaie de faire croire. Ce ne serait pas la première fois que...

— C'est ce que j'ai expliqué au chef, interrompit Valri. Du coup, il a demandé que le corps soit envoyé ici, depuis l'Arizona. Elmer Smith devrait débarquer par avion demain matin, avec tous les documents officiels pour son identification.

— Il est mort depuis combien de temps ? interrogea Krys sans parvenir à cacher sa déception.

— D'après le dossier, il a été tué il y a dix jours.

— C'est arrivé comment ?

— Accident de voiture, apparemment. Il y avait une femme avec lui. Il fuyait la police et roulait à 150 km/h. À croire que Barbe Bleue avait fini par se convaincre de sa propre invincibilité. Selon le rapport d'enquête, il a perdu le contrôle de son véhicule, a fait un tonneau et est passé par-dessus la rambarde de sécurité. Quand les secours ont réussi à les extraire de l'habitacle, ils étaient tous les deux blessés.

— C'était peut-être une mise en scène, insista Krys.

— Possible… Mais non, répondit Valri. Quelqu'un a filmé l'accident. On va nous envoyer les images. Avec un logiciel de reconnaissance faciale, je pourrai m'assurer qu'il s'agit bien de lui et qu'on ne cherche pas à nous enfumer.

Valri regarda tour à tour Krys et Morgan.

— On dirait bien qu'il est mort, reprit-elle en voyant l'air dépité de Krys. Je vous tiens au courant dès que le corps sera là. Tu… Tu comprends ce que ça signifie, j'imagine ?

Krys répondit la première chose qui lui traversa l'esprit :

— Que plus aucune veuve ne sera séduite pour son argent avant d'être assassinée.

— Certes, accorda Valri. Mais aussi…

— Ça veut surtout dire que s'il est décédé il y a dix jours, intervint Morgan, ce n'est pas lui qui a tenté de te tuer. Et que ce n'est pas non plus lui le meurtrier de Claire, si jamais on avait envisagé cette piste.

— Que sait-on de la femme qui l'accompagnait ? demanda Krys. Est-elle morte des suites de l'accident ?

— Cela reste à déterminer. Elle était vivante quand l'ambulance l'a transportée aux urgences. Mais… Les médecins ont admis avoir perdu sa trace après la mort de Barbe Bleue.

— Elle a disparu ? s'étonna Morgan. Comment est-ce possible ?

— L'hôpital et la police tentent encore de tirer ça au clair.

Morgan demeura songeur un instant.

— Essayons de garder une vision d'ensemble, dit-il.

— C'est-à-dire ? demanda Krys.

— Quelqu'un cherche à t'éliminer.

Krys haussa les épaules, comme si cela importait peu.

— Ça ne te dérange pas plus que ça ? s'étonna Valri. Il y a toujours un tueur en balade qui guette une occasion de te rayer de la carte, quand même.

— J'avais compris. Mais on n'est pas plus avancés sur ce point. En revanche, de nombreuses familles vont maintenant pouvoir tourner la page.

Morgan poussa un long soupir.

— Soit tu as des nerfs en titane, soit tu n'as pas encore saisi tout le sérieux de la situation, Krys.

— Oh ! J'ai saisi tout ce qu'il faut, assura-t-elle. Mais je préfère me concentrer sur le bon côté des choses.

Morgan jeta un rapide coup d'œil en direction de sa cousine.

— Tu es vraiment une drôle de nana, Kowalski… Valri, tu m'appelles dès que le corps est là demain, s'il te plaît ?

— Il faudra que tu relaies l'info à Toni et Sean, précisa Valri. Ce sont eux qui vont s'occuper du transfert et de l'autopsie.

— Et la femme disparue ? demanda soudain Krys. Personne ne cherche à déterminer ce qu'elle est devenue ?

— Pour l'instant, on ne sait rien, expliqua Valri.

— Peut-être que Barbe Bleue l'avait kidnappée et qu'elle en a profité pour lui échapper, suggéra Morgan.

— Ce serait logique, marmonna Krys.

Morgan se pencha vers elle.

— Tu sais, quand le corps sera là, tu n'es pas obligée de…

— Tu parles ! Les proches de ces pauvres « fiancées » ne sont pas les seules à vouloir tourner la page. J'attends ce jour depuis si longtemps. J'ai tellement enquêté sur ces drames que j'ai l'impression de faire partie de la famille.

Morgan la regarda un moment, puis soupira :

— Je comprends…

Il s'était déjà retrouvé dans une situation semblable, par le passé : il s'était tellement impliqué dans une enquête, qu'il avait autant besoin de réponses que les familles des victimes. Il savait qu'il valait mieux ne pas se laisser atteindre au niveau personnel, mais il était parfois difficile de tenir le travail à distance. Inutile de tenter de persuader Krys du contraire. Elle était grande et savait ce qu'elle voulait.

— On ferait mieux d'aller annoncer la « bonne nouvelle » à Toni.

— C'est déjà fait, intervint Valri.

— J'aurais dû m'en douter, dit Morgan. Et Sean aussi ?

— Non. Je te laisse ce privilège. J'ai d'autres dossiers qui m'attendent.

— Et moi qui pensais que tu ne pouvais t'épanouir sans faire quinze mille choses en même temps, la taquina Morgan.

Valri lui tira la langue.

— Merci pour tout, dit Krys.

Pour un peu, elle aurait pris Valri dans ses bras.

— Tu me remercieras quand on aura arrêté celui qui te veut du mal, répondit Valri. À bientôt !

Le temps qu'ils sortent du bureau, la jeune femme était de nouveau plongée dans son travail.

— Tu as l'air un peu ébranlée, fit remarquer Morgan quand ils furent dans le couloir.

Krys mit quelques secondes à comprendre.

— C'est exact, finit-elle par admettre.

— Tu as besoin d'en parler ?

— Pas vraiment.

Elle hésita. Après tout, Morgan l'incluait dans son enquête ; elle lui devait bien une explication.

— Parfois, quand tu attends quelque chose pendant très longtemps, ça te paraît presque irréel lorsque ça arrive enfin.

— Je vois, dit Morgan, qui espérait visiblement qu'elle poursuive.

— J'attends depuis si longtemps que ce type paie pour ses crimes et j'apprends aujourd'hui qu'il est mort… J'ai l'impression de rêver.

Elle se pinça les lèvres.

— Je n'ai toutefois pas le loisir de profiter de cette sensation, reprit-elle. Nik revient dans moins d'une semaine et mon agresseur court toujours.

Morgan lui lança un regard en coin. Ce n'était pas pour elle qu'elle s'inquiétait, mais pour sa sœur.

— Tout le monde est sur l'affaire, assura-t-il.

Krys se rendit soudain compte qu'ils se trouvaient dans l'ascenseur.

— On ne devait pas aller voir ton oncle pour lui annoncer que Valri a localisé Barbe Bleue et que le corps doit arriver demain matin ? demanda-t-elle.

— Inutile. Les nouvelles vont vite dans ce bâtiment.

— Mais Valri a dit que tu…

— Je connais Valri. Elle a dit ça uniquement pour te rassurer. Pour te montrer qu'on respectait la procédure à la lettre.

— Me rassurer ? Je ne comprends pas.

— Pour que tu ne penses pas qu'on lâche l'affaire maintenant que Barbe Bleue est mort. Tu… Tu avais vraiment l'air secouée, tout à l'heure.

Krys acquiesça.

— Je ne connaîtrai pas de repos tant que ce monstre ne sera pas enterré, confessa-t-elle. Tu… Tu vas sans doute trouver que j'abuse un peu, mais…

— Tu préférerais informer officiellement Sean, c'est ça ?

— Oui !

Morgan soupira.

— D'accord. Ce n'est pas grand-chose. Si tu veux avertir Sean, on va avertir Sean.

— Je te remercie.

— Il n'y a vraiment pas de quoi.

Morgan fit redescendre l'ascenseur au sous-sol et se dirigea vers les bureaux de la Brigade médico-légale. Quand il eut trouvé Sean, il l'informa de l'arrivée du corps, prévue le lendemain matin.

— Ils l'ont identifié ? s'émerveilla Sean.

— C'est ce qu'a affirmé Valri.

— C'est rapide, même pour nous ! ne put s'empêcher de faire remarquer Sean, avant de se tourner vers Krys avec un sourire : j'ai l'impression que la chance est de notre côté, cette fois. Va savoir, tu es peut-être notre bonne étoile. Il arrive quand, ce corps ?

— L'avion atterrit tôt demain matin. On nous avertira.

Sean hocha la tête.

— Ça va être pour ma brigade. Je vais prévenir le légiste de service.

— Ce sera Toni ? devina Krys.

— Toni ou un de ses collègues.

— Pourriez-vous faire en sorte que ce soit Toni ? s'enquit Krys.

Sean la regarda d'un air dubitatif.

— Une raison particulière ? demanda-t-il.

— En fait… Oui. Je la connais déjà et je n'aurai aucun scrupule à lui poser des questions. Les autres légistes hésiteraient peut-être à me répondre. Après tout, je ne fais pas partie de la maison…

— Ça ne devrait pas poser problème, assura Sean. Mais si tu préfères, je vais demander officiellement à ce que Toni soit chargée de l'affaire.

Krys adressa un grand sourire à Sean. *Un sourire solaire*, ne put s'empêcher de penser Morgan.

— C'est vraiment gentil.

— Avec plaisir, répondit Sean.

— Bon, interrompit Morgan, en prenant Krys par la taille pour la guider vers le couloir. Je crois qu'on a bien avancé aujourd'hui. Il est temps de rentrer.

Krys sembla sur le point de protester, mais il sentait bien qu'elle était épuisée.

— Tu ferais mieux de l'écouter, conseilla Sean. Morgan est plutôt du genre accommodant, mais on l'a vu se mettre en rogne une fois ou deux. Ce n'était pas joli, crois-moi.

— Je m'en souviendrai.

Lorsqu'ils furent de nouveau devant l'ascenseur, Krys se tourna vers Morgan :

— J'aime bien ton oncle.

— Lequel ? demanda-t-il d'un ton innocent.

Elle eut un petit rire.

— J'oublie que tu en as toute une flopée… Je parle de Sean.

— Je ne manquerai pas de lui transmettre, répondit Morgan avec un sourire sincère.

— Je n'ai pas dit ça pour que tu le flattes, fit-elle remarquer. Je le trouve sympa, c'est tout.

— C'est vrai, approuva-t-il. Surtout quand on sait ce qu'il a vécu dans sa jeunesse.

— Pourquoi ? Que lui est-il arrivé ?

Morgan entreprit alors de raconter l'histoire qu'il avait entendue déjà cent fois.

— Quand l'oncle Sean est né, il y a eu une sorte de méli-mélo à la maternité.

L'ascenseur arriva au rez-de-chaussée.

— Quoi ?

— Quand la mère de Sean… ma grand-mère, donc… a accouché, un autre enfant est né quasiment à la même heure, dans la même maternité. Je ne sais pas comment – peut-être parce que les bébés se ressemblaient ou qu'ils avaient des noms de famille similaires –, mais ils ont été échangés par erreur.

— Qu'est-ce qui s'est passé ensuite ? demanda Krys, horrifiée. Quelqu'un s'en est rendu compte ?

— Non. Enfin, pas tout de suite. Ça a même pris beaucoup de temps. Le plus étrange, c'est que ma grand-mère affirmait que quelque chose clochait et répétait à qui voulait l'entendre que la maternité lui avait donné le mauvais bébé. L'autre enfant, celui que toute la famille prenait pour Sean, est décédé avant son premier anniversaire. Finalement, grâce à des tests ADN, la vérité a été rétablie. Mais pas avant la mort de grand-mère. Quant à l'oncle Sean, il avait toujours senti qu'il était « différent » des autres membres de sa prétendue famille.

Krys laissa échapper un rire.

— Vous êtes vraiment incroyables dans cette famille…

Morgan pensa au coup de téléphone qu'il allait passer dans la soirée, quand Krys serait couchée. L'oncle Andrew allait adorer faire la connaissance de cette nouvelle venue.

— On peut dire ça, en effet.

Elle lui lança un regard en coin.

— J'ai compris ton petit manège, tu sais.

Avait-elle deviné qu'il fomentait une réunion de famille, afin de lui faire rencontrer tout le monde en dépit de ses réticences ?

— Quel petit manège ? demanda-t-il, refusant de dévoiler son jeu.

— Tu essaies de me changer les idées avec ces petites anecdotes sur le clan Cavanaugh. Pour que je ne réfléchisse pas trop au fait que celui que je croyais être mon agresseur est mort et qu'on est revenu à la case départ.

Morgan était sur le point de protester, mais il se ravisa.

— Tu as vu clair dans mon jeu. Pour une fois, une Kowalski a été plus finaude qu'un Cavanaugh.

— Je ne sais pas si je suis plus finaude, mais au moins je sens quand on essaie de m'embrouiller.

— On ne m'y reprendra plus, répondit-il, innocemment. Tu veux qu'on achète quelque chose à manger avant de rentrer ?

— Qu'est-ce que tu dirais de manger chinois ?

— « Chinois », chez toi… Tant qu'on mange, ça me va, répondit-il.

Krys ne put retenir un sourire.

15

Morgan jeta un regard en direction de Krys, qui était assise à son bureau depuis le début de la soirée. Elle avait mangé sa barquette de nouilles sautées devant son ordinateur, tout en travaillant. À plusieurs reprises, il l'avait vue dodeliner de la tête et il était persuadé qu'elle s'était assoupie au moins une fois, même si elle s'était aussitôt redressée.

— Tu devrais peut-être aller te coucher, suggéra-t-il en la surprenant à dissimuler un bâillement.

Elle le regarda comme s'il venait de l'insulter.

— J'ai passé l'âge d'être envoyée au lit, répliqua-t-elle.

Ce n'était pas la première fois qu'il lui faisait la remarque, et si elle se montrait aussi agacée, c'était sans doute parce qu'au fond elle savait qu'il avait raison. Toutefois, elle était trop têtue pour l'admettre.

— Et puisque le sommeil t'obsède tant, reprit-elle, pourquoi ne vas-tu pas te coucher toi-même ?

Morgan se contenta de sourire.

— Ne t'inquiète pas pour moi. Je pourrai toujours faire une petite sieste, quand j'en éprouverai le besoin.

— Pareil pour moi, répondit-elle en se redressant. D'ailleurs, je suis fraîche comme une rose.

Elle étouffa avec peine un second bâillement.

Une rose sur le point de se faner, pensa Morgan.

Cependant, il préféra garder son commentaire pour lui. Inutile de déclencher une dispute.

Pendant que Krys s'évertuait à ne pas piquer du nez, Morgan ne resta pas les bras croisés. Il visionna toutes les images de vidéosurveillance disponibles pour la zone où Claire était partie courir, ce matin-là. Lorsqu'il finit par repérer un semblant d'indice, il fit une capture d'écran et agrandit le cliché. Il observa la photo sous tous les angles, se demandant s'il n'avait pas la berlue.

— Hé, Kowalski ? appela-t-il sans quitter son écran des yeux. Tu veux bien me dire ce que tu penses de ça ?

Comme elle ne répondait pas, il répéta sa question. Toujours pas de réponse. Lorsqu'il leva la tête, il constata que Krys avait rendu les armes : la tête posée sur ses bras croisés, le souffle calme et profond, elle avait perdu la bataille contre Morphée.

— Voyez-vous ça, murmura-t-il un peu surpris.

Morgan se mit debout sans faire de bruit et s'approcha du bureau. Il observa Krys d'un côté, puis de l'autre, pour s'assurer qu'il ne se trompait pas et sourit. Elle dormait à poings fermés.

Il hésita. Devait-il la réveiller, afin qu'elle poursuive sa nuit dans son lit, ou bien la laisser ainsi ? Aucune solution ne lui parut satisfaisante. S'il la réveillait, elle insisterait certainement pour rester debout, juste pour le plaisir de lui donner tort. Et s'il la laissait à son bureau, elle allait se retrouver avec un torticolis carabiné le lendemain matin.

Il y avait une troisième possibilité…

— Il va falloir que je te mette au lit, que ça te plaise ou non, murmura-t-il.

Puis il poussa un soupir et ajouta :

— Bon sang, Kowalski, tout serait tellement plus simple si tu n'étais pas aussi têtue…

Délicatement, afin de ne pas la réveiller, il se pencha pour passer un bras sous les genoux de Krys, un autre autour de ses épaules. Puis, avec une lenteur infinie, il la souleva.

— Par ici, Belle au bois dormant, chuchota-t-il. Votre chambre vous attend.

À pas mesurés, il se dirigea vers le couloir. En sortant du salon, il se figea. Krys marmonna quelque chose dans son sommeil et se blottit contre lui. Il venait juste d'oser se remettre en chemin quand elle glissa un bras autour de son cou avec un soupir.

Ce fut plus fort que lui. Il réagit aussitôt au contact de son corps lové contre le sien, au parfum de ses cheveux qui semblait se faufiler le long de ses terminaisons nerveuses. Il eut un mal fou à lutter contre un désir intense qui se répandait malgré lui dans tout son organisme.

— Franchement, tu fais tout pour me rendre la tâche difficile, Kowalski, chuchota-t-il à la belle endormie.

Prenant toujours bien soin de ne pas la réveiller, il se dirigea vers la chambre et déposa Krys sur le lit en douceur. Il ne tenta même pas de lui retirer ses chaussures, se contentant de tirer une couverture sur elle, car les nuits pouvaient encore être fraîches. Enfin, il sortit sur la pointe des pieds, referma la porte sans un bruit et regagna le canapé du salon.

Il était temps de reprendre son poste.

Avant de s'installer pour la nuit, il lui restait une chose à faire. Il tira son téléphone de sa poche, composa un numéro et attendit. Au bout de quelques sonneries, son correspondant décrocha.

— Morgan ? fit une voix endormie. Tout va bien ? Tu n'appelles jamais aussi tard. À vrai dire, tu n'appelles jamais. Que puis-je pour toi ?

— Tout va bien, oncle Andrew, répondit Morgan pour rassurer l'ancien chef de la police.

Il s'interrompit un instant, cherchant ses mots. Quelques

secondes plus tôt, tout paraissait clair dans sa tête, mais à présent, il ne savait plus comment aborder la question. Il décida de se jeter à l'eau.

— Heu… Je ne sais pas si tu as entendu les rumeurs familiales, mais il se trouve que la femme de Finn, Nikki, a une sœur jumelle.

Le rire grave d'Andrew résonna à son oreille.

— Oui, j'ai eu vent de la nouvelle. Je suis à la retraite, Morgan, pas mort. J'ai encore mes sources dans la police. Je doute que tu puisses m'apprendre quoi que ce soit sur cette jeune femme.

Son oncle avait probablement raison. Il gardait un œil sur tout ce qui se passait au commissariat et rien de ce qui concernait les agents ne lui échappait, surtout s'ils étaient de sa famille.

— Désolé, je ne voulais pas être grossier, bredouilla-t-il. Je voulais simplement m'assurer que…

Andrew eut de nouveau un petit rire.

— Inutile de t'excuser, Morgan. Tu veux faire les choses bien. C'est ce qui fait de toi un bon flic. Maintenant, dis-moi : tu m'appelles juste pour m'informer de l'existence de Krys ou bien il y a autre chose ?

— Il y a autre chose, avoua-t-il.

— Ah. Dans ce cas, je t'écoute. Il est tard et je ne rajeunis pas.

— Que dirais-tu d'une excuse en or pour organiser une de ces grandes réunions familiales que tu affectionnes tant ? demanda rapidement Morgan, avant de préciser : je ne veux pas t'imposer quoi que ce soit, mais…

— Morgan Cavanaugh ? interrompit Andrew d'une voix autoritaire.

— Oui, chef ?

— Tes supérieurs te mènent la vie dure en ce moment ?

La question surprit Morgan.

— Je ne comprends pas, chef.

— Ils doivent t'en faire baver, si tu as oublié que j'adore réunir tout le monde chez moi, poursuivit Andrew. Depuis quand te sens-tu obligé de prendre des pincettes pour organiser un repas de famille ? Tu me connais, quand même ! Je n'ai pas besoin d'une excuse ! Il suffit de demander.

Son ton se fit soudain empressé :

— Maintenant, dis-moi : est-ce qu'il y a une raison particulière ou bien as-tu juste été envahi par une envie subite et irrésistible d'un bon petit plat ?

Il n'y avait aucun piège dans sa question. C'était de la simple curiosité.

— Il y a un taré qui s'en prend à la sœur de Nikki, commença Morgan, avant de s'interrompre. Mais j'imagine que tu es déjà au courant…

— Continue, fit Andrew pour toute réponse.

— J'ai pensé que cela pourrait faire du bien à Krys de se sentir moins seule. Si elle rencontrait la famille et se sentait soutenue… Et comme tu restes la meilleure table de la ville, ça ne gâchera rien.

— Même si je n'ai jamais besoin d'un prétexte, dit Andrew, je préfère toujours connaître la raison exacte. Est-ce que tu as une date en tête pour cette petite sauterie ?

— Comme ça t'arrange, assura Morgan, qui pensait avoir déjà assez abusé de la gentillesse de son oncle.

Andrew réfléchit quelques secondes, puis déclara :

— D'accord. Dans ce cas, on n'a qu'à dire dimanche, aux horaires habituels : n'importe quand, à partir de 11 heures. Autre chose ?

— Comment fais-tu, oncle Andrew ? demanda Morgan avec curiosité.

— Comment je fais quoi ?

— Tu pourrais nourrir un régiment. Il y a toujours assez à manger pour nous tous, aussi nombreux soit-on.

— Primo, j'aime cuisiner. Et secundo, tout le monde participe, selon ses moyens et disponibilités. C'est du savoir-vivre. Sans ça, acheva-t-il dans un grand éclat de rire, j'aurais dû vendre la maison depuis longtemps !

— Tu as déjà envisagé de ne pas préparer un tel festin à chaque fois ?

— Ça ne m'a même pas effleuré l'esprit. J'aime cuisiner, j'aime retrouver les miens et j'apprécie vraiment leur compagnie. Pour moi, c'est gagnant-gagnant. Donc… Dimanche prochain, c'est bon pour toi ?

— C'est parfait, répondit Morgan avec enthousiasme. Merci, oncle Andrew.

— C'est moi qui devrais te remercier de me donner un prétexte de vous rassembler tous.

Une pensée traversa soudain l'esprit de Morgan.

— Tu envisages une autre réunion de famille quand Nik et Finn rentreront ?

— Tu parles, Charles !

Il y eut une seconde de silence et Morgan entendit une petite voix derrière lui.

— Ma moitié m'appelle. Je vais raccrocher… sauf si tu avais autre chose à…

— Non, c'est tout pour ce soir, chef. Tu me diras si tu as besoin de quelque chose de précis pour dimanche.

— Promis. Allez ! À dimanche ! Bonne nuit, Morgan. Veille sur elle.

— Je fais de mon mieux.

— Je n'en demande pas plus.

Morgan raccrocha et rangea son téléphone portable.

L'enquête progressait. Ils avaient un nom et probablement un corps pour cet homme qui avait été surnommé Barbe Bleue. En revanche, toujours rien en ce qui concernait la personne qui avait tenté d'agresser Krys à deux reprises.

— Tu parlais à qui ?

Morgan sursauta légèrement. Krys venait d'entrer dans le salon.

— Qu'est-ce que tu fais debout ? demanda-t-il.

— La vraie question, c'est : qu'est-ce que je faisais couchée ? Je me suis réveillée dans mon lit. Aux dernières nouvelles, j'étais assise à mon bureau, en train de retoucher mon article sur Weatherly Pharmaceutique. J'aimerais comprendre.

Morgan sourit.

— C'est très simple. Tu t'es endormie devant ton ordinateur. Je t'ai secouée, mais en vain. Alors, je t'ai portée jusqu'à ton lit.

Krys en resta bouche bée.

— Tu plaisantes ! protesta-t-elle.

— Mais non, mais non, insista-t-il. Tu t'es réveillée dans ton lit, non ?

— Non, je veux dire que tu ne m'as pas vraiment secouée.

— Tu as le sommeil plus lourd que tu crois, Kowalski.

Krys le fusilla du regard.

— D'accord, d'accord, concéda-t-il. Je t'ai appelée une ou deux fois, mais je n'ai pas vraiment tenté de te réveiller. Je me suis dit que, puisque tu t'étais endormie à ta table, c'est que tu étais épuisée. À quoi bon s'acharner dans ces conditions ? Tu aurais dû reprendre tout ton travail demain.

Krys fit la moue.

— Où est le mal ? demanda Morgan. Ce n'est pas comme si tu n'avais rien fichu de la journée. On a bien avancé.

— Mon article ne va pas s'écrire tout seul, fit-elle remarquer. La date approche.

— Tu te mets trop la pression. Tu ne peux pas faire du bon boulot si tu es fatiguée.

— … Dit le type qui ne dort jamais.

— Je dors, protesta-t-il. Je fractionne, c'est tout. Et je le fais pendant les périodes creuses.

— Je demande encore à voir, marmonna-t-elle.

— Puisque tu es debout, reprit Morgan pour changer de sujet, j'ai quelque chose à te soumettre.

— Oui ?

— Une invitation à déjeuner.

Un éclair de méfiance traversa Krys. Elle sentait bien qu'elle était de plus en plus attirée par Morgan, ce qui lui créait toute une série de nouveaux problèmes. C'était un champ de mines qu'elle préférait éviter. Pour l'instant, du moins.

— Écoute, Cavanaugh, c'est très flatteur, répondit-elle du ton le plus courtois possible. Mais au nom de l'harmonie familiale globale, ce n'est pas judicieux.

Il la regarda, l'air perplexe.

— Je ne pense pas que ce soit une bonne idée que tu m'invites à déjeuner, clarifia-t-elle.

— Tant mieux, alors.

— Pardon ?

Morgan sourit. Il y avait visiblement un malentendu.

— Parce que je ne te demande pas de sortir avec moi.

Krys fronça les sourcils, s'efforçant d'ignorer l'intense sentiment de malaise qui la gagnait.

— Alors… Qu'est-ce que c'était que cette histoire ?

— Tu te souviens des réunions de famille chez l'oncle Andrew dont je t'ai parlé ? Il y en a une de prévue dimanche prochain et il m'a chargé de t'inviter.

Un grand sourire éclairait son visage.

16

Une alarme se déclencha dans la tête de Krys.

— Il a spécifiquement demandé que je vienne ? interrogea-t-elle. Ou c'est toi qui lui as suggéré de m'inviter ?

Morgan ne voulait pas mentir, mais il ne voulait pas non plus donner l'impression d'avoir forcé la main à son oncle. Sinon, il savait que Krys refuserait catégoriquement.

— Quelle importance ? L'œuf, la poule, tout ça… Ce qui compte, c'est qu'Andrew organise un repas de famille dimanche prochain et qu'il aimerait vraiment faire ta connaissance. Au passage, il a une très haute opinion de ta sœur…

— C'est gentil, mais j'ai l'impression qu'il se donne beaucoup de mal pour pas grand-chose, répliqua-t-elle. Si cela ne le dérange pas, on pourrait tout aussi bien passer chez lui demain avant mes entretiens et…

Morgan l'interrompit :

— Pour commencer, l'oncle Andrew ne se donne aucun mal. Il adore cuisiner pour un régiment. Et ensuite, quand avais-tu l'intention de m'informer que tu avais des entretiens demain ? Qui as-tu prévu de rencontrer ?

Krys se crispa aussitôt, mais après tout, Morgan ne faisait que son travail.

— J'ignorais que je devais te rendre des comptes et demander officiellement l'autorisation avant de faire quoi que ce soit, rétorqua-t-elle. Tu savais que j'avais plusieurs rendez-vous, mais après ce qui est arrivé à Claire, j'ai dû décaler les autres.

Elle poussa un soupir agacé.

— Maintenant, puisque tu poses la question… J'ai rendez-vous avec Lawrence Jacobs, responsable de l'équipe de recherche chez Weatherly Pharmaceutique. C'est à 14 heures demain. Il m'a royalement accordé quinze minutes. Voilà. Tu sais tout.

Morgan en doutait sincèrement, mais il préféra garder cela pour lui.

— Tu penses que ça suffira ? demanda-t-il.

— Il faudra bien, soupira-t-elle. Et puis, je peux parler très vite.

— Sans blague. Le problème, c'est que lui pourrait prendre son temps pour répondre.

— Je suis capable de remarquer quand quelqu'un tourne autour du pot, rappela-t-elle. Et puis, je sais me montrer très directe. J'ai bien l'intention de découvrir si Jacobs était au courant que Claire avait décidé de modifier son témoignage concernant la fiabilité des essais cliniques.

Une bombe à retardement, pensa Morgan.

— En d'autres termes, tu as l'intention de piquer Jacobs au vif.

— J'ai l'intention de le piquer partout où cela sera nécessaire, afin de découvrir s'il a joué un rôle dans la mort de Claire. Avec un peu de chance, j'obtiendrai des réponses.

Morgan secoua la tête.

— Je doute que ce soit une bonne idée, mais comme tu refuses de m'écouter…

— On commence à se comprendre, trancha Krys avec une ironie mordante. Tant mieux.

Elle était décidée à faire parler Jacobs coûte que coûte.

— Je n'irais pas jusque-là, marmonna-t-il, mais je te

connais assez pour choisir mes batailles. En revanche, je t'accompagne. Comme ça, Jacobs saura que la police veille sur toi.

— Pas question ! Je veux bien te faire plaisir pour les autres rendez-vous, mais là, il s'agit du grand manitou, celui par qui tout transite. J'ai eu de la veine d'obtenir un entretien avec lui. Il ne parlera pas en ta présence.

Krys tentait sa chance, mais Morgan refusait de céder sur ce point.

— Dommage pour lui, répondit-il d'une voix faussement calme. Il va falloir qu'il se fasse une raison.

Krys le regarda, l'air mauvais, puis essaya de marchander :

— D'accord. Je t'accompagne à ton repas de famille, si tu acceptes de me laisser tranquille pour ce rendez-vous. Il faut vraiment que j'y aille. Tu ne comprends donc pas ce qui est en jeu ?

Impassible, Morgan tint bon.

— Désolée, ce n'est pas négociable, Kowalski. Soit je viens avec toi, soit tu n'y vas pas du tout.

Un éclair furieux passa dans son regard.

— Je n'ai pas besoin d'un chaperon ! s'emporta-t-elle.

— Non, mais tu as besoin d'un garde du corps, assura-t-il d'une voix tranquille. Fin de la discussion.

Krys serra les poings, hors d'elle.

— Mais… !

Il se leva. Il la dépassait d'une bonne tête. Une muraille inébranlable contre la tempête.

— Écoute, reprit-il. Il est hors de question que j'annonce à ta sœur que tu t'es fait tuer, alors que même le dernier des empotés aurait compris que tu jouais avec le feu. Maintenant, soit je t'accompagne pour rencontrer Jacobs, soit tu n'y vas pas. C'est aussi simple que ça, ajouta-t-il avec un calme parfait qui acheva de l'exaspérer. Claire a été assassinée.

À Aurora. C'est donc devenu l'affaire de la police. Mon affaire, même, puisque c'est moi que tu es venue trouver.

Elle poussa un soupir exagéré.

— Je ne vais pas gagner, hein ?

Il lui adressa un petit sourire, juste pour la faire enrager davantage.

— Tu gagneras d'autres disputes, promit-il avec patience. Beaucoup sans doute, étant donné que tu as le crâne dur comme du bois. Mais celle-là… Non. Tu ne l'emporteras pas. Si ça peut aider, je ferai de nouveau semblant d'être ton assistant.

Krys laissa échapper un grognement exaspéré.

— D'accord. Je me rends, dit-elle d'un air pincé. Et je retourne me coucher, sinon je risque de m'endormir pendant l'entretien, demain.

— Bonne idée, approuva Morgan. Dors bien.

Krys tourna les talons pour regagner sa chambre et il ne la revit plus jusqu'au matin.

Krys resta dans sa chambre jusqu'à 5 h 15 environ. La maison était calme depuis un moment, en dehors du bourdonnement intermittent du réfrigérateur de la cuisine. À cette heure, elle était à peu près certaine que Morgan s'était assoupi et faisait une de ses fameuses micro siestes.

Elle se leva avec précaution et s'habilla en silence, prenant soin de ne rien toucher ou heurter qui risque de provoquer le moindre bruit susceptible d'alerter son insupportable garde du corps. Elle comprenait que Morgan faisait son travail, mais elle aussi en avait un à accomplir.

D'une façon étrange, leurs deux métiers se croisaient. Claire était morte parce qu'elle avait décidé de dire la vérité. Krys avait du mal à ne pas se sentir coupable, car c'était à elle que Claire avait choisi de se confier. Si elle n'avait pas cherché à en savoir plus, Claire serait encore en vie. Au moins, elle pouvait faire toute la lumière sur cette affaire. Elle lui devait bien ça. Quitte à être la prochaine victime.

Tout ça pour protéger des sacro-saints profits financiers. Krys était la première à admettre qu'elle appréciait l'argent, mais jamais au prix d'une vie humaine.

Bon sang, jamais elle ne s'était préparée aussi lentement, jura-t-elle intérieurement. Enfant déjà, elle s'habillait en un clin d'œil pour aller à l'école, jouer, ou parce que son père lui avait demandé de faire une course. Elle enfila son tailleur, sa veste et ses collants. Elle voulait avoir l'air sérieux et respectable pour son entretien du matin. À la dernière minute, elle décida de garder ses escarpins à la main.

Elle glissa la bretelle de sa sacoche d'ordinateur sur son épaule, sortit de sa chambre sur la pointe des pieds et passa à côté de Morgan en retenant son souffle. Elle avait la main sur la poignée de la porte d'entrée quand une voix grave retentit :

— Je peux savoir où tu vas ?

Krys se figea, le cœur battant, puis se retourna lentement et posa sur Morgan un regard furieux.

— Tu es réveillé depuis combien de temps ? demanda-t-elle.

— Depuis le début de ta tentative ingénieuse de grande évasion.

Son sourire était irritant au-delà de toute mesure.

— Je ne dormais pas, précisa-t-il.

— Pourquoi n'as-tu rien dit, alors ?

— Je voulais voir jusqu'où tu pousserais ton petit manège. Je dois admettre que je suis impressionné. Je ne te savais pas capable de te déplacer aussi lentement ni aussi silencieusement. Cela dit, même si tu avais réussi à franchir cette porte, l'agent chargé de ta surveillance t'aurait arrêtée.

Mince. Elle s'était tellement préoccupée de ne pas le

réveiller qu'elle avait oublié le policier en faction devant chez elle.

— Ravie de voir que je te fais autant rire, Cavanaugh, rétorqua-t-elle avec humeur.

Morgan se tenait à présent devant elle et la toisait.

— Oh ! crois-moi, Kowalski. Tu me fais plein d'autres choses.

L'espace d'une seconde, elle aurait pu jurer qu'il était sur le point de l'embrasser, comme lorsqu'elle s'était effondrée après l'annonce de la mort de Claire. Puis cet instant s'envola et il se contenta de la fixer avec sévérité.

— Et maintenant ? demanda-t-elle.

— C'est à toi de voir. Mais puisque tu es déjà habillée, je suggère qu'on aille déjeuner quelque part. Tu as évoqué d'autres personnes que tu souhaitais interroger avant de rencontrer ce ponte douteux qui accomplit des miracles pharmaceutiques.

— Il va falloir que tu changes de ton si tu veux que ça fonctionne. Sinon, tu vas nous faire expulser du bâtiment à grands coups de pied au derrière.

— Ne t'inquiète pas, la rassura-t-il. Je peux être charmant quand il le faut.

Une lueur chaleureuse ondula dans ses yeux.

— Oui, je sais, marmonna-t-elle.

— Je vais le prendre comme un compliment, dit-il avec un sourire.

Elle allait devoir se montrer plus vigilante. Ce n'était pas la première fois qu'elle baissait sa garde à cause de lui.

— Tu le prends bien comme tu veux, répondit-elle en se redressant.

Morgan souriait toujours. Krys était extrêmement soulagée qu'ils soient sur le point de sortir. Il aurait été risqué de rester dans la maison avec lui. Les policiers qui surveillaient les environs n'y auraient rien changé. C'était la présence constante, presque intime, de Morgan qui lui paraissait plus dangereuse.

Ils s'apprêtaient à partir quand le téléphone de Morgan sonna. En voyant s'afficher le numéro de la Brigade médico-légale, il ne sut s'il devait se réjouir ou s'inquiéter.

— Tu m'as demandé de t'appeler dès que le corps de Barbe Bleue aurait atterri à l'aéroport, annonça Sean sans préambule.

Morgan jeta un coup d'œil en direction de Krys, qui fut aussitôt sur le qui-vive.

— Qui est-ce ? chuchota-t-elle.

Morgan ne prit pas la peine de couvrir le micro pour répondre :

— C'est Sean. Le corps vient d'arriver.

Krys n'hésita pas une seconde.

— Allons-y, décréta-t-elle. Je peux reprogrammer mes rendez-vous de ce matin. Je garde celui de 14 heures, mais ça… C'est plus important.

Elle se dirigea vers la porte.

— Tu avais vu juste, reprit Morgan en s'adressant à Sean. Elle veut être présente. Oui. On arrive.

Dehors, Krys attendait déjà près de la voiture.

— Il n'était pas sûr que j'aie envie de venir ? demanda-t-elle en s'installant sur le siège passager. J'avais pourtant été très claire, hier.

— Ce n'est pas ça, répondit Morgan en s'asseyant à son tour. Il ne s'attendait pas à ce que tu plaques tout pour voir un cadavre.

— Je veux m'assurer que c'est bien lui, dit-elle tandis qu'il démarrait. Et qu'il est bien mort. En route.

Morgan lui adressa un petit salut militaire, puis sortit de l'allée.

— Vos désirs sont des ordres, Kowalski.

Avec un soupir, elle se cala contre son dossier.

— Ça ne va pas ? demanda Morgan.

— Non, ce n'est rien. J'ai encore du mal à croire qu'il soit mort, c'est tout.

— En tout cas, le type qui se trouve dans ce cercueil l'est très certainement, répondit-il d'un ton pince-sans-rire.

Krys regardait droit devant elle.

— J'ai passé neuf mois à pister cet homme, à rassembler les pièces, à m'assurer que tous ces profils correspondaient en réalité bien au même homme. Voilà enfin la preuve ultime et j'ai du mal à croire que c'est terminé. Ils sont sûrs que c'est lui ?

— Oui. Les empreintes concordent. C'est bien lui.

Elle secoua la tête.

— Tant de familles vont être soulagées… Je devrais offrir quelque chose à Valri pour toute la peine qu'elle s'est donnée.

— Elle n'acceptera pas. Elle serait la première à te dire qu'elle n'a fait que son travail et que, dans ce genre de recherches, il faut surtout avoir de la chance.

— Hum. Pas de fausse modestie. On ne vous mettra pas une mauvaise note si vous ne jouez pas aux bons policiers humbles et dévoués. Je suis convaincue qu'il faut savoir reconnaître son propre mérite.

— Ce n'est pas de la fausse modestie, assura Morgan. On a été élevés comme ça, c'est tout.

Ils arrivèrent rapidement. Avant de sortir de la voiture, Morgan se tourna vers Krys et la regarda avec attention.

— Tu es prête ?

— Je suis prête depuis longtemps.

Toutefois, lorsqu'elle descendit de l'ascenseur, elle eut soudain la gorge nouée et se figea. Elle sentit Morgan lui prendre la main et mêler ses doigts aux siens. Il ne prononça pas une parole, mais ce geste en disait long.

Elle inspira profondément, puis lui adressa un petit signe

de tête et ils s'engagèrent dans le couloir qui menait à la morgue, où les attendaient Sean et Toni. À peine entrée, Krys sentit son regard irrésistiblement attiré vers le cadavre étendu sur la table.

— C'est lui ? demanda-t-elle dans un murmure.

— C'est ce qu'indiquent les documents qui sont arrivés avec lui, en tout cas, dit Toni. Une première autopsie a été effectuée, mais certains points sont restés sans réponse. Je vais faire ma propre analyse, mais j'ai pensé que tu voudrais le voir d'abord.

Sans un mot, Krys s'approcha du cadavre de cet homme qui avait causé tant de douleur et de dégâts autour de lui.

— Il n'a pas le physique d'un tombeur, fit-elle remarquer en chuchotant.

— La plupart des escrocs ne paient pas de mine, assura Sean.

— Et la femme ? demanda soudain Krys. Le rapport indiquait la présence d'une femme à ses côtés. Est-ce qu'on sait si elle était la prochaine sur la liste des victimes ?

— On l'ignore, répondit Sean. Rien n'a encore été déterminé, mais selon toute hypothèse, il l'avait kidnappée et il s'enfuyait avec elle quand la police l'a rattrapé. Sans doute espérait-il se servir d'elle comme bouclier humain. Pour l'instant, personne n'a pu retrouver sa trace.

— Mais la police la recherche, n'est-ce pas ?

— Oui, confirma Sean. Le problème, c'est que tout le monde s'est concentré sur Barbe Bleue et que personne n'a vraiment prêté attention à son otage. Et personne ne peut dire avec certitude à quoi elle ressemble.

— Ce n'est donc pas fini, murmura Krys, en se tournant vers Morgan. Au moins, il n'a pas eu le temps de la tuer.

À ses yeux, c'était une victoire.

17

Morgan pouvait presque voir les questions se bousculer dans l'esprit de Krys.

— Connaît-on la cause exacte du décès ? finit-elle par demander.

— Oui, répondit Toni en jetant un coup d'œil au rapport d'autopsie. Apparemment, Barbe Bleue se serait brisé la nuque quand sa voiture a fait un tonneau. Il n'a pas survécu longtemps. Ce qui me surprend, en revanche, c'est que la femme qui l'accompagnait n'ait pas subi de blessures plus graves.

— Pour autant qu'on sache, rectifia Krys. Si ça se trouve, elle est morte plus tard, après avoir fui l'hôpital. Quant à Barbe Bleue, à mon avis, il n'a que ce qu'il méritait.

Elle se tut un instant puis regarda Toni.

— Tu n'es pas convaincue par le premier rapport d'autopsie ? demanda-t-elle.

— Je… Je ne veux accuser personne, dit Toni. Mais pour être honnête, la première autopsie me semble avoir été un peu rapide. Étant donné que deux des victimes étaient des habitantes d'Aurora, ce serait une bonne idée que nos services effectuent leurs propres analyses. Qu'en penses-tu, Sean ?

— Vu le nombre de femmes que cet homme a tuées,

répondit le chef de la Brigade médico-légale, s'il y a la moindre zone d'ombre, je donne mon feu vert.

— C'est ce que j'espérais entendre, soupira Toni, l'air satisfait, avant de se tourner vers Krys et Morgan. Je vous préviens si j'ai du nouveau. Promis.

— On te laisse travailler, dit Morgan.

Ils sortirent.

— J'ai une question, annonça Krys quand ils furent dans le couloir.

— Ah bon ? Une seule ?

— Oh ! j'en ai bien plus que ça. Mais je ne vais en poser qu'une.

— Je t'écoute, dit Morgan en appuyant sur le bouton d'appel de l'ascenseur.

— Qui s'intéresse à la femme qui accompagnait cette ordure ? Cette prétendue victime d'enlèvement ?

— C'est ce qu'on essaie de découvrir, répondit Morgan. Mais pour l'instant, je n'en sais pas plus que toi.

Morgan sentait bien que cette question taraudait Krys. Lui aussi, à vrai dire, car elle en soulevait bien d'autres. Cependant, il ne pouvait rien faire pour le moment. Ils entrèrent dans l'ascenseur.

— Tu n'as pas des entretiens prévus ? demanda-t-il pour changer de sujet.

Il avait raison, pensa Krys. Elle ne devait pas perdre de vue son objectif. L'histoire de Barbe Bleue était terminée. Elle devait se concentrer sur le médicament miracle de Weatherly Pharmaceutique. Chaque chose en son temps.

— J'imagine que je peux classer cette affaire dans la catégorie « réussites », marmonna-t-elle.

— Absolument. Étant donné le nombre d'enquêtes irrésolues chaque année, c'est plus qu'une réussite. C'est une véritable victoire.

Quand les portes s'ouvrirent, ils sortirent.

— Je sais, je sais. Mais je ne peux pas m'empêcher de m'interroger sur cette femme qui l'accompagnait. Qui est-elle ? Je ne comprends pas pourquoi elle s'est enfuie comme ça. Pour quelle raison aurait-elle quitté l'hôpital sans un mot ? Après tout, elle était enfin en sécurité.

— Qui sait ? Peut-être était-elle totalement terrifiée. Déboussolée. Un enlèvement, un accident de voiture… Peut-être que cela a altéré sa capacité de jugement et qu'elle ne savait plus à qui se fier. Elle souffre même peut-être d'amnésie.

Krys restait sceptique.

— C'est un peu ce qui est arrivé à la femme de mon oncle Andrew, expliqua-t-il alors qu'ils quittaient le bâtiment pour se diriger vers le parking. Il y a des années, elle a eu un grave accident et sa voiture a terminé dans un lac.

Krys le regarda, horrifiée.

— Seigneur ! Elle a été blessée ?

— D'après ce qu'on a réussi à reconstituer, quelqu'un a été témoin de l'accident et a pu la secourir. Malheureusement, cela s'est produit loin de là où elle vivait et elle n'avait aucun document pouvant indiquer son identité. Elle est restée portée disparue pendant plusieurs années, mais Andrew n'a jamais cessé de la chercher. Il a toujours gardé espoir de la retrouver.

Il soupira.

— Cette histoire me paraît toujours aussi incroyable… Bref, il a suivi toutes les pistes possibles et a fini par croiser tante Rose, presque par hasard.

— Elle l'a reconnu ? demanda Krys en montant dans la voiture.

— Non. Andrew a mis un peu de temps à la convaincre qu'il n'essayait pas de profiter d'elle, qu'il était réellement son mari et qu'ils avaient cinq enfants ensemble, par-dessus le marché. Au final, c'est grâce à un tuyau d'arrosage mal réglé que Rose a retrouvé la mémoire. Elle a reçu un jet d'eau en pleine figure et tous ses souvenirs sont remontés.

Krys resta un moment silencieuse, puis murmura :

— Waouh.

— C'est ce que tout le monde dit en entendant cette histoire, dit Morgan avec un sourire. Heureusement, elle finit bien.

Exactement le genre de récit qui poussait les gens à croire aux « happy ends ».

— Tu as vraiment une famille remarquable.

— C'est la tienne aussi, à présent.

Krys se contenta de hausser les épaules.

— Il va me falloir du temps pour m'habituer à cette idée.

— C'est pour ça qu'Andrew organise cette fête, rappela Morgan, avant de changer brusquement de sujet : et si on tordait le cou à ces entretiens, pendant que tu es dans un état d'esprit positif ?

Krys ne protesta pas.

— Pas vraiment ce que tu espérais, hein ? demanda Morgan alors qu'ils sortaient du dernier rendez-vous.

Ils avaient perdu le reste de leur journée dans des discussions vaines avec les trois autres patients des essais cliniques que Krys avait pu retrouver.

— Non, soupira-t-elle. Mais pour être honnête, je m'y attendais un peu.

Ils retournèrent à la voiture.

— Comment ça ? demanda Morgan.

Krys eut un petit sourire las.

— C'était comme s'ils lisaient tous un texte rédigé par la même personne. Oh ! il y avait bien de menues différences… juste assez pour faire croire qu'ils ne répétaient pas tous la même chose. Mais ces trois patients qui ont accepté de me parler semblaient convaincus d'avoir participé à des recherches révolutionnaires. Ou alors, c'est ce qu'on a voulu leur faire avaler.

Elle se rembrunit.

— À mon avis, ils avaient peur de s'écarter du script parce qu'aucun d'entre eux n'avait envie de finir comme Claire.

Morgan ne trouva rien à redire à sa conclusion.

— Tu as raison. Le commissariat a fait de son mieux pour empêcher la nouvelle de la mort de Claire de fuiter dans la presse, mais nous avons échoué. Un de tes copains journalistes a publié l'information dès qu'il en a eu vent.

Krys fit la moue. L'assassinat de Claire avait évidemment influencé les témoins auxquels elle avait parlé. La peur était devenue leur motivation première.

— Ce n'était pas un de mes « copains », protesta-t-elle sèchement.

— Juste une façon de parler.

Il n'avait pas voulu insinuer qu'elle était associée de près ou de loin à la personne qui avait dévoilé l'affaire.

— Au moins, les gens avec qui tu as discuté aujourd'hui semblaient normaux. Ils avaient peur, insista-t-il, mais ils étaient réels. Ce Jacobs, en revanche, avait l'air de sortir tout droit d'un casting.

Tout lui avait paru faux chez cet homme. Comment pouvait-on se comporter de façon aussi caricaturale ? Krys eut un rire sans joie.

— Toi aussi, il t'a fait cette impression ? C'était comme si Jacobs avait été programmé pour ressembler à un directeur dévoué, consciencieux et doté des meilleures intentions du monde en ce qui concerne le médicament sur lequel travaille le labo.

— Ils ne font pas que travailler dessus, rappela Morgan. Ils sont sur le point de le mettre sur le marché. S'il existe le moindre soupçon quant à la légitimité de ce médicament,

Weatherly Pharmaceutique risque de perdre une fortune. C'est uniquement pour ça que Jacobs t'a accordé une entrevue de quinze minutes, au lieu de t'envoyer promener. Il veut donner l'impression de coopérer, de répondre à tes questions, afin que tu sortes de ce rendez-vous totalement satisfaite et persuadée que ce remède contre le cancer est une avancée géniale.

— Je sais, dit-elle avec un soupir agacé. Je suis d'accord avec toi. Le seul problème, c'est que nous n'avons pas l'ombre d'une preuve.

— Tu as le témoignage initial avec Claire, non ?

— Oui. Un témoignage qu'elle envisageait de modifier. Elle m'avait du moins laissé entendre qu'on l'avait forcée à dépeindre une certaine version des faits. Maintenant, il n'y a plus aucun moyen de s'en assurer.

Morgan regarda le parking de Weatherly Pharmaceutique.

— On ne pourra rien faire de plus ce soir. Pour l'instant, tu as besoin de te détendre un peu, de relâcher la pression. Qu'est-ce que tu fais dans ces cas-là, d'habitude ?

— Je travaille, répondit-elle aussitôt.

— Tu ne peux pas travailler en permanence, protesta-t-il.

— Si.

Il la regarda avec insistance, l'air sévère.

— D'accord, d'accord ! pesta-t-elle. Tu as gagné. Je ne travaille pas tout le temps. Parfois, quand j'ai besoin de faire une pause, je me roule en boule sur mon canapé avec un saladier de pop-corn salé pour regarder *Casablanca*.

Morgan attendit quelques secondes, pensant qu'elle plaisantait.

Visiblement, non.

— C'est une blague ?

— C'est toi qui voulais savoir, rappela-t-elle, vaguement vexée.

Aussi improbable que cela puisse lui paraître, c'était peut-être son truc.

— Pas faux, concéda-t-il. Bref, tu dois déconnecter, même si ça prend des formes un peu… étranges à mes yeux. On va acheter du pop-corn, rentrer chez toi et je vais trouver le film en VOD. Ensuite, tu pourras te détendre en regardant… *Casablanca,* acheva-t-il avec un soupir douloureux.

— On n'est pas obligés. Je peux travailler sur mon article pour…

— Non, coupa-t-il. J'ai dit qu'on allait faire ce qu'il faut pour t'aider à te changer les idées, et un Cavanaugh tient toujours ses promesses. Tu veux *Casablanca* ? Tu vas avoir *Casablanca.* Même si je dois avouer qu'il y a quelque chose qui m'échappe.

Sa détermination sembla la faire sourire. C'était déjà ça.

— N'oublie pas le pop-corn salé.

— Dieu m'en garde, marmonna-t-il en prenant la direction du supermarché le plus proche.

— C'est vraiment ton truc, alors ? demanda Morgan, stupéfait.

Ils étaient rentrés chez Krys et, fidèle à sa promesse, Morgan avait fourni le pop-corn et le film. Krys s'était installée tout contre lui pour se plonger avec délices dans ce grand classique. À présent, le film touchait à sa fin et le saladier était presque vide.

— Ça marche à chaque fois, répondit-elle sans quitter des yeux les scènes en noir et blanc.

— À chaque fois, hein ? Et combien de fois l'as-tu regardé ? Simple curiosité.

Visiblement, il avait du mal à croire qu'on puisse visionner ce film plus d'une fois. Du moins, pas de son plein gré.

— Une bonne quinzaine, je dirais.

— C'est une blague.

— Non, assura-t-elle sans même se tourner vers lui. Et toi ? Tu l'as vu combien de fois ?

— En comptant cette fois ? demanda Morgan.

Elle lui accorda un bref regard en coin.

— Oui.

— C'est facile : une seule.

La main de Krys se figea au-dessus du pop-corn. Elle le dévisagea comme si un alien venait de se poser sur son canapé.

— Tu n'avais jamais vu *Casablanca* ? dit-elle, incrédule.

— C'est chose faite, maintenant. Enfin… Presque.

— Mais c'est un chef-d'œuvre ! protesta-t-elle, et tu m'as dit qu'autrefois tu regardais plein de vieux films avec ta mère…

Il haussa les épaules.

— C'est vrai, mais il y a quand même des lacunes dans mon éducation.

— Visiblement, conclut-elle en revenant à l'écran.

Morgan décida qu'il était préférable de rester silencieux jusqu'à la fin. Après tout, il avait téléchargé le film afin que Krys puisse se détendre. Même si pour lui, ce n'était qu'une vieille histoire assez prévisible – sauf que le héros ne partait pas avec l'héroïne comme il l'avait pensé.

Après ce qui lui parut une éternité, ce fut la réplique finale – le début d'une merveilleuse amitié entre Bogart et le policier ou quelque chose dans ce genre-là. À vrai dire, c'était le seul détail qui évoquait un vague souvenir à Morgan. Enfin, le générique commença à se dérouler.

Dieu merci ! pensa-t-il avec soulagement.

Krys resta subjuguée jusqu'à la dernière seconde. Étonné, il se tourna vers elle, se demandant combien de temps elle avait l'intention de demeurer ainsi… quand il se rendit compte qu'elle avait les joues humides.

— Tu as pleuré ? s'exclama-t-il, stupéfait.

— Non, répondit-elle dans un coassement rauque. Il pleut et j'ai oublié mon parapluie.

— D'accord, petite maligne, dit-il avant de décider d'aborder la situation sous un autre angle. Pourquoi ces larmes ? Je croyais que tu adorais ce film.

— C'est exact, dit-elle en reniflant. Il fait quelque chose de noble et de magnifique pour elle : il renonce à elle. Parce qu'il l'aime.

Elle laissa échapper un long soupir ému.

— Ce genre de choses ne se produit jamais dans la vraie vie, reprit-elle avec tristesse.

Morgan ressentit un élan de compassion pour elle. Plus précisément, il se sentit attiré par elle.

— Parfois, si.

Elle secoua la tête, les joues pleines de larmes.

— Non, ça n'arrive pas.

Quelque chose vibrait au fond de Morgan. Quelque chose qui s'éveillait, malgré tous ses efforts pour le faire taire. Oh bon sang, il savait qu'il allait le regretter ! Pourtant, elle avait l'air tellement triste et il détestait la voir ainsi. Il avait regardé le film jusqu'au bout, parce qu'il voulait qu'elle oublie les frustrations de la journée. Il espérait qu'elle retrouverait un peu de sa joie de vivre, même pour quelques heures.

De toute évidence, il avait raté son coup.

Dans un effort pour la consoler, Morgan passa un bras autour des épaules de Krys. Cela aurait dû s'arrêter là. Un simple geste de réconfort. Un contact humain entre deux personnes qui venaient de traverser une journée particulièrement éprouvante.

Cependant, ce contact déboucha sur autre chose. Avant

que Morgan puisse bien prendre conscience de ce qui se produisait, Krys fut dans ses bras et leva le visage vers lui. Il savait qu'il aurait dû en rester là. Au pire, il aurait pu se contenter d'effleurer sa joue de ses lèvres. Mais ce fut à cet instant qu'elle se tourna vers lui et ils se retrouvèrent face à face. Avant qu'il comprenne ce qu'il faisait, il était en train de l'embrasser.

Puis ce baiser s'épanouit et se fit plus profond.

Et plus passionné encore.

Morgan sentit son pouls s'accélérer. Il l'embrassa encore et encore, puis finit par l'attirer contre lui pour l'installer sur ses genoux. Leur baiser se fit si puissant qu'il eut l'impression que l'âme de Krys effleurait la sienne et que tout ce qui s'était passé avant cet instant n'était qu'un prélude annonçant ce qui leur arrivait.

Non, bon sang ! On se calme, jeune homme ! Sa raison le rappela brutalement à l'ordre. Il ne pouvait pas laisser ce baiser se poursuivre, alors même que tout son être le suppliait de ne pas s'arrêter.

Il la désirait.

Cependant, sa raison insistait : ce qui comptait, ce n'était pas ce que lui désirait. C'était Krys qui souffrait. Pas lui. Il n'avait pas besoin qu'on lui change les idées et qu'on lui remonte le moral. Ce n'était pas lui qui importait. C'était Krys. Et il ne pouvait profiter de la situation.

Avec toutes les peines du monde, Morgan se força à s'écarter, alors que chaque parcelle de son corps le suppliait de la garder serrée contre lui et de mener ce baiser à sa conclusion logique et ô combien satisfaisante.

Quand il parvint enfin à s'éloigner, Krys le regarda, l'air complètement stupéfait.

18

En voyant la surprise de Claire, Morgan comprit qu'il avait dépassé les bornes. Même si son désir était réel, il n'avait pas eu l'intention de la brusquer.

— Je suis désolé, bafouilla-t-il. Je n'aurais pas dû. Ce n'était pas très professionnel de ma part.

— En effet, dit-elle d'une voix douce. Mais… C'était agréable.

Cela ne fit qu'ajouter à la perplexité de Morgan.

— Alors tu… Ça ne t'a pas choquée ?

Il n'y comprenait plus rien. Tout ce qu'il savait, c'était qu'il désirait Krys plus qu'il n'avait jamais désiré une femme, mais il ne voulait pas donner l'impression de profiter de la situation.

Krys sourit. Morgan se comportait de façon absolument adorable. Elle ne l'en aurait pas cru capable. Visiblement, sous ses airs bravaches se dissimulait un homme très différent.

— Je ne voudrais pas abuser de la situation ou de…, poursuivit-il.

Krys lui prit le visage à deux mains.

— Cavanaugh… Quand une fille se jette dans tes bras, la moindre des politesses c'est d'essayer de la rattraper.

Morgan sourit à son tour, déclenchant en Krys une cascade de frissons brûlants. L'étincelle qu'elle vit luire dans son regard la laissa sans voix.

— Dit comme ça…, murmura-t-il.

Oh bon sang, comme elle avait envie de lui ! pensa Krys. Son cœur battait si fort qu'elle craignait qu'il jaillisse de sa poitrine. Morgan l'attira contre lui et l'embrassa.

Encore.

Cette fois, cependant, il donna libre cours à l'émotion qu'il tentait en vain de juguler depuis quelques jours et se laissa consumer par le feu de son désir. Il était libre de faire l'amour avec Krys, de découvrir chaque centimètre carré de sa peau chaude et veloutée, de se perdre en elle.

Son impatience grandit quand ses lèvres descendirent le long de sa mâchoire, jusqu'à son cou, puis ses épaules. Chaque baiser sur son corps doux, souple et frémissant ne faisait qu'attiser le brasier qui courait déjà dans ses reins. C'était comme s'il venait de lâcher la bride à un désir plus ravageur que ce qu'il avait connu jusque-là. Plus Morgan embrassait Krys, plus il la touchait, plus ce désir de la posséder croissait.

Krys, elle, n'avait pas envisagé que les choses iraient si loin. Tout ce qu'elle cherchait ce soir-là, c'était chasser la tristesse. Elle voulait oublier, l'espace de quelques heures, toute la frustration et la peur qui hantaient ses pensées.

Quand elle avait répondu au baiser de Morgan, elle n'avait pas prévu de se retrouver emportée par un désir si incroyablement grisant. C'était comme danser dans les airs. Elle s'abandonnait aux sensations brûlantes et tourbillonnantes qui devenaient à chaque instant plus vives, au point de lui couper le souffle.

Une part d'elle voulait simplement se consumer dans l'instant, savourer l'euphorie de leur étreinte, profiter de cette sensation qui enflait en elle, dans l'attente d'une explosion exquise qui l'ébranlerait au plus profond de son être.

Elle décida de céder.

La sensation se précisa encore quand Morgan la déshabilla et que ses mains puissantes et habiles glissèrent sur elle. Impatiente de lui rendre la pareille, elle entreprit de le dévêtir, dévoilant son corps sculptural et délicieusement musclé. Incapable de se retenir, elle posa la bouche sur la peau nue de son torse. La réaction gratifiante de Morgan ne fit qu'alimenter son excitation.

Morgan gémissait sous les caresses de Krys. Qui aurait cru que cette femme obsédée par le travail puisse se montrer aussi passionnée, une fois libérée de ses inhibitions ? Le contact de ses lèvres déclenchait en lui des décharges de plaisir qui menaçaient de lui faire perdre pied. Il était pourtant déterminé à la satisfaire avant de trouver lui-même une issue à cette douce torture.

Krys était devenue importante pour lui.

Capturant ses deux mains pour ne plus se laisser distraire, il déposa une traînée de baisers sensuels sur son corps. Avec lenteur, il descendit plus bas, jusqu'à ce qu'elle laisse échapper un petit gémissement de délice. Elle glissa alors les doigts dans ses cheveux et pressa son visage contre elle tandis qu'elle se tortillait sous ses caresses.

Elle voulait plus.

Elle se cambra, frémissante, s'efforçant d'absorber les sensations intenses qui la traversaient, à chaque seconde plus puissantes et plus satisfaisantes. Elle jouit une première fois, puis une seconde, presque subjuguée par le flot sensuel de l'expérience. L'écho de ses orgasmes se répandit en elle, telle une onde de choc.

Et puis, Morgan se dressa juste au-dessus d'elle, comme suspendu dans les airs, si proche que leurs souffles se mêlaient. Prenant ses mains dans les siennes, il entrelaça leurs doigts. Sans la quitter des yeux, il écarta ses cuisses avec son genou, puis avec une lenteur presque douloureuse, il la pénétra.

Krys laissa échapper un soupir et son cœur se mit à battre

d'impatience. Toujours avec langueur, Morgan commença ses va-et-vient. Leur rythme était éternel, hors du temps, plus puissant à chaque coup de reins. Tandis que les secondes s'égrainaient, Krys sentit ce tempo prendre de la force et devenir plus exigeant. Les baisers de Morgan se firent plus urgents et elle y répondit avec la même voracité. La tension continua à monter, chaque mouvement surpassant le précédent, jusqu'à ce qu'ils se retrouvent hors d'haleine, presque dépassés par leur propre désir.

Enfin, leurs fronts collés, Morgan et Krys se précipitèrent vers ce point culminant, cette explosion finale et joyeuse qui emporta tout sur son passage et retomba sur eux comme une pluie fine. À cet instant, plus rien n'existait autour d'eux. Plus rien que le battement affolé de leurs cœurs. C'était comme s'ils ne faisaient plus qu'un.

Krys craignit un moment de ne plus jamais être capable de reprendre son souffle. Pourtant, elle finit par revenir à la réalité, comme si elle retrouvait la gravité après une longue chute libre. Il lui fallut encore quelques minutes pour articuler des paroles cohérentes, mais elle put enfin murmurer :

— C'était mieux.

Morgan roula sur le côté, essayant de se caler entre le corps nu de Krys et le dossier du canapé.

— Tu as dit quelque chose ? demanda-t-il.

Krys poussa un soupir d'aise et répéta :

— J'ai dit que c'était mieux.

Morgan ne comprenait toujours pas.

— Mieux ? Mieux que quoi ?

Elle le regarda avec un sourire.

— C'était carrément mieux que *Casablanca*.

Morgan se mit à rire. D'abord doucement, puis il fut incapable de s'arrêter. La remarque innocente de Krys le ravissait. Il la serra dans ses bras et l'embrassa avec délicatesse. Puis, il se cala de nouveau contre elle et demanda d'une voix joyeuse :

— Alors, qu'est-ce que tu veux faire ensuite ?

Les yeux brillants, elle se tourna vers lui.

— La même chose ?

— Oh bon sang, oui ! approuva-t-il avec enthousiasme. Mais il va falloir me laisser une demi-heure pour reprendre des forces.

— Une demi-heure, hein ? répéta-t-elle d'un air songeur, avant de déposer un baiser sur sa joue.

Ce simple contact suffit à déclencher en Morgan une vague de chaleur et il sentit qu'il la désirait de nouveau, bien plus vite qu'il ne s'en était cru capable.

— Bon, d'accord, corrigea-t-il. Disons vingt minutes.

Krys se souleva pour déposer un baiser sur son autre joue.

— Peut-être dix ? rectifia encore Morgan, déjà haletant.

— Dix, tu es sûr ? se moqua-t-elle gentiment en traçant du bout des doigts des volutes sur son torse.

Elle descendit lentement jusqu'à effleurer une partie de Morgan qui reprenait rapidement de la vigueur. Avec un gémissement, il retint sa main. Elle avait bel et bien réussi à l'exciter de nouveau.

— Tu serais capable de réveiller les morts…

Un sourire malicieux s'épanouit sur le visage de Krys, qui baissa les yeux pour constater les dégâts provoqués par ses caresses faussement innocentes.

— Si tu veux mon avis, Cavanaugh, il n'y a rien de mort par là-bas.

Avec un rire joyeux, Morgan se redressa et entreprit de lui faire l'amour une seconde fois. Ils prirent leur temps, afin que chaque instant sublime se grave dans leur mémoire.

Quand Krys se réveilla le lendemain matin, elle était seule sur le canapé avec un plaid étendu sur elle. Un peu perplexe, elle s'assit, rattrapant in extremis la couverture qui glissait, et prit conscience qu'elle était encore entièrement nue. Après s'être drapée du mieux qu'elle put, elle décida de partir à la recherche de Morgan. En passant de pièce en pièce, elle refréna un besoin urgent de l'appeler. Bon sang, où était-il ? Il n'avait quand même pas pris la fuite pendant la nuit ?

Non. Pour ce type, le devoir passait avant tout. Même si l'idée lui avait traversé l'esprit, il ne l'aurait pas laissée sans surveillance.

Donc… Où était-il ?

À bout de patience – et à deux doigts de paniquer –, elle finit par le trouver dans la chambre d'ami. Il était au téléphone et leva les yeux en la voyant entrer dans la pièce.

— Je dois y aller, dit-il à son interlocuteur, avant de raccrocher.

Krys ne put s'empêcher de remarquer qu'il était déjà habillé. Contrairement à elle.

— Tu vas quelque part ? demanda-t-elle en rajustant la couverture.

— Un jour ou l'autre, oui, répondit-il sans la quitter des yeux. J'aime beaucoup ce que tu ne portes pas.

Il s'approcha d'elle. Comment un simple plaid pouvait-il être aussi sexy ?

Krys commençait à avoir des doutes sur ce qui s'était passé entre eux, la veille au soir. Avait-elle eu tort de laisser les choses dérailler de la sorte ? Non, bon sang ! Elle n'avait rien laissé faire du tout. C'était même elle qui avait provoqué la situation. Avec insistance.

Bon. Autant se débarrasser tout de suite de l'éléphant qui encombrait la pièce.

— À propos d'hier soir…, commença-t-elle.

Elle n'alla pas plus loin, car un sourire béat venait d'illuminer le visage de Morgan.

— C'était plutôt spectaculaire, non ? dit-il.

Elle se figea.

— Ce n'était pas ce que j'allais dire…

— Non ? demanda-t-il innocemment. C'est mon avis, en tout cas. Ça ne t'a pas plu ?

Il la contemplait sans ciller. Alors même qu'elle avait envie de nier l'évidence, elle savait que mentir ne servirait à rien. Morgan verrait aussitôt clair dans son jeu.

— Si, bien sûr. Mais ce n'est pas le propos.

— Ah bon ? Je croyais que c'était le propos précis de… Mais pardon, je t'ai interrompue.

Il ne la quittait pas des yeux, comme s'il essayait de lire dans ses pensées.

— Qu'est-ce que tu voulais me dire, à propos d'hier soir ?

Krys prit une profonde inspiration, comme pour s'armer de courage.

— Cela n'aurait pas dû arriver.

— Oh ! mais c'est arrivé, rappela-t-il. Plusieurs fois même. On ne peut pas l'annuler.

Son sourire, qui s'était fait plus large à chacune de ses paroles, disparut brutalement.

— Tu as des regrets ?

— Oui, répondit-elle aussitôt. Enfin, non. Pas vraiment.

— Il va falloir te décider, dit-il, de nouveau souriant.

Krys se renfrogna.

— Je n'aurais pas dû, annonça-t-elle.

— On peut voter sur cette motion précise ? demanda-t-il. Parce que je ne suis pas de cet avis. Évidemment que tu aurais dû.

— J'ai mal à la tête, soupira-t-elle en se prenant le front.

— Je connais un vieux remède de grand-mère, dit Morgan avec un sourire espiègle. Ça t'intéresse ?

Cela la fit rire. Morgan la faisait rire.

— Ça va aller, merci, répondit-elle.

— Dommage. C'est vraiment très efficace.

Elle préféra l'ignorer.

19

Krys se glissa hors de la chambre en annonçant qu'elle devait se préparer pour le déjeuner chez Andrew. Quand elle eut refermé la porte derrière elle, Morgan résista à la tentation de la rejoindre. Même s'il avait déjà exploré avec attention chaque centimètre carré de son corps, il ne voulait pas donner l'impression d'aller trop vite. Il devait respecter son intimité.

Pour s'occuper l'esprit, il décida de prendre des nouvelles de son coéquipier. Depuis quelques jours, une partie de la brigade suivait toutes les pistes possibles pour découvrir l'assassin de Claire Williams. Morgan savait que Krys espérait que cela les mènerait à Jacobs, responsable de la production chez Weatherly Pharmaceutique, mais pour l'instant, rien n'était prouvé.

N'obtenant pas de réponse, il s'apprêtait à renoncer quand Fredericks décrocha.

— Enfin ! s'écria-t-il. Je commençais à croire que tu étais parti en vacances. J'ai laissé sonner au moins vingt fois !

— Tu exagères, Cavanaugh, répondit Fredericks. Et puis, j'ai mieux à faire de mes journées que d'attendre tes coups de fil.

— C'est ça. Si tu t'ennuies, tu peux toujours me téléphoner, fit remarquer Morgan.

— Si j'avais envie qu'on me récite la longue liste de mes défauts, je serais resté chez moi, Cavanaugh.

— OK, temps mort, répondit Morgan en riant. J'appelle pour savoir s'il y a du neuf concernant Claire Williams.

Malgré lui, il avait baissé la voix. Inutile d'inquiéter Krys sans raison.

— Ça tombe bien, fit Fredericks. J'ai une bonne et une mauvaise nouvelle. En fait, pour être exact, il s'agit de la même.

— Tu peux arrêter les mystères, Fredericks ?

— Ça t'intéresse ou pas ? Parce que je peux tout aussi bien raccrocher et te laisser en plan avec ta petite journaliste sexy.

Morgan leva les yeux au ciel. Il avait oublié à quel point son coéquipier pouvait être susceptible.

— Désolé, Fredericks. Alors, c'est quoi cette double nouvelle ?

Fredericks marqua une pause pour ménager ses effets, puis annonça :

— On a trouvé l'assassin.

Morgan se redressa. Aussi vite ? Cela semblait presque trop facile.

— Tu es sûr que c'est notre tueur ?

— Non, j'ai inventé cette histoire de toutes pièces pour pouvoir quitter le commissariat plus tôt ce soir. Évidemment que je suis sûr !

— Pourquoi est-ce que tu ne m'as pas prévenu aussitôt ?

— L'info vient de tomber. Il y a trois minutes, vraiment. J'étais en train de tout vérifier quand tu as appelé.

— Et donc ? Quelle est la mauvaise nouvelle ? demanda Morgan.

— C'est que ce meurtre n'a rien à voir avec les agressions contre ta journaliste.

Plutôt que de bombarder son coéquipier de questions, Morgan décida de le laisser aller à son rythme.

— Continue, l'encouragea-t-il.

— La bonne vieille rengaine, reprit Fredericks avec un soupir. C'est son petit copain qui a fait le coup. Enfin, son ex. Un certain Thompson. Apparemment, il y avait de l'eau dans le gaz, mais elle ne parvenait pas à le quitter. Selon l'ordonnance de protection qu'elle a obtenue par la suite, c'était un individu envahissant qui était devenu violent. Quand Claire a entendu parler des essais cliniques pour le médicament, elle a entrevu une porte de sortie. À la fin des tests, elle avait trouvé le courage de dire ses quatre vérités à Thompson et de tourner la page.

Cela changeait la donne, pensa Morgan. Krys n'avait jamais mentionné l'existence du petit ami.

— J'imagine qu'il ne l'a pas bien pris.

— Tu m'étonnes ! ricana son collègue. Une fois de plus, c'est un cas d'école : la logique malsaine du « si je ne peux pas l'avoir, alors personne ne peut ». Thompson lui a donné une dernière chance de recoller les morceaux, en affirmant qu'il était prêt à tout lui pardonner. Tu vois le genre. Quand elle a refusé, il a décidé d'attendre son heure et dès que l'occasion s'est présentée, il l'a tuée.

Il restait cependant une faille dans cette histoire.

— Les légistes ont signalé que c'était l'œuvre d'un tireur d'élite, non ? interrogea Morgan.

— En effet.

— Mais je croyais que…

— Thompson avait un nouveau but dans la vie, l'interrompit Fredericks. Il a commencé à passer tout son temps libre dans un club de tir pour devenir un parfait petit sniper. Selon le patron du club, il était plutôt doué. Et en bon jaloux manipulateur, Thompson connaissait parfaitement les habitudes de Claire Williams, si bien qu'il n'a eu aucun mal à trouver le moment et l'endroit idéal. Il ne lui restait plus qu'à la cueillir.

Morgan repensa aux images de vidéosurveillance.

— Tu as des preuves ?

— Des preuves ? répéta Fredericks. Quand on a interrogé Thompson, il s'en est vanté ! Il se demandait combien de temps ça nous prendrait pour recoller les morceaux.

Fredericks se tut un instant, puis poursuivit :

— En gros, notre tueur est en garde à vue, mais on n'a toujours pas l'ombre d'un suspect pour ta journaliste.

— Ce n'est pas MA journaliste, rectifia Morgan.

Inutile de se précipiter, tant que Krys avait des réserves sur ce qui s'était passé entre eux.

— Et elle s'appelle Krys, ajouta-t-il.

— Oui, c'est ça, soupira Fredericks. Du coup, je ne sais plus trop si c'est une bonne nouvelle ou si ça nous ramène simplement à la case départ.

— Merci pour l'info, en tout cas, répondit Morgan. Tiens-moi au courant s'il y a du neuf.

Il raccrocha. Il redoutait d'annoncer à Krys que Jacobs était sans doute innocent. Du moins en ce qui concernait la mort de Claire. De fait, on pouvait légitimement penser que ce n'était pas lui qui cherchait à éliminer Krys.

Alors, qui ?

Heureusement, il y avait ce déjeuner chez l'oncle Andrew. Au moins Krys pourrait-elle se changer les idées pendant quelques heures.

— Tu en fais une tête, fit remarquer Krys, en revenant dans la chambre. Laisse-moi deviner : le repas de famille a été annulé.

— Non, répondit-il avec un sourire.

— Alors c'est ce que je porte qui ne te plaît pas, reprit-elle en examinant sa tenue avec appréhension.

Elle était vêtue d'une robe légère gris-bleu qui épousait les courbes de son corps à la perfection.

— Ça te va à merveille, assura-t-il en la dévorant des yeux. Même si je préfère ce qu'il y a dessous.

— Vraiment, hein ?

Elle hésita une seconde, puis demanda :

— Est-ce que ce genre de commentaires de ta part fait de nous un… couple ?

Morgan resta bouche bée une seconde, puis se reprit :

— Je… Ça fait de nous ce que tu veux.

Elle soupira.

— Réponse vague typiquement masculine. Tu en as conscience ?

— À ma décharge, ma réponse est vague parce que je crains de t'effrayer et de te voir partir en courant.

— Et si j'en avais envie ? demanda-t-elle, le regard impassible.

Il ne savait pas si elle cherchait à le provoquer ou si c'était une réaction sincère.

— Ce serait ton droit, répondit-il, même si cela lui coûtait. On pourra en discuter à loisir après le déjeuner chez Andrew et après qu'on aura attrapé le tueur qui rôde dans Aurora.

Krys pensa que cela faisait beaucoup de paramètres. Quand tout serait fini, ils se retrouveraient tous les deux, sans rien d'autre à gérer qu'eux-mêmes.

— Je dois dire que tu sais trouver les arguments, soupira-t-elle. Donc… Pas besoin de me changer ?

— Ne touche à rien, assura-t-il avec un petit sourire. Pas même un cheveu.

Elle le contempla, pensive.

— On parle toujours bien de la robe ?

Le sourire qu'il lui adressa sembla se glisser dans les moindres recoins de son corps.

— À toi de voir, répondit-il en consultant sa montre. On ferait mieux de se mettre en route.

— Je croyais qu'il n'y avait pas d'horaire précis.

— En effet. Mais si on arrive tard, on aura du mal à se garer près de la maison. À moins que tu aies envie de découvrir le quartier…

— Je suis prête.

Il lui fit signe de la précéder.

— Au fait, à qui parlais-tu ? demanda-t-elle soudain, tandis qu'ils montaient dans la voiture.

La question prit Morgan par surprise. Il avait déjà décidé d'attendre avant de lui dévoiler l'identité du tueur de Claire.

— Quand ça ? dit-il pour gagner du temps.

— Tu étais au téléphone quand je suis sortie de la douche.

— Tu as l'ouïe fine.

Krys éclata de rire.

— C'est vital. Un bon journaliste doit être capable d'écouter une conversation à distance.

Morgan se contenta de hocher la tête. Autant se jeter à l'eau.

— Je voulais attendre ce soir pour t'en parler, parce que je ne sais pas trop comment tu vas le prendre…

Cela suffit à éveiller la curiosité de Krys, qui ne put réprimer un frisson.

— Tu en as trop dit, dit-elle. Vide ton sac.

— Ce n'est pas Jacobs qui a commandité le meurtre de Claire.

— Comment le sais-tu ?

— C'est simple. C'est son ex-petit ami jaloux et possessif qui l'a tuée.

Stupéfaite, Krys le dévisagea. Elle ignorait jusqu'à l'existence d'un ex jaloux et possessif. Claire n'avait jamais rien laissé entendre de tel. Cela dit, à présent que Krys y repensait… elle comprenait mieux l'hématome violacé sur le cou de la jeune femme, mal dissimulé sous une couche de fond de teint.

— Tu es certain ? insista-t-elle pourtant, car elle avait du mal à accepter ce scénario. Qui t'a parlé de cet ex jaloux ?

— Mon coéquipier, Fredericks. Le type en question, Thompson, n'a pas cherché à le cacher. Selon Fredericks, il a tout avoué. Il s'en est même vanté. Tu sais ce que ça signifie, non ?

Les épaules de Krys s'affaissèrent. Évidemment qu'elle comprenait. Cela mettait en pièces toute sa théorie, ainsi que son travail.

— Que ce n'est pas Jacobs qui a commandité sa mort, marmonna-t-elle. Et du coup, ce n'est sans doute pas lui qui cherche à me tuer.

Elle poussa un soupir.

— Pourtant, quelqu'un tente de m'atteindre, insista-t-elle.

— Tu n'as pas à me convaincre. J'étais là lors de la deuxième agression, et j'ai vu ce qui était arrivé à la vitre de ta voiture.

Krys réfléchit un instant.

— Je n'ai plus trop la tête à faire la fête, tout à coup. Je risque de gâcher le déjeuner. Tu ferais mieux de me déposer quelque part pour que je rentre chez moi.

Elle plaisantait ?

— Dans tes rêves, Kowalski, répliqua Morgan. En plus, tu te trompes. Ce déjeuner, c'est exactement ce qu'il te faut. Crois-moi, le clan Cavanaugh est le remède idéal pour se changer les idées. Et détail non négligeable : tu seras entourée d'un escadron privé. Plus de la moitié des gens présents font partie de la police d'Aurora. Personne ne laissera quoi que ce soit t'arriver, je te le garantis. Ce sera sans doute l'endroit le plus sûr sur terre.

Krys rendit les armes avec un sourire reconnaissant.

— Je suis prête à parier que tu étais membre du club de débat au lycée…

— Pas au lycée, rectifia-t-il. À la fac.

Krys éclata de rire.

— Tu es également doté d'un sens de l'humour particulièrement tordu.

— Je plaide coupable, avoua-t-il. Alors ? Est-ce que je t'ai convaincue ?

— Si je répondais non, tu serais bien capable de me passer les menottes pour m'y traîner de force.

Morgan se contenta de hausser les sourcils en souriant.

— Est-ce que Fredericks t'a donné plus de détails ? demanda Krys. Raconte-moi tout.

Il lui expliqua tout ce qu'il savait.

— L'ex-petit ami s'entraînait dans un club de tir. D'après ce que j'ai compris, il ne voulait surtout pas rater sa cible. J'imagine que Claire a signé son arrêt de mort sans s'en douter en refusant de recoller les morceaux avec lui.

Krys soupira.

— Les relations amoureuses sont certainement devenues bien étranges en ces temps dits « éclairés », murmura-t-elle.

— Certes, dit Morgan en riant. C'était bien plus simple quand les pères échangeaient leurs filles contre des chevaux.

— Je ne vois pas ce qu'il y a de drôle.

— Mon père aurait pu faire fortune grâce à mes sœurs…

— Je suis sûre que tes sœurs adoreraient t'entendre parler comme ça. Tu n'oublieras pas de me les présenter ?

— Si tu crois que je ne te vois pas venir, dit Morgan avec un regard en coin.

— Moi ? s'étonna-t-elle d'un air faussement innocent.

— Tu essaies d'esquiver le déjeuner. Mais trop tard : on est arrivés.

Il tourna dans une rue aux maisons pimpantes.

— C'est mignon, par ici, fit remarquer Krys en observant les trottoirs bordés de magnifiques arbres.

— C'est l'un des plus anciens quartiers d'Aurora. Il a été construit il y a plus de cinquante ans.

— Tu plaisantes ? Tout a l'air neuf.

— Les habitants d'Aurora sont réputés pour prendre soin de leur environnement. Les gens sont fiers de leur ville.

— Je comprends ce qui a pu séduire ma sœur.

— Je te rappelle que tu vis ici aussi.

— Seulement parce que Nik est venue s'y installer, rappela Krys.

Elles ne se voyaient pas beaucoup, à cause de son travail, mais le simple fait de se savoir proche de sa sœur la rassurait.

— Et puis, ajouta-t-elle. Nous n'avons plus d'autre famille.

Maintenant si, pensa Morgan, avant d'annoncer :

— Voilà, c'est ici ! Il y a même une place presque devant.

Krys contempla les nombreuses voitures alignées de chaque côté de la rue, à perte de vue, et ne put retenir un sifflement. C'était presque inquiétant.

Combien étaient-ils vraiment, dans cette famille ?

20

Morgan sonna et entendit Krys prendre une profonde inspiration. En jetant un œil par-dessus son épaule, il vit qu'elle s'était redressée, presque comme un soldat prêt à affronter l'ennemi. Il se pencha vers elle pour lui chuchoter à l'oreille :

— Personne ne va te mordre, tu sais.

Avant qu'elle puisse répondre, la porte s'ouvrit et l'oncle Andrew apparut. Tout était sous contrôle pour le déjeuner. Les plats qu'il avait prévu de servir à sa famille démesurée étaient rôtis, grillés ou mitonnés, et le chef en avait profité pour s'extraire de sa cuisine et accueillir ses invités. L'espace d'une brève seconde, le patriarche eut l'air complètement abasourdi.

— Tu avais raison, déclara-t-il enfin en jetant un rapide regard en direction de son neveu. Elle ressemble vraiment à sa sœur.

Puis il serra Krys contre lui avec chaleur et ajouta :

— Bienvenue chez moi, Krystyna.

Krys sourit. Andrew avait le chic pour mettre les gens à l'aise.

— Tout le monde m'appelle Krys, bafouilla-t-elle. Sauf quand on m'appelle Nik…

Andrew éclata de rire.

— Ça doit être lassant à la longue, non ?

— Juste un peu…

— Je t'en prie, entre, entre ! s'écria-t-il en faisant un pas de côté. La moitié de la famille est déjà là. Tu n'as pas encore eu de nouvelles de ta sœur ?

— J'ai reçu une carte postale d'Hawaï avant-hier, répondit Krys avec un large sourire. Elle disait très exactement : « Tu ne me manques PAS DU TOUT ».

Ravi, Andrew rit de nouveau.

— De la part de Nikki, le contraire m'aurait étonné.

Un bruit dans la cuisine lui fit dresser l'oreille.

— Je ferais mieux d'y retourner, s'excusa-t-il. Contrairement à ce que la jeune génération semble penser, un repas ne se prépare pas tout seul. Je te laisse entre les mains de Morgan. Il te servira de guide. Il va t'indiquer où se trouvent les entrées, les hors-d'œuvre et les desserts, et il pourra en plus te présenter à tout le clan.

Il regarda son neveu avec un sourire malicieux.

— Tu as fini par retenir le nom de tout le monde, j'espère ?

— À peu près, répondit Morgan avec le plus grand sérieux.

Puis, remarquant que Krys le contemplait d'un air étonné, il ajouta :

— Quoi ? Ce n'est pas aussi facile que tu le penses.

— Je veux bien te croire.

Ils passèrent dans l'immense salon. Krys parcourut du regard la nombreuse assemblée déjà présente – des anciens, des jeunes et une flopée d'enfants – et il devait encore en arriver d'autres.

— Vous n'avez jamais envisagé de porter un badge avec votre prénom ? marmonna-t-elle avec appréhension.

Morgan rit. Elle venait d'exprimer à voix haute ce que la plupart des gens ressentaient en se retrouvant pour la première fois en contact avec cette famille interminable.

— On y a réfléchi, répondit-il avec un clin d'œil. Mais ce serait beaucoup moins drôle.

— Je n'ai pas envie de jouer, dit Krys avec honnêteté. Je veux juste ne pas me tromper.

Et voilà, pensa Morgan. C'était exactement la clé de la personnalité de Krys.

— On va travailler sur ce point, promit-il. Mais d'abord, on va te trouver quelque chose à manger. Ensuite, on commencera les présentations. Ne t'inquiète pas : je te garantis que c'est sans douleur.

Ils sortirent sur la terrasse.

— Sans douleur, hein ? C'est avant ou après que ma tête explose ?

Krys n'avait jamais croisé autant de gens réunis dans un même lieu depuis un congrès auquel elle avait assisté en Indonésie, quand elle enquêtait sur le trafic d'humains dans le monde.

— Ta tête ne va pas vraiment exploser, assura Morgan. Ce sera juste une impression.

Elle lui lança un regard sceptique.

— Ton petit numéro n'est pas encore très au point.

Elle se dirigea vers l'une des tables et s'empara d'une assiette qui semblait de porcelaine véritable. La tenant en équilibre sur une main, elle y déposa quelques canapés.

— Je m'améliore tous les jours, répondit Morgan sur le ton de la confidence. Tu sais que tu peux te servir vraiment ? Tu n'imagines même pas la quantité de nourriture que l'oncle Andrew prépare pour ce genre d'occasion. Pas la peine de prendre des pincettes. Tu ne vas pas le mettre sur la paille.

— Ça ira, merci. Je ne suis pas certaine d'être capable d'avaler quoi que ce soit. J'ai le ventre noué depuis que tu m'as annoncé que Claire avait été tuée par son ex. On vient de perdre notre principal suspect.

Morgan se rapprocha d'elle et baissa la voix, se doutant

que Krys préférait ne pas partager ces informations avec des gens qu'elle ne connaissait pas encore. Lui-même avait beau adorer sa famille, il savait qu'il fallait un peu de temps pour s'habituer.

— Je te jure que je ne vais pas t'abandonner tant qu'on n'aura pas mis ton agresseur derrière des barreaux, murmura-t-il avec gravité, espérant chasser l'inquiétude qu'il lisait dans son regard. Rassurée ?

— Étrangement… Oui.

Krys n'était pas du genre demoiselle en détresse et se laissait rarement convaincre par des promesses. En général, c'était elle qui tenait la barre et décidait des combats qu'elle voulait mener.

En général.

Quelque chose avait changé depuis le décès de son mentor et, d'une certaine façon, le mariage de sa sœur. C'était presque comme si Nik avait disparu elle aussi. Les paramètres de son univers étaient chamboulés et elle se sentait vulnérable.

Comme avec Morgan.

Certes, ce n'était pas sa première expérience sexuelle, mais cette fois c'était différent. Elle en avait gardé une impression qu'elle ne parvenait pas à analyser.

— Allô, Kowalski ? Ici la Terre.

Krys cligna des yeux. Elle était si perdue dans ses réflexions qu'elle ne s'était pas rendu compte que Morgan lui parlait.

— Désolée, bafouilla-t-elle. J'étais ailleurs.

— Pas de problème. Je voulais juste m'assurer que ça allait.

Il désigna un petit barnum dressé à l'écart des autres tables, sur la vaste terrasse.

— Installons-nous là, proposa-t-il.

— Non. Si ça ne te dérange pas, je préfère me jeter à l'eau.

— Avec plaisir ! s'exclama Morgan, sincèrement ravi de lui servir de guide.

Au départ, Krys adopta la même attitude que dans son cadre professionnel : elle mit soigneusement de côté ses pensées et ses sentiments pour se concentrer sur les personnes qu'elle rencontrait pour la première fois. Elle enregistrait les noms et les liens de parenté, les petites anecdotes. Quand elle travaillait, c'était sa façon à elle de rendre ses témoignages plus crédibles et vivants.

Toutefois, au bout d'une heure et demie, elle quitta inconsciemment son costume de journaliste et cessa de considérer ses interlocuteurs comme des informateurs pour les envisager sous leur véritable jour. C'était la famille de Morgan.

Morgan resta auprès de Krys toute la journée, même lorsqu'il comprit qu'elle était parfaitement capable de se débrouiller seule et qu'elle commençait à se sentir à l'aise. Au fur et à mesure que l'après-midi avançait, ce fut comme observer une fleur rare en train de s'épanouir dans le crépuscule. Quand il crut percevoir une forme de lassitude chez elle, il lui demanda à voix basse :

— Tu es prête à rentrer ?

Krys venait de discuter avec Brian, petit frère d'Andrew et inspecteur en chef du commissariat. La question sembla la prendre par surprise, car elle se tourna vers lui, l'air ahuri :

— C'est déjà l'heure de partir ?

Morgan trouva sa réponse tout à fait éloquente.

— Pas vraiment, dit-il. On n'est pas obligés, mais j'ai pensé que tu en avais peut-être envie. Une petite remise de peine, en quelque sorte…

— À t'entendre, on croirait que c'était un châtiment. Si ça ne te dérange pas, j'aimerais bien rester encore un peu.

— Pas de problème, répondit-il en s'efforçant de ne pas laisser paraître combien sa demande le réjouissait.

Il savait que sa famille était adorable, mais il était toujours possible que la mayonnaise ne prenne pas.

— Parfois, précisa-t-il, certains restent chez l'oncle Andrew pendant un week-end entier. Voire plus ! Andrew n'impose qu'une seule règle à ses invités.

— Laquelle ?

— Qu'ils passent un bon moment.

Krys sourit.

— Dans ce cas, je crois que je remplis le critère. Je ne devrais peut-être pas t'avouer une chose pareille, mais ce genre de réunion, c'est un peu un vieux fantasme.

— Un fantasme ? Tu m'intrigues…

Ce n'était pas un sujet sur lequel Krys se confiait. Mais elle avait commencé…

— Après le départ de ma mère, mon père, ma sœur et moi avons déménagé souvent. Maintenant que j'y repense, je crois que mon père cherchait ma mère. Il ne nous a jamais présenté les choses comme ça, bien sûr. Sans doute pour ne pas nous décevoir. Au final, il ne l'a jamais retrouvée. Bref. Comme on changeait souvent de ville, Nik et moi étions toujours un peu à l'écart, à l'école. Tout ça…, ajouta-t-elle en regardant autour d'elle. C'est l'idée que je me suis toujours faite d'une grande famille aimante. Merci de m'avoir laissé vivre un rêve le temps d'une journée.

Elle avait les yeux brillants. Morgan aurait voulu lui dire que son rêve n'était pas obligé de prendre fin ce soir-là, ni plus tard d'ailleurs, mais il craignait de l'effrayer. Une femme aussi indépendante que Krys risquait de se rebeller si quelqu'un tentait de la retenir ou de lui imposer des limites, même pour la meilleure des raisons. Elle serait capable d'insister pour conserver sa liberté et Morgan n'avait pas envie qu'elle se sente acculée.

Mieux valait ne rien dire pour l'instant et savourer cette

petite victoire, pensa-t-il. Il se promit alors que ce ne serait pas la dernière.

Morgan et Krys furent parmi les derniers à partir. Krys avait les yeux qui se fermaient tout seuls quand ils firent leurs adieux. Pourtant, elle insista pour faire dans les règles et saluer leurs hôtes, ainsi que les quelques invités encore présents.

— Merci mille fois de votre accueil, monsieur Cavanaugh.

— Oh ! je t'en prie ! protesta Andrew. Appelle-moi Chef. Comme ma femme, ajouta-t-il avec un petit clin d'œil.

Debout à ses côtés, Rose Cavanaugh glissa un bras autour de la taille de son mari.

— Dans tes rêves, mon chéri, répondit-elle avec un sourire attendri, avant de préciser, à l'adresse de Krys : Tu peux l'appeler Chef ou oncle Andrew, comme tout le monde. En revanche, tu n'as pas le droit de l'appeler « mon chéri ». Ça, c'est réservé à mon usage personnel.

Andrew déposa un baiser sur les cheveux de sa femme. Un simple geste qui en disait long, pensa Krys.

— Merci à toi d'être venue et de nous avoir tous supportés, reprit Andrew. Cela n'a pas dû être évident, avec tout ce qui t'arrive.

Krys hocha la tête. Elle aurait dû se douter qu'Andrew était au courant de tous les détails.

— D'après Morgan, vous savez tout ce qui se passe à Aurora.

— Morgan exagère, répliqua Andrew. Mais je suis très protecteur quand il s'agit de la famille. Et tu en fais partie, à présent.

Il se tourna ensuite vers Morgan et serra chaleureusement la main de son neveu.

— Rentrez bien, tous les deux !

21

Vingt minutes plus tard, Krys poussa un soupir de soulagement en apercevant sa maison. Elle était épuisée.

— J'aime vraiment bien ta famille, dit-elle en étouffant un bâillement.

— Merci. Dans l'ensemble, ils t'ont plutôt bien tolérée aussi, répliqua Morgan en s'engageant dans l'allée.

— Ah ah. Très drôle.

Elle se fit soudain sérieuse :

— Tu sais… Ma sœur a de la chance de vous avoir tous. Je crois que je peux enfin arrêter de m'inquiéter pour elle.

— Tu t'inquiètes pour elle ? s'étonna Morgan.

— Eh bien… oui, répondit Krys en sortant de la voiture.

De son point de vue, c'était parfaitement logique. Elle avait toujours été très protectrice avec sa sœur jumelle.

— Je m'absente parfois pendant plusieurs mois en la laissant ici toute seule. Je sais qu'elle a des amis, mais ce n'est pas la même chose.

— Tu as raison, dit-il. Cela dit, toutes les familles ne sont pas fiables.

— C'est bien ce que je dis : Nikki a de la chance d'être tombée sur vous.

Tandis qu'elle se dirigeait vers la porte d'entrée, Krys aperçut du coin de l'œil le policier qui montait la garde dans sa voiture, de l'autre côté de la rue. Elle était toujours sous protection, malgré la présence constante de Morgan. Il devait vraiment penser qu'elle courait un danger.

— En tout cas, tu fais partie du clan maintenant, ajouta Morgan. Que cela te plaise ou non.

— C'est ce que j'ai cru comprendre. D'habitude, ça ne s'applique que si on épouse un membre de la famille, non ?

Morgan réprima un sourire.

— Il faudra que je vérifie l'alinéa précis sur ce point, mais il me semble que la loi familiale offre une certaine latitude.

— Tu te moques de moi, gronda Krys en glissant la clé dans la serrure.

— Je plaisante, c'est tout, assura Morgan, incapable de dissimuler plus longtemps son sourire. Rien de méchant.

— Est-ce que j'ai l'air de trouver ça drôle ?

Morgan ouvrit la porte pour elle.

— On peut essayer d'arranger ça, répondit-il en lui passant un bras autour de la taille.

Krys se rendit soudain compte qu'elle n'était plus du tout fatiguée.

— Je n'arrive pas à y croire ! s'écria Krys en raccrochant d'un geste rageur.

Morgan et elle se trouvaient au commissariat. Elle l'avait accompagné afin qu'il puisse continuer à travailler avec son équipe. La Brigade criminelle cherchait toujours à comprendre ce qui était advenu de la femme mystérieuse disparue de l'hôpital après la mort du sinistre Barbe Bleue. Pour l'instant, personne n'avait été en mesure de la localiser.

— Que se passe-t-il ? demanda Morgan en levant le nez de ses dossiers.

Krys semblait furieuse, mais il détecta comme une note de triomphe dans son regard.

— Quand je pense à tout le temps que j'ai consacré à ce dossier, tous les gens que j'ai interrogés pour rassembler des preuves et amener Weatherly Pharmaceutique à suspendre la mise en vente de leur prétendu « remède miracle ». Et voilà que Jacobs en personne – en personne ! – donne une conférence de presse pour annoncer que la mise sur le marché est reportée. La raison officielle, c'est que « certaines anomalies » auraient été détectées lors de la toute dernière série d'essais… qui a eu lieu tard hier soir, évidemment… Tant qu'ils ne seront pas en mesure de déterminer si le médicament est réellement bénéfique pour les patients, bla-bla-bla…

Elle eut un rire dédaigneux.

— En d'autres termes, reprit-elle, ils sont prêts à admettre que leur pilule magique a été un peu survendue.

Morgan la regarda. Pourquoi était-elle en colère ? Il ne comprenait pas.

— C'est positif, non ? tenta-t-il. C'est ce que tu voulais. Ce que ton instinct te disait depuis le début.

— C'est ça ! s'esclaffa-t-elle avec mépris.

Quelque chose n'allait pas. Il commençait à la connaître suffisamment pour le percevoir.

— Mais… ? insista-t-il. Je sens qu'il y a un « mais » dans ta logique.

— Jacobs a fait sa déclaration officielle il y a dix minutes.

Elle ne savait pas trop si elle devait se réjouir ou s'énerver.

— Je ne vois toujours pas où est le problème, répondit Morgan, perdu.

— Si un haut responsable du labo a fait une annonce pareille de sa propre initiative, ça ne pouvait pas être lui qui cherchait à me faire taire.

Morgan réfléchit un instant.

— Pas nécessairement. Peut-être n'a-t-il pas eu le choix.

C'est une chose d'essayer de museler une journaliste un peu trop curieuse, mais c'est une tout autre affaire si des membres du conseil d'administration tirent la sonnette d'alarme. Peut-être que quelqu'un en interne s'est inquiété des effets sur les actions du labo, en cas d'échec. Sans parler de la réputation de la société.

Krys regarda Morgan. Elle fulminait.

— Ce n'est bon pour personne si le labo retire un médicament défectueux ou qui ne tient pas ses promesses, constata-t-elle simplement.

— Cependant, fit remarquer Morgan, si ces défaillances n'avaient pas été signalées, il se serait écoulé un certain temps, voire un temps très long, avant que les malades se rendent compte que le remède était inefficace. Weatherly Pharmaceutique espérait sans doute profiter de cette période de flou pour en vendre le plus possible.

Krys acquiesça.

— Tu veux dire que Jacobs essayait peut-être de se débarrasser de moi, mais quand d'autres gens ont commencé à pointer les mêmes erreurs, il s'est rendu compte qu'il ne pouvait faire taire tout le monde. Alors, pour s'innocenter, il a pris les devants et a donné cette conférence de presse. Tout cela dans un prétendu souci de qualité, bien évidemment.

— Exactement.

Krys était satisfaite que le labo ait fait marche arrière, plutôt que de s'enrichir en vendant du rêve et de faux espoirs aux patients, mais elle ne pouvait s'empêcher de se demander si elle avait vu juste.

— Et maintenant ? soupira-t-elle.

Morgan réfléchit un instant.

— Maintenant, je vais demander à Valri ou à un de ses adjoints de mettre le nez dans les finances de Jacobs, pour vérifier s'il y a eu des mouvements d'argent inhabituels récemment. Juste au cas où il aurait vraiment essayé de te faire tuer. On va aussi aller rendre une seconde petite visite à Jacobs. Et cette fois, j'enfile mon costume d'inspecteur de police. Adieu l'assistant personnel de madame. Ça devrait le secouer un peu.

Fredericks, qui écoutait leur échange, profita d'un silence pour s'immiscer dans leur conversation.

— Tu veux que je fasse quelque chose ? demanda-t-il.

— Oui. Je veux que tu te renseignes sur cette fameuse femme mystère qui a disparu de l'hôpital, répondit Morgan.

Fredericks sembla un peu déçu.

— On ne peut pas classer ce dossier, plutôt ? Le type est mort et, d'après ce qu'on sait, il opérait seul. Cette « femme mystère » n'avait rien à voir avec les autres victimes.

— Peut-être, accorda Morgan. Mais il y a un point qui me chiffonne dans cette histoire.

Fredericks poussa un soupir.

— Ah la la… Les Cavanaugh et leurs fameuses « intuitions », se plaignit-il.

Le fait que de nombreuses affaires aient été résolues grâce au flair légendaire des Cavanaugh ne semblait pas l'affecter outre mesure.

— S'il te plaît, ajouta Morgan en regardant son collègue.

— Ai-je vraiment le choix ? se lamenta Fredericks.

Morgan sourit.

— Je savais que tu finirais par être d'accord, lança-t-il en se dirigeant vers la porte. En route, Kowalski ! On va aller asticoter ton petit copain Jacobs.

— Avec grand plaisir, grommela Krys en lui emboîtant le pas.

Lawrence Jacobs fut loin d'être ravi de voir Krys et Morgan débarquer dans son bureau.

— Si vous êtes ici pour me harceler, mademoiselle Kowalski, vous arrivez trop tard. Je viens de tenir une conférence de presse.

Ivy, son assistante, se glissa derrière eux.

— Je suis navrée, monsieur Jacobs, bafouilla la jeune femme, paniquée. J'ai clairement indiqué à ces monsieur-dame que vous n'étiez pas disponible.

Elle semblait visiblement inquiète de la réaction de son supérieur, après cette invasion caractérisée de son bureau.

— J'alerte immédiatement la sécurité, ajouta-t-elle en espérant faire reculer Morgan et Krys.

— Inutile, madame, répondit Morgan en sortant son insigne. Je suis de la police d'Aurora.

— Vous avez plusieurs casquettes ? demanda Jacobs avec un sourire crispé. C'en est trop. J'appelle la sécurité.

— Ne vous donnez pas cette peine, l'interrompit Morgan. La dernière fois, c'était une infiltration en civil. Et si j'ai vu juste, vous n'aurez droit qu'à un seul coup de fil. Vous êtes sûr de vouloir le gaspiller pour vérifier mon identité ?

Jacobs regarda les deux intrus avec mépris, mais reposa le combiné.

— Que faites-vous ici ? demanda-t-il en se tournant vers Krys, l'air accusateur. Vous avez obtenu ce que vous cherchiez, non ? Nous retardons la sortie du médicament, le temps d'effectuer de nouveaux essais cliniques. Vous devriez danser de joie. Quant à cette femme qui vous avait promis des informations prétendument compromettantes, je ne suis pas responsable de sa mort. Son ex-petit ami a avoué son meurtre.

Krys trouva son arrogance parfaitement répugnante.

— Vous vous êtes plantée, Kowalski, poursuivit Jacobs, rouge d'indignation. Alors, quittez mon bureau avant que je vous fasse arrêter pour harcèlement.

— Surveillez vos propos, l'avertit Morgan. Vous étiez

à deux doigts d'arnaquer une population vulnérable et de vous enrichir à leurs dépens. Je ne pense pas que vous soyez en position de menacer une journaliste qui ne faisait que son travail et s'efforçait de protéger des malades.

Jacobs regarda Morgan d'un air mauvais.

— Méfiez-vous, inspecteur. C'est moi qui paie votre salaire.

— Tout comme ces personnes que vous avez tenté de tromper, rappela Morgan.

Loin de se laisser impressionner, il sentait monter en lui la colère.

— Je crois que nous en avons fini, rétorqua Jacobs d'une voix rauque, lui-même à deux doigts d'exploser. Ivy, si vous voulez bien raccompagner ces gens !

— J'ai beaucoup apprécié les différentes teintes qu'a prises son visage, avoua Krys tandis qu'ils quittaient le confortable bureau. Je n'ai jamais vu quelqu'un devenir aussi rouge, puis aussi pâle en si peu de temps. À la fin, il était très précisément « blanc comme un linge », non ?

Morgan éclata de rire.

— Pas loin, en effet.

Ils se dirigèrent vers l'ascenseur.

— Donc, c'est tout ? demanda encore Krys, soudain déçue. Tu le laisses filer ?

— Je ne laisse rien filer du tout. J'attends juste que Valri vérifie ses finances. Si on constate des dépenses conséquentes et inexpliquées au cours des dernières semaines, Jacobs va devoir rendre des comptes.

Krys croisa les doigts mentalement pour que Valri trouve quelque chose.

— Je donnerais cher pour voir ce type mordre la poussière. Mais… S'il n'y a aucune preuve ? Que se passera-t-il alors ?

— Ça voudra dire que ce n'est pas Jacobs qui essaie de t'éliminer, conclut Morgan. Et c'est tout ce qui m'intéresse.

— Et ensuite ?

— Retour à la case départ. Une fois de plus. On commence à avoir l'habitude, n'est-ce pas ?

Morgan se retint de passer un bras autour des épaules de Krys pour la réconforter. Ils venaient de quitter l'ascenseur et il savait que Krys n'apprécierait pas ce genre d'effusions en public.

— Certes, maugréa-t-elle. Mais les fois précédentes, il n'y avait pas un tueur en vadrouille dans la nature.

Morgan réfléchit un instant, puis se figea, juste devant la sortie.

— Et si tout cela n'était qu'une erreur ?

— Comment ça ?

— Je veux dire une horrible coïncidence. Un jour, tu es la victime d'une fusillade opportuniste et le lendemain, tu te trouves au mauvais endroit, au mauvais moment, et un chauffard manque de te renverser avec sa camionnette.

— Tu y crois vraiment ? demanda Krys, incrédule.

— Non, fut-il forcé d'admettre. C'était plus pour nourrir notre réflexion.

— Je n'aime pas trop ce genre de nourriture et j'ai appris quand j'étais encore haute comme trois pommes que les coïncidences n'existaient pas.

— Moui, je suis d'accord avec toi.

Krys sourit.

— Ça par contre, c'est un miracle ! s'écria-t-elle. Bon. Allons voir si Valri a quelque chose à nous donner. Sinon, on reste avec un tueur qui veut ma tête sur un plateau, sans avoir la moindre idée de son identité ou de ses motivations.

Morgan acquiesça.

— Retour au commissariat, annonça-t-il.

En espérant trouver des réponses, pensa Krys.

22

Cette nuit-là, Krys se blottit contre Morgan pour profiter de la douce chaleur qui irradiait de son corps et se répandait sur sa peau nue. Cet état de félicité aurait été parfait sans les pensées parasites qui la harcelaient. Elle ne parvenait pas à mettre son esprit au repos ; son cerveau turbinait à huit cents tours par minute.

— Le temps presse, rappela-t-elle à l'homme qui semblait capable de faire chanter son cœur avec une facilité étonnante.

Sentant un frémissement le parcourir, elle comprit qu'il riait doucement.

— Oh je ne sais pas, répondit-il en déposant un baiser sur son front. Je suis prêt à recommencer. Laisse-moi juste quelques minutes pour reprendre mon souffle.

Krys lui donna un petit coup de poing sur le biceps.

— Ce n'est pas de ça que je parle, gros malin !

— Alors de quoi parles-tu ? demanda-t-il en entreprenant de couvrir ses épaules de baisers.

Krys avait du mal à se concentrer sous ses caresses, mais elle fit de son mieux.

— Nik et Finn… vont bientôt rentrer de… leur lune de miel et on… n'a toujours pas… toujours pas découvert qui veut… m'éliminer.

Sentant qu'elle perdait rapidement le fil de ses pensées, elle fut obligée de poser la main sur la bouche de Morgan pour l'empêcher de semer la panique dans ses réflexions. Morgan leva la tête vers elle.

— Au final, cela fait presque deux semaines que plus personne n'a cherché à t'éliminer, non ?

— C'est vrai.

— Peut-être que le tueur a renoncé. Ou alors, j'avais raison et ces deux tentatives n'étaient que d'affreuses coïncidences.

C'était une possibilité, mais le risque était trop grand.

— Si ça ne te dérange pas, je préfère ne pas parier la vie de ma sœur sur cette théorie.

Morgan se redressa sur un coude.

— Moi non plus. C'est d'ailleurs pour ça que j'ai prévu une surveillance rapprochée pour Nik dès sa descente de l'avion.

Krys savait que Morgan était animé de bonnes intentions, mais elle envisageait la situation d'un autre point de vue.

— C'est exactement ce dont Nik a besoin : un escadron de policiers autour de Finn et elle. Peut-on rêver meilleure façon de commencer sa vie conjugale ?

Avant qu'il puisse protester, une idée traversa l'esprit de Krys :

— D'ailleurs, n'existe-t-il pas une date limite pour ce genre de dispositif ? Il doit bien y avoir quelqu'un au commissariat qui râle en voyant le budget que cela représente pour la ville d'Aurora.

— Pas de limite, assura-t-il.

— Qu'est-ce que tu racontes ? demanda-t-elle. Une protection policière coûte une fortune en heures supplémentaires.

— En effet, approuva Morgan. Sauf quand ça reste en dehors du service.

Krys ne comprenait pas.

— En dehors du service ?

— C'est une affaire de famille, expliqua Morgan. Le commissariat reste en dehors de tout ça.

Il ajouta avec un large sourire :

— C'est un des grands avantages du clan Cavanaugh. Maintenant…

Il la serra contre lui.

— … Tu n'as pas mieux à faire avec ta bouche que de parler ? Parce que j'ai bien une ou deux idées en tête…

Il se remit à parsemer son cou de baisers, l'attirant de nouveau dans un tourbillon torride qu'il était le seul à pouvoir provoquer en elle. Krys renonça et se laissa emporter par la réalité implacable et enivrante que représentait Morgan à cet instant.

Le lendemain matin, cependant, les inquiétudes de Krys refirent surface. Ils jouaient contre la montre. Si seulement Morgan avait pu avoir raison en pensant que le tueur avait renoncé, et que sa sœur et elle ne couraient plus de danger… Toutefois, elle percevait que ce n'était pas fini. Il restait encore un acte à jouer et elle ne savait pas quand le rideau allait de nouveau se lever.

L'enquête approfondie dans les finances de Jacobs et de son entourage ne révéla rien.

— Si ce type a fait appel à un professionnel, il a trouvé un nouveau moyen de paiement. Ou alors, c'est quelqu'un d'autre qui a réglé la facture.

Morgan se cala dans sa chaise, sans quitter des yeux l'écran de son ordinateur. *Toutes ces recherches pour rien*, songea-t-elle.

— À mon avis, si Jacobs a embauché quelqu'un pour t'éliminer, il a annulé la commande. Il n'existe aucune preuve matérielle. Et surtout, aucune nouvelle tentative d'assassinat.

— Alors quoi ? Tu vas lever la protection policière ? demanda Krys.

Elle ne s'inquiétait pas pour elle, mais pour sa sœur.

— Pas encore, répondit Morgan pour la rassurer. On va laisser passer quelques jours après le retour de Nik… Disons une semaine. Si plus rien n'indique qu'elle – ou toi – courez le moindre danger, on envisagera peut-être d'arrêter la surveillance.

— Tu as raison, reconnut-elle. Je dois devenir un peu paranoïaque.

Pourtant, alors même qu'elle prononçait ces paroles, elle sentit son ventre se nouer.

— Est-ce que ça veut dire que tu ne camperas plus chez moi ? demanda-t-elle encore en tentant de garder un ton détaché.

En réalité, l'idée de son départ la troublait. Elle s'était parfaitement habituée à sa présence chez elle.

— Et si on y allait étape par étape ? suggéra-t-il. Inutile de se précipiter.

Il eut un sourire qu'elle ne parvint pas à analyser, mais qui la laissa tout chose.

— Je m'incline devant la supériorité de ton raisonnement, répondit-elle avec une fausse révérence.

— Sans trop m'avancer, c'est sans doute la première et la dernière fois que je t'entends prononcer une phrase pareille ! s'écria-t-il dans un grand éclat de rire.

Ils se trouvaient dans les bureaux de la Brigade criminelle et Krys ne pouvait donc réagir comme elle l'aurait voulu au rire sexy de Morgan. Mieux valait changer de sujet.

— Comme tu n'as rien dit, j'imagine qu'il n'y a aucune nouvelle concernant la femme que Barbe Bleue avait prise en otage et qui était dans la voiture au moment de l'accident ?

Ils en étaient arrivés à la conclusion que cette femme

était la prochaine victime du tueur en série. Pour l'heure, c'était la seule explication logique.

— Aucune, répondit Morgan. Mais on n'a pas renoncé à la retrouver. Simplement, ça demande plus de temps que prévu.

Voyant la frustration de Krys, il décida de détourner son attention :

— Et toi ? As-tu reçu un nouveau boulot ou est-ce que ta rédac-chef te laisse souffler un peu ?

L'idée de « souffler un peu » ne semblait pas très séduisante aux yeux de Krys.

— Un journaliste doit écrire, répondit-elle. D'ailleurs, ma rédactrice en chef est intéressée par mon témoignage sur ce que ça fait d'être poursuivie par quelqu'un qui cherche à me tuer.

Le sourire de Morgan disparut.

— Je pense que c'est une très mauvaise idée, dit-il aussitôt. Ce serait comme agiter un chiffon rouge devant un taureau déjà furieux.

— Je croyais que, selon toi, il n'y avait peut-être pas du tout de taureau furieux. Tu avais oublié ?

— Ce n'est qu'une théorie. De façon générale, je ne crois pas que ce soit très malin de tenter le diable.

— Tu ne veux pas que je rédige cet article ? demanda-t-elle, une lueur butée dans le regard.

Morgan comprit que s'il acquiesçait, Krys mettrait un point d'honneur à faire exactement le contraire. Par conséquent, il s'efforça de répondre :

— Non. Je te conseille d'être prudente, c'est tout.

— D'accord. J'y réfléchirai.

Morgan en doutait sérieusement. Il la connaissait assez pour savoir qu'elle ne demandait de permission à personne. Lorsqu'elle avait une idée en tête, elle fonçait. Il devait trouver un moyen de l'empêcher de rédiger cet article dément.

— Écoute, mon Walker est en arrêt maladie, reprit-il. Tu pourrais t'installer à son bureau pour travailler aujourd'hui... Quand tu auras réfléchi.

Morgan jouait le jeu, alors qu'ils savaient pertinemment tous les deux que Krys finirait par écrire ce texte.

— Je ne voudrais pas déranger.

Sa présence au commissariat était acceptable, tant que l'enquête était en cours et qu'elle était sous protection policière. Mais comme Jacobs n'avait plus de raisons apparentes de la tuer et que le second suspect majeur était mort, il devenait inutile de garder un œil sur elle en permanence.

— Ne t'inquiète pas. Le lieutenant est un type plutôt cool. Ça ne posera pas de problème. Tu n'as qu'à t'installer et vaquer à tes petites affaires.

— Mes « petites affaires », hein ?

Morgan la regarda en soupirant.

— J'ai comme l'impression que tu cherches un prétexte de dispute.

— Je suis agacée, c'est tout, s'excusa Krys. Je n'aime pas rester sans réponses.

Toutes les théories s'étaient effondrées et toutes les pistes, transformées en impasses.

— On s'y habitue, assura Morgan avec philosophie. Il y a beaucoup de choses dans la vie qui demeurent mystérieuses.

Krys le savait, mais cela ne l'avait jamais arrêtée. Elle s'apprêtait à répondre quand le téléphone sonna sur le bureau de Morgan. Il fit mine de vouloir l'ignorer, afin de terminer leur conversation, mais elle l'encouragea d'un geste.

— Vas-y. C'est peut-être une nouvelle enquête. Une que tu pourras résoudre, cette fois.

Morgan la regarda en coin. Il aurait préféré que Krys reste sa seule et unique préoccupation le temps d'éclaircir véritablement cette affaire ou d'acquérir la certitude qu'il n'y avait vraiment plus aucun risque. Il savait pourtant qu'il ne pouvait se permettre un tel luxe. Il devait reprendre ses fonctions, qui consistaient à mener des enquêtes.

— Cavanaugh ! annonça-t-il en décrochant.

Krys pensa qu'il était temps de se remettre au travail. Peut-être un nouvel article ? Se torturer sur les détails encore flous des deux précédents risquait de la rendre dingue. Il y avait un autre sujet sur lequel elle avait envie d'écrire depuis longtemps. Si elle parvenait à se concentrer…

Soudain, elle sentit son smartphone vibrer dans sa poche. Elle jeta un coup d'œil à Morgan, qui était toujours au téléphone et consulta discrètement l'écran. Un nom et un numéro qu'elle ne reconnaissait pas étaient affichés.

Miranda Wilson.

Sans doute un appel publicitaire. À la troisième sonnerie, cependant, elle décida de répondre. Mais pas là, dans le bureau. Le bruit ambiant l'aurait forcée à élever la voix et elle ne voulait pas alerter Morgan. Elle se leva lentement. Ce simple mouvement suffit à attirer l'attention de Fredericks, mais Morgan lui tournait le dos. Mieux valait jouer la carte de la prudence.

— S'il me cherche, chuchota-t-elle à l'adresse du collègue de Morgan, je suis aux toilettes.

Son téléphone dans sa poche, elle quitta rapidement la pièce. Dès qu'elle fut dans le couloir, elle sortit l'appareil et demanda :

— Vous êtes toujours là ?

Une voix de femme répondit :

— Oui, je suis toujours là.

— Vous voulez bien patienter encore une seconde, le temps que je trouve un endroit calme ?

Sans attendre, elle se dirigea vers les toilettes. Après avoir vérifié qu'elle était bien seule, elle reprit :

— Allô ! Vous êtes toujours là ?

— Oui, répondit la femme avec une pointe d'agacement.

Krys crut détecter un léger accent, sans parvenir à en déterminer l'origine.

— Que puis-je faire pour vous ? demanda-t-elle.

De nombreuses conversations avec des sources avaient commencé de cette façon. Avec un peu de chance, c'était peut-être une de ces occasions.

— J'ai entendu dire que vous me cherchiez.

Un frisson parcourut Krys, mais elle ne devait pas se laisser emporter. Pas tout de suite.

— Ça dépend, répondit-elle avec calme. Qui êtes-vous ?

— Je pensais que vous l'auriez déjà compris. Je suis la femme qui était dans la voiture avec celui que vous appelez Barbe Bleue.

Chaque cellule du corps de Krys fut aussitôt sur le qui-vive. Il pouvait s'agir d'une mauvaise plaisanterie. Les gens étaient parfois bizarres et elle était bien placée pour savoir que certains étaient prêts à tous les mensonges pour avoir leur quart d'heure de gloire.

— La femme qui s'est enfuie de l'hôpital après l'accident ?

— Voilà, c'est moi.

— Il paraît que c'est un miracle que vous ayez survécu, fit Krys, qui se demandait toujours si ce n'était pas une supercherie.

— J'ai sans doute eu de la chance, d'une certaine façon.

— Pourquoi m'appelez-vous ? interrogea Krys.

Elle prenait le risque de décourager son interlocutrice, mais elle devait poser la question.

— Parce que quelqu'un doit entendre mon histoire, répondit simplement la femme.

— D'accord.

Cela pouvait suffire pour l'instant. Elle obtiendrait davantage de preuves plus tard.

— Dites-moi… Pourquoi avoir fui l'hôpital alors que vous étiez blessée ?

— Parce que j'avais peur, admit-elle.

— Peur ? De qui ? De la police ? Des médecins ?

Cela n'avait aucun sens. Pourquoi n'était-elle pas restée pour être soignée et protégée ?

— J'avais peur d'Alan, répondit la femme dans un murmure.

— Alan ?

Le prénom lui disait vaguement quelque chose. Peut-être était-ce un des pseudonymes de ce monstre.

— Vous voulez dire Barbe Bleue ?

Son interlocutrice claqua la langue avec agacement.

— C'est vraiment un surnom affreux, s'emporta-t-elle. Oui, j'avais peur de lui.

— Mais pourquoi ? Il a été tué dans l'accident. Vous deviez le savoir. La police a dû vous en informer.

Il y eut un long silence, puis la femme reprit :

— Oui, on me l'a dit. Mais je ne l'ai pas cru. J'ai pensé qu'il s'était arrangé pour qu'ils me mentent. Il en était capable. D'obtenir des gens ce qu'il voulait. Vous ne pouvez pas savoir à quel point il pouvait se montrer charmant parfois.

— Donc, vous vous êtes enfuie.

— Il le fallait.

Une foule de questions se pressait dans la tête de Krys. Il fallait qu'elle rencontre cette femme. Elle devait regarder dans les yeux la dernière victime de Barbe Bleue et recueillir son histoire.

— Écoutez... Est-ce qu'on peut se voir ? demanda-t-elle. J'ai des tas de questions à vous poser.

La femme hésita, puis :

— Je ne sais pas si je peux vous faire confiance.

— Vous m'avez appelée, fit remarquer Krys. Une part de vous doit me faire un peu confiance.

Elle devait avancer avec précaution, la convaincre sans

la bousculer. Quand elle l'entendit pousser un soupir, elle sut que c'était gagné.

— D'accord, dit la femme, presque à contrecœur. Je vous retrouve à l'entrée du William Mason Park. Venez seule, précisa-t-elle. Si je vois quelqu'un d'autre… Si je soupçonne même que vous êtes accompagnée… c'est terminé et je file. Vous comprenez ?

Krys pensa à Morgan. Jamais il n'accepterait de la laisser partir. Elle allait devoir ruser, songea-t-elle, un peu excitée par le défi de la situation. Cette rencontre était si importante qu'elle en tremblait presque.

— Je comprends, assura-t-elle.

23

Alors qu'elle sortait précipitamment des toilettes, Krys faillit heurter Morgan qui arrivait dans le couloir. Il la retint par les épaules et l'observa longuement.

— Ça va ? s'enquit-il. Tu en as mis du temps. J'étais sur le point de demander à une de mes collègues d'aller te voir.

Dans d'autres circonstances, Krys aurait peut-être été touchée par sa sollicitude, mais pour l'instant, cela contrecarrait ses projets d'évasion.

— Que voulais-tu qu'il m'arrive ? répondit-elle un peu sèchement. Tu avais peur que je disparaisse dans les tuyaux ?

— Non, mais j'ai pensé que tu avais peut-être fait un malaise.

Krys regretta d'avoir réagi si vertement. Elle détestait l'idée de tromper Morgan, mais jamais il ne la laisserait partir seule pour rencontrer cette Miranda. Elle savait aussi que cette dernière ne parlerait pas en sa présence. Elle devait donc échapper à la surveillance de son garde du corps personnel. Pour ça, elle n'avait d'autre choix que de lui mentir, en espérant qu'il comprendrait plus tard et lui pardonnerait.

— Tu es très perspicace, répondit-elle avec un soupir peiné. Je ne me sens effectivement pas très bien. Je suis désolée, ça fait un peu « petite chose fragile », mais…

— Comment ça ? demanda Morgan, aussitôt alarmé.

Qu'est-ce qui ne va pas ? Tu devrais venir t'asseoir dans le bureau.

— Non, non, ça va ! assura-t-elle, craignant d'en avoir trop fait.

Il était capable d'insister pour qu'elle consulte un médecin.

— Je me sens patraque, c'est tout.

Ils étaient revenus dans la salle et elle s'installa sur une chaise. Morgan posa une main sur son front pour vérifier qu'elle n'avait pas de fièvre.

— Rien de grave, protesta-t-elle en reculant la tête. Je devrais rentrer chez moi m'allonger un peu. Ça ira mieux demain.

Toujours inquiet, Morgan jeta un rapide coup d'œil autour de lui.

— Je vais voir si un des gars peut prendre le relais et je…

— Non, interrompit Krys. Je ne peux pas te demander ça. Je ne peux pas continuer à perturber ta vie. Et je n'ai pas besoin d'être couvée non plus. Il faut juste que je dorme quelques heures et tout ira bien, c'est promis. Tu en as déjà fait assez pour moi, ajouta-t-elle d'un ton plus doux.

— Il va quand même falloir que quelqu'un te ramène chez toi, fit-il remarquer. On est venus avec ma voiture.

— Ne t'embête pas. Je vais prendre un taxi.

Morgan ne répondit rien, mais son expression était éloquente : un taxi était hors de question. Il fit signe à un policier en uniforme qui passait.

— Riley ! appela-t-il. Si tu ne fais rien de particulier, je voudrais que tu raccompagnes Mlle Kowalski à son domicile. Ensuite, tu restes devant chez elle. Elle est toujours sous protection.

— Comptez sur moi, inspecteur, dit l'agent avec enthousiasme.

— Parfait. Le commissariat n'aimerait pas qu'il lui

arrive quelque chose, ajouta Morgan. Brightman et Malcolm couvrent déjà dans le secteur, mais tu ne seras pas de trop.

— À vos ordres, lieutenant.

Puis Morgan se tourna vers Krys :

— J'arrive dès que possible.

— Inutile de te presser pour moi, répondit Krys. Je vais sans doute dormir un peu.

— Ça te fera du bien, approuva Morgan.

Il la regarda ranger ses affaires et ajouta, en guise d'au revoir :

— N'oublie pas que tu as promis de rester tranquille.

— Où veux-tu que j'aille ? demanda-t-elle avec un sourire innocent.

Riley était un jeune policier enthousiaste et désireux de bien faire, et Krys eut toutes les peines du monde à se débarrasser de lui. Il insista pour l'accompagner jusqu'à sa porte et elle dut batailler pour le convaincre que tout irait bien. Enfin, il accepta de regagner son véhicule de patrouille.

Les autres agents que Morgan avait affectés à sa protection patrouillaient toujours dans le quartier ; elle savait même exactement où ils étaient postés. Échapper à leur vigilance ne devrait pas poser trop de problèmes. Les trois policiers guettaient toute personne susceptible d'entrer chez Krys par effraction. Ils ne s'attendaient pas à ce que ce soit elle qui quitte son domicile en douce.

Elle ne pouvait utiliser sa propre voiture, garée devant la maison, mais la vieille berline de Ian était entreposée quelques rues plus loin dans un box. Krys donna dix minutes à Riley pour s'installer, puis elle alla rapidement se changer. Ensuite, elle sortit par la porte de derrière et se faufila par un trou dans la clôture pour gagner le jardin voisin. Les garages se trouvaient de l'autre côté.

Quand elle eut ouvert le sien, elle s'installa au volant

de la voiture de Ian. Il lui fallut plusieurs tentatives pour la démarrer. Avec un soupir, elle consulta sa montre : elle n'avait pas une minute à perdre. Le rendez-vous avec Miranda était prévu à 14 h 30 et il était déjà 14 heures.

D'après le GPS, elle arriverait avec quelques minutes d'avance, ce qui lui laisserait le temps d'examiner les lieux. Le parc en question était principalement fréquenté par des familles, qui aimaient venir y pique-niquer et passer la journée au grand air. Miranda avait sans doute choisi cet endroit pour sa propre sécurité. La femme avait semblé véritablement terrifiée quand elle avait parlé de Barbe Bleue.

Le cœur battant, Krys franchit la grille du parc et gagna le parking. Comme c'était en pleine semaine, l'endroit était presque désert. Après s'être garée, Krys sortit de la voiture et prit la direction du lieu de rendez-vous.

À chaque pas, quelque chose semblait vibrer en elle. Elle redoubla de vigilance. Regardant autour d'elle, elle ne remarqua aucune personne seule qui aurait pu correspondre à la description que Miranda avait donnée d'elle. L'espace d'un instant, elle craignit que son interlocutrice ait changé d'avis.

Puis soudain, un mouvement près de hauts arbres qui bordaient l'aire de pique-nique. Un éclair doré. C'était la chevelure blonde d'une femme grande et élancée qui lui tournait le dos. Krys se retint de la héler, afin de ne pas l'effrayer davantage. Elle s'approcha lentement, sans jamais quitter la silhouette des yeux, et attendit d'être tout près d'elle pour appeler :

— Miranda ?

Surprise, la femme fit volte-face. Krys recula d'un pas pour montrer qu'elle ne représentait aucune menace et dit d'une voix apaisante :

— Miranda, c'est moi. Krys. On s'est parlé tout à l'heure, vous vous souvenez ?

Une myriade d'émotions passa sur le beau visage.

— Vous êtes là, souffla enfin Miranda, presque étonnée.

— Je vous avais promis que je viendrais. Et je suis désolée, je ne voulais pas vous faire peur.

La femme lançait des regards craintifs autour d'elle. On aurait dit une biche prise dans les phares d'un camion.

— Ne vous inquiétez pas, je suis seule.

— Comme moi, murmura Miranda.

Soudain, une lueur étrange passa dans ses yeux.

— Comment puis-je être sûre que vous êtes vraiment seule ? accusa-t-elle d'une voix agressive. Vous pourriez avoir des complices cachés tout autour, qui nous écoutent.

— Je ne ferais jamais une chose pareille, insista Krys. J'ai respecté votre condition.

Miranda continuait à observer les alentours avec méfiance.

— Je préfère ne pas rester à découvert comme ça, marmonna-t-elle. N'importe qui pourrait nous remarquer.

Krys regarda autour d'elle, puis désigna un coin du parc.

— Il y a une zone plus calme sur les hauteurs du lac. Avec des bancs. On peut y aller, si vous êtes d'accord. Personne ne nous dérangera.

— D'accord, marmonna Miranda. Je vous suis.

Quelque chose retint Krys de ne pas passer devant.

— Le terrain est un peu accidenté par ici. On ferait mieux de descendre côte à côte. Comme ça, si l'une d'entre nous glisse, l'autre pourra la rattraper.

L'expression de Miranda indiquait clairement que cette idée ne lui plaisait pas, mais elle finit par hocher la tête, l'air pincé.

— D'accord. C'est où, ces bancs, déjà ?

— Par ici, répondit Krys.

Elle voulut prendre Miranda par le bras afin de la guider, mais la femme s'écarta vivement, comme si elle venait de se brûler.

— Que se passe-t-il ? demanda Krys, surprise par sa réaction.

— Vous m'avez touchée ! s'écria Miranda d'une voix étranglée, avant de reprendre rapidement le contrôle de ses émotions. Je n'aime pas qu'on me touche.

Cela lui rappelait sans doute ce qu'elle avait subi avec Barbe Bleue, pensa Krys. Elle aurait dû s'en douter.

— Je suis désolée, s'excusa-t-elle. Je n'ai pas réfléchi.

— Visiblement ! s'emporta Miranda d'un ton accusateur. Vous ne réfléchissiez pas du tout.

Krys observa la femme, qui semblait soudain agitée et hagarde, le regard fou. Ce n'était pas la première fois que Krys avait affaire à des gens psychologiquement instables et Miranda ressemblait de plus en plus à une démente.

— Pardon ? dit Krys, interloquée.

— Non, pas pardon !

Avant que Krys ait le temps de répondre ou même de comprendre ce qui se passait, Miranda la poussa violemment. Elle trébucha, heurta un arbre et s'écarta vivement pour éviter que Miranda la plaque contre le tronc. La femme paraissait furieuse, à présent.

— Je ne peux pas vous pardonner du tout ! s'écria-t-elle.

Il fallait qu'elle se calme.

— Miranda, je pense que vous feriez mieux de…

— De quoi ? cracha Miranda, pleine de venin. De ne pas vous tuer, alors que vous m'avez enlevé la seule personne qui m'ait jamais vraiment aimée ? C'est ça que vous voulez ?

— Mais de quoi parlez-vous ?

— Oh ! ne joue pas les innocentes avec moi. Je sais ce que tu as fait. Tu as traqué un homme merveilleux et tu as rédigé ces affreux articles bourrés de mensonges, jusqu'à ce qu'il soit complètement acculé. Tu as failli le pousser dans le couloir de la mort, mais je l'ai sauvé ! se vanta-t-elle d'un ton presque joyeux. J'ai réussi à le faire évader. Il avait promis de m'emmener. Il avait promis qu'on pourrait refaire notre vie ensemble. Recommencer de zéro.

La fureur refit surface.

— Mais non ! Il a fallu que tu insistes ! Tu ne voulais pas lâcher l'affaire, hein ? C'est à cause de toi que les flics se sont remis à le traquer !

Une grimace hideuse déformait son visage. Comment pouvait-elle penser une absurdité pareille ?

— Miranda, il a tué de nombreuses femmes pour leur argent, tenta Krys.

— Il avait le droit de vivre, lui aussi ! Jusqu'à ce que tu me le prennes !

Miranda hurlait, à présent.

— Je ne peux pas le ramener, mais une chose est sûre : je peux te faire payer !

Quand Miranda plongea une main dans son sac, Krys se figea. Son cœur se mit à battre et elle anticipa la scène qui était sur le point de se produire. Elle savait que si elle tentait de retenir le bras de Miranda, elle risquait d'être touchée. Toutefois, si elle restait plantée sur place, les chances de se faire tirer dessus étaient aussi grandes.

— Ne faites pas ça, murmura-t-elle en s'efforçant de cacher sa terreur.

— Oh ! mais si. Justement. Tu fais la maligne, mais tu ne sais rien. Tu n'as même jamais compris que c'était moi qui avais cherché à te tuer !

— C'était vous ? s'écria Krys, sonnée. Vraiment ?

Dès que Miranda avait commencé à délirer, Krys avait eu des soupçons, mais elle devait gagner du temps, feindre la surprise.

— Oui, c'était moi, se rengorgea Miranda en rejetant ses cheveux derrière ses épaules. Quand j'ai raté mon coup, je suis sûre que tu as pensé que tu avais un ange gardien, hein ? Eh bien non ! hurla-t-elle au visage de Krys. C'était juste un sacré coup de pot ! Tu t'es baissée pour ramasser je ne sais quoi lorsque j'ai tiré et ce type t'a poussée sur le trottoir pile au moment où j'allais te percuter avec la camionnette. Mais la chance ne peut pas durer toujours. C'est fini, maintenant ! ajouta-t-elle, avec un gloussement ravi. Mais je vais me montrer plus clémente que toi avec Alan. Tu peux faire la paix avec ton créateur avant d'aller le rejoindre.

— Vous voulez bien me laisser prier ? demanda Krys en regardant discrètement autour d'elle à la recherche d'un moyen de se défendre.

— Oui, mais fais vite ! ordonna Miranda en pointant son arme.

Une voix s'éleva alors derrière elle :

— Si j'étais vous, je réfléchirais à deux fois.

Morgan surgit de derrière les arbres, son revolver à la main. Avec un cri de fureur, Miranda se retourna et visa Morgan.

24

Tout se déroula à la vitesse de l'éclair. Par la suite, Krys ne se rappellerait même pas avoir réfléchi. Quand elle se rendit compte que Morgan pouvait mourir à cause d'elle, elle bondit pour saisir les poignets de Miranda et les relever aussi haut que possible, tout en cherchant à prendre possession de son revolver. Totalement terrifiée, elle voyait littéralement le scénario macabre défiler devant ses yeux et refusait de le laisser se produire.

Une lutte sans merci s'engagea, tandis que Morgan guettait une occasion de faire feu. En vain. Le risque de blesser Krys était trop grand.

Avec peine, Krys finit par déstabiliser son adversaire en lui assénant un coup de pied dans les jambes. Miranda lâcha son arme dans sa chute et Krys en profita pour se jeter sur elle de tout son poids. Furieuse, la femme proférait d'affreuses menaces. Ce fut à cet instant que Morgan parvint enfin à avoir le champ libre.

— C'est terminé ! ordonna-t-il en retirant la sécurité de son revolver.

Le cliquetis sinistre résonna, comme pour souligner son avertissement.

— Tu peux t'écarter d'elle maintenant, Krys. Et vous, debout !

Miranda se redressa avec peine puis, dans un hurlement

sauvage, elle se rua sur Morgan comme si elle voulait le tuer à mains nues. Sur le qui-vive, Morgan l'accueillit avec un crochet du droit au menton. Miranda s'effondra, évanouie. Sans perdre une seconde, Morgan sortit ses menottes et l'immobilisa.

Krys avait du mal à croire que c'était fini.

— Bon sang, je n'ai jamais été aussi heureuse de te voir ! s'écria-t-elle en se jetant dans les bras de l'homme qui venait de la sauver.

La réponse de Morgan ne fut pas exactement celle qu'elle espérait. À présent que Miranda était menottée et hors d'état de nuire, Morgan laissa libre cours à l'angoisse qui le rongeait depuis une demi-heure :

— Qu'est-ce qui t'a pris de venir ici toute seule ! s'exclama-t-il avec colère. Tu es fatiguée de vivre ou quoi ?

Krys le regarda bouche bée. La gratitude qu'elle ressentait quelques secondes plus tôt se mua aussitôt en agacement. Elle se rendit alors compte que Morgan était arrivé presque un peu trop à point nommé. Esquivant sa question, elle pointa un doigt accusateur dans sa direction :

— Et toi ? Comment as-tu fait pour me retrouver aussi vite ?

Au vu de ce qui venait de se passer, Morgan ne voyait aucune raison pour ne pas lui dire la vérité.

— Je t'ai équipée d'un mouchard GPS, expliqua-t-il. Et heureusement ! Sinon, cette folle t'aurait tuée.

Krys resta interdite quelques secondes.

— Un mouchard ? demanda-t-elle, sidérée. Quand ? Comment ? Pourquoi ?

— Pendant que tu dormais, la première nuit. J'ai glissé le capteur dans ton téléphone, juste sous la batterie. Avec ce qui s'était produit, j'avais peur que quelqu'un essaie de t'enlever.

— Non, ce n'est pas pour ça. Tu craignais que j'échappe à ta surveillance ! Ce qui est arrivé !

Morgan ne voyait pas l'intérêt de discuter.

— C'est bonnet blanc et blanc bonnet, répondit-il. De toute façon, ça a servi, non ? Je n'aurais pas su où te chercher, sans ça.

Quand il avait découvert que Krys avait disparu, il avait vécu les minutes les plus terrifiantes de son existence.

Krys contempla le corps sans connaissance à ses pieds. Miranda ne semblait plus si menaçante, à présent.

— C'est elle, tu sais ? annonça-t-elle d'un ton moins agressif.

Soudain, la réalité s'abattit sur elle de tout son poids. Elle avait de la chance d'être encore en vie.

— C'est elle qui a essayé de me tuer.

— Mais qui est cette femme, à la fin ?

— La femme mystérieuse de l'hôpital.

C'était presque trop incroyable pour être vrai. D'après ce que Morgan savait, l'inconnue n'avait même jamais été considérée comme une suspecte potentielle.

— Pourquoi cherchait-elle à t'éliminer ?

— Pour se venger. Dans son esprit malade, c'est à cause de moi que Barbe Bleue a perdu la vie. D'après ce que j'ai pu comprendre, elle était folle amoureuse de ce type.

— Tout s'explique, dit Morgan.

Krys acquiesça.

— J'imagine qu'il n'a pas eu à la kidnapper, poursuivit Morgan en contemplant le corps inanimé.

— Je ne connais pas encore les détails de cette petite romance malsaine, admit Krys, qui gardait par précaution ses distances avec la femme ligotée. Tout ce que j'ai appris, c'est que Miranda avait aidé Barbe Bleue à s'évader. Elle envisageait véritablement un « happy end » avec ce maniaque.

Morgan hocha la tête.

— Savait-elle à quel genre d'homme elle avait affaire ? Ce qu'il aurait fini par lui faire subir ?

— Si elle était au courant, cela n'avait pas l'air de l'inquiéter. Ou alors, elle était persuadée qu'il ne lui ferait jamais de mal. Elle est la preuve vivante que l'amour est bel et bien aveugle.

— Et sourd, ajouta Morgan. Quand je pense à toutes ces histoires qui ont été diffusées dans les médias, suite à l'arrestation de ce type.

Krys tendit l'oreille.

— Est-ce que ce sont des sirènes que j'entends au loin ?

— Oui. C'est le reste de mon équipe qui se décide enfin à montrer le bout de son nez. Étant donné la situation, j'ai préféré prévoir des renforts.

Krys repensa à ce qui venait de se produire. L'espace d'un instant, elle s'autorisa à souffler un peu.

— Au final, murmura-t-elle en se tournant vers Morgan. Tout ce dont j'avais besoin, c'était de toi.

Morgan trouvait que Krys s'était plutôt bien défendue face à cette démente. La plupart des gens auraient paniqué et cela se serait terminé en drame.

— Tu t'en es bien sortie toute seule. Mais s'il te plaît : ne me refais jamais un coup pareil. Jamais. J'ai eu la peur de ma vie.

Krys se demanda si c'était une simple remarque en l'air ou si Morgan essayait de lui indiquer de façon subtile que leurs chemins n'allaient pas se séparer. Pas tout de suite, du moins. Cependant, elle ne pouvait lui poser la question de manière directe sans paraître envahissante, si bien qu'elle préféra garder le silence.

Quelques minutes plus tard, le parc grouillait de policiers. Morgan passa un bras autour des épaules de Krys et l'attira sur le côté.

— On ferait mieux de les laisser travailler.

Miranda, toujours inconsciente et menottée, fut placée sur une civière et emmenée en ambulance.

— Le cauchemar se termine, murmura Morgan.

Krys soupira. Elle avait encore du mal à y croire. Elle jeta un regard en coin à Morgan, espérant simplement que ce n'était pas la fin d'autre chose.

Il y eut des rapports à rédiger, des documents à classer, sans parler des derniers détails à éclaircir. L'aspect administratif fut expédié dans les règles de l'art et, après ce qui sembla une éternité, l'opération fut terminée. Les responsables du commissariat et le chef de la Brigade criminelle étaient satisfaits.

Il était près de 22 heures quand Morgan ramena Krys. Lorsqu'elle ouvrit la porte, sa maison lui parut plus vide que d'habitude. Au fond d'elle, Krys ne pouvait s'empêcher de penser que c'était peut-être la dernière fois que Morgan pénétrait chez elle. Après tout, l'enquête était presque terminée et il avait accompli sa mission. Il avait arrêté la personne qui essayait de la tuer – avec son aide, pensa-t-elle avec un sourire triste.

Krys cherchait les mots justes pour exprimer ce qu'elle avait sur le cœur quand la voix de Morgan la tira de ses réflexions :

— Je peux savoir ce qui t'est passé par la tête ?

Elle leva les yeux vers lui.

— Pardon ? demanda-t-elle, complètement prise au dépourvu par sa question.

— Quand tu t'es ruée sur cette femme. À quoi tu jouais ? Je la tenais en joue.

Morgan ne put réprimer un frisson en revoyant la scène dans son esprit.

— J'ai cru que cette folle allait te tuer. J'ai voulu détourner le tir.

— En te jetant sur elle, c'est toi que tu mettais en danger, souligna-t-il. Mais qu'est-ce qui t'a pris, bon sang ? Et où as-tu appris ces gestes ? Tu as suivi des cours d'auto-défense ou quoi ?

— Étant donné que je travaille seule, c'est vital pour ma survie, répondit-elle comme si c'était la chose la plus naturelle du monde. Tout ce qui importait, c'était qu'elle allait te tirer dessus. Je ne pouvais pas la laisser faire.

Rien que d'y penser, elle avait de nouveau la gorge serrée.

— Si tu étais mort en tentant de me sauver, je ne me le serais jamais pardonné.

— Et du coup, tu étais prête à te faire tuer pour me sauver. Tu crois vraiment que c'était une meilleure solution ?

— Tu étais bien prêt à le faire, fit remarquer Krys avec colère.

Morgan poussa un soupir.

— Bon, j'ai l'impression qu'on est dans une impasse.

— Effectivement.

Elle se tut, les lèvres pincées. L'attitude de Morgan indiquait qu'il était sur le point de partir. Elle devait l'en empêcher.

— Tu sais… Tu n'es pas obligé de rentrer, commença-t-elle, alors qu'elle s'était juré de ne pas aborder le sujet ce soir-là.

Elle ne supportait pas l'idée de voir Morgan partir. Quand il leva vers elle un regard interrogateur, elle se mit à parler à toute vitesse :

— Je veux dire… Il est tard et on a tous les deux eu une journée particulièrement éprouvante. Tu pourrais attendre demain matin pour rassembler tes affaires.

Morgan réfléchit, incertain de la façon dont il devait comprendre ces paroles.

— Tu préfères donc que je m'en aille ? demanda-t-il.

— Ce n'est pas ce que j'ai dit, protesta-t-elle un peu trop rapidement.

Elle s'éclaircit la gorge et reprit d'une voix plus calme :

— Je… Je croyais que c'était ce que tu voulais. Comme l'affaire est terminée et tout ça.

— Je n'ai pas dit ça, riposta-t-il sans la quitter des yeux.

Il s'était passé tant d'événements au cours de cette journée que Krys avait mal à la tête. Ses pensées s'éparpillaient. Une chose était certaine, cependant : elle avait envie que Morgan reste, mais elle ne voulait pas donner l'impression de le supplier. C'était à lui de prendre cette décision importante et de l'énoncer clairement. Elle poussa un long soupir.

— Alors ? demanda-t-elle.

Morgan préféra jouer cartes sur table.

— Je ne voudrais pas déranger.

Krys le regarda, stupéfaite. Il plaisantait ?

— Qu'est-ce qui a pu te faire penser que tu déranges ?

— Eh bien, pour commencer, tu es quelqu'un de farouchement indépendant, rappela-t-il. J'ai pratiquement dû te ligoter pour que tu acceptes une protection policière. Et puis… quand tu as cru être tombée sur un scoop, tu as délibérément renoncé à tout sens commun et échappé aux agents censés te protéger pour prendre la poudre d'escampette. Ensuite…

— J'ai eu tort.

Morgan la regarda d'un air sidéré.

— Qu'est-ce que tu as dit ?

— J'ai eu tort, répéta Krys, la mine contrite. Je suis désolée.

— Est-ce que tu as conscience de ce que j'ai vécu quand j'ai compris que tu avais disparu ? Tu as idée des pensées affreuses qui m'ont traversé l'esprit ? C'était une véritable torture.

Krys se sentait coupable. En effet, elle n'avait pas réfléchi une seconde à ce que Morgan allait endurer.

— Je n'aurais pas dû te faire ça, dit-elle.

— Sans blague ?

— Comment puis-je me faire pardonner ? demanda-t-elle avec une expression de repentance sincère.

Morgan hésita un instant. Était-il le dernier des idiots ? Allait-il se laisser piéger aussi facilement ? Il repensa alors à ce qu'il avait ressenti quand il avait compris que Krys était en danger. Plus rien d'autre n'avait eu d'importance. Il n'avait pas envie de gagner cette dispute, parce qu'il n'était pas question de victoire. Il était question de Krys. De l'amour qu'il éprouvait pour elle.

Tout ce qu'il voulait, c'était elle.

Il avait fallu la présence d'une folle dangereuse pour qu'il en prenne conscience.

— Eh bien..., commença-t-il. Si tu es sincère quand tu dis que tu veux te faire pardonner.

— Je le suis, interrompit Krys avec enthousiasme.

— Dans ce cas, j'ai bien une ou deux idées en tête, conclut-il.

Un sourire radieux s'épanouit sur le visage de Krys, le premier depuis le matin. Il eut l'impression que cela faisait cent ans.

— Est-ce qu'une de ces « idées » implique que tu restes ici cette nuit ? demanda-t-elle.

Morgan fit mine de réfléchir à la question.

— Cela pourrait même impliquer que je reste plus longtemps que ça. Est-ce que ça te conviendrait ?

— À ton avis ? chuchota-t-elle.

— Il va me falloir un indice, répondit-il avec le plus grand sérieux.

— D'accord. Un indice pour monsieur.

Passant les bras autour de son cou, elle se hissa sur la pointe des pieds et approcha sa bouche de la sienne pour un baiser léger. Puis elle l'embrassa encore et ce fut comme si un brasier se déclenchait. Elle s'y jeta à corps perdu.

Quand elle s'écarta enfin, elle demanda :

— Alors ? Ça te va, comme indice ?

— Désolé, dit-il au bout de quelques secondes. Mais il va falloir être plus précise.

— Tu es dur en affaires, chuchota-t-elle, un sourire dans le regard.

— Tu abandonnes ? s'enquit-il innocemment.

— Jamais, promit-elle. Prépare-toi, Cavanaugh. Ce n'est que le début des indices… Si tu te sens d'attaque.

— Oh je suis d'attaque, crois-moi. J'ai l'impression d'être d'attaque depuis le début.

— Dans ce cas, j'ai le plaisir de t'informer que ton rêve va devenir réalité, annonça-t-elle avec un rire ravi.

— Tu parles trop, Kowalski, murmura-t-il en la serrant davantage contre lui.

Krys leva le visage vers lui, comme une invitation.

— Tu n'as qu'à essayer de me faire taire.

— Avec joie, répondit-il en posant ses lèvres sur les siennes.

Ils n'échangèrent plus la moindre parole pendant très, très longtemps.

CINDI MYERS

Unis par le mensonge

Traduction française de
ISABEL ROVAREY

BLACK ROSE

HARLEQUIN

Titre original :
RUNNING OUT OF TIME

Prologue

Qui aurait cru que la mort pouvait susciter pareil intérêt ?

La moitié de la population locale s'était attroupée pour regarder la police – la totalité des effectifs du comté, à en juger par leur nombre – s'affairer tandis que les ambulanciers évacuaient le corps sur une civière. Tel le souffle du vent dans les catalpas, un murmure parcourut l'assistance s'interrogeant à mi-voix sur l'identité du défunt. La bourgade de Mayville, en Virginie Occidentale, avec ses deux mille habitants, était assez petite pour que tout le monde se connaisse.

À ceci près que les gens ne se connaissaient pas *réellement*.

C'était la troisième mort en autant de jours. À ce stade, plus personne ne se sentait en sécurité. Ce que chacun avait toujours considéré comme inoffensif pouvait désormais se révéler fatal. Vous aviez forcé sur le chili au déjeuner ? Un comprimé de Stroud's *Stomach Soothers* et vos douleurs se dissipaient aussitôt. Le stress vous nouait le ventre ? Stroud's *Stomach Soothers* venait à votre secours. Un produit sain et naturel – c'était la promesse imprimée sur le flacon.

Mais il n'était plus si sain que ça, apparemment.

Une femme éclata en sanglots. Tammy Quelque chose, qui travaillait pour Stroud Pharmaceuticals.

— Comment est-ce possible ? gémit-elle. Il n'y a jamais eu aucun problème auparavant.

La peur était là, prégnante dans l'air.

Voilà ce qu'avait accompli le tueur. À lui seul, il avait mis toute une ville – voire une région entière – à genoux.

Quelle délectation de détenir un tel pouvoir. La vue du corps sur la civière fit germer une idée – un moyen parfait de résoudre les problèmes.

1

— On a une nouvelle affaire délicate sur les bras, annonça Jill Pembrook, directrice de la DCT, division criminelle tactique du FBI, en regardant tour à tour les membres de son équipe réunis autour de la table de conférence dans les bureaux de l'agence de Knoxville. Une affaire qui requiert la plus grande discrétion.

Quelque chose, dans l'intonation de la directrice, fit dresser l'oreille de l'agent Laura Smith. Avec ses cheveux gris à la coupe parfaite et son tailleur féminin, Pembrook aurait pu passer pour une aimable grand-mère de la bonne société mais il n'y avait pas plus résolue et intraitable qu'elle – ni moins encline à l'exagération. Donc, si elle rappelait à son équipe la nécessité de se montrer discrète, c'était que l'affaire en question devrait véritablement sortir de l'ordinaire.

La porte de la salle de réunion s'ouvrit et un homme entra. Grand, élancé, l'agent Jace Cantrell se mouvait avec la grâce d'un athlète. Saluant d'un signe de tête la directrice, il s'avança jusqu'à la chaise libre, à côté de Laura. Pas un mot d'excuse concernant son retard. Typique de lui. Laura déplaça son propre siège de quelques centimètres. Cantrell était de ces hommes qui donnaient toujours l'impression d'occuper plus d'espace que ce dont ils disposaient.

— Nous allons enquêter sur une manipulation de produits

au sein de la société Stroud Pharmaceuticals, à Mayville, en Virginie Occidentale, reprit la directrice en se décalant sur le côté pour permettre à son équipe de voir l'image projetée sur l'écran derrière elle : un bâtiment industriel compact qui se dressait en retrait d'un vaste terrain paysager.

— L'affaire des empoisonnements à l'anti-acide fabriqué par la société, intervint l'agent Ana Ramirez, assise en face de Laura, en repoussant une mèche de cheveux aile-de-corbeau, ses ongles vernis scintillant sous la lumière du plafonnier. Les journaux télévisés ne parlent que de ça.

— Les forces de l'ordre du coin ne veulent pas voir le FBI s'en mêler ? questionna l'agent Davis Rogers – ancien ranger de l'armée et seul membre de l'équipe à ne pas arborer le costume sombre de rigueur – en se renfonçant contre le dossier de son siège, à côté de Ramirez, l'allure plus militaire que jamais. C'est pour ça que la situation exige tant de discrétion ?

— Non, la police locale est tout à fait disposée à nous confier l'affaire, répondit Pembrook en appuyant sur un bouton pour passer à l'image suivante, une liste des décès – six jusque-là, avec deux nouvelles victimes hospitalisées – dus à l'ingestion de pastilles Stroud's *Stomach Soothers*, remède réputé naturel, qui se taillait une belle part de marché face aux médicaments de synthèse. L'information n'a pas été rendue publique mais les cachets étaient empoisonnés à la ricine.

Laura eut l'impression que la température, dans la pièce climatisée, s'abaissait subitement de cinq degrés.

— Une raison de soupçonner un lien avec le terrorisme ?

C'était le négociateur de prise d'otages, Evan Duran, qui avait posé la question depuis l'extrémité de la table. Barbu, la mine sombre, il ajouta :

— L'acte a-t-il été revendiqué ?

Pembrook secoua la tête.

— Pas pour l'instant. Aucune hypothèse n'est privilégiée au stade où nous en sommes. Évidemment, il faut éviter de semer la panique parmi la population.

— La population est *déjà* en proie à la panique, souligna Rowan Cooper, l'agent de liaison de l'équipe. Les gens boycottent tous les produits commercialisés par Stroud.

L'air absent, elle enroula une mèche de cheveux aussi noirs que le jais autour de son doigt, les sourcils froncés.

— Il va nous falloir mettre sur pied une stratégie pour gérer la réaction du public.

— L'usine où était fabriqué le médicament a été provisoirement fermée et le produit, retiré des rayons, déclara Pembrook. Mais une deuxième usine, qui fabrique d'autres produits, est restée ouverte ; l'entreprise a réduit les horaires du personnel et réaffecté autant d'employés que possible dans cette dernière. Tout le monde – la société, la commune… jusqu'aux plus hautes autorités de l'État – tient à ce que cette tragédie ne soit pas montée en épingle par les médias et souhaite ardemment que Stroud Pharmaceuticals puisse retrouver au plus vite un fonctionnement normal.

— Pourquoi tant de hâte ? intervint Kane Bradshaw, l'agent polyvalent de l'équipe.

Laura n'avait pas remarqué sa présence jusqu'alors… Et pour cause : il était assis derrière elle, rencogné dans un angle de la pièce, à l'écart du reste de l'équipe. Kane avait toujours l'air de débarquer droit d'une opération de surveillance nocturne, le cheveu en bataille, le regard chargé d'ombres. Le fait qu'il assiste à la réunion soulignait en soi la gravité de l'affaire. S'il était toujours disponible lorsque l'équipe avait besoin de lui, Kane n'était guère porté sur les usages de la vie de bureau, auxquels il préférait de loin l'action, sur le terrain.

— Les emplois.

La voix de Cantrell, profonde et un peu rauque comme

celle d'un homme fumant deux paquets de cigarettes par jour, fit frissonner Laura. Il ne fumait pas, mais peut-être n'avait-ce pas toujours été le cas.

— Stroud Pharmaceuticals est l'un des plus gros employeurs de Boone County, continua-t-il. Les mines de charbon ont fermé et il n'y a pas beaucoup d'autres industries dans le secteur. Stroud a sauvé l'emploi dans la région. L'entreprise – soutenue par les élus locaux – va faire son possible pour continuer à tourner et redorer son blason.

— Quitte à étouffer plusieurs meurtres ? insinua Laura.

Cantrell se tourna vers elle, le regard froid.

— Je doute qu'ils cherchent à les étouffer mais ils vont minimiser la situation, tenter de limiter la casse.

— Ils veulent qu'on les aide mais le plus discrètement possible, résuma Hendrick Maynard, l'expert en informatique et le plus jeune membre de l'équipe, son genou tressautant nerveusement.

Génie de l'informatique qui ne faisait pas ses vingt-six ans, Maynard ne tenait jamais en place.

— Précisément.

La directrice Pembrook passa à l'image suivante. Une petite ville apparut sur l'écran – des rues ombragées bordées de maisons modestes, dont certaines d'aspect défraîchi. Sur un château d'eau à l'arrière-plan, on distinguait l'inscription *Mayville* à la peinture verte décolorée.

— Agents Smith et Cantrell, vous allez vous faire passer pour un couple marié nouvellement embauché à l'usine Stroud. Les investigations préliminaires semblent indiquer que la manipulation du médicament a dû s'opérer sur le site de production lui-même, donc, votre mission consistera à identifier les suspects potentiels et à mener l'enquête. Agent Rogers, vous serez sur place, à Mayville, vous aussi, ainsi que…

Laura n'entendit pas le reste des instructions de la directrice. Elle s'appliquait à continuer de respirer normalement tout en se retenant de protester. Elle et Cantrell, mari et femme ? C'était d'un ridicule ! Il était rude, indiscipliné, arrogant, méprisant…

— Tu verrais ta tête… On dirait que tu viens d'avaler un insecte, souffla Cantrell en se penchant vers elle, son déconcertant parfum de cannelle flottant jusqu'à ses narines. Je te rassure, ça ne m'enchante pas plus que toi.

Sa voix rocailleuse acheva de lui étriller les nerfs.

— Agent Cantrell, vous avez un commentaire ? lança Pembrook.

Il se redressa.

— Je me disais simplement que l'agent Smith va se repérer comme le nez au milieu de la figure dans un endroit comme Mayville. Il suffit de la voir pour comprendre qu'elle est issue d'une bonne famille – et qu'elle est du FBI.

— J'ai déjà travaillé sous couverture, se rebiffa Laura.

Peu lui importait ce que Cantrell pensait d'elle, mais sous-entendre qu'elle n'était pas capable de faire son travail…

— Je suis certaine que l'agent Smith s'adaptera, assena Pembrook. Smitty, vous serez l'assistante du directeur, Parker Stroud, fils des propriétaires de l'entreprise, Steve et Donna Stroud. Cela vous permettra d'avoir accès aux fichiers du personnel ainsi qu'aux registres comptables et à d'autres informations qui pourront vous être utiles. Quant à vous, agent Cantrell, vous serez affecté à la production.

Où il serait comme un poisson dans l'eau, songea Laura. Avec son accent traînant du sud et son attitude décontractée, Cantrell n'aurait aucun mal à camper un type lambda, tout ce qu'il y a d'ordinaire.

— Notre profileuse, Melinda Larsen, vous aidera dans l'évaluation des suspects, poursuivit Pembrook. Au besoin, elle pourra se rendre à Mayville. L'agent Maynard, lui, se tiendra à votre disposition pour effectuer les recherches qui vous sembleront utiles. Les agents Rogers et Ramirez seront les représentants officiels du FBI sur place et pourront vous assister, eux aussi.

Davis Rogers fit craquer ses phalanges.

— Toujours heureux de pouvoir me rendre utile.

— Smitty, Cantrell et vous devez prendre contact immédiatement avec le centre de support pour obtenir les documents justifiant de vos antécédents et tout ce dont vous aurez besoin pour votre mission. Vous partez pour Mayville demain. Rogers et Ramirez arriveront quelques heures avant vous.

Elle jeta de nouveau un regard à la ronde puis hocha la tête comme si elle était satisfaite de ce qu'elle voyait.

— Des questions ?

Il n'y en eut aucune. L'équipe avait l'habitude de passer à l'action sitôt une nouvelle mission assignée.

— Bien. Dans ce cas, au travail, tout le monde.

Laura repoussa sa chaise, s'apprêtant à se lever.

— Un instant, agent Smith, la rappela Pembrook.

Gênée d'être ainsi singularisée, Laura contempla la table tandis que les autres sortaient. Cantrell se leva et glissa un chewing-gum dans sa bouche puis s'inclina vers elle.

— À plus tard, chère épouse, proféra-t-il dans un sourire parfumé à la cannelle.

Lorsqu'elle se retrouva seule avec Pembrook, la directrice prit place à côté d'elle.

— Je sais que cette mission ne vous enchante pas.

— Je n'ai jamais dit…, commença Laura.

— Ce n'était pas la peine, coupa Pembrook dans un sourire. Vous n'appréciez guère l'agent Cantrell mais il est très bon dans son travail et son profil est idéal pour cette mission… Il est originaire du Sud.

— Il est de Mayville ?

— Non, mais il vient d'une petite ville du Tennessee, très

similaire à Mayville par bien des aspects. Sa connaissance de la culture et du mode de vie de la région pourra être très utile. Je compte sur vous pour canaliser ses tendances, disons, un peu moins orthodoxes.

Super. Elle avait hérité de cette mission pour jouer les baby-sitters.

— Je pense que cette mission sera bénéfique pour vous, dit Pembrook. Vous êtes très impliquée dans votre travail, très douée, consciencieuse, vous vous attachez aux détails – ce sont des qualités indispensables. Mais il vous faudra aussi nouer des relations avec des gens du cru et vous adapter à l'ambiance générale. Je sais que vous préférez travailler en solo, donc cette mission sera l'occasion de parfaire votre savoir-faire en apprenant à vous appuyer aussi sur les autres pour obtenir de l'aide ou des informations.

— Je travaille tous les jours en collaboration avec cette équipe, protesta Laura.

Pembrook hocha la tête.

— Oui, mais vous avez tendance à maintenir une certaine… distance. Je pense que c'est cette propension à vous positionner un peu à part qui donne à penser à l'agent Cantrell que vous aurez du mal à vous fondre dans le moule à l'usine. Je suis certaine que vous allez lui prouver le contraire.

Laura fit de son mieux pour dissimuler toute réaction à cette critique. S'attarder autour d'un verre avec ses collègues après le boulot ou évoquer sa vie privée avec eux n'était pas sa tasse de thé, et puis après ? Elle préférait séparer sa vie personnelle de sa vie professionnelle, ce qui ne voulait pas dire pour autant qu'elle était aussi froide que Pembrook l'avait sous-entendu.

— Je ferai de mon mieux, répondit-elle.

— Comme toujours.

Pembrook se leva, signifiant la fin de l'entretien.

Laura l'imita. Elle récupérait sa tasse de café et son carnet de notes lorsque la porte s'ouvrit. Un jeune homme fluet entra.

— Désolé de vous interrompre, madame la directrice. Mais vous avez un appel urgent.

Pembrook hocha la tête et alla prendre la communication sur le poste téléphonique dans l'angle de la pièce. Laura se dirigea vers la porte. Elle venait juste de l'ouvrir lorsque Pembrook la rappela.

— Smitty, attendez.

Laura se retourna. Elle vit le visage de la directrice changer de couleur tandis qu'elle écoutait son interlocuteur.

— Oui, acquiesça-t-elle finalement. Nous nous en occupons tout de suite.

Elle raccrocha, l'expression grave.

— C'était la police d'État de Virginie Occidentale. Ils viennent juste d'apprendre qu'au moins une douzaine de flacons de *Stomach Soothers* potentiellement empoisonnés se promènent dans la nature.

— Vous voulez dire, des flacons qui n'ont pas été rapportés par les consommateurs ?

Pembrook secoua la tête.

— Non. D'après les registres de l'entreprise, ils n'ont jamais été expédiés aux commerçants. Mais ils ne sont plus dans les stocks de Stroud. Ils ont peut-être été volés.

— À moins que la personne qui a mis la ricine dans le produit ne les ait conservés, peut-être en attendant que les choses se tassent, pour les remettre dans le circuit plus tard, suggéra Laura.

2

En descendant Main Street, à Mayville, en Virginie Occidentale, ce dimanche après-midi, Jace éprouva une désagréable sensation, comme si quelqu'un lui avait dessiné un point rouge entre les omoplates et qu'il pouvait d'un moment à l'autre être pris pour cible. C'était la première fois qu'il mettait les pieds ici mais il savait déjà ce qu'il allait trouver : la saisissante beauté des azalées en fleur et des majestueuses demeures côtoyant le désespoir du lustre passé et des occasions manquées. Des devantures de boutiques fermées, des terrains envahis de mauvaises herbes, des hommes et des femmes désœuvrés entourés d'enfants rieurs, des jardins fleuris et des champs se déroulant à perte de vue.

Il avait grandi dans un endroit tel que celui-ci. Ses parents et sa sœur y vivaient toujours. Chaque fois qu'il leur rendait visite, à peine arrivé, il était déjà pressé de repartir, accablé par tous les problèmes qu'il lui était impossible de régler.

— Ça ne ressemble pas à l'idée que je m'en faisais, nota Smitty.

Il la regarda, sanglée sur le siège passager du vieux pick-up Chevrolet couleur moutarde. Ses cheveux blonds, habituellement noués en un chignon, étaient lâchés sur ses épaules et le jean sans marque surmonté d'une blouse paysanne lui donnaient l'air plus jeune, plus doux. Plus accessible.

Il se concentra de nouveau sur la rue. Il fallait être bien

naïf pour voir une quelconque douceur ou vulnérabilité chez l'agent Smith. Elle ne faisait pas ouvertement la moue lorsqu'il s'approchait d'elle – elle était trop bien élevée pour ça – mais c'était tout comme.

— Qu'est-ce que tu veux dire ? demanda-t-il en ralentissant pour laisser un couple âgé – elle aidée d'un déambulateur et lui d'une canne – traverser la rue.

— C'est tellement tranquille, expliqua-t-elle. Jamais on ne croirait que des événements violents qui ont fait la une des journaux nationaux se sont produits ici. Je m'attendais à voir des attroupements de journalistes un peu partout.

Il puisa un nouveau chewing-gum à la cannelle du paquet posé sur le tableau de bord, le fourra dans sa bouche et appuya sur la pédale d'accélérateur.

— Les pouvoirs publics font le maximum pour éviter que la panique ne gagne la population, j'imagine. D'après les médias, les élus s'efforcent d'apaiser les esprits en suggérant que les empoisonnements seraient l'œuvre de terroristes qui auraient déjà été stoppés.

— Et concernant les douze flacons potentiellement contaminés dont on a perdu la trace ?

— Cette information n'a pas été communiquée à la presse et ils comptent sur nous pour mettre la main dessus avant qu'il n'y ait eu d'autre mort.

Elle frissonna.

— En cas de nouveau décès, c'est nous que les politiques montreront du doigt.

— Si c'est ce que tu redoutes, tu devrais changer de métier.

Elle se raidit, ainsi qu'il s'y était attendu.

— Je suis très fière du travail qu'accomplit le Bureau, rétorqua-t-elle. Comme ce devrait être aussi ton cas.

— Justement. Je ne perds pas de temps à m'inquiéter de ce que des politiciens et des technocrates pensent de moi.

— À ceci près que ce sont eux qui, en bout de chaîne, signent les documents qui font que tu reçois ton salaire en fin de mois.

— Ils ont plus besoin de gens comme moi que je n'ai besoin de gens comme eux, assena-t-il en lui jetant un coup d'œil. Quand on garde ce fait présent à l'esprit, ça facilite grandement la vie.

— Ça facilite les petits arrangements avec la légalité, tu veux dire.

Il lui décocha un large sourire.

— Ça aussi.

Elle émit un grommellement réprobateur, un grognement presque. Plutôt sexy, songea-t-il à part soi. Mais s'il lui disait cela, elle allait exploser – à juste raison. Smitty était l'archétype de la fille collet monté, sourcilleuse, à cheval sur le règlement.

— Il faut qu'on découvre qui a une dent contre les Stroud, reprit-il.

— Tu crois que c'est ça, le but ? Ruiner leur réputation en sabotant leur produit le plus populaire ?

— Pas toi ?

Elle ne répondit pas immédiatement, contemplant le paysage qui défilait derrière la vitre – un parc où se dressait la statue en bronze d'un mineur en salopette, casque vissé sur la tête, une boîte de repas à la main, la pioche sur l'épaule. Le père de Jace aurait pu servir de modèle à cette sculpture avant qu'il ne tombe malade.

— Peut-être l'objectif n'est-il pas de détruire les Stroud, nota finalement Smitty. Tu as dit toi-même que la ville dépend de l'entreprise sur le plan économique. Qui sait, peut-être que quelqu'un déteste Mayville pour une raison ou pour une autre ? Et on ne peut pas écarter la possibilité qu'une personne spécifique ait été visée et que les autres morts n'aient été qu'un écran de fumée.

— Possible, dit-il. Quoi qu'il en soit, la méthode ne brille pas par sa subtilité. Introduire de la ricine dans un médicament, ce n'est pas comme verser un peu de mort-aux-rats dans un bol de soupe en espérant en avoir mis assez pour obtenir le résultat escompté. Il suffit d'une petite quantité de ricine pour tuer.

— On en saura peut-être plus quand on aura visité l'entreprise.

— Rogers est censé nous faire un topo dans la journée, une fois que Ramirez et lui se seront entretenus avec la police locale. D'ici là, on va aller s'installer.

L'arrière du pick-up contenait tout ce qu'un jeune couple désargenté aurait jugé utile d'emporter dans leur nouveau domicile – des vêtements, des ustensiles de cuisine, un téléviseur et une commode ancienne matérialisant l'idée qu'avait dû se faire quelqu'un d'un meuble de famille. Le centre de support du Bureau était réputé pour veiller au moindre détail. On leur avait également fourni une identité, Jason et Laura Lovejoy – alias dont Jace était certain qu'il leur avait été attribué en manière de plaisanterie. La location dans laquelle ils allaient emménager était censée être meublée et contenir tout ce dont ils auraient besoin.

Il bifurqua dans une ruelle non goudronnée dont la plaque indiquait Lovers' Lane. La rue des amoureux.

— C'est une plaisanterie, commenta Smitty en levant les yeux au ciel.

— C'est sans doute le premier endroit disponible à la location qu'ils ont trouvé, répondit Jace.

Il regarda les numéros sur les boîtes aux lettres au bout de chaque allée individuelle et s'engagea dans une allée défoncée tout au bout de la rue. Le mobil-home était une boîte blanche rectangulaire avec des volets métalliques d'un bleu passé, située très en retrait de la rue, à l'ombre d'un catalpa dont le vert vif des feuilles en forme de cœur tranchait avec les inflorescences fanées qui tapissaient le sol au pied de l'arbre.

— Ce n'est pas ce à quoi je m'attendais, formula Smitty, les dents serrées.

— Ça correspond au profil de notre couverture, rappela Jace en coupant le moteur. On est des jeunes mariés sans le sou, n'oublie pas. De plus, c'est au bout de la rue… On n'aura pas de voisins proches susceptibles de nous espionner.

Smitty mit pied à terre et il lui emboîta le pas sur l'étroite allée gravillonnée qui conduisait à un porche fait d'anciennes palettes, sur l'avant du mobil-home. Elle gravit les marches, inséra la clé dans la serrure et poussa la porte. Tous deux marquèrent un temps d'arrêt en promenant le regard sur les murs de lambris sombre, la moquette vert avocat, le sofa en similicuir et le fauteuil inclinable assorti, rafistolé par endroits au ruban adhésif. Une odeur de tabac froid flottait dans l'air. Smitty produisit un son étranglé, puis avança d'un pas et tourna lentement sur elle-même.

— Ça a l'air propre, c'est déjà ça.

Elle croisa son regard.

— Je n'ai encore jamais vécu dans un mobil-home.

Lui, si mais il n'avait pas l'intention de le lui dire.

— Allons décharger la voiture, déclara-t-il en pivotant sur lui-même pour retourner dehors.

Elle ne le suivit pas immédiatement. Il abaissa le hayon et en sortit un gros carton carré étiqueté CUISINE. Quand il arriva sur le porche, les bras chargés de son fardeau, Smitty l'attendait dans l'entrée.

— On a un problème.

— Ah bon. Lequel ? questionna-t-il en passant devant elle pour déposer le carton sur la table de la cuisine, une relique en métal et Formica datant des années soixante.

Un hipster l'aurait peut-être trouvée délicieusement

vintage mais ses parents s'étaient débarrassés de la leur voilà des années, la taxant de « vieillerie inutilisable ».

— Il n'y a qu'un lit, déclara Smitty.

— Le bail indiquait deux chambres.

Le document, paré de leurs deux signatures adroitement imitées, leur avait été fourni avec tous les autres papiers.

— Les deux chambres sont bien là, mais il n'y a qu'un lit.

Le pli se creusa sur le front de Smitty.

Il haussa les épaules.

— On en trouvera un autre demain.

— Mais comment fait-on pour ce soir ?

— C'est simple. Soit tu partages le lit avec moi soit tu dors sur le canapé.

Il ponctua sa déclaration d'un sourire carnassier pour le seul plaisir de la faire enrager.

De fait, ses joues rosirent et ses yeux bleus se plantèrent sur lui, lançant des éclairs.

— Et pourquoi serait-ce toi qui bénéficierais du lit ?

Parce qu'en tant que collègues nous sommes sur un pied d'égalité et qu'en toute autre circonstance, tu te sentirais insultée d'être traitée avec déférence parce que tu es une femme.

— Parce que je suis plus grand et plus corpulent que toi et que le canapé te conviendra mieux. Mais, bien sûr, je suis tout disposé à partager ma couche.

Elle fit tourner l'anneau d'or qui ornait l'annulaire de sa main gauche et il se demanda si elle allait le retirer et le lui jeter au visage.

— Ce n'est pas une façon de s'adresser à une collègue.

— Non… Mais à ma femme, si.

Un crissement de pneus sur le gravier lui épargna la peine de chercher une réplique cinglante. Ils se retournèrent tous les deux et virent une Honda argent s'arrêter derrière le pick-up. L'agent Davis Rogers en émergea. Les mains sur les hanches, il contempla le mobil-home. Le soleil luisait sur la peau hâlée de ses avant-bras et se reflétait sur les verres opaques de ses Wayfarer.

Smitty se dirigea vers la porte pour accueillir Rogers.

— En voilà un joli petit nid d'amour, ironisa leur collègue.

— Où es-tu descendu ? demanda Smitty.

Il accrocha ses lunettes noires à l'encolure de son polo bleu ciel.

— À l'hôtel Magnolia, de l'autre côté de la ville.

De l'avis de Jace, le Magnolia devait être bien moins étoilé que les hébergements auxquels Smitty était habituée mais il aurait parié qu'elle aurait avec joie échangé sa place contre celle de Rogers.

— Je vais vous aider à vider la voiture. Ensuite, nous discuterons, offrit Rogers.

À trois, il ne leur fallut pas longtemps pour transporter les cartons et les sacs dans le mobil-home. Pendant que Smitty ouvrait les fenêtres, Jace prépara du café, puis ils s'installèrent autour de la table de cuisine.

— Ramirez et moi avons rencontré la police locale, déclara Rogers. Ils ont l'air compétents et ont fait un bon travail d'investigation préliminaire compte tenu des ressources limitées dont ils disposaient. Comme on le sait déjà, ils pensent que l'empoisonnement aux *Stomach Soothers* a eu lieu avant le conditionnement des comprimés. Les emballages des flacons qu'ils ont pu récupérer ne semblent pas avoir été trafiqués.

L'un des objectifs de Jace, du fait qu'il travaillerait dans l'unité de production, serait de déterminer qui pouvait avoir manipulé les produits et comment.

— Et pour ce qui est des flacons manquants ? questionna-t-il.

— Le système informatique de Stroud attribue un code-barres à chacun des flacons, répondit Rogers. Ces codes-barres correspondent aux lots expédiés à chaque magasin. Si quelqu'un présente une carte de fidélité lors de l'achat, ils peuvent même associer un flacon spécifique à un client spécifique. C'est ce qui a permis de rappeler la plupart des flacons suspects. Mais la douzaine de ceux qui ont disparu n'est jamais arrivée en magasin. Ils se sont volatilisés peu après leur préparation.

— Qu'est-ce que tu entends par « disparu » ? s'enquit Smitty.

— Ils apparaissent bien dans les registres des stocks comme ayant été fabriqués mais ensuite, pfuit ! Plus aucune trace d'eux.

— Et n'est-il pas possible que des employés se soient servis ?

— Techniquement, ce doit être faisable, nota Jace. Mais, quand on travaille dans un domaine aussi sensible, être ne serait-ce que soupçonné de vol équivaut à se retrouver du jour au lendemain à la rue. Et l'unité de production est équipée de caméras, j'imagine ?

Rogers hocha la tête.

— D'après la police, les Stroud n'ont jamais été confrontés à ce type de problème ou, si ça a été le cas, ils ont réglé ça en interne. Ramirez s'entretient en ce moment même avec Donna Stroud. Elle s'assure également que tout soit prêt pour votre arrivée dans l'entreprise en tant que nouveaux employés.

Il leur adressa un clin d'œil assorti d'un large sourire.

— Je préfère être à ma place qu'à la vôtre.

Des ballons, des fleurs et des animaux en peluche étaient accrochés à la clôture grillagée, près de l'entrée du siège social de Stroud Pharmaceuticals. Une rafale de vent agita les extrémités d'un ruban noué autour d'un vase de marguerites fanées quand l'agent Ana Sofia Ramirez franchissait les grilles. Le bouquet de fleurs était posé devant une pancarte blanche portant l'inscription manuscrite : *Nous ne t'oublierons jamais, Gini.*

Virginia Elgin, directrice financière de Stroud Pharmaceuticals, était la troisième personne à avoir succombé à la prise du médicament contaminé. Le flacon retrouvé dans son bureau avait été acheté dans une supérette de la ville, de même que ceux contenant les comprimés qui avaient tué Herbert Baker et Gail Benito, les deux premières victimes. Les cinq autres victimes, dont trois étaient également décédées, avaient acheté les leurs dans deux magasins distincts, dans un comté situé à l'est de Mayville.

Les flacons manquants referaient-ils surface dans un magasin ou l'armoire à pharmacie de la victime suivante ? Avaient-ils simplement été égarés ou attendaient-ils, stockés chez le tueur, prêts à semer de nouveau la panique ?

Donna Stroud était une femme d'âge moyen aux cheveux teints en noir et coiffés en un carré simple et élégant. Bien que ce soit dimanche après-midi, elle était habillée pour le bureau, en tailleur-pantalon de style chic et intemporel et escarpins plats. Elle accueillit Ana d'une énergique poignée de main.

— Merci d'être venue, agent Ramirez. Mon mari et moi sommes à votre entière disposition pour vous aider à élucider cette tragédie. Je vous sais gré de vous être déplacée un dimanche… Je préférais ne pas perturber davantage le personnel.

— Merci de votre collaboration, dit Ana en s'asseyant face au bureau de Donna, un modèle fonctionnel, en chêne, qui disparaissait sous des piles de documents en équilibre précaire. J'ai consulté les informations que vous avez communiquées à la police. Quand vous êtes-vous aperçue que certains flacons du lot en question manquaient ?

— C'est mon fils qui a porté ce fait à mon attention hier après-midi. J'ai aussitôt prévenu la police d'État.

— Votre fils, Parker Stroud, qui dirige l'usine, c'est bien ça ?

— Absolument. C'est en vérifiant les rapports d'inventaire qu'il a relevé l'anomalie. Tout le monde, à l'usine, s'efforce de comprendre comment une telle chose a pu arriver.

— Est-ce que ça s'était déjà produit ? Je veux dire, que des médicaments figurant dans l'inventaire disparaissent ?

— Non !

Ana ne chercha pas à dissimuler son scepticisme.

— Jamais un seul employé n'a, disons, jugé plus simple de prélever un flacon de comprimés directement à la source plutôt que d'aller l'acheter en magasin ?

— Non, répéta Donna en se penchant par-dessus le bureau vers Ana. Nous appliquons une politique de tolérance zéro contre le vol. Les employés et leurs effets personnels peuvent à tout moment être fouillés et un système de télévision en circuit fermé surveille toutes les parties de l'usine. De plus, nous sommes extrêmement vigilants quand nous engageons quelqu'un. Nous trions les candidats, leur dispensons une solide formation et je dois dire que j'ai tout lieu de me féliciter du taux de rétention de nos effectifs. Bon nombre de nos employés ont plus de vingt ans d'ancienneté.

— Donc, vous ne voyez personne qui pourrait être à l'origine de ces contaminations ?

— Non, répondit Donna Stroud en regardant Ana dans les yeux.

Elle était visiblement lasse et effrayée. Et Ana aurait presque donné sa main à couper qu'elle ne mentait pas.

— J'espère que l'arrivée de nos agents dans l'entreprise permettra de mettre au jour des irrégularités qui ont pu vous échapper, déclara Ana. Votre coopération nous sera précieuse.

Donna se redressa sur son siège.

— Je n'ai pas vraiment le choix, n'est-ce pas ? Mais j'aimerais être autorisée à mettre Parker dans la confidence concernant leur présence. Après tout, l'un d'eux travaillera directement pour lui.

— Non, répondit Ana avec fermeté. Il est capital que le moins de personnes possible soient au courant. C'était clairement stipulé dans l'accord que nous avons conclu et qui vous permet de continuer à faire fonctionner une unité de production. Mais s'il vous semble difficile de respecter cet engagement…

Sa phrase demeura en suspens, laissant planer une menace à peine déguisée.

Les coins de la bouche de Donna se crispèrent.

— Je comprends.

— Les Lovejoy seront ici à huit heures demain matin, dit Ana en se levant et en déposant sa carte sur le bureau. Si quelque chose vous revient ou si vous remarquez quoi que ce soit de nature à faire progresser l'enquête, ou si vous remarquez quoi que ce soit de suspect, n'hésitez pas à m'appeler. C'est mon numéro direct. Je serai joignable – à n'importe quelle heure du jour ou de la nuit.

Donna se leva elle aussi, les épaules courbées par la lassitude.

— Merci, agent Ramirez. J'espère que vous éclaircirez rapidement cette affaire et que nous pourrons très vite reprendre nos activités normalement.

Comme elle escortait Ana jusqu'à la sortie, elles passèrent devant une porte marquée V. Elgin, directrice financière. Donna suivit son regard.

— Toute cette histoire est horrible mais la perte de Gini…, dit-elle en secouant la tête, la voix étranglée par l'émotion.

— J'ai cru comprendre qu'elle était décédée ici même, au bureau ? souligna Ana.

Donna hocha la tête.

— Elle était rentrée de déjeuner et travaillait dans son bureau, porte fermée. C'est une assistante venue la voir pour discuter d'une prochaine réunion qui l'a trouvée.

Elle se passa une main sur la bouche.

— On a d'abord cru à une crise cardiaque. Elle souffrait de brûlures d'estomac chroniques et nous avons pensé que celles-ci avaient peut-être caché un problème plus sérieux…

Elle s'éclaircit la gorge.

— Quand on nous a dit que c'étaient les *Stomach Soothers,* nous sommes tombés de haut.

— Que savez-vous de la ricine, madame Stroud ?

— Eh bien, le chef de la police nous a dit que c'était ce que contenaient les comprimés. Je sais que c'est un poison mortel… Peut-être que des terroristes y ont déjà eu recours ? Pensez-vous qu'il puisse s'agir d'un acte terroriste ?

— Nous ne privilégions aucune hypothèse pour l'instant. Je ne vais pas vous retenir plus longtemps…

Ana prit congé, consciente que plusieurs autres femmes la regardaient partir. Elle était désolée pour elles – des gens normaux piégés dans un cauchemar éveillé. Mais elle n'allait pas laisser la compassion l'empêcher de faire son travail. Selon le scénario le plus probable, les comprimés avaient été contaminés par un membre du personnel si bien que les Stroud et tous leurs employés devaient être considérés comme des suspects potentiels.

Comme elle arrivait sur le trottoir, elle nota un homme qui se tenait devant le mémorial improvisé. Vingt, vingt-cinq ans, vêtu d'un jean neuf et d'une chemise bleue déboutonnée portée sur un T-shirt gris. Elle stoppa pour l'étudier. Il semblait indécis. Perdu.

Un trio de femmes approchait, sans doute des ouvrières de Stroud travaillant le week-end qui rentraient de leur pause déjeuner. Ana attira leur attention. Comme elle parvenait à leur hauteur, elle demanda :

— Excusez-moi… Savez-vous qui est ce jeune homme ?

La plus âgée des trois, une Afro-Américaine d'une quarantaine d'années, jeta un coup d'œil au mémorial et sa mine s'allongea.

— C'est le fils de Mlle Gini, Leo.

— Gini Elgin ?

Une femme au teint pâle et aux cheveux couleur carotte hocha la tête.

— Il est complètement effondré.

La troisième femme, la tête surmontée d'un casque de cheveux châtains et le visage couvert de taches de rousseur, fit la moue.

— C'est terrible, pour Mlle Gini. Mais ce Leo… Il a toujours été un peu bizarre.

— Bizarre, comment ? s'enquit Ana.

Leo s'était rapproché du mémorial, il marchait même sur certaines des fleurs déposées à même le sol, tête basse, les mains enfoncées dans ses poches.

— Eh bien… Bizarre, je ne peux pas dire mieux.

— Pas causant, explicita l'aînée des trois. Renfermé. Pas comme sa mère. Mlle Gini était très amicale, très ouverte.

Les autres confirmèrent en hochant vigoureusement la tête. Puis elles poursuivirent leur chemin. Ana se remit en marche, elle aussi. Elle n'était plus qu'à trois ou quatre mètres du mémorial quand Leo Elgin attrapa le vase et le projeta par-dessus la clôture. Le vase se brisa sur le bitume, de l'autre côté. Leo tourna alors les talons et s'en alla en courant. Il n'eut pas un regard pour Ana en la croisant mais elle vit distinctement son expression douloureuse, ses joues inondées de larmes.

3

Laura passa sa première nuit à Mayville à tourner et se retourner sur le canapé tout en remâchant sa rancœur contre Jace qui, lui, dormait manifestement comme un bébé. Elle entendait son ronflement régulier dans la pièce voisine.

Lorsqu'elle parvint enfin à s'assoupir, elle sombra dans un sommeil lourd dont elle émergea subitement, paniquée à l'idée d'avoir dormi trop longtemps. Elle se précipita dans l'unique salle de bains du mobil-home pour y trouver un Cantrell torse nu, le visage barbouillé de crème à raser, un rasoir à la main.

Même à moitié endormie, elle ne put s'empêcher d'être impressionnée par les abdos et pectoraux qui saillaient sous la lumière anémique de la pièce. Bredouillant des excuses, elle sortit à reculons, poursuivie par le rire de son partenaire jusque dans la cuisine.

Quand il émergea de la salle de bains, elle avait bu la moitié de sa tasse de café et réussi à calmer les battements de son cœur. L'ignorant superbement, elle se rendit à son tour dans la salle de bains et entra sous la douche emplie de vapeur, perturbée à l'idée qu'il s'était tenu ici même à peine quelques instants plus tôt – nu. Puis la pensée qu'il l'entendait faire ses ablutions et l'imaginait peut-être lui aussi dans le plus simple appareil la perturba davantage encore.

De toute évidence, elle n'avait pas assez dormi. Cantrell,

comme elle, était agent de la DCT. Si elle avait pour principe de ne pas fantasmer sur ses collègues de travail, pourquoi aller s'imaginer que lui le faisait ? Puis elle se rappela son sourire machiavélique quand ils s'étaient disputés à propos du lit et elle ravala un grognement.

Lorsqu'elle revint dans la cuisine, il lui plaça d'autorité dans la main quelque chose enveloppé de papier absorbant.

— Il faut partir sinon on va arriver en retard dès notre premier jour, dit-il.

— Qu'est-ce que c'est ? demanda-t-elle, perplexe, en contemplant le paquet.

— Un sandwich aux œufs frits.

— Je ne mange pas d'aliments frits.

Son petit déjeuner se composait généralement de yaourt et de céréales accompagnés d'un ou deux toasts.

— Aujourd'hui, si, assena-t-il en lui tendant son sac à main. Allons-y. Je vais conduire, comme ça, tu pourras manger en route.

Le sandwich était délicieux mais elle sentait qu'il l'observait, ce qui l'embarrassa. Mais, à vrai dire, *tout*, dans cette mission, était embarrassant.

L'heure suivante fila à toute vitesse. Laura dut en passer par une présentation de la société qui prit la forme d'un film de dix minutes retraçant l'histoire de Stroud Pharmaceuticals puis d'un tour d'horizon d'un quart d'heure des règles de sécurité en vigueur dans l'entreprise pour s'achever par une dernière demi-heure consacrée aux démarches administratives au cours de laquelle elle signa pour la première fois des documents de son identité fictive. Enfin, elle se dirigea vers son nouveau bureau où elle fut accueillie par un homme jeune et mince, avec de grandes oreilles, le cheveu clairsemé et la bouche marquée d'un pli amer.

— Vous êtes ma nouvelle secrétaire ? demanda Parker Stroud, celui qui allait être son chef direct.

— Oui, Laura Lovejoy, dit-elle plaisamment en tendant la main.

Il contempla sa main jusqu'à ce qu'elle la laisse retomber.

— Très bien. Pour commencer, pourriez-vous aller me chercher un café ?

Il passa devant elle pour entrer dans son bureau.

— Avec deux sucres ! lança-t-il par-dessus son épaule.

Elle se rendit à la machine à café dans la salle de repos et le lui apporta. Elle trouva Stroud en train de contempler l'écran de son ordinateur. Il prit le café et la toisa de la tête aux pieds.

— Ma mère m'a dit que c'était vous qu'elle avait sélectionnée pour ce poste, annonça-t-il. Qu'est-il arrivé à Cheryl, la fille qui était là avant ?

« La fille » en question avait cinquante-cinq ans et avait été provisoirement transférée au service comptabilité.

— Je ne sais pas exactement, répondit Laura.

— N'y voyez rien de personnel, mais j'ai trente-quatre ans. Je n'ai pas besoin que ma mère choisisse ma secrétaire à ma place.

Ayant dit, il trempa les lèvres dans le café, son regard s'attardant sur sa poitrine d'une façon si insistante qu'elle dut se faire violence pour ne pas réagir vertement.

— Même si je dois reconnaître que vous êtes beaucoup plus agréable à regarder que Cheryl – et que vous savez faire un café correct. Donc, nous verrons comment ça se passe.

— Bien, monsieur, répondit-elle d'un ton neutre alors qu'elle bouillait littéralement intérieurement.

— Eh bien, ne restez pas plantée là, dit-il en la congédiant d'un geste de la main. Si j'ai besoin de vous, je vous appellerai.

Elle s'installa à son bureau et étudia l'alignement de classeurs le long du mur, derrière elle. Elle allait fouiller leur contenu en s'abritant derrière le prétexte « d'organiser son espace de travail ». Ensuite, dès que l'occasion se présenterait, elle tenterait d'accéder aux fichiers des ressources humaines et aux états financiers de l'entreprise. Elle pourrait toujours joindre Maynard si elle avait besoin d'aide.

Elle coinça une mèche derrière son oreille. Elle n'avait pas l'habitude de porter les cheveux lâchés au travail et ils la gênaient. Mais le centre de support avait jugé son habituel chignon trop sophistiqué pour le rôle qu'elle devait jouer.

Elle ouvrit le tiroir supérieur du premier classeur et regarda la rangée de dossiers, tous étiquetés avec un mois et une année. Elle feuilleta rapidement le premier qui contenait les registres de production des deux unités – celle d'où étaient issus les *Stomach Soothers* et l'autre, qui produisait, elle, des pastilles aux plantes pour la gorge, un sédatif naturel et une préparation apaisante pour la percée des dents des nourrissons.

— C'est un peu tôt dans la journée pour rechercher un remède contre l'insomnie, non ?

Elle n'avait pas entendu la porte s'ouvrir et le son soudain de sa voix la surprit. Elle retint son souffle, remit le dossier à sa place et ferma le tiroir avant de se retourner, un sourire sur les lèvres.

— Vous avez besoin de quelque chose, monsieur Stroud ?

— Appelez-moi Parker. M. Stroud, c'est mon père.

Il indiqua du menton les armoires de rangement.

— Toutes ces données sont informatisées mais mon père tient absolument à ce qu'elles soient conservées physiquement. Un exemple de la façon dont mes parents empêchent cette entreprise de réaliser pleinement son potentiel.

— Mais, un jour prochain, ce sera certainement vous le décisionnaire.

— Et vous vous dites que travailler à mon côté vous permettra de gravir les échelons ? rétorqua-t-il. Modérez votre enthousiasme. Mes parents n'ont clairement pas l'intention de lâcher les rênes dans les années qui viennent. Même si je peine à comprendre ce qui, en ce moment, les pousse à s'accrocher ainsi.

— Vous voulez dire, à cause de ce qui s'est passé avec les *Stomach Soothers* ?

— Oui, quoi d'autre ?

Elle écarquilla les yeux, feignant l'ignorance, espérant qu'elle n'en faisait pas trop.

Apparemment, Parker mordit à l'hameçon. Il leva les yeux au ciel.

— Descendez à la comptabilité et dites-leur que j'ai besoin des états financiers du mois dernier – de toute urgence. Et ne vous laissez pas embobiner s'ils commencent à objecter que toute cette affaire a perturbé le travail. Ce n'est pas le seul produit que nous fabriquons et les gens se sont suffisamment répandus en lamentations.

— Bien, monsieur.

À la façon dont il s'était exprimé, elle eut l'impression qu'il répétait un discours bien rodé. Comme s'il s'était entraîné à jouer les durs devant un miroir. Peut-être était-ce là l'idée qu'il se faisait d'un P-DG intraitable ?

Elle quitta rapidement le bureau mais ralentit le pas sitôt qu'elle eut tourné l'angle du couloir. Pourquoi ne pas profiter de l'occasion pour se familiariser avec la configuration du bâtiment ? Elle déambula dans les couloirs, ouvrant et fermant des portes, repérant l'emplacement des toilettes pour hommes et pour femmes, le local du concierge.

— Je peux vous aider ?

Une jeune femme au visage rond entouré d'un halo de boucles brunes, une liasse de documents serrée contre la poitrine, approcha au moment où Laura tirait la porte du local.

— Oh… Merci. Je cherche le service comptabilité.

— Je vais vous montrer où il est.

La jeune femme lui fit signe de la suivre et reprit son chemin, ses talons hauts claquant tels des castagnettes sur le carrelage.

— Demandez Angela, précisa-t-elle en désignant une porte en verre dépoli avant de se détourner.

Le *tac-tac-tac* des talons décrut comme elle s'éloignait.

Angela se révéla être une femme d'une quarantaine d'années à la peau sombre et lisse, assise à son bureau devant un ordinateur à écran de grande dimension.

— M. Stroud a besoin des états financiers du mois d'avril, déclara Laura. *Parker* Stroud.

Angela fronça les sourcils.

— Nous sommes le 3 aujourd'hui. Ces états ne sont pas compilés avant le 10, il le sait. Et maintenant, vous le savez également, donc ne revenez pas m'ennuyer avec ça.

— Est-ce qu'il m'a envoyée vous déranger pour rien parce que je suis nouvelle ou est-ce qu'il fait ça tous les mois ? répliqua Laura.

Le froncement de sourcils d'Angela s'atténua quelque peu.

— Un peu des deux. Ne vous laissez pas faire. Il n'est pas méchant, simplement un peu sous pression, je suppose. En tout cas, il est très différent de son père et de sa mère.

— J'imagine que tout le monde est un peu sur les nerfs en ce moment, dit Laura.

— En effet, acquiesça Angela, radoucie, en tendant la main. Reprenons du début. Je m'appelle Angela Dupree. Bienvenue à Stroud Pharmaceuticals.

Laura serra la main tendue. Elle était lisse, tiède, manucurée à la perfection.

— Et moi, Laura Lovejoy. Je suis la nouvelle assistante de Parker Stroud.

— Vous verrez, c'est un endroit où il fait bon travailler, malgré les ennuis qui nous ont récemment frappés.

— Ces empoisonnements, c'est vraiment effrayant, nota

Laura en se penchant vers Angela et en baissant le ton. J'ai entendu un journaliste déclarer qu'ils étaient probablement l'œuvre d'un membre du personnel. Qui a pu faire une chose pareille ?

— Personne que je connaisse, répondit Angela. Et je pense que les journalistes se trompent. Je sais que ça fait un peu cliché de dire d'une entreprise qu'elle est comme une grande famille, mais c'est vraiment le cas ici, chez Stroud. Personne n'avait de raison de vouloir du mal aux utilisateurs de nos produits.

—. Honnêtement, je suis soulagée de vous l'entendre dire… Je préfère ça, dit Laura avec chaleur. Merci.

— Contente d'avoir fait votre connaissance. Mais il faut que nous retournions à notre travail.

— Oui… Oui, bien sûr.

Laura pivotait sur elle-même lorsque Angela la rappela.

— Laura ?

— Oui ?

— Je crois qu'il vaudrait mieux que vous vous absteniez d'évoquer cette histoire d'empoisonnements avec les uns et les autres. Tout le monde est bouleversé et ce ne serait pas le meilleur moyen de faire bonne impression.

— Je comprends. Merci.

Laura se moquait bien de faire ou non bonne impression, à ceci près que mettre les gens dans sa poche pourrait lui être utile dans sa mission. Angela l'avait-elle mise en garde simplement pour l'aider ou parce qu'elle savait que certaines personnes, ici, avaient des choses à cacher ?

— Qui est cette fille, avec Angela ?

Merry Winger se démancha le cou pour regarder, par-delà son ordinateur, en direction du bureau de sa collègue. Elle voyait, de dos, une femme mince, ses longs cheveux blonds cascadant sur ses épaules en boucles élégantes, vêtue d'un pantalon beige près du corps, de chaussures beiges et d'un chemisier bleu pâle.

— C'est la nouvelle assistante de Parker, répondit Jerri Dunn en suivant son regard. Elle est plutôt mignonne, non ?

— Je ne savais pas qu'ils avaient trouvé quelqu'un, nota Merry en s'efforçant de masquer sa déception.

— Oui, le poste n'est resté vacant qu'une semaine. J'imagine qu'ils voulaient qu'il soit pourvu au plus vite.

Merry s'était portée candidate. Ç'aurait été idéal – travailler avec Parker, le voir tous les jours, et non pas seulement quelques fois dans le mois. Son bureau était muni d'une porte qui fermait à clé et d'un grand bureau – ils auraient pu bien s'amuser.

— Ils auraient pu choisir une candidature interne, souligna-t-elle.

— Il y a bien longtemps que j'ai cessé d'essayer de comprendre les décisions de la direction, releva Jerri.

Merry attendit le départ de la blonde puis elle se leva.

— Je vais aux toilettes.

Elle passa devant la porte des toilettes pour dames et continua jusqu'au bureau de Parker. La blonde leva les yeux lorsqu'elle entra. Elle était assez jolie, encore que maigrichonne et plate comme une limande.

— Bonjour. Vous désirez ? demanda la blonde.

— Je viens voir Parker.

Merry commença à contourner le bureau de la blonde, mais celle-ci se leva.

— Je vais voir si M. Stroud est disponible. Qui dois-je annoncer ?

— Merry Winger. Merry avec deux « r » et un « e », précisa-t-elle, tenant à être sûre que cette femme sache bien qui elle était. Et je suis certaine que Parker voudra me recevoir.

— Je vais lui dire que vous êtes ici.

La blonde frappa et se glissa à l'intérieur en refermant la porte derrière elle lorsque Parker répondit « Entrez », la laissant faire le pied de grue. Il avait intérêt à ne pas refuser de la recevoir… Après tout ce qu'elle avait fait pour lui. Avec lui.

La porte s'ouvrit et Parker apparut derrière la blonde.

— Merry, entrez, dit-il en l'invitant d'un geste à le suivre.

Pas de sourire de bienvenue mais bon… Parker n'était pas porté sur les démonstrations d'affection.

Il referma derrière eux mais resta debout.

— Qu'est-ce que tu veux ? demanda-t-il à voix basse.

Elle posa la main à plat sur son torse et le gratifia d'un sourire chaleureux.

— Peut-être que je voulais juste te voir.

Elle se dressa sur la pointe des pieds pour l'embrasser mais il se détourna.

— Je te l'ai déjà dit… Pas au travail.

Elle fit la moue.

— Et pourquoi pas ? Tu as honte de moi ?

— Bien sûr que non, répondit-il en lui tapotant l'épaule. Mais il y a des règles. Les cadres ne sont pas censés sortir avec les employés. Si quelqu'un le découvrait, nous devrions cesser de nous voir. Et ce n'est pas ce que je souhaite… Toi non plus, n'est-ce pas ?

S'il l'épousait, elle n'aurait plus besoin de venir ici et le problème serait réglé, mais elle était trop maligne pour évoquer ce sujet. Parker était typiquement le genre d'homme qui aimait prendre les décisions lui-même.

— Tu t'inquiètes tellement de moi et de ma réputation, déclara-t-elle. C'est l'une des raisons qui font que je t'aime.

— Merci de te montrer si compréhensive. Maintenant, mieux vaudrait que tu retournes travailler.

Il la reconduisit jusqu'à la porte mais elle résista. Pointant du menton, elle demanda :

— Qui est-ce ?

— La nouvelle ? rétorqua-t-il, fronçant les sourcils. Je ne sais pas. C'est ma mère qui l'a embauchée.

— Tu ne peux même pas choisir ta secrétaire particulière ?

— C'est juste une employée derrière un bureau. Je m'en moque un peu.

— J'espérais décrocher ce poste, assena Merry. Tu savais que j'avais présenté ma candidature ?

— Non mais ce n'est pas plus mal que tu ne l'aies pas eu.

— Pourquoi ? Tu n'aurais pas aimé m'avoir tout le temps près de toi ?

— Ç'aurait été trop… perturbant, tant pour toi que pour moi.

Une flamme dansait dans ses yeux maintenant. Un courant d'excitation la parcourut. Quand elle commençait à craindre qu'il ne se soit lassé d'elle, il trouvait toujours le moyen de dissiper ses doutes. Il tenait véritablement à elle ; il était juste obligé de faire attention, compte tenu de ses responsabilités… Elle devait se montrer patiente. Quand le moment propice se présenterait, ils seraient ensemble pour toujours.

Elle quitta le bureau, poussant l'amabilité jusqu'à sourire à la nouvelle assistante en passant devant. La blonde pouvait bien la snober tant qu'elle voulait, elle déchanterait le jour où Merry deviendrait Mme Parker Stroud. Parce que, à ce moment-là, Parker serait aux commandes de l'entreprise. Et Merry, elle, serait aux commandes de Parker.

Laura attendit que Merry et Parker soient enfermés pour s'approcher et coller son oreille à la porte. Quelques instants plus tard, elle s'en éloigna. Donc, Parker s'amusait avec une des employées. Elle ne voyait pas le lien avec les empoisonnements mais elle prit note de l'information. Cela jetait un nouvel éclairage sur l'image qu'elle essayait de se forger de l'entreprise et de ses rouages internes.

À dix-sept heures précises, Parker sortit de son bureau.

— Rentrez chez vous, lança-t-il à Laura. Pas question de traînailler pour accumuler des heures supplémentaires.

— Bonne soirée à vous aussi, dit-elle d'un ton égal.

Il fronça les sourcils et s'en alla.

Elle était en train de fouiller les tiroirs lorsque Cantrell arriva. *Jace.* Il fallait qu'elle s'habitue à l'appeler par son prénom pour ne pas commettre d'impair. Même habillé d'une combinaison de travail grise avec son nom inscrit en rouge sur la poche de poitrine, il se déplaçait toujours avec la même assurance. Il mâchait son éternel chewing-gum et le spectacle des muscles de sa mâchoire qui se contractaient la troubla malgré elle. Il s'appuya au chambranle de la porte et la regarda fourrager dans les dossiers puis soulever un presse-papiers pour voir les documents qui se trouvaient au-dessous.

— Alors ?

— Rien.

Elle ferma le dernier tiroir et s'avança vers lui.

— Et toi ?

— Je commence à voir comment ça fonctionne ici. Je peux te dire que tout n'est pas aussi limpide que le pensent les Stroud. Je te raconterai ça à la maison. Allons-y.

Ils traversèrent le parking au milieu des autres employés qui avaient terminé leur journée. Une bouffée d'air chaud sauta au visage de Laura lorsqu'elle ouvrit la portière et elle se glissa avec précaution dans l'habitacle de peur de se brûler l'arrière des jambes. Jace prit place au volant.

— Je meurs de faim, déclara-t-il en démarrant. Qu'est-ce qu'on mange ce soir ?

— Je ne sais pas. Pourquoi me le demander, à moi ?

— J'ai préparé le petit déjeuner. Et le déjeuner. Maintenant, c'est ton tour.

Le déjeuner avait consisté en un sandwich jambon-fromage… nappé de mayonnaise, ce qu'elle détestait. Elle avait retiré ce qu'elle pouvait de la sauce et du fromage, et avait avalé le reste, suivi de la pomme et des biscuits à la figue qu'il avait ajoutés.

— On n'a qu'à acheter un plat tout prêt. Ou manger au restaurant.

— Va pour le restaurant. Je te laisse le choix entre pizza et grillades.

Ils optèrent pour les grillades, qui se révélèrent moelleuses, délicieusement parfumées et relevées juste ce qu'il fallait.

— La directrice Pembrook m'a dit que tu avais grandi dans un endroit tel que celui-ci, déclara-t-elle en s'essuyant les mains sur sa serviette.

— Hum.

— C'était comment ?

— Que veux-tu que je te dise ? Ça allait, jusqu'au jour où ça n'a plus été le cas.

— Oh ! c'était juste une question, comme ça. Pour faire la conversation.

Un peu de la tension qui crispait ses épaules se dissipa.

— Désolé. J'ai grandi à Hatcher, dans le Tennessee, qui ressemble effectivement beaucoup à Mayville. Mes parents et ma sœur y vivent toujours. Mon père a eu des ennuis de santé, donc ma mutation à Knoxville me permet d'être à proximité et de les aider.

— Je suis désolée, pour ton père, dit-elle en posant sa serviette. Qu'est-ce qu'il a ? Si ce n'est pas indiscret, bien sûr.

— Un mésothéliome. Une tumeur du poumon qui touche les mineurs qui ont inhalé de l'amiante au fond des mines de charbon.

Il parlait d'un ton neutre mais il évitait de croiser son regard comme s'il avait peur de manifester trop d'émotion.

— Ce doit être difficile.

Il haussa les épaules.

— Et toi ? Tu as grandi où ?

— Un peu partout. Mon père était militaire.

— Ça explique pas mal de choses.

— Comment ça ?

— Ton côté « je-ne-déborde-jamais-du-coloriage ». Sans vouloir t'offenser. L'armée t'inculque ça. Je suis bien placé pour le savoir : j'en ai fait partie pour six ans.

— Tu as participé aux combats ?

— Oui. Falloujah. Bagdad. Kamdesh. C'est comme ça que j'ai atterri au FBI. Ils recrutaient des profils militaires.

Ça alors. Jamais elle ne l'aurait décrit comme étant « un profil militaire ».

— Davis Rogers aussi vient de l'armée, nota-t-elle à haute voix.

— Oui. On a comparé nos souvenirs de terrain, lui et moi. Et toi ? Comment t'es-tu retrouvée chez les fédéraux ?

— Je suis diplômée en expertise comptable judiciaire de l'université George Washington, donc ça convenait plutôt bien.

— Une as des chiffres… Le coloriage bien à l'intérieur des lignes, encore et toujours. Ne le prends pas mal. C'est une compétence extrêmement utile. Et qui devrait nous être d'une grande aide dans cette affaire.

Elle s'efforça de se relaxer. Jamais ils ne pourraient faire du bon travail ensemble si elle se formalisait au moindre commentaire.

— Tu penses que c'est l'argent qui est derrière cette affaire d'empoisonnements ?

— C'est certainement lié. Et Stroud Pharmaceuticals pèse des millions de dollars.

— Tu dis que les choses ne sont pas aussi claires que les Stroud le prétendent. Qu'est-ce que tu as découvert ?

— Cela demande vérification mais, apparemment, l'unité dans laquelle étaient fabriqués les *Stomach Soothers* est configurée comme celle qui continue à fonctionner. Les caméras sont braquées sur la zone de production mais pas sur les salles de repos ni les couloirs. Et je pense que quelqu'un qui se serait tenu dos à la caméra aurait très bien pu glisser le poison dans un lot de comprimés avant la mise en flacons.

— OK. Mais pour ce qui est des flacons manquants ?

— Je ne sais pas encore, mais on ne fait que commencer. Rien de suspect dans la partie administrative ?

Elle secoua la tête.

— Apparemment, Parker Stroud entretient une liaison avec l'une des employées des bureaux, Merry Winger.

— Tiens donc. Et comment est Stroud ?

Elle fit la grimace.

— Imbu de sa personne. Dédaigneux. Assez odieux mais, pour autant que je puisse en juger, compétent, me semble-t-il. J'ai la nette impression qu'il en veut à ses parents de ne pas se retirer pour lui laisser les rênes de l'entreprise, mais il ne cache pas que ce sera un jour lui l'héritier, donc je ne vois pas quel intérêt il aurait à ruiner la réputation de l'entreprise en empoisonnant son produit le plus populaire.

— Il va falloir chercher dans les fichiers du personnel, histoire de voir si personne n'avait de grief particulier, par exemple pour ne pas avoir obtenu une promotion espérée, ce genre de choses.

Elle hochait la tête et s'apprêtait à l'interroger plus avant sur le fonctionnement de la chaîne de production lorsqu'une sirène d'alarme leur transperça les tympans. Dans toute la salle de restaurant, les gens se levèrent, repoussant vivement leurs chaises.

— C'est l'alarme d'incendie ! s'écria un homme en passant près d'eux.

— C'est à l'usine ! lança un autre, le portable pressé contre l'oreille, avant de s'élancer en courant vers le parking.

Jace jeta quelques billets sur la table et Laura et lui se ruèrent, à l'instar des autres clients, vers la sortie. Leurs deux téléphones se mirent à sonner au moment où il démarrait.

— Ce n'est pas un incendie, dit-il en tournant la tête vers elle, l'appareil collé à l'oreille.

— Non.

Ana Ramirez venait juste d'informer Laura de la raison pour laquelle l'alarme s'était déclenchée. Une bombe venait d'exploser à Stroud Pharmaceuticals.

4

La rubalise jaune délimitant la scène de crime claquait dans le vent chaud chargé de l'odeur âcre du plastique brûlé et des cendres. Ana, debout à côté de Rogers, juste de l'autre côté du ruban, contemplait ce qui avait été une entrée latérale du siège de Stroud Pharmaceuticals. La porte d'acier, désormais tordue de façon grotesque, gisait sur le bitume endommagé de l'allée, devant un trou fumant dans le mur de briques déchiqueté. Les vitres des fenêtres, de part et d'autre de la porte, avaient volé en éclats. Toute la zone grouillait de policiers et de pompiers. Un peu en retrait, des dizaines d'employés de l'entreprise et des habitants de Mayville s'agglutinaient contre les barrières mises en place par les forces de l'ordre.

Rowan Cooper, l'officier de liaison de l'équipe, s'avança parmi les décombres. Grande, élancée, avec de longs cheveux noirs, Rowan n'avait pas sa pareille pour désamorcer les tensions et persuader jusqu'au plus réticent des membres des forces de l'ordre locales de coopérer avec le FBI. Avisant Ana et Rogers, elle se dirigea vers eux, flanquée d'un homme plutôt petit, râblé, les cheveux gris coupés en brosse, avec des bajoues.

— Voici l'agent spécial Terry Armand de l'ATF, le présenta Rowan. Terry, les agents spéciaux Ana Sofia Ramirez et Davis Rogers.

Tour à tour, tous deux serrèrent la main de l'agent du

Bureau de lutte contre l'alcool, le tabac, les armes à feu et les explosifs.

— Que pouvez-vous nous dire de l'explosion ? s'enquit Rogers.

— Ce ne sont encore que des constatations préliminaires mais il semblerait que la charge explosive ait été reliée au système de verrouillage de la porte. L'insertion d'une clé dans la serrure a déclenché le mécanisme et, quelques secondes après, le temps qu'il faut à quelqu'un pour pénétrer dans le bâtiment, tout a sauté. La bombe en elle-même consistait en un dispositif artisanal de facture assez simple. Les dégâts sont assez caractéristiques de ce type d'engin, acheva-t-il en jetant un coup d'œil au trou béant dans le mur.

— Celui qui a posé cette bombe avait-il impérativement besoin d'avoir accès à cette zone de l'intérieur ? questionna Rogers.

Armand répondit par un signe de tête affirmatif.

— Indubitablement. L'engin en lui-même était situé juste de l'autre côté de la porte.

— Et à qui appartenait la clé qui a provoqué l'explosion ? s'enquit Ana.

— Lydia Green, quarante-quatre ans, répondit Rowan. Elle travaillait depuis trois ans chez Stroud en tant que prestataire indépendante de services de nettoyage.

— Plusieurs personnes m'ont confirmé que cette porte est tenue fermée et qu'elle n'est en général utilisée qu'en dehors des heures ouvrables, expliqua Armand. L'usine ne fonctionne actuellement qu'avec une seule équipe de production et le travail se termine à cinq heures. Sinon, il aurait pu y avoir beaucoup plus de blessés.

— Reste à savoir si le fait qu'elle ait explosé précisément à ce moment-là était intentionnel ou non, souligna

Rogers, songeur. Il nous faut découvrir qui possédait une clé de cette porte.

— Voilà justement la personne qui va pouvoir nous renseigner, dit Ana.

Ils se retournèrent pour voir Donna Stroud fendre la foule. Elle portait toujours son ensemble pantalon assorti de chaussures à talons plats. Seuls ses yeux rougis et sa pâleur trahissaient sa détresse. Elle se hâta de rejoindre leur petit groupe, à l'extérieur.

— Que se passe-t-il ? demanda-t-elle. Je croyais que vous étiez là pour nous aider, et voilà ce qui arrive.

— Madame Stroud, est-ce que vous, votre mari ou votre fils avez reçu des menaces ? demanda Rogers. A-t-on essayé de vous intimider d'une façon ou d'une autre ?

— Non, je vous en aurais averti, dit-elle. Nous avons coopéré dans toute la mesure de nos moyens.

Elle regarda la porte éventrée, le visage crispé par l'inquiétude. Est-ce que c'est la personne qui a empoisonné les comprimés qui a fait ça ?

— Il est trop tôt pour le savoir, dit Ana. Pensez-vous qu'il puisse y avoir un lien ?

— Je ne sais que penser, répondit-elle en secouant la tête. On m'a dit que Lydia avait été tuée. Seigneur, elle avait trois enfants. Que va-t-il advenir d'eux maintenant ? Que va-t-il nous arriver, à tous ?

— Madame Stroud, où est votre mari ? questionna Ana. Il n'est toujours pas ici ?

Son expression hantée s'accrut.

— Mon mari est souffrant.

Avant qu'Ana ait pu s'informer de la nature de sa maladie, un jeune homme vêtu d'un jean et d'un polo de golf joua des coudes pour s'approcher d'eux au pas de course.

— Mon fils, Parker Stroud, dit Donna. Parker, voici les agents Ramirez et Rogers, du FBI.

Elle fronça les sourcils en arrêtant son regard sur Rowan et Terry.

— Je suis désolée, je ne sais pas qui vous êtes.

— Peu importe, répliqua Parker en écourtant les présentations et en arrêtant un regard noir sur Rogers.

— Si vous êtes du FBI, qu'avez-vous mis en œuvre pour mettre un terme à cette persécution de ma famille ?

— Vous pensez que ces attaques sont personnelles ? s'enquit Rogers. Qu'elles visent directement votre famille ?

— Que voulez-vous que je pense d'autre ? Stroud Pharmaceuticals, c'est la famille Stroud. C'est clairement une tentative pour nous déstabiliser, porter atteinte à notre réputation et notre outil de travail.

— Qui possède une clé de cette porte ? demanda Ana.

Donna prit une grande inspiration et se dégagea des bras de son fils.

— Moi, bien sûr. Parker. Angela Dupree, la responsable de la comptabilité. Merry Winger, assistante à la comptabilité. Gini Elgin, avant son décès. Et, bien sûr, Lydia avait une clé pour pouvoir accéder aux services qu'elle était chargée de nettoyer.

— Était-ce l'heure habituelle à laquelle elle arrivait ?

— Non.

Donna marqua une pause et inspira de nouveau à fond.

— La plupart du temps, elle venait le matin, tôt, avant l'arrivée des employés. J'aime bien commencer tôt, moi aussi, donc je l'ai souvent vue. Mais, ce matin, elle m'a rappelé qu'elle était en congé à partir de demain et demandé si elle pouvait s'occuper du nettoyage ce soir.

— Qui était au courant de ce changement d'horaire ? s'enquit Rogers.

— Je ne sais pas trop, reconnut Donna. Je n'en ai parlé à personne mais peut-être Lydia l'a-t-elle fait.

— Et M. Stroud père ? demanda Ana. A-t-il lui aussi une clé ?

Donna échangea un regard éloquent avec son fils.

— Mon père est souffrant, répondit celui-ci.

— Souffrant… En quel sens ? voulut savoir Rogers.

— Mon mari est atteint de démence précoce.

— Il n'est plus en mesure de s'investir dans l'entreprise, expliqua Parker. Je m'efforce de seconder ma mère – mais je pourrais faire davantage si seulement elle le voulait bien.

— Je suis toujours à même de diriger cette entreprise.

— Qu'est-il advenu de la clé de Gini après sa mort ? interrogea Ana.

Le visage de Donna s'assombrit.

— Je ne sais pas. Je voulais la réclamer à son fils mais avec tout ce qui est arrivé…

Elle laissa sa phrase en suspens.

— Celui qui a posé cette bombe savait qu'un nombre limité de personnes avaient une clé, souligna Ana. Il n'est pas impossible que l'une d'elles ait été spécifiquement visée.

— Ce serait une trop grande coïncidence, dit Parker. Ce doit être lié à l'empoisonnement des *Stomach Soothers*.

— Et qui, selon vous, peut avoir des raisons de vouloir nuire à l'entreprise ? Un concurrent ? Un ex-employé mécontent ? Un ennemi personnel ?

— Rien de tout cela, objecta Donna. Il doit s'agir d'une frappe au hasard. Une attaque terroriste.

— C'est à vous de découvrir qui est derrière tout ça et d'y mettre un terme, nota Parker.

— C'est bien notre intention, assura Ana. Et si vous avez le moindre soupçon concernant l'un ou l'autre, faites-nous-en part aussitôt.

— Vous pourriez peut-être commencer par interroger les Lovejoy. Ils ont commencé à travailler ici aujourd'hui même… C'est une drôle coïncidence, vous ne trouvez pas ?

Ana suivit le regard de Parker en direction du parking où Jace et Laura discutaient avec quelques autres employés.

— Je ne pense vraiment pas que les Lovejoy y soient pour quoi que ce soit, argua Donna.

— Non, votre fils a raison, c'est une bonne idée, déclara Rogers. Nous allons leur parler. Voyez-vous quelqu'un d'autre qui pourrait vous en vouloir personnellement ou qui aurait une dent contre l'entreprise dans son ensemble ?

Donna contempla le sol mais demeura silencieuse.

— Non, personne, répondit Parker.

— Le fils de Gini Elgin était très perturbé quand je me suis entretenue avec lui hier, dit Donna. Il nous en veut parce que sa mère est morte. Mais ce n'est certainement pas lui qui a empoisonné Gini. Je pense que sa réaction était surtout due au chagrin. Je me le rappelle quand il allait à l'école avec Parker. C'était un garçon adorable. Gini était très fière de lui et je sais que sa mort l'a dévasté.

— Comment s'appelle-t-il ? demanda Rogers en sortant son portable.

— Leo Elgin, répondit Parker. Mais il n'a rien à voir avec tout ça. Vous perdez votre temps avec lui.

— As-tu parlé avec lui depuis son retour ici ? demanda Donna à son fils.

— Je n'en ai pas eu le temps, répondit Parker. J'avais trop à faire avec l'entreprise.

— Je pense que ça lui serait d'un grand réconfort si tu prenais contact avec lui, observa Donna.

Parker secoua la tête mais ne répondit pas.

— Y a-t-il une salle où nous pourrions interroger les employés ? demanda Ana.

— Vous ne pouvez pas faire ça au poste de police ? rétorqua Parker.

— Ce serait plus simple si nous disposions d'un local sur place, reprit Ana. Comme nous allons devoir nous entretenir avec tous vos employés… Il est possible que l'un d'eux ait vu ou entendu quelque chose d'inhabituel.

— Il y a une salle de conférences à l'arrière de l'usine, de l'autre côté du parking, dit Donna. On l'utilise parfois pour des formations… Vous pouvez vous installer là-bas.

— Merci, dit Rogers. Nous allons commencer par les Lovejoy, dont vous nous parliez. Agent Cooper, pouvez-vous nous les amener, s'il vous plaît ?

Rowan les quitta pour aller chercher Cantrell et Smitty. Donna tourna les talons. Au lieu de la suivre, Parker se rapprocha d'Ana.

— Si vous apprenez quoi que ce soit, venez m'en parler d'abord, confia-t-il. Ma mère a subi suffisamment de stress comme ça. L'état de mon père est beaucoup plus préoccupant qu'elle ne veut bien le dire. Alors, entre cela et l'enchaînement des catastrophes à l'entreprise, je crains qu'elle ne soit près de craquer. J'ai bien essayé de la convaincre de se décharger de toutes les responsabilités sur moi mais elle est incapable de lever le pied.

— Nous vous tiendrons informé dans toute la mesure du possible, répondit Ana. Mais Donna Stroud était toujours présidente de Stroud Pharmaceuticals et, à ce titre, elle aussi serait tenue au courant.

Laura et Jace feignirent de ne pas connaître Rogers, Ramirez et Rowan Cooper jusqu'à ce qu'ils soient dans la salle de conférences que Donna leur avait allouée pour mener leurs interrogatoires. Par mesure de précaution, l'ATF avait fait venir des chiens renifleurs de bombes et Rogers s'était chargé de vérifier qu'il n'y avait pas de micros. Jace se laissa tomber sur une chaise en face de Ramirez.

— Avant que tu ne poses la question, on n'a rien trouvé de significatif pour l'instant.

— Parker Stroud a l'air de vous trouver suspects, répondit Ramirez.

— Tous les deux ? intervint Laura en jetant un coup d'œil à Jace. Je suis surprise qu'il sache que nous formons un couple.

— Tu disais qu'il te semblait compétent, souligna Jace.

— Est-ce que vous saviez que Steve Stroud était atteint de démence précoce ? demanda Rogers.

— Non, répondit Laura, ennuyée que cette information lui ait échappé. Ça explique pourquoi Parker pense que ses parents devraient lui laisser les commandes de la société.

— Pourrait-il en vouloir suffisamment à sa mère de s'accrocher à la présidence pour saboter l'entreprise ?

— Ce serait un peu comme se tirer une balle dans le pied, nota Laura, dubitative. Je crois qu'on devrait plutôt se concentrer sur ceux qui ont des raisons d'en vouloir soit à Stroud Pharmaceuticals soit aux Stroud, personnellement.

— On ne peut pas écarter la possibilité que la bombe et les médicaments empoisonnés soient le fait de deux entités différentes, fit observer Ramirez.

— C'est ce qui me semblerait le plus logique, souligna Jace. L'emploi du poison et celui d'une bombe sont deux modes d'attaque très différents. Qui plus est, l'empoisonnement des pilules pour les douleurs abdominales a tué plusieurs victimes au hasard. L'explosion de la bombe semble plus ciblée.

— Seule une poignée de gens avaient la clé de cette porte, ajouta Rogers. La bombe était prévue pour se déclencher à l'insertion d'une clé dans la serrure.

— Mais elle était posée *à l'intérieur* du bâtiment, rappela Ramirez. Donc, celui qui l'a posée devait avoir accès à cette zone et disposer d'un laps de temps suffisant pour installer l'engin – probablement après l'heure de départ de tous les employés.

— Il ne s'est écoulé qu'une heure entre la sortie des employés et le moment de l'explosion, indiqua Jace. Le poseur de bombe a dû prévoir un battement d'au moins un quart d'heure ou vingt minutes pour être sûr qu'il ne restait plus personne. Il nous faut découvrir qui est resté tard…

— Ou qui est revenu ensuite, ajouta Laura. Y a-t-il une caméra qui surveille cette entrée ?

— Il y en avait une, déclara Rowan. Elle a été détruite par l'explosion mais peut-être que les techniciens pourront en tirer quelque chose.

— Donna a dit que le fils de Gini Elgin, Leo, tenait Stroud Pharmaceuticals pour responsable de la mort de sa mère, reprit Rogers. Il s'est peut-être servi de la clé de Gini pour s'introduire dans le bâtiment une fois que tout le monde était parti.

— Je l'ai vu ici, à l'entreprise, hier, dit Ramirez. Devant le mémorial où les gens rendent hommage aux victimes. Il a cassé un vase rempli de fleurs et semblait profondément affecté.

— Il faut vraiment qu'on l'entende, décréta Rogers en se penchant en avant. Ramirez, Cooper et moi allons interroger tous les employés. Mais on compte sur vous pour découvrir ce qu'ils ne nous disent pas. Quelqu'un qui a un lien avec cette entreprise a des choses à cacher. Quand on saura lesquelles, on aura fait un grand pas dans notre enquête.

Le lendemain de l'explosion, l'entreprise fonctionna normalement. Jace pilotait une machine qui emballait les pastilles aux plantes pour la gorge à raison de douze flacons par boîte. Il devait retirer toute boîte mal formée ou ne contenant pas le nombre voulu de flacons. Les erreurs ne se produisant pas souvent, cela lui laissait largement le temps d'observer les personnes qui, autour de lui, géraient d'autres aspects du processus d'emballage. Les comprimés empoisonnés étant tous issus du même lot, il soupçonnait que quelqu'un avait intercepté les flacons avant qu'ils ne soient scellés, y avait introduit la ricine sous forme pulvérulente adhérant aux comprimés avant de réinsérer les flacons dans la chaîne d'assemblage jusqu'à l'étape finale de l'emballage.

Mais comment y parvenir sans être vu ?

La femme qui le formait, Barb Falk, vint le voir au bout de deux heures de travail. D'âge moyen, la silhouette ramassée, les cheveux décolorés tirés en queue-de-cheval, avec des yeux bleus perçants auxquels rien ne semblait échapper, elle était aimable et bavarde.

— Alors, comment ça se passe ?

— Pas de problème jusqu'à présent, répondit-il.

— Oui, en général, cette étape-là se déroule sans accroc, acquiesça-t-elle. Ça rend le travail parfois un peu monotone mais félicitez-vous que ce soit le cas. Là où je travaillais avant, les machines ne cessaient de tomber en panne. On devait en permanence rattraper les retards que ça engendrait sur la chaîne. Croyez-moi, mieux vaut se renfoncer contre le dossier de son siège et n'avoir rien à faire que de devoir continuellement batailler pour réaliser l'impossible.

— Je ne peux pas m'empêcher de penser à cette tragédie des *Stomach Soothers*, dit Jace. Au journal télévisé, ils semblaient suggérer que, d'après le FBI, les comprimés auraient été empoisonnés avant de quitter le site, mais je ne vois pas comment c'est possible… ?

— Oh ! vous savez… J'imagine que tout est possible quand on est vraiment déterminé.

— Vous qui êtes formatrice, vous connaissez mieux que personne tout le processus de fabrication, continua Jace. Comment aurait-t-on pu s'y prendre, selon vous ?

Elle secoua la tête.

— Je n'en sais fichtre rien. Même en admettant que ce soit possible, pourquoi faire ça ? On a de bons emplois ici et les bons emplois ne courent pas les rues, surtout dans la région. Ceux qui sont embauchés tiennent à garder leur place.

Elle le regarda bien en face comme pour le mettre au défi de la contredire.

Il s'empressa d'abonder dans son sens.

— Entièrement d'accord avec vous ! Ma femme et moi sommes tellement contents d'avoir pu intégrer l'entreprise. C'est juste que… je trouve ça déprimant de penser que quelqu'un ait pu vouloir faire une chose pareille, au détriment de nous tous ici.

— Si quelqu'un s'y était risqué, laissez-moi vous dire qu'il aurait pris la porte avant même de comprendre ce qui lui arrivait !

— Y a-t-il eu des licenciements récemment ? demanda-t-il.

Les yeux bleus se rétrécirent.

— Pourquoi vous inquiétez-vous de ça ? Ça ne vous concerne pas. Et maintenant, venez, je vais vous initier au fonctionnement de la station de scellage. Elle va vous plaire, celle-ci : vous devez vous-même actionner la lame.

Il passa les deux heures suivantes à manier un levier pour trancher le film adhésif qui scellait le rabat de chaque boîte, ce qui ne s'avéra pas plus excitant que son poste précédent, mais nécessitait effectivement l'intervention d'une main.

Il songea à monter voir si Laura voulait déjeuner avec lui mais se ravisa, se disant que le déjeuner était l'occasion idéale de discuter avec ses collègues de l'atelier. Laura jouait bien sa partie d'épouse lorsqu'ils étaient en public mais il doutait qu'elle ait envie d'incarner ce rôle y compris pendant les repas.

Mais elle n'était pas aussi mauvaise qu'il l'avait craint. Au terme de la première journée, elle ne s'était pas plainte d'habiter dans un mobil-home ni d'avoir dû renoncer à ses tenues chics habituelles. Il n'avait pas été surpris d'apprendre qu'elle était fille de militaire dotée d'un diplôme d'expertise comptable mais, lorsqu'elle lui avait parlé de son enfance, il s'était représenté la jeune fille intello qu'elle avait été et qui ne restait jamais suffisamment longtemps quelque part pour se faire de vrais amis.

Elle était un intrigant mélange de dureté et de douceur. Un peu comme si elle refusait de s'autoriser à aimer la vie. Il avait rencontré des gens comme elle à l'armée – des gens qui avaient tellement peur de ne pas tout contrôler qu'ils s'accrochaient aux règles comme à une bouée de sauvetage. *Tenez-vous-en au règlement et vous serez en sécurité.*

À ceci près que vous n'étiez jamais en sécurité. Jamais vraiment. Vous aviez beau observer toutes les règles, un engin explosif improvisé pouvait toujours sauter au moment où vous traversiez la rue. Vous pouviez veiller à avoir une alimentation saine, suivre toutes les recommandations, le cancer pouvait malgré tout frapper au moment où vous vous y attendiez le moins. Les gens comme Laura s'accrochaient à l'illusion qu'ils maîtrisaient tout au lieu d'accepter la réalité – qui était que ce n'était pas le cas.

Elle aurait sans aucun doute été horrifiée si elle avait su qu'il l'avait vue sous ce jour-là ne fût-ce qu'un instant. Souriant tout seul à cette idée, il sortit son déjeuner de son casier et se dirigea vers la salle de repos. Il prit place à une table où il reconnaissait quelques visages familiers, ouvrit son sachet repas et en étudia le contenu. Laura avait insisté pour préparer leur déjeuner ce matin. Il découvrit un nouveau sandwich au jambon mais à la moutarde, cette fois, à la place de la mayonnaise, avec de la laitue, des tranches de tomate, des oignons et… du *concombre ?* Pas de chips mais des bâtonnets de carotte et de céleri en accompagnement.

— Tu n'as pas l'air enthousiasmé par ton déjeuner, nota l'homme assis à sa gauche, que l'étiquette de sa combinaison identifiait comme étant Ed.

— Ma femme s'efforce de me pousser à manger plus sain, répondit Jace en mettant de côté les rondelles de concombre.

Au moins Laura avait-elle eu la bonne idée de mettre des Oreo. Elle avait beau vouer un culte aux légumes, elle aimait le sucré.

— C'est la nouvelle assistante de direction, c'est ça ? demanda Phyllis en face de lui. La jolie blonde.

Jace hocha la tête.

— Oui. On a vraiment eu de la chance d'être embauchés ici tous les deux. Il paraît que les emplois se font rares dans le coin.

— Tu es arrivé juste au bon moment, dit Phyllis. Ils avaient besoin de pourvoir le poste de Benny Cagle.

— Qu'est-il arrivé à Benny Cagle ? questionna Jace en mordant dans son sandwich.

Il n'était pas mauvais – mais il aurait été bien meilleur avec de la mayonnaise.

— Il a été licencié, répondit Ed en croquant un grain de raisin.

— À cause de la drogue, renchérit Phyllis. L'héroïne.

— Je croyais que c'était de la méthamphétamine, observa une autre femme de la tablée.

— Non, c'était l'héroïne.

— De quand date son licenciement ? demanda Jace.

— Environ deux semaines, maintenant, dit Ed.

— Il arrivait toujours en retard – quand il arrivait ! reprit Phyllis. Tout le monde l'a vu venir mais que veux-tu ? On ne peut pas raisonner quelqu'un qui est sous influence…

Elle haussa les épaules.

— Est-il toujours en ville ? s'enquit Jace.

— J'ai entendu dire qu'il était allé vivre chez sa sœur à Vicksburg.

— Tu joues au softball ? lui demanda Ed.

— Je n'ai pas pratiqué depuis longtemps. Pourquoi ?

— Nous avons formé une équipe mixte au club local. Tu me parais en condition pour manier la batte.

— Merci de la proposition. Je vais y réfléchir, répondit Jace tout en se disant que, si tout allait bien, il serait parti depuis longtemps quand la saison des tournois battrait son plein.

Laura l'attendait à côté de la camionnette quand Jace sortit sur le parking, sa journée de travail terminée. Une petite brise agitait ses cheveux et le volant qui ornait l'encolure de son chemisier. Il marqua un temps d'arrêt, saisi. Elle était vraiment jolie, en fait. Différente de l'agent fédéral sévère qui lui avait tapé sur les nerfs.

Le voyant immobile, elle lui décocha un regard agacé. Il se remit à avancer, sans se presser. Elle n'aimait pas attendre.

— Comment s'est passée ta journée ? demanda-t-il en appuyant sur la clé pour déverrouiller le véhicule.

Elle ouvrit la portière et s'assit.

— J'ai le nom d'un employé qui a été licencié il y a un peu plus d'une semaine, annonça-t-elle.

— Oui. Benny Cagle.

Il démarra et régla la climatisation au maximum.

— Oh ! tu es au courant ? rétorqua-t-elle, visiblement déçue.

— Certains de mes collègues ont parlé de lui pendant la pause déjeuner. D'après eux, il s'est fait renvoyer parce qu'il se droguait.

— Les documents officiels font état de retards à répétition.

— C'est plus simple à prouver que l'usage de drogue en cas de litige, répondit Jace. Apparemment, il habiterait maintenant à Vicksburg, chez sa sœur.

— On va devoir s'assurer qu'il n'est pas revenu se venger en posant cette bombe.

Ils passèrent le reste du trajet à discuter du meilleur moyen de vérifier les informations concernant Cagle. Comme Jace s'engageait dans l'allée, Laura se tut. Deux cartons de grandes dimensions étaient posés devant les marches du mobil-home.

— Qu'est-ce que c'est que ça ?

Il mit pied à terre et elle l'imita.

— C'est ton nouveau lit.

— Tu as commandé un lit et tu l'as fait livrer ?

— Oui, dit-il en examinant les cartons et en tapant sur le plus volumineux des deux. Ce doit être le sommier… Et celui-là, le matelas.

Comme elle fronçait toujours les sourcils, il ajouta :

— Tu avais besoin d'un lit. Et comme on n'a pas le temps d'aller en acheter un…

Elle croisa son regard, l'expression radoucie.

— Merci, dit-elle. C'est gentil d'y avoir pensé.

Il détourna les yeux. Elle n'avait pas besoin de se comporter comme s'il lui avait fait don d'un rein.

— Si tu te charges du dîner, je vais le monter, déclara-t-il.

Le repas se composa de pâtes au poulet en sauce, ce qui s'avéra délicieux, et de brocolis cuits à la vapeur, ce qui n'était pas ce qu'il préférait mais il le mangea quand même parce qu'il avait faim.

— Les pâtes sont bonnes, commenta-t-il en terminant son assiette.

— C'est du poulet au citron et au poivre. Je ne cuisine pas souvent, mais je sais cuisiner.

— Je n'ai jamais dit que tu ne savais pas.

Il se leva pour l'aider à débarrasser la table puis lui toucha l'épaule.

— Viens voir ton nouveau lit.

Il avait choisi un cadre simple, métallique, de style ancien, et un de ces matelas en mousse qui reprenaient leur forme sitôt déballés.

Laura fit le tour du lit, l'inspectant sous tous les angles, puis s'assit au bord du matelas.

— Alors, comment est-il ? demanda-t-il, s'en voulant aussitôt de se soucier de son avis.

— Mieux que le canapé.

— C'est tout ?

Il s'assit à côté d'elle et rebondit une ou deux fois pour tester le matelas.

— Il m'a l'air très bien. Il est plus confortable que celui sur lequel je dors.

C'est alors qu'il vit le sourire qui étirait légèrement les commissures de ses lèvres. Elle le faisait marcher.

Elle éclata de rire.

— Il est parfait, Jace. Merci.

Elle était si jolie quand elle souriait. Elle devenait plus humaine, plus abordable. Il se pencha vers elle, son parfum de fleuri et vanillé emplissant ses narines. Leurs yeux se croisèrent et les lèvres de Laura s'entrouvrirent. C'était si tentant…

Le téléphone de Jace se mit à sonner et ils se redressèrent tous les deux d'un bond.

— Je voulais juste te prévenir que je vous envoyais un rapport sur Leo Elgin, annonça Rogers. Il mérite vraiment qu'on s'intéresse à lui d'un peu plus près.

— Pourquoi ? questionna Jace.

— Vous verrez, répondit Rogers avant de raccrocher.

Jace rangea l'appareil dans la poche de sa combinaison.

— C'était Rogers. Il…

— J'ai entendu, coupa Laura en se levant pour aller dans le séjour, où elle alluma son ordinateur portable.

Le temps que Jace la rejoigne, elle était déjà en train d'ouvrir le message contenant le rapport.

— Leo Elgin travaille pour une société de Nashville qui fabrique des systèmes de sécurité ultra-sophistiqués destinés aux entreprises et aux résidences de luxe, lut-elle à voix haute.

— Ce qui le rend susceptible de posséder les compétences nécessaires pour fabriquer une bombe comme celle qui a sauté à l'usine. L'engin en lui-même était simple mais le système de déclenchement requérait une certaine sophistication.

— Oh.

Le monosyllabe semblait si lourd de sens que Jace la regarda.

— Qu'y a-t-il ? demanda-t-il en se penchant pour mieux voir, son épaule effleurant la sienne

— Leo Elgin a eu des problèmes au lycée, répondit-elle.

Elle leva vers lui des yeux dans lesquels se reflétaient l'inquiétude et la colère.

— Il a fait un bref séjour en prison pour avoir remis une bombe à une enseignante.

5

SIX POUR SIX.

Les trois mots, inscrits en gros caractères gras, se détachaient d'un feuillet de liasse de papier en continu.

— C'était au courrier de ce matin, dans une enveloppe libellée à mon nom, déclara posément Donna Stroud.

Seules ses mains pressées l'une contre l'autre trahissaient son trouble.

Ana examina l'enveloppe, qu'elle avait déjà placée dans un sachet en plastique transparent de collecte d'indices. Le cachet de la poste, local, indiquait que le courrier avait été expédié la veille. Il n'y avait aucune mention de l'expéditeur.

— Qu'est-ce que ça signifie, d'après vous ? demanda-t-elle.

Le trait vertical entre les sourcils de Donna se creusa.

— Les *Stomach Soothers* empoisonnés ont fait six morts. Mais je ne sais pas du tout ce que « six pour six » veut dire.

— On va voir si on peut relever des empreintes ou d'autres traces, répondit Ana en rangeant les sachets de preuve dans sa veste. Qui d'autre, au bureau, est au courant ?

— C'est Merry Winger qui dépose le courrier sur mon bureau. Elle va le chercher chaque matin à neuf heures et demie dans la salle de courrier. Quelqu'un l'aura forcément vu là-bas lors du tri.

— Où puis-je la trouver ?

— Son poste de travail est juste à gauche de la porte du bureau. Une belle blonde, vous ne pourrez pas la manquer.

Merry était effectivement une ravissante blonde, aux cheveux bouclés et au maquillage très appuyé – immenses faux cils charbonneux compris.

— Bonjour, puis-je vous aider ? demanda-t-elle en voyant Ana approcher.

Ana lui montra sa plaque.

— Vous souvenez-vous avoir déposé ceci sur le bureau de Mme Stroud ce matin ? s'enquit-elle.

Merry s'inclina en avant pour étudier l'enveloppe à travers le plastique et plissa le nez.

— Elle devait être dans la pile de courrier qui lui était adressé, mais je n'ai pas vraiment fait attention, dit-elle avec un haussement d'épaules en se redressant.

— Comment procédez-vous pour la gestion du courrier ?

— Eh bien, je relève ce qui se trouve dans les casiers de ce bureau en salle de courrier vers neuf heures et demie – c'est Dennis qui s'occupe du tri, là-bas. Ensuite, je le distribue aux destinataires. En général, c'est Mme Stroud qui en reçoit le plus. Avant, c'était M. Stroud mais, maintenant qu'il est à la retraite, c'est Mme Stroud qui hérite de tout ce qui n'est pas adressé à la comptabilité, aux ressources humaines ou à une personne en particulier.

Merry se pencha de nouveau en avant, l'œil brillant de curiosité.

— Pourquoi ? Cette lettre provient-elle du poseur de bombe ?

— Qu'est-ce qui vous fait penser ça ?

— Franchement, c'est évident, non ? Vous êtes du FBI et cette enveloppe est dans un sachet en plastique. Si c'était un courrier sans importance, vous…

— Nous ne savons pas encore de qui émane ce courrier, éluda Ana d'un ton bref. C'est ce que je m'efforce de déterminer.

— Désolée de ne pas pouvoir vous aider davantage.

— Si vous pensiez à quelque chose, faites-le-moi savoir, reprit Ana en lui tendant sa carte avant de se rendre à la salle de courrier où le dénommé Dennis, préposé au tri, lui déclara qu'il n'avait rien remarqué d'inhabituel non plus concernant cette lettre.

De retour au centre des opérations de la police locale qui leur servait de quartier général, à elle et Rogers, Rogers examina l'enveloppe et son contenu.

— Six pour six, lut-il. Une référence aux six victimes des *Stomach Soothers* ?

— C'est ce que pense Donna Stroud, confirma Ana en contemplant les trois mots. Peut-être que l'expéditeur veut signifier par là qu'il tuera six personnes en représailles des six qui sont mortes ?

— En posant d'autres bombes ?

— Comment le savoir ?

Elle se laissa tomber sur l'un des sièges pivotants que la police avait mis à leur disposition.

— Des gens meurent empoisonnés puis quelqu'un réplique en posant une bombe. Où est la logique dans tout ça ?

— Il y en a une dans l'esprit du poseur de bombe – à nous de nous insinuer dans sa tête et de la découvrir.

— Leo Elgin tient clairement les Stroud pour responsables de la mort de sa mère, reprit Ana. Il a les connaissances nécessaires pour fabriquer un engin explosif et il a déjà menacé un professeur avec une bombe par le passé.

Rogers hocha la tête.

— Oui. Je crois qu'il est temps qu'on ait une petite conversation avec Leo.

— La bombe que j'ai donnée à Mme Pepper n'était pas une vraie bombe, se défendit Leo. C'était juste deux fusées éclairantes ficelées ensemble et reliées à un réveil. N'importe quelle personne douée d'un minimum de bon sens aurait vu tout de suite que c'était une fausse. Seulement voilà, Mme Pepper n'est *pas* sensée.

Leo Elgin regarda Ana assise en face de lui, de profonds cernes noirs creusant ses yeux, ses cheveux en bataille collant à son front pâle. Il portait le même T-shirt et le même jean que lorsqu'elle l'avait vu devant le mémorial, à Stroud Pharmaceuticals, et une odeur aigre de transpiration flottait autour de lui.

— Mais pourquoi avoir donné une fausse bombe à votre professeur ?

— Parce que c'était une idiote et que je voulais le prouver. Elle a piqué une crise à cause d'un objet qui semblait sortir droit d'un dessin animé !

— Ça vous a valu beaucoup d'ennuis, souligna Rogers, quittant son poste d'observation, adossé contre le mur, et en s'avançant pour venir dominer de toute sa hauteur le jeune homme, le faisant paraître plus maigrelet encore. Vous avez été renvoyé du lycée.

L'établissement avait fini par retirer sa plainte et il avait été libéré. Il leur avait fallu effectuer pas mal de recherches pour exhumer cet incident.

Leo tordit la bouche comme un adolescent boudeur.

— De toute façon, je détestais cet endroit. Ils étaient tous complètement idiots.

— Parker Stroud aussi ? questionna Rogers.

Une ombre fugitive passa dans son expression – du désarroi ? De la peur ?

— Non ! Parker, ça allait. Il était OK.

Ana se pencha vers lui.

— Vous étiez amis, Parker et vous ?

— Non.

— Mais vous le connaissiez.

Ses narines se dilatèrent comme il poussait un profond soupir.

— On devait être trente dans la classe. Tout le monde se connaissait, bien sûr. Mais je ne traînais pas avec lui.

— Pourquoi l'école n'a-t-elle pas maintenu sa plainte contre vous ?

— Vous ne m'avez pas écouté ou quoi ? Ce n'était pas une vraie bombe.

— On peut être poursuivi pour avoir menacé quelqu'un, même si celle-ci n'est pas suivie d'effet, assena Rogers. Avec tous les actes de violence qui se produisent dans les écoles, je ne comprends pas que vous ayez pu espérer vous en tirer en faisant quelque chose d'aussi stupide ?

Au mot « stupide », Leo tiqua comme si Rogers l'avait giflé.

— Les gens d'ici me connaissaient. Ils savaient très bien que je n'étais pas dangereux.

— Votre mère travaillait pour les Stroud, déclara Ana. Peut-être qu'ils sont intervenus en votre faveur ? C'est le plus gros employeur de la région. Ils sont forcément très influents.

La moue dédaigneuse de Leo s'accentua.

— Je n'avais pas besoin d'eux.

— Les tenez-vous pour responsables de la mort de votre mère ?

Un éclair de colère flamba dans son regard cette fois. Leo redressa l'échine sur son siège.

— Ils le sont. C'est leur remède qui l'a tuée. S'ils avaient un contrôle de la qualité digne de ce nom, ce ne serait pas arrivé.

— Votre mère meurt, énonça Rogers d'un ton neutre,

froid. Vous considérez que c'est la faute des Stroud. Et, donc, vous décidez de les faire payer.

Il eut un bref mouvement de tête de gauche à droite.

— Ils *vont* payer. J'ai déjà vu une avocate. Elle pense que l'affaire est tout à fait défendable.

— Mais une bombe, c'est tellement plus rapide.

L'expression de Leo se crispa.

— Écoutez, je ne ferais jamais ça. Je connaissais Lydia, elle était gentille.

Sa voix se brisa.

— Ma mère et elle étaient amies.

Il se couvrit les yeux d'une main.

Rogers appuya ses deux paumes sur la table de part et d'autre de Leo.

— On va fouiller la maison de votre mère, passer au crible votre voiture, votre appartement, votre lieu de travail à Nashville – tout, déclara-t-il. Si vous avez fabriqué cette bombe, nous le saurons.

— Eh bien, allez-y, vous pouvez fouiller, répondit Leo en laissant retomber son bras. Vous ne trouverez rien.

— Combien de temps comptez-vous rester à Mayville ? demanda Ana.

— Pourquoi ? Vous allez m'ordonner de partir maintenant ?

Leo se tassa sur son siège.

— Répondez, commanda sèchement Rogers. Combien de temps ?

— Je ne sais pas. Les… Les obsèques auront lieu samedi mais il faut que je décide quoi faire de la maison et… Oh ! je n'en sais rien. Je suis incapable de réfléchir en ce moment.

— Quand devez-vous reprendre le travail à Integrated Security ? s'enquit Ana.

— J'ai demandé un congé. Mon chef a dit que je pourrais revenir dès que je me sentirai prêt.

Il leva les yeux et les planta dans les siens. Elle eut l'impression de plonger dans un abîme d'angoisse sans fond.

— Ma mère était tout ce que j'avais. On a vécu ensemble, rien que tous les deux, pendant toutes ces années. Je ne sais pas comment je vais faire sans elle.

Rogers se redressa et se dirigea vers la porte.

— Vous pouvez vous en aller, dit-il. Mais nous nous reverrons.

Lorsqu'il fut parti, Ana et Rogers se rendirent dans la pièce attenante, d'où Smitty et Cantrell avaient assisté à l'interrogatoire à travers la glace sans tain.

— Bonne idée d'avoir mentionné Parker Stroud, souligna Cantrell. Ça l'a fait réagir.

— Oui, il a eu une réaction, acquiesça Rogers. Mais quant à savoir ce qu'elle signifie…

— Son chagrin est bien réel, déclara Ana. Je pense qu'il est profondément déprimé.

— Je suis d'accord, confirma Rogers. Mais ça ne fait que renforcer sa rancœur contre les Stroud et ses raisons de leur vouloir du mal.

— Tu crois vraiment que les Stroud ont pu convaincre l'école d'abandonner les poursuites contre lui ? questionna Smitty.

Rogers haussa les épaules.

— Ce ne serait pas surprenant. Sa mère occupait un poste important dans l'entreprise, elle avait à peu près le même âge que les Stroud… Je serais tenté de penser qu'elle a fait appel à eux et qu'ils ont fait pression sur l'école pour obtenir qu'elle retire sa plainte à condition que Leo soit transféré dans un autre établissement.

— Sa mère l'a inscrit dans une école militaire pendant une année, annonça Ana en compulsant ses notes.

— Oui, et la note a dû être salée. Je ne serais pas étonné que les Stroud aient aussi pris cela en charge.

— Mais s'il leur est tellement redevable, pourquoi les accuser d'être responsables de la mort de sa mère ? argua Smitty.

— Tu l'as entendu, répondit Rogers. À l'école, ils étaient tous stupides. Sa prof était stupide. Elgin se voit comme étant le plus malin de la classe – quelle que soit la classe.

— Et il s'estime peut-être assez malin pour poser une bombe à Stroud Pharmaceuticals sans se faire prendre, conclut Cantrell.

— Petit problème : cet engin n'a pas été posé *devant* une entrée de l'usine mais *à l'intérieur* et il était relié à une porte empruntée uniquement par le personnel et dont seules quelques personnes possèdent la clé.

— Ce qui nous ramène aux Stroud, dit Ana. Donna, Steve et Parker en ont tous les trois une.

— Et Leo a probablement celle de Gini Elgin, ajouta Smitty.

— La police a déjà perquisitionné son domicile, indiqua Rogers. Ils n'ont trouvé ni clé ni rien qui puisse servir à fabriquer une bombe.

— Il faut qu'on place son téléphone et son ordinateur sous surveillance, décréta Cantrell. Si c'est bien lui qui a fabriqué cette bombe, il a bien dû se procurer le matériel nécessaire quelque part.

— Sa mère n'aurait pas un garage ou un espace de stockage ? Il aurait pu tout cacher là.

— On n'en a pas trouvé pour l'instant, répondit Rogers.

Il arrêta son regard sur Cantrell.

— Je vais demander l'autorisation d'équiper son domicile de micros et de faire surveiller sa ligne téléphonique et son ordinateur.

— Préviens-moi quand ce sera fait.

C'était lui le spécialiste de l'équipe en matière de surveillance électronique.

— Bien. Et, sinon, avez-vous découvert quelque chose dans l'entreprise ?

— Rien de significatif pour l'instant, répondit Smitty en secouant la tête.

— On a vérifié du côté de l'employé licencié, Benny Cagle, intervint Ana. Au moment de l'explosion, il était en prison à Vicksburg, dans le Mississippi, là où habite sa sœur chez qui il était allé vivre.

— Et il y était déjà *avant* que les *Stomach Soothers* n'aient été contaminés, précisa Rogers.

— Y a-t-il un point commun entre ces crimes ? demanda Smitty. Est-ce que nous recherchons un ou deux coupables ?

— Deux crimes en lien avec la même entreprise, de la même petite ville, se produisant à si peu d'intervalle l'un de l'autre ? Ce serait vraiment une extraordinaire coïncidence.

— Mais ces deux crimes sont très différents, rappela Smitty. Donc, peut-être deux personnes distinctes, avec des motivations similaires, qui sait ?

— Des motivations qui seraient… ?

— Je ne sais pas encore, admit Smitty en secouant la tête. Il faut qu'on creuse un peu plus du côté des Stroud. Peut-être qu'ils nous cachent quelque chose.

— Ils cachent tous quelque chose, nota Cantrell. La question est de déterminer si leurs secrets ont un rapport avec notre enquête.

Ils passèrent en revue d'autres hypothèses pendant encore quelques minutes puis la réunion prit fin. Ana et Smitty se dirigèrent ensemble vers les toilettes.

— Comment ça se passe, avec Jace ? demanda Ana tandis qu'elles se lavaient les mains côte à côte.

Smitty fit la grimace.

— Ça va. Au moins je ne dors plus sur le canapé désormais.

— Ah bon ? rétorqua Ana en haussant les sourcils.

Gênée, Smitty s'empressa d'ajouter :

— Oui, maintenant, j'ai mon propre lit. Il n'y en avait qu'un quand nous avons emménagé et c'est Jace qui l'avait pris.

— Délicate attention de sa part.

Smitty balaya le commentaire d'un geste de la main.

— Il est nettement plus grand que moi, donc c'était assez logique que ce soit moi qui hérite du canapé. Mais j'ai eu ma revanche : mon lit tout neuf est plus confortable que le sien.

Ana sortit un tube de rouge à lèvres de son sac.

— Donc, tout se passe bien. Mieux que tu ne le pensais ?

— Oui, plutôt mieux, reconnut Smitty en glissant les doigts dans ses longs cheveux.

— Si tu veux mon avis, vous allez bien ensemble…

Ana étudia sa collègue dans le miroir.

— Comme un vrai couple.

— Qui aurait cru qu'on était si bons acteurs ? repartit Smitty.

Mais ses joues avaient rosi et il y avait au fond de son regard une étincelle qu'Ana n'y avait jamais vue. Elle sourit. Elle aimait bien Smitty. C'était un bon agent, mais elle avait tendance à se montrer un peu trop rigide parfois. Cantrell pourrait peut-être y remédier.

— Qu'est-ce qui te fait sourire ? lui demanda Rogers quand Ana le rejoignit.

— Je pensais à Smitty et Cantrell. Je me disais qu'ils formeraient un joli couple.

— N'importe quoi ! Ces deux-là sont comme l'eau et l'huile. Je suis étonné qu'ils soient parvenus à cohabiter plus d'une nuit dans ce mobil-home sans en venir aux mains.

— Ce sont des pros ; ils savent se comporter comme tels.

Mais ils n'en étaient pas moins humains. Le travail ne représentait qu'un aspect de leur vie. Elle songea à son fiancé, Benjamin Reeves, et à ses deux enfants. Bientôt, ils formeraient une famille tous les quatre. Ce seul fait donnait un sens supplémentaire à son travail.

— N'empêche. Cantrell et Smitty seront libérés d'un poids quand cette mission sera terminée, commenta Rogers.

Peut-être, songea Ana à part soi. Peut-être se laissait-elle aller à des conjectures un peu trop romantiques concernant ces deux-là. Mais, dans la profession qui était la leur, elle avait vu moult fois se produire des choses plus inattendues encore.

Jace passa un bras autour de la taille de Laura tandis qu'ils traversaient le parking du poste de police. Elle s'obligea à ne pas se dégager. C'était le genre de geste familier qu'un mari avait envers sa femme ; ça cadrait avec leur couverture. Et puis, à dire vrai, elle n'avait pas réellement envie de le repousser. Le contact tiède de sa main était plutôt plaisant – réconfortant, presque.

— Des collègues de l'atelier m'ont parlé d'un lac au sud de la ville. On devrait aller y faire un tour.

— Pourquoi ? Il a un lien avec l'affaire ?

— Non, je me disais juste que ça pouvait être agréable d'aller dans un joli coin. Histoire de se relaxer un peu.

Comme ils arrivaient à la camionnette, Jace actionna le bouton de déverrouillage et ils prirent place dans le véhicule.

— D'accord, s'entendit-elle répondre.

Alors même qu'elle ne se sentait pas du tout détendue en compagnie de cet homme. Elle avait beaucoup trop conscience de lui, de sa présence imposante, assis là, à côté d'elle, des muscles de son bras qui se contractaient quand il changeait de vitesse, de l'odeur suave de son chewing-gum à la cannelle.

— Pourquoi mâches-tu toujours du chewing-gum à la cannelle ? questionna-t-elle à brûle-pourpoint.

— Ça te dérange ? s'enquit-il en l'interrogeant du regard.

— Non. Je me posais simplement la question.

— J'ai arrêté de fumer il y a six mois. Donc, je crois qu'on peut dire que j'ai troqué une addiction à la nicotine contre une autre au chewing-gum.

— C'est bien. Saine initiative.

— Oui… Enfin, le tabac me manque toujours autant. Et toi, est-ce que tu as été fumeuse ?

Elle secoua la tête.

— Oui, évidemment… J'aurais dû m'en douter.

— Qu'est-ce que ça veut dire ?

— Tu me fais penser à des filles que je connaissais au lycée – celles qui ne buvaient pas, ne fumaient pas, ne sautaient jamais un cours, ne traversaient même pas la rue en dehors des clous. Toujours parfaites à tous égards, irréprochables en tout point.

— Et je parie qu'elles t'agaçaient prodigieusement.

— Oh non, ce n'est pas ça, réfuta-t-il en secouant la tête. Mais elles étaient… hors de portée alors que, moi, je ne rêvais que de les approcher, leur faire prendre conscience qu'elles aussi, sous le vernis, avaient des aspérités, des côtés obscurs.

Le velours profond de sa voix et ses paroles firent courir un frisson en elle. Elle avait été de ces filles, en effet, qui pour rien au monde n'auraient dérogé à la règle. Et il était le genre de garçon qu'elle aurait fui, terrifiée à l'idée de ce qu'il aurait pu lui faire ressentir.

Mais elle n'était plus une lycéenne aujourd'hui. Elle était une femme, avec suffisamment d'expérience pour ne plus avoir peur de ce type d'homme. Du moins était-ce ce qu'elle se disait.

Aucun d'eux ne parla plus pendant le reste du trajet jusqu'au lac. Laura se renfonça dans son siège et ferma les yeux, repassant dans sa tête l'entretien avec Leo Elgin en essayant de déterminer en quoi son témoignage cadrait avec ce qu'ils savaient de l'affaire.

Sur l'étendue bleu argenté du lac se reflétaient les pins qui envahissaient les rives sur trois côtés, avec une petite plage de sable parsemée de quelques tables de pique-nique près du vaste parking où ils s'étaient garés, seulement occupé par une demi-douzaine de voitures.

— Vu la taille du parking, ce doit être bondé ici, le week-end, observa Laura tandis qu'ils mettaient pied à terre.

— Je parie que beaucoup d'adolescents viennent ici le soir s'amuser et flirter, nota Jace. En tout cas, c'est ce que j'aurais fait, moi, si j'avais vécu ici.

Oui, Jace avait probablement été le pire cauchemar de n'importe quel père, à l'époque du lycée.

— Tu as déjà fait ça, toi ? demanda-t-il. Rejoindre ta bande d'amis – ou ton petit ami – dans un endroit comme celui-ci pour écouter de la musique au clair de lune et flirter ?

À l'entendre, cela semblait tellement naturel, romantique… Insouciant.

— Mon père était lieutenant-colonel, dit-elle. Et nous vivions en général sur la base. Ça répond à ta question ?

— Je vois. Donc, aucun garçon n'avait le cran de t'entraîner dans des escapades de ce genre.

— J'imagine, dit-elle vaguement, sans vouloir admettre que c'était elle qui n'avait jamais eu le courage de défier son père.

Ils empruntèrent un sentier qui faisait le tour du lac. L'odeur de terre et d'eau qui émanait des herbes du rivage, chauffées par le soleil, se mêlait au parfum plus lourd du chèvrefeuille. Laura inspira profondément et sentit la tension de la journée se dissiper.

— C'était une bonne idée de venir ici, déclara-t-elle. C'est relaxant.

— C'est la présence de l'eau, répondit-il. J'ai lu une étude selon laquelle l'eau nous détend car elle permet à nos ondes cérébrales de se reconnecter, ou quelque chose comme ça.

Elle rit.

— C'est ton explication scientifique, ou quelque chose comme ça ?

Il haussa les épaules.

— Je n'ai pas besoin de comprendre pourquoi la proximité de l'eau réduit le stress. Le constater suffit à mon bonheur.

Il ramassa un caillou aplati et l'envoya ricocher sur la surface lisse du lac – une, deux, trois, quatre fois, les impacts créant des cercles concentriques qui allèrent s'élargissant jusqu'à se télescoper pour former des motifs fascinants. Il se mouvait avec la grâce d'un adolescent – et la musculature solide et nerveuse d'un homme. En sa présence, elle s'aperçut qu'elle se sentait non plus seulement une collègue agent spécial mais aussi une femme.

Qu'est-ce qui ne tournait pas rond chez elle ? se demanda-t-elle. Elle avait travaillé nombre d'autres fois en binôme avec des partenaires masculins sans jamais avoir éprouvé la moindre attirance – peut-être parce qu'elle faisait toujours passer le travail avant tout et s'interdisait de s'intéresser à autre chose.

Mais alors, pourquoi était-ce différent avec Jace ?

— Quand j'étais enfant, déclara-t-il tandis qu'ils marchaient, nous sommes allés en vacances pendant cinq ou six ans d'affilée dans une maison au bord d'un lac. Oh ! rien de luxueux… Ce n'était qu'un cabanon mais on adorait cet endroit. On pêchait, on faisait du canoë, on nageait. Le soir, mon père faisait un feu où on cuisait des grillades en papillotes et, parfois même, le poisson qu'on avait attrapé. Avec le recul, je me rends compte que c'était une solution de vacances bon marché pour mes parents mais, pour ma sœur et moi, c'était le rêve. Je crois que, si nous avions eu le choix entre ce bungalow au bord du lac et un grand parc d'attractions, nous aurions opté pour le cabanon. En tout cas, je sais que c'est ce que, moi, j'aurais choisi.

— Mes parents m'ont envoyée en camp de Girl Scouts dans le nord de l'État de New York une année, dit Laura. Deux semaines dans une cabane avec six autres filles et environ six cents araignées. J'ai fait une allergie au sumac vénéneux au bout de trois jours, je ne suis jamais parvenue à réaliser un scoubidou correct, sans nœuds, et j'ai failli tirer une flèche dans la tête d'une camarade pendant une séance de tir à l'arc.

— De super vacances, quoi, commenta Jace.

Elle éclata de rire – un rire franc, impossible à refréner.

— Disons que ma première expérience du camping ne m'a pas donné envie de recommencer.

— Je parie que tu serais plus à l'aise aujourd'hui.

— Qu'est-ce qui te fait dire ça ? demanda-t-elle, réellement curieuse d'entendre sa réponse.

— Tu n'es pas du genre à te plaindre. Et tu as le sens pratique. Tu évalues la situation, juges de ce qu'il faut faire et tu le fais sans te poser de questions. Ce sont des points forts pour le camping.

— Qui aurait cru qu'une enquête criminelle pouvait ressembler autant au camping ?

Leurs regards se croisèrent et le cœur de Laura tressauta dans sa poitrine. Quand Jace posait les yeux sur elle, elle avait l'impression qu'il la regardait *vraiment* – tout entière. Elle n'aimait pas se sentir aussi exposée, même si la lueur qui dansait dans ses yeux lui indiquait que ce qu'il voyait lui plaisait.

Il détourna les yeux le premier, son regard se portant par-delà son épaule.

— Tiens, est-ce que ce n'est pas Parker Stroud, là-bas ?

Elle se retourna, feignant de chasser quelque chose de son épaule, et jeta un coup d'œil dans le parking. Parker Stroud, en tenue décontractée – jean et polo bleu, casquette de base-ball à l'effigie des West Virginia Mountaineers vissée sur la tête – sortait d'un rutilant pick-up noir.

— Oui, c'est bien lui, confirma-t-elle.

— Allons voir ce qu'il mijote.

Veillant à rester sous le couvert des arbres, ils suivirent Parker jusqu'à un ponton de pêche qui s'avançait d'une dizaine de mètres au-dessus de l'eau. Il se posta à l'extrémité, immobile, les mains dans le dos.

— Il attend quelqu'un, observa Laura à voix basse.

— Mais pourquoi aurait-il l'air si tendu dans ce cas ?

Parker se retourna pour jeter un coup d'œil vers le parking. Jace et Laura se recroquevillèrent dans l'ombre et virent une silhouette mince vêtue d'un jean et d'un sweat-shirt à capuche gris qui traversait le parking en direction du ponton. Laura étudia le nouveau venu dont l'allure lui semblait singulièrement familière.

— Je crois que c'est Leo Elgin, murmura-t-elle.

— Possible, répondit Jace sur le même ton. Il a pu changer de vêtements.

— Oui, il a eu tout le temps de le faire.

Ils regardèrent les deux hommes se faire face, à quelques pas l'un de l'autre, Parker, les bras fermement croisés, Leo, les mains sur les hanches. Jace et Laura étaient trop loin pour entendre la conversation mais leurs postures et leurs expressions n'évoquaient rien d'amical. Parker se mit à secouer la tête avec emphase puis, subitement, Leo tourna les talons et s'en alla en courant.

Laura le suivit à distance, cachée par les arbres, tandis que Jace restait sur place pour surveiller Parker. Mais, lorsqu'elle déboucha dans le parking, ce fut pour voir des feux arrière disparaître au loin.

Son téléphone vibra dans sa poche et elle lut le SMS de Jace : Parker revenait dans sa direction. Elle n'eut que le temps de plonger derrière une fourgonnette. De sa cachette, elle regarda Parker regagner d'un pas martial son pick-up, grimper à l'intérieur et démarrer.

Jace la rejoignit à petites foulées.

— Alors ? Il s'est passé autre chose ?

— Leo quittait le parking sur les chapeaux de roues quand je suis arrivée ; je n'ai même pas eu le temps de relever sa plaque d'immatriculation. Il semblait très contrarié.

— Il estime que sa mère est morte par la faute des Stroud, rappela Jace. Peut-être qu'il a suivi Parker jusqu'ici pour lui dire ce qu'il avait sur le cœur.

— Parker supervise la chaîne de production, souligna Laura. Donc Leo le considère peut-être comme responsable.

— Possible mais avoir une conversation, si vive soit-elle, n'est pas illégal, reprit Jace. Et ils n'ont jamais nié qu'ils se connaissaient.

— C'est vrai, concéda-t-elle en se retournant pour reprendre le chemin de leur pick-up. Mais je persiste à penser que cette rencontre n'était pas fortuite. Parker *attendait* Leo, j'en suis certaine.

— Il faut qu'on découvre ce qu'ils se sont dit… Mais sans compromettre nos couvertures.

— Je vais voir ce que je peux tirer de Parker, dit-elle.

Mais, étant donné l'attitude revêche de Stroud, ça n'allait pas être simple.

6

Le lendemain, Parker Stroud ne fit son apparition que peu avant midi. Il passa devant Laura sans lui accorder un regard et rabattit fermement la porte de son bureau derrière lui. Elle décida d'attendre un peu avant de lui transmettre la demi-douzaine de messages qui lui étaient parvenus pendant la matinée – dont deux de sa mère qui n'avait pas paru ravie d'apprendre que son fils ne s'était pas encore montré.

Dix minutes plus tard, son téléphone s'alluma.

— J'ai besoin de tous les rapports de contrôle de la qualité du premier trimestre, déclara-t-il avant de raccrocher aussitôt, sans qu'elle ait eu le temps de placer un mot.

Comme elle avait profité de son absence pour continuer à fureter dans les dossiers, tant physiques qu'informatiques, elle savait parfaitement où trouver ces fichiers, mais elle se demanda pourquoi il n'affichait pas lui-même ces documents sur son ordinateur. Elle passa la demi-heure suivante à imprimer puis regrouper les rapports demandés, qui étaient édités deux fois par semaine. En travaillant, elle les parcourut des yeux mais rien de particulier n'attira son attention. Stroud Pharmaceuticals s'était apparemment montré très rigoureux quant au contrôle de la qualité. Comment, dans ce cas, la ricine avait-elle atterri dans ces comprimés ?

Elle frappa à la porte du bureau de Parker et, lorsqu'il aboya « Entrez ! » elle poussa le battant.

— Voilà les rapports, annonça-t-elle en posant les documents sur son sous-main. Et vos messages.

Elle ajouta la pile de mémos sur les rapports.

Il grommela quelque chose, se concentra sur l'écran de son ordinateur. Puis, au bout d'un moment, il finit par lever les yeux.

— Qu'est-ce que vous voulez ? s'enquit-il sans ambages.

Ce que je veux ? Savoir de quoi Leo Elgin et vous avez parlé hier soir, songea-t-elle à part soi mais, à haute voix, elle rétorqua :

— Avez-vous besoin d'autre chose ?

— Non. Quand ce sera le cas, je vous le ferai savoir.

Oui, décidément, soutirer des informations à ce butor n'allait pas être une mince affaire. Elle se détourna.

— Laura ?

— Oui, dit-elle en pivotant sur elle-même.

— Que vous a demandé le FBI hier ?

— Si nous savions quelque chose concernant l'explosion. Nous avons répondu que non.

— Vous ne pouvez pas leur en vouloir d'être suspicieux. Vous et votre mari êtes les seuls nouveaux employés ici.

— J'imagine que vous connaissiez bien la femme qui a été tuée ?

Les lignes se creusèrent autour de ses yeux.

— Oui.

— J'ai toujours pensé que ce devait être bien de grandir dans une petite ville comme celle-ci, où tout le monde se connaît, enchaîna-t-elle. Mais quand il arrive un drame de ce genre, je suppose que ça rend les choses encore plus difficiles.

— En effet.

— Qui peut bien avoir posé cette bombe, en avez-vous la moindre idée ?

— Non. Mais pourquoi cela vous intéresse-t-il tant ?

— C'est un acte tellement horrible. Surtout après les empoisonnements…

— Peut-être n'avez-vous pas envie de travailler dans un endroit où il s'est passé ces choses horribles ? Si vous persistez à poser tant de questions gênantes, je pense que cela devrait pouvoir s'arranger.

Elle se retint de lui retourner une réplique mordante et quitta la pièce sans mot dire. Le téléphone sonna comme elle rejoignait son bureau.

— Re-bonjour, Laura.

L'intonation de Donna Stroud était agréable, mais elle ne parvenait cependant pas à masquer une certaine lassitude.

— Est-ce que Parker est arrivé ?

— Oui, madame. Voilà un petit moment maintenant.

— Passez-le-moi, je vous prie.

Laura transféra l'appel. Elle hésita à écouter la conversation mais, avant qu'elle n'ait eu le temps de décrocher de nouveau le combiné, la voix de Parker retentit à travers la porte fermée.

— Je m'en occupe, maman. Tu n'as pas besoin de me dicter ma conduite comme si j'étais un demeuré ou un pantin au bout d'une ficelle. J'aligne mes heures sans compter pour cette société. Alors, si, un matin, je veux venir tard, je le fais.

Le combiné fut raccroché violemment et, quelques secondes plus tard, l'Interphone de Laura tinta.

— Apportez-moi des copies papier des registres de production du premier trimestre.

— Pour quelle ligne de production ?

— Toutes !

Elle reposa le combiné et contempla la porte de Parker,

les sourcils froncés. Essayait-il de la noyer sous un flot de tâches chronophages et fastidieuses ? Pourquoi avait-il soudain besoin de tous ces documents ?

Pour les montrer à quelqu'un ?

Jace était aujourd'hui affecté au remplissage ; il pilotait la machinerie réglée pour injecter très exactement soixante-dix millilitres de solution dans chaque flacon de collyre apaisant pour les yeux. Personne ne lui adressait la parole pendant qu'il travaillait mais il sentait les regards furtifs que lui lançaient ses collègues. Le bruit avait certainement couru que le nouveau avait été interrogé par le FBI et tous devaient se demander si ce n'était pas lui qui avait posé la bombe qui avait tué Lydia Green.

Jace fit mine de ne pas remarquer que ses collègues lui battaient froid et se concentra sur l'étude des processus de fabrication, s'efforçant de repérer les points faibles du système, les étapes où l'empoisonneur aurait pu introduire la ricine à l'insu de tous.

Malgré l'enquête qui occupait son esprit, le travail était plus qu'ennuyeux. Comment les autres faisaient-ils ? Il ne se rendait que trop bien compte que son sort aurait été identique s'il était resté dans sa petite ville natale. Ç'aurait été l'usine ou les mines de charbon. La seule échappatoire avait été l'armée dans son cas – l'armée et la formation qu'elle avait financée. La plupart de ses anciens camarades de classe avaient opté pour rester à proximité de leur lieu de naissance et avaient pris ce qu'ils considéraient être de bons emplois. Mais, maintenant, les mines fermaient les unes après les autres et les usines délocalisaient leur production à l'étranger.

Le mari de sa sœur était resté sur le bord de la route tant de fois qu'il avait fini par renoncer à chercher du travail.

Alors, bien sûr, des emplois tels que celui que Jace occupait actuellement étaient très convoités dans un endroit comme Mayville. Il avait du mal à imaginer un employé prêt à compromettre son gagne-pain mais l'expérience lui avait appris que les motivations des criminels n'étaient pas toujours logiques.

L'heure de sa pause arriva et il se dirigea vers la machine à café. Les quatre collègues qui se trouvaient déjà dans la salle de repos l'ignorèrent quand il entra et poursuivirent leur conversation comme si de rien n'était.

— J'ai vu Leo chez Bundy avant-hier soir, déclara un homme d'un certain âge au visage grêlé.

— Qu'est-ce que tu faisais là-bas ? s'enquit une rouquine avec des lunettes à monture rose.

— C'est sympa, à l'heure de l'apéro, répondit l'homme.

— Ce soir, ce sera bondé, fit observer un deuxième homme. C'est le jour où il y a du poisson-chat au menu.

— Tu crois que Leo sera là ? questionna une femme aux cheveux tressés. J'aimerais bien le voir et lui dire combien j'ai été désolée, pour sa maman.

— Le barman est un ami à moi, reprit le premier homme. Il m'a dit que Leo venait tous les soirs. Il doit noyer son chagrin dans l'alcool…

— Mlle Gini ne serait pas contente, commenta Lunettes Roses.

— Elle ne serait pas contente de tout ce qui s'est passé ces derniers temps.

La conversation prit fin comme Barb faisait irruption dans la salle. Son regard balaya la pièce avant d'épingler Jace.

— Alors ? demanda-t-elle.

Jace jeta son verre de café à demi bu dans la poubelle.

— Alors, quoi ?

— Eh bien, est-ce que vous avez quelque chose à voir avec cette bombe ?

Tous les regards convergèrent vers lui, exprimant un mélange de défiance et de colère.

— Non, répondit-il. Bien sûr que non. Ma femme et moi sommes ici pour travailler, pas pour chercher des ennuis.

— Le FBI ne l'a pas arrêté, rappela Lunettes Roses. S'ils l'avaient cru coupable, il ne serait pas ici en ce moment.

— Allez savoir. Peut-être que les fédéraux enquêtent et amassent des preuves, nota Visage Grêlé.

— Ils n'en trouveront pas contre moi, assura Jace. Et, de toute façon, pourquoi voudrais-je poser une bombe dans une entreprise où je viens juste de commencer à travailler ? Je ne connaissais même pas la pauvre femme qui est morte.

— Il y a des gens qui ont tout simplement le mal chevillé au corps, souligna la femme avec les tresses.

Jace ne répondit pas. Des gens mauvais, il en avait croisé beaucoup dans sa vie. Mais même ceux-là étaient généralement animés par un mobile lorsqu'ils commettaient des actes criminels. Celui-ci pouvait être totalement infondé mais, dans leur esprit, il justifiait leur malveillance. Découvrir les raisons qui se cachaient derrière le sabotage de Stroud Pharmaceuticals constituerait une avancée cruciale dans leur enquête ; c'était cela qui mènerait à l'identification du coupable.

Le soir venu, quand il quitta l'atelier, une partie des opérateurs et opératrices de la chaîne de production était revenue à de meilleurs sentiments à son endroit, mais il n'en savait toujours pas plus quant à la façon dont la ricine avait été introduite dans ces comprimés.

Il attendait Laura, calé contre le pick-up, lorsqu'elle émergea du bâtiment administratif.

— Alors ? Comment ça s'est passé, aujourd'hui ?

— Parker était d'humeur massacrante. Il est arrivé à midi et il a passé le reste de la journée à me submerger de besognes ingrates. Je n'ai pas pu trouver une seule occasion d'aborder le sujet de Leo Elgin. Et toi ?

— Un léger progrès de mon côté. Certains de mes collègues ne pensent plus que je puisse être le poseur de bombe.

Il tourna la clé de contact et le vieux moteur se mit à ronfler.

— On sort, ce soir.

Elle le contempla, clignant des paupières.

— Quoi ? Où ça ?

— Dans un endroit appelé Chez Bundy. Il paraît qu'on y mange du bon poisson-chat.

Elle plissa le nez.

— Laisse-moi deviner. Ça se cuisine frit, non ?

— Évidemment.

Elle détourna la tête pour regarder par la vitre.

— Je ne suis pas sûre d'avoir très envie d'y aller.

Cela signifiait-il qu'elle ne souhaitait pas manger de poisson frit ou qu'elle ne voulait pas sortir en sa compagnie ? Sans doute un peu des deux. Pas de chance pour elle. Elle allait devoir faire un effort.

— Oh que si, tu en meurs envie, assena-t-il avec conviction. Un petit indice ? C'est là que Leo Elgin a passé toutes ses soirées de la semaine, à boire pour oublier.

Elle tourna vivement la tête vers lui.

— OK. Poisson-chat pour ce soir.

Le bar-restaurant Chez Bundy se révéla être une longue bâtisse aveugle, surmontée d'un toit de tôle ondulée et flanquée de grands chênes qui dispensaient une ombre rafraîchissante, à l'intersection de deux petites routes, à environ sept kilomètres de Mayville. Les échos d'une guitare basse s'entendaient depuis le parking, déjà rempli de voitures et de pick-up quand Jace et Laura arrivèrent. Une odeur de bière et de poisson frit les accueillit lorsqu'ils franchirent l'entrée. Ils trouvèrent une table libre d'où l'on voyait le bar et Jace alla leur chercher des boissons. Il revint avec deux chopes de bière.

Le breuvage était si glacé que les dents de Laura l'élancèrent. Elle balaya la foule d'un regard circulaire et repéra plusieurs visages familiers de Stroud Pharmaceuticals.

— Je ne vois pas Leo, nota-t-elle.

— Il est encore tôt.

Une serveuse vint prendre leurs commandes tandis que les tables se remplissaient rapidement autour d'eux. Quelques minutes plus tard, la serveuse revint, les bras chargés de deux appétissantes assiettes contenant le fameux poisson, des frites et de la salade mélangée de carotte et de chou. Laura contempla leurs plats, l'air soudain affamé.

— Vas-y, dit Jace. Il ne va pas te mordre.

Le poisson se révéla tendre à souhait et charnu sous la panure croustillante et épicée sans être grasse. Elle ne se rappelait pas avoir mangé quelque chose d'aussi délicieux.

Le groupe, qui avait fait une pause, se remit à jouer un air country entraînant qu'elle reconnut pour l'avoir entendu à la radio. Jace repoussa sa chaise et se leva.

— Viens, on va danser, proposa-t-il.

— On est censés surveiller Leo Elgin.

— Il n'est pas encore là, dit-il en l'attrapant par la main. Autant profiter de notre soirée.

Elle se laissa entraîner jusqu'à la piste de danse. La dernière fois qu'elle avait dansé remontait à si longtemps qu'elle ne s'en souvenait même pas mais, guidée par Jace, elle retrouva d'instinct les pas qu'elle croyait avoir oubliés et alla même jusqu'à en découvrir de nouveaux. C'était grisant de virevolter sur la piste de danse dans les bras d'un partenaire doué.

La chanson se termina et fut suivie d'une ballade lente. Laura se détourna pour quitter la piste mais Jace la retint. Il plongea son regard dans le sien, le sourcil arqué en une question muette. *Pourquoi pas ?*

Elle se mit à onduler face à lui. Être si proche de lui était tout à la fois dangereux… et excitant. Elle se laissait mener, le bras de Jace enroulé autour de sa taille, sa main serrant fermement la sienne. La musique était lente, propice à la rêverie. Sexy. Elle ferma les yeux, se laissant porter par les accords, humant le léger parfum de cannelle qui ne le quittait pas, se lovant dans ses bras. Lorsqu'elle rouvrit les yeux, il la contemplait avec, au fond des prunelles, un désir si flagrant que son cœur se mit à battre plus vite. Elle essaya de détourner le regard mais ses yeux s'arrêtèrent sur ses lèvres. La tentation était trop grande pour qu'elle parvienne à y résister. Le slow prit fin et elle regarda, comme hypnotisée, ses lèvres s'abaisser… Il pressa sa bouche contre la sienne tandis qu'elle se blottissait contre lui.

Un sifflement retentissant, suivi d'un éclat de rire, vint rompre le charme. Elle leva les yeux vers Jace, qui semblait amusé maintenant, et sentit une bouffée de chaleur lui monter aux joues. S'écartant de lui, elle quitta rapidement la piste et se dirigea vers les toilettes pour dames où elle s'assit dans un box pour reprendre son souffle… et ses esprits. Jace et elle étaient agents du FBI et ils étaient ici en mission. La façon dont ils venaient de se comporter était tout sauf professionnelle.

Mais tu es humaine, murmura une petite voix dans sa tête – une voix qu'elle n'écoutait pas très souvent… et qu'elle n'allait certainement pas écouter maintenant.

Quand elle eut repris contenance, elle émergea du box, se lava les mains et étudia son visage dans le miroir fêlé. Elle n'avait pas l'air différent – un peu pâle, peut-être, mais calme. Pas le genre de femme à entamer une liaison avec un collègue alors qu'elle était en mission.

Elle quitta les toilettes et faillit entrer en collision avec un homme, dans le couloir. Il marmonna quelques mots d'excuse et la dépassa, tête baissée, mais elle avait eu le temps de voir son visage. Elle retourna rapidement à leur table, où la serveuse venait de déposer deux nouvelles bières.

— Ce n'était pas la peine de t'enfuir, dit-il comme elle se rasseyait en face de lui. Mais désolé si je…

Elle coupa court à ses excuses d'un geste de la main et se pencha en avant.

— Je viens juste de croiser Leo Elgin, annonça-t-elle. Il entrait aux toilettes au moment où j'en sortais.

Elle se retourna pour jeter un coup d'œil au couloir en question.

— Le voilà qui revient, dit Jace comme Leo se frayait un chemin parmi les danseurs pour rejoindre le bar.

Jace lui tapota l'épaule.

— Si tu allais engager la conversation avec lui ?

Laura se leva et fendit la foule en direction du bar. Elle attendit, un peu en retrait, qu'un tabouret se libère à côté de Leo. Elle se glissa sur le siège et, lorsqu'il jeta un coup d'œil vers elle, elle tendit la main.

— Bonsoir, je m'appelle Laura, déclara-t-elle. Je viens d'arriver à Mayville. Vous êtes d'ici ?

Il regarda le fond de son verre.

— Je ne suis pas de très bonne compagnie ce soir. Peut-être devriez-vous trouver quelqu'un d'autre avec qui discuter.

— Oh ! je vois. Qu'est-ce qui ne va pas ?

Elle se pencha vers lui.

— Vous savez, si vous avez envie d'en parler, il paraît que je sais écouter. Parfois, cela libère de s'épancher.

— Mais, dans ce cas précis, parler ne changera rien.

Il avala une longue gorgée de bière.

— Ma mère est morte il y a une semaine. Elle a été tuée.

Laura eut un haut-le-corps.

— Mon Dieu, c'est horrible ! Sait-on qui a fait ça ?

Il l'étudia, les yeux plissés.

— C'est l'une des victimes des comprimés empoisonnés de Stroud Pharmaceuticals.

— Je suis désolée, dit Laura en lui touchant légèrement l'épaule. C'est vraiment terrible. J'en ai entendu parler à la télévision. En fait, je viens juste de commencer à travailler chez Stroud. J'ai hésité quand j'ai su ce qui s'était passé avec ces comprimés mais j'avais vraiment besoin d'argent, donc…

— Vous travaillez à l'usine ?

— Non, je suis dans les bureaux. Je suis l'assistante de Parker Stroud.

Leo écarquilla les yeux et reposa brutalement sa bière.

— Vous le connaissez ? s'enquit innocemment Laura.

— Un peu, dit-il en détournant les yeux.

— Je dois dire qu'en tant que patron il est un peu intimidant.

— Parker est quelqu'un de bien. Il est bouleversé par tout ce qui est arrivé.

— Oh ? Vous lui avez parlé récemment ?

— Non. Mais je… Je le sais. C'est son tempérament.

— Si j'étais à votre place, je ne porterais pas les Stroud dans mon cœur en ce moment, nota-t-elle. Je veux dire, ne devraient-ils pas avoir mis en place des mesures de sécurité pour empêcher ce genre de chose ?

— Oui, mais ce sont la mère et le père de Parker, les patrons. Ils refusent de le laisser moderniser l'entreprise.

C'était intéressant. La sécurité était-elle plus laxiste que Jace et elle ne l'avaient soupçonné ? Parker lui réclamait-il tous ces documents pour prouver qu'il avait raison et que des changements s'imposaient ?

Un cri, derrière eux, les fit se retourner à l'unisson, juste à temps pour voir une chaise voler et exploser contre un pilier. Deux hommes se battaient, roulaient sur le sol. Les coups de poing pleuvaient.

— Jace ! s'écria Laura en reconnaissant l'un des deux hommes qui s'empoignaient.

Le sang ruisselait de son front.

7

À la minute où Jace croisa le regard de l'homme, il comprit qu'il y avait un problème. Le type le dévisageait avec une expression mauvaise.

— Vous êtes Jace Lovejoy ? demanda-t-il en se plantant devant la table.

Il mesurait un bon mètre quatre-vingt-dix, avec des biceps de quarante-cinq centimètres de diamètre.

— Oui. Et vous êtes… ? répondit Jace en se levant lentement, les deux mains posées à plat sur la table.

— Je m'appelle Shay Green et ma tante était Lydia Green. On m'a dit que la police pensait que c'était vous qui avez posé la bombe qui l'a tuée.

— Je n'ai strictement rien à voir avec ça, réfuta Jace. Et je suis absolument désolé pour votre…

Il n'eut pas l'occasion d'achever sa phrase. Le poing de Green venait droit sur lui. Il l'évita de justesse et poussa la table contre son agresseur, ce qui le déstabilisa assez longtemps pour que Jace fasse un pas en avant et lui assène un coup qui aurait dû mettre fin au pugilat.

Mais c'était sans compter la force de Green, décuplée tant par le chagrin que par l'adrénaline et l'alcool dont il exhalait les relents à chaque mouvement. Il tituba pendant un instant sous la puissance du choc puis chargea Jace comme un taureau enragé.

Avant d'avoir compris ce qui lui arrivait, Jace se retrouva plaqué au sol, le sang lui coulant du nez et du front, chevauché par le colosse. Deux hommes se jetèrent sur Green pour le ceinturer et le tirer en arrière et Jace en profita pour rouler sur le côté, se relever d'un bond et lui décocher un coup de genou dans le menton. Green poussa un hurlement qui lui déchira les tympans et il se rua de nouveau sur lui.

Ils tombèrent sur le sol, renversant tables et chaises que leurs occupants avaient précipitamment abandonnées. Un cercle de spectateurs s'était formé autour d'eux quand ils réussirent à se remettre sur leurs jambes, les deux adversaires de force égale luttant toujours avec acharnement, refusant de lâcher prise.

— La police arrive ! lança quelqu'un.

Jace jura sous cape. Il n'avait pas envie de devoir s'expliquer auprès de la police locale – le risque était trop grand que cela compromette sa couverture. Il repoussa Green d'une ultime bourrade.

— Vous vous trompez de personne ! cria-t-il. Laissez-moi tranquille.

Pour toute réponse, Green répliqua par un direct à l'estomac. Jace se plia en deux, cherchant son souffle. Un troisième homme se joignit à ceux qui tentaient de le maîtriser et le trio entraîna Green en arrière. Jace sentit qu'une main se posait dans son dos.

— Vite ! dit Laura. Il faut partir d'ici.

Il se laissa guider sans résister à travers la foule vers une sortie de secours donnant sur le parking, le visage en sang, encore sonné. Ce fut la sensation d'une main explorant la poche de son pantalon qui le tira de son hébétude.

— Qu'est-ce que tu fais ?

— J'ai besoin des clés de la camionnette.

Il repoussa sa main et prit le trousseau dans sa poche.

— Allez, en route, dit-elle en l'installant sur le siège passager.

Ils quittaient le parking lorsque la première voiture de police arriva. Jace, la tête renversée contre l'appuie-tête, les yeux fermés, essayait de ne pas penser à la douleur.

— Bon sang, qu'est-ce qui s'est passé ? demanda Laura.

— C'était le neveu de Lydia Green, répondit Jace d'une voix sourde, différente de sa sonorité habituelle. Il était soûl et il croit que c'est moi qui ai posé la bombe qui a tué sa tante.

— Mais de là à se battre ? Qu'est-ce qui t'a pris ? Imagine si tu avais dû faire usage de ton arme.

Jace sentit le poids du pistolet dissimulé à la vue, dans son holster de cheville.

— Je n'aurais jamais tiré sur lui.

— Mais s'il avait brandi une arme, lui aussi ?

— Ce n'est pas arrivé. Il s'est servi de ses poings, contra-t-il en grimaçant et en tâtant prudemment son visage. Il aurait pu me casser le nez.

Elle freina.

— Est-ce que je dois t'emmener à l'hôpital ? Chez le médecin ?

— Non, je ne crois pas qu'il soit fracturé. Je veux juste rentrer au mobil-home, me soigner et me nettoyer.

Il s'inclina sur le côté pour extraire un mouchoir de sa poche.

— Est-ce que tu as appris quelque chose d'Elgin ?

— Il dit que les parents de Parker empêchent celui-ci de moderniser la société. J'ai l'impression que c'est à Donna et Steve qu'il en veut, pas à Parker.

— Ils n'avaient pourtant pas l'air de si bien s'entendre hier, au lac.

— Non. Il n'a pas non plus affirmé qu'ils étaient les meilleurs amis du monde. C'était plutôt comme s'il le connaissait bien – et qu'ils avaient peut-être été plus proches autrefois…

Elle avait décelé une note de regret dans la voix de Leo lorsqu'il évoquait Parker.

— Peut-être que Leo, au lac, reprochait à Parker de ne pas faire suffisamment pression sur ses parents ? suggéra Jace. Il trouve peut-être qu'ils n'en font pas assez, concernant la mort de sa mère.

— Ou peut-être qu'on ne le saura jamais si on ne parvient pas à les faire parler.

Laura tourna dans l'allée cahoteuse qui menait au mobil-home. Elle se gara et sortit, mais Jace fut plus long à la rejoindre. Il se déplaçait avec précaution, comme si le moindre mouvement le faisait souffrir.

— Tu as mal ailleurs qu'au nez ?

Il tenta de se redresser mais grimaça et se repencha en avant.

— Disons que je sens encore certains coups. Mais ce n'est rien de bien méchant. Après un whisky bien tassé et une bonne nuit de sommeil, il n'y paraîtra plus.

Laura lui prit le bras, réprimant l'envie de le sermonner.

— Viens. Je crois qu'il y a un kit de premiers secours dans le placard.

Se battre avait été une réaction stupide. Si les choses avaient dégénéré et qu'il ait dû sortir son arme pour se défendre, leur couverture aurait été grillée et toute l'opération, avortée. Sans compter qu'il aurait pu être plus sérieusement blessé et qu'elle se serait retrouvée sans partenaire. Pendant que Jace passait à la salle de bains, elle fourragea dans les étagères, en quête de la trousse de secours. Lorsqu'il ressortit, l'eau dégouttant encore de ses cheveux, des hématomes se formaient déjà sous ses yeux. Elle disposa l'assortiment de pansements et de pommades sur la table.

— Tu es sûr que ton nez n'est pas cassé ? demanda-t-elle en l'étudiant d'un œil critique.

— Oui. Mais il n'y est pas allé de main morte.

— Tiens, mets de l'antiseptique sur les coupures de ta lèvre et de ton menton, dit-elle. Il devait porter une grosse bague.

— Tout était démesurément gros chez ce type. À commencer par les muscles.

— J'espère qu'il ne compte pas remettre ça.

— Je suis touché que tu te fasses du souci pour moi, nota Jace en désinfectant ses plaies.

— Je m'en fais pour moi. On vit ensemble, je te rappelle.

Il croisa son regard et elle sentit une bouffée de chaleur l'envahir, comme chaque fois qu'ils se retrouvaient seuls.

— À propos de ce baiser sur la piste de danse…, commença-t-il.

— Je ne tiens pas à en parler.

— Il faut que nous en parlions, dit-il en tendant la main pour capturer la sienne.

— Ça n'aurait jamais dû se produire, répondit-elle en essayant de se dégager, sans succès. C'était un moment d'égarement.

— Je pense que c'était une réaction naturelle entre un homme et une femme qui éprouvent de l'attirance l'un pour l'autre.

— Nous sommes partenaires. Le genre n'a pas à entrer en ligne de compte.

— Mais nous sommes des humains, pas des robots, dit-il en promenant son pouce sur ses phalanges, ce qui déclencha en elle un courant de sensations semblable à une décharge électrique. Et j'avoue que j'ai tout lieu de m'en réjouir.

Elle libéra sa main d'un geste sec.

— On est ici pour travailler. On ne peut pas se permettre de… batifoler.

Il se redressa sur son siège.

— Je respecte ton point de vue, même si je pense que tu as tort. Si tu crois vraiment que la seule façon de mener à bien notre mission, c'est de garder une distance professionnelle entre nous, eh bien, soit.

Elle s'obligea à le regarder en face.

— J'ai besoin d'être sûre que je peux te faire confiance, dit-elle.

L'expression de Jace se durcit.

— Je ne me suis jamais montré insistant auprès d'une femme et je ne le ferai jamais. Tu n'as pas à t'inquiéter de ça.

— Ce n'est pas ce que je voulais dire…

Mais qu'avait-elle voulu dire, alors ? Peut-être était-ce en *elle* qu'elle n'avait pas confiance ? En sa présence, elle avait tendance à oublier la femme qu'il lui fallait être au profit d'une version plus décontractée, plus affranchie de sa personne. Et cette impression de se perdre lui semblait autrement plus dangereuse que n'importe lequel des criminels auxquels elle s'était confrontée.

Le lendemain matin, Laura prit le volant pour aller au travail tandis que Jace, le visage affreusement contusionné, se tenait tassé sur le siège passager.

— Tu aurais peut-être dû téléphoner et dire que tu ne te sentais pas bien, observa-t-elle.

— Tout le monde doit déjà être au courant de la bagarre d'hier soir. Si je n'étais pas allé travailler, ils auraient pensé que Green avait eu le dessus.

— Quand je te regarde, c'est un peu l'impression que j'ai, souligna-t-elle, pince-sans-rire.

Il lui lança un regard assassin, ce qui la fit sourire. Elle préférait avoir affaire à un Jace renfrogné qu'à un Jace accommodant et facile à vivre qui trouvait toujours le moyen de contourner ses doutes et ses hésitations.

Ce jugement n'était pas tout à fait juste, cependant. Fidèle à sa parole, il avait veillé à garder ses distances et était venu petit-déjeuner habillé de pied en cap.

Mais que dire d'elle qui avait passé la moitié du repas à l'imaginer sans sa chemise ?

Elle se dirigeait vers son bureau lorsque Donna l'intercepta.

— Laura, j'espérais vous voir, dit-elle. Pourrais-je vous dire un mot en privé ?

Laura la suivit. Donna s'assit lourdement dans son fauteuil. Elle semblait avoir vieilli de dix ans en quelques jours.

— Y a-t-il un problème ? demanda Laura.

— J'espère que vous allez m'annoncer que vous avez progressé dans votre enquête, déclara Donna.

— Je n'ai encore rien de précis pour le moment, répondit Laura.

Ils avaient un suspect concernant la bombe et rien encore, s'agissant des empoisonnements.

— Les investigations prennent du temps, continua-t-elle. Il y a beaucoup d'éléments à traiter, de personnes à interroger.

Et puis, parfois, un coup de chance pouvait s'avérer aussi décisif qu'un bon travail d'enquêteur. Mais, dans le cas présent, la chance n'avait pas encore joué en leur faveur.

— J'ai l'impression que ma vie est en suspens, que nous sommes tous dans l'attente d'un nouveau problème, reprit Donna. D'abord, les empoisonnements, ensuite, cette bombe… Qu'est-ce que ce sera la prochaine fois ?

— Pour l'instant, rien n'indique que les deux crimes soient liés, dit Laura. Même s'il n'est pas exclu que la bombe ait été une mesure de représailles en réponse aux empoisonnements.

— Mais qui aurait pu faire ça ?

— Quand les gens souffrent, cela les amène parfois à réagir de façon excessive, expliqua Laura, songeant au neveu de Lydia Green et aux yeux au beurre noir de Jace. Cela n'excuse en rien leurs agissements mais cela peut nous indiquer dans quelle direction orienter nos recherches.

— Vous pensez à Leo Elgin, n'est-ce pas ?

Donna secoua la tête.

— Je connais Leo depuis qu'il est tout petit. C'était un petit garçon intelligent, réservé. Je ne l'imagine pas tuant qui que ce soit – a fortiori une femme merveilleuse comme Lydia Green. D'autant qu'il est sous le coup de la mort de sa mère.

— Nous nous intéressons à beaucoup d'autres personnes, rappela Laura. Ce n'était qu'un exemple.

À ce moment, la porte s'ouvrit et un bel homme aux cheveux argentés entra. Il adressa un charmant sourire à Laura.

— Je suis désolé, ma chère. Je ne voulais pas vous déranger.

Donna se leva à demi de son siège.

— Je ne savais pas que tu venais aujourd'hui.

— Oh ! je suis juste venu faire un tour, voir un peu comment les choses se passaient.

Il s'avança dans la pièce puis arrêta son regard sur Laura.

— Je suis content de vous voir. Ça faisait longtemps, n'est-ce pas ?

— Steve, c'est…, commença Donna.

— Oh ! je sais qui c'est, l'interrompit l'homme, dont Laura déduisit qu'il ne pouvait s'agir que de Steve Stroud. Comment pourrais-je oublier notre future belle-fille ?

— Steve, c'est Laura Lovejoy, la nouvelle assistante de Parker, pas sa fiancée, reprit Donna d'une voix ferme. Parker et Kathleen ont rompu voilà bientôt deux ans.

L'expression de Steve s'assombrit.

— Oh ! vraiment ? Oui… Maintenant que tu me le dis. Ça m'était sorti de la tête, je suppose.

Il décocha un sourire un peu penaud à Laura.

— Il faut dire que vous lui ressemblez beaucoup. Elle était très jolie.

Il se tourna vers sa femme.

— Parker est-il ici ?

— Je ne sais pas, répondit Donna. Il arrive tard, parfois.

— Oh ! ce n'est pas grave, répondit Steve, l'air magnanime. Il travaille trop, et ce jusqu'à des heures indues.

Donna et Laura échangèrent un regard. Depuis que Laura était ici, elle ne l'avait jamais vu s'attarder le soir.

— Tu devrais aller dans ton bureau, suggéra Donna. Je vais te faire parvenir des rapports qu'il faut que tu voies.

Il parut soulagé.

— Oui, je les examinerai pour toi, répondit-il. J'ai toujours été plus patient que toi pour les lire.

— Je te les envoie dans quelques minutes, dit Donna.

Elle attendit que son mari soit entré dans son bureau et ait refermé la porte pour se rasseoir.

— Je suis désolée, dit-elle. Il n'est pas censé conduire mais, parfois, il échappe à la vigilance du chauffeur que j'ai engagé et vient ici. Il faudra que je me renseigne pour savoir ce qui s'est passé.

Elle jeta un coup d'œil à la porte.

— Comme vous pouvez voir, il est parfois un peu désorienté. Il mélange le passé et le présent et ne se souvient pas de tout.

— Qui était Kathleen ? s'enquit Laura.

— Une jeune femme avec qui Parker est sorti pendant un certain temps. Ils ont été fiancés pendant un peu plus de six mois. Et puis, elle a rompu et est partie.

— Où est-elle aujourd'hui ? Le savez-vous ?

— Aux dernières nouvelles, elle vivait à Washington D.C.

— J'aurai besoin de son nom complet et de son adresse...

Devant l'air surpris de Donna, elle ajouta :

— Elle n'a sûrement rien à voir avec tout ceci, mais nous devons contacter toutes les personnes qui ont été en lien avec la famille.

Peut-être Kathleen et Parker ne s'étaient-ils pas quittés en si bons termes.

— Très bien. Je vous donnerai ces informations.

— Tout ceci doit être très stressant pour vous, souligna Laura.

— En effet. Mais nous ne pouvons que continuer à travailler en espérant que tout rentrera au plus vite dans l'ordre.

— Parker m'a dit qu'il avait essayé de vous persuader de lui laisser les coudées plus franches pour diriger l'entreprise, reprit Laura.

— C'est exact.

Son expression se durcit.

— Je sais que mon fils n'est pas réellement votre chef, mais je ne me sens pas le droit de discuter ainsi de lui avec vous.

— Je ne m'intéresse qu'à ce qui, de près ou de loin, concerne l'affaire, rappela Laura.

Ce qui n'était pas tout à fait vrai. Elle avait envie d'en savoir plus, d'un point de vue strictement humain, sur l'homme avec qui elle travaillait tous les jours. Mais elle avait un sens professionnel suffisamment développé pour ne pas céder à la curiosité.

— Alors, disons simplement que je ne crois pas Parker prêt à assumer l'entière responsabilité de l'entreprise, poursuivit Donna. Surtout en cette période de crise.

Elle se leva de nouveau.

— Si vous voulez bien m'excuser, il faut que j'envoie ces

documents à Steve pour le tenir occupé avant qu'il ne décide d'aller déambuler dans l'usine et ne cause des problèmes.

Laura la quitta, songeant à la dynamique du couple Stroud. Ce devait être difficile de voir la personne à qui vous aviez dit oui pour le meilleur et pour le pire disparaître petit à petit sous vos yeux.

Lorsqu'elle arriva en vue de son bureau, Laura eut la surprise de découvrir Merry assise à sa place.

— Je peux vous aider ? demanda-t-elle d'un ton bref en rangeant son sac dans une armoire à classement.

— J'attends simplement Parker, répondit Merry en tournant d'un côté puis de l'autre sur le siège pivotant de Laura. Vous arrivez bien tard.

— Je me suis arrêtée pour discuter avec Mme Stroud.

— Que pouvait-elle bien vous vouloir ?

Laura ignora la question.

— Je dirai à Parker que vous êtes passée le voir quand il arrivera, déclara-t-elle. Pour l'instant, j'ai du travail.

Merry ne bougea pas d'un pouce et continua à faire pivoter la chaise. Non sans une pointe d'arrogance, elle répliqua :

— Je crois que je vais plutôt l'attendre.

— Faites comme bon vous semble mais j'ai besoin de récupérer ma chaise, insista Laura qui commençait à avoir envie de la déloger en la tirant par sa queue-de-cheval.

— J'aime bien ce siège. Il est plus confortable que le mien.

Laura en était à envisager de passer aux grands moyens quand la porte s'ouvrit derrière elles, livrant passage à Parker.

— Bonjour, Parker ! s'écria Merry en sautant sur ses pieds.

Le regard de Parker alla de Laura à Merry.

— Qu'est-ce que vous faisiez, assise là ?

— J'étais venue dire bonjour, répondit Merry en s'avançant.

— Eh bien, bonjour, proféra-t-il avant de disparaître dans son bureau et de tirer le battant derrière lui.

Merry contempla la porte close, visiblement au bord des larmes. Laura s'installa à sa place et ouvrit une session sur son ordinateur.

— Il ne vous aime pas, nota Merry d'un ton maussade.

Laura leva les yeux et la vit approcher.

— Parker n'était pas comme ça quand c'était Cheryl qui était là. Il est de mauvaise humeur depuis qu'il est obligé de composer avec vous.

Laura haussa les épaules.

— Si vous le dites.

Merry se pencha vers elle, les paumes sur la table.

— Qu'est-ce que vous faites ici ?

— J'essaie de travailler, répondit Laura en reportant son attention sur son ordinateur.

— Tout le monde trouve bizarre que vous et votre mari ayez surgi de nulle part et que, comme par hasard, il y ait eu cette explosion juste le lendemain. Vous n'êtes même pas d'ici et vous décrochez l'un des meilleurs postes de l'entreprise ! Nous pensons tous que vous mijotez quelque chose.

— Je ne mijote rien du tout, se défendit Laura.

— Je pense que si, rétorqua Merry. Et je vais trouver quoi.

Sur un dernier regard torve, elle fit volte-face et s'en alla au pas de charge pour bien marquer son mécontentement, son attitude rappelant à Laura celle d'une enfant capricieuse. Pour un peu, elle se serait attendue à l'entendre lancer « Je vais tout dire ! »

— On a reçu le feu vert pour placer des micros chez Leo Elgin, annonça Jace après le dîner, ce soir-là. On s'en occupera demain, pendant le service funèbre de sa mère.

Laura avait préparé les tacos, donc il était censé débarrasser mais il s'attardait à table devant son verre de thé glacé. Ses hématomes, plus marqués que jamais, avaient viré au violacé mais cela lui donnait un petit air dangereux qui lui allait bien.

— OK. Quel est ton plan ? s'enquit-elle.

Jace avait toujours un plan pour ce genre d'opération. Son aptitude à concevoir des scénarios pour entrer légalement par effraction dans le domicile d'un suspect sans éveiller ses soupçons était l'une des raisons pour lesquelles il avait été recruté à la DCT.

— Nous nous ferons passer pour les traiteurs de la réception qui se tiendra après la cérémonie.

— Leo a engagé un traiteur ? releva-t-elle, surprise que le jeune homme ait pris de telles dispositions.

— C'est Stroud Pharmaceuticals qui a tout arrangé, dit-il. À la demande expresse de Donna Stroud.

— Ah, d'accord, fit Laura en hochant la tête. Et elle est intervenue à *notre* demande expresse.

— Ramirez l'a peut-être un peu encouragée, mais elle ne sait pas que nous allons nous introduire chez lui.

— Bien entendu, acquiesça-t-elle en soupirant. Bon, que faudra-t-il que je fasse ?

Il l'étudia pendant quelques instants, de l'autre côté de la table.

— Il te faudra une perruque. Et un uniforme de serveuse.

— J'espère que ça ne veut pas dire ce que je pense que ça veut dire…

— Quel esprit mal tourné tu as, Smitty ! se récria-t-il, gentiment railleur. Non, tu ne joueras pas la soubrette française. Au contraire, il faudra que tu te rendes aussi invisible que possible. Qu'on ne te remarque pas.

— Depuis quand ai-je pour habitude de me faire remarquer ? rétorqua-t-elle, vexée. Je suis agent fédéral. Je sais me fondre dans le décor.

— Tu sais te fondre dans le décor quand tu portes ton

tailleur noir et ton chignon serré. Mais, ici, à Mayville, crois-moi, tu ne passes pas inaperçue.

— Comment ça ?

Il sourit largement.

— Si tu savais le nombre d'hommes qui m'ont demandé si j'avais vu la superbe blonde qui travaillait avec Parker…

Elle rougit.

— Que leur as-tu répondu ?

— Je leur ai dit que oui, étant donné que c'était ma femme. Donc, pas touche !

L'expression de Laura dut traduire son agacement.

— Ne te formalise pas. On doit jouer notre rôle à fond.

Ne pas se formaliser, il en avait de bonnes ! D'un côté, cela l'ennuyait de savoir que les employés masculins de l'entreprise avaient parlé d'elle en ces termes. Mais, de l'autre, l'idée que Jace les avait vertement remis à leur place – comme si cela lui importait véritablement – n'était pas totalement pour lui déplaire.

— Le centre de support doit nous faire parvenir un colis demain qui devrait contenir tout ce dont nous aurons besoin, y compris les déguisements que j'ai demandés.

— Tant mieux parce que, si j'avais dû aller dénicher une perruque à Mayville, j'imagine que ça aurait fait jaser.

Il lui décocha un sourire en coin.

— Tu aurais toujours pu prétendre vouloir pimenter un peu les choses dans la chambre à coucher.

Elle lui jeta sa cuillère à café au visage mais il l'intercepta à mi-course et se mit à rire.

— Et toi ? Quel sera ton déguisement ?

— Des lunettes, une boucle d'oreille et de faux tatouages.

Elle fronça les sourcils.

— Tu crois que ça suffira pour ne pas être reconnu ?

— Fais-moi confiance. Personne ne saura que c'est moi.

Cette nuit-là, elle dormit d'un sommeil agité, l'anxiété

à la perspective de la tâche qui les attendait le lendemain se mêlant à des rêves où Jace l'embrassait et la caressait, moyen le plus sûr de se réveiller fatiguée et mal en point.

Le paquet promis leur fut livré à neuf heures. Le service funèbre devait commencer à onze heures. Jace avait calculé qu'ils auraient environ une heure avant que les vrais traiteurs n'arrivent, suivis de Leo et des invités venus rendre hommage à la mémoire de la défunte. Chacun se prépara de son côté, dans le mobil-home.

Le pantalon noir, le chemisier blanc et le tablier gris étaient on ne peut plus neutres, jugea Laura en contemplant comme elle le pouvait son reflet dans le petit miroir de la penderie. Et ce n'était pas non plus la perruque – un carré court d'un châtain queue-de-vache peu seyant alourdi par une grosse frange – qui attirerait l'attention sur elle. Une fois les tennis blancs chaussés qui parachevaient sa tenue, elle fixa son arme dans le holster dissimulé sous le tablier, et s'estima prête.

Elle retrouva Jace dans la cuisine, où il était en train d'examiner le matériel électronique qui se trouvait également dans le carton. Sa transformation était radicale. Il portait lui aussi un pantalon noir surmonté d'un T-shirt de la même couleur qui moulait ses biceps et ses abdos, révélant des détails qu'elle n'avait pas remarqués auparavant – notamment que Jace Cantrell n'avait pas dû ménager ses efforts à la salle de sport. Des tatouages recouvraient l'intégralité de ses bras – un mélange coloré d'oiseaux tropicaux, de poissons, de serpents et d'au moins une tête de mort. Un anneau doré brillait à son oreille et il avait plaqué ses cheveux en arrière et rasé sa barbe pour ne laisser qu'un petit bouc. Quant aux vestiges de son altercation avec Green, ils avaient disparu, habilement masqués par une couche de maquillage.

— C'est ça que tu appelles « se faire discret » ?

— J'ai choisi la stratégie inverse pour moi, répliqua-t-il. Si quelqu'un me voit, il se souviendra de tous ces tatouages. Une fois l'opération terminée, j'enlèverai les ornementations corporelles, je raserai le bouc et pfuit ! Le mauvais garçon se volatilisera.

À dix heures quarante-cinq, ils quittèrent le mobil-home et se rendirent jusqu'à un entrepôt de l'autre côté de la ville où ils troquèrent leur pick-up au coloris voyant contre un utilitaire blanc qui portait, dessiné au pochoir, le logo *Traiteur Bread and Butter.*

Jace passa sans ralentir devant l'église où se déroulaient les obsèques de Gini et fila jusqu'au domicile de cette dernière, désormais occupé par Leo, cinq rues plus loin.

Le cottage était niché en retrait de la rue, au milieu d'un bosquet d'arbres d'apparence centenaire. Des rosiers grimpaient à l'assaut de treillages de part et d'autre de l'entrée, les fleurs diffusant leur parfum délicat dans l'air tiède et humide.

Ils s'avancèrent, chargés de grands sacs en plastique que d'éventuels passants imagineraient chargés de victuailles pour la réception. Laura se plaça de manière à bloquer la vue depuis la rue pendant que Jace forçait la porte, qui n'était même pas équipée d'un verrou. Quelques instants plus tard, ils refermaient le battant derrière eux.

Gini Elgin avait opté pour un mobilier confortable plutôt que luxueux, ainsi qu'en témoignaient, dans le séjour, un sofa fatigué orné de coussins à motif floral, une table basse en érable au plateau éraflé, un fauteuil en velours or et un tapis tissé dans les tons brun et or. Une couche de poussière recouvrait uniformément toutes les surfaces et Laura se demanda si Leo était ne serait-ce qu'entré dans cette pièce depuis son retour.

La salle à manger et un petit bureau avaient l'air tout aussi abandonnés. Seule la cuisine donnait l'impression d'être utilisée, avec une tasse de café posée dans l'évier et une boîte de céréales ouverte sur le comptoir. Jace se dirigea vers le téléphone sans fil qui était placé sur sa base à une extrémité du comptoir.

— Je vais commencer par là, indiqua-t-il. Toi, pendant ce temps, sors la nourriture et trouve sa chambre.

Laura déballa deux plateaux de mini-sandwichs et un autre de hors-d'œuvre, qu'elle disposa sur l'îlot central de la cuisine. Les vrais traiteurs apporteraient le reste plus tard.

Elle s'occupa ensuite de sa véritable mission. Certes, la maison était censée être vide mais elle n'en progressa pas moins prudemment pour le cas où quelqu'un se serait malgré tout trouvé ici. La première porte qu'elle ouvrit donnait sur une salle de bains au carrelage vert avocat, dotée d'une baignoire ancienne de type sabot. Une serviette bleue était accrochée, chiffonnée, sur le porte-serviettes et un nécessaire à rasage en équilibre au bord du lavabo.

La chambre de Leo était juste à côté – une chambre d'enfant meublée d'un lit pour une personne recouvert d'un jeté en chenille bleue, avec, punaisés au mur, des posters de vedettes de base-ball datant d'une vingtaine d'années. De vieux trophées sportifs, sur une étagère, se partageaient l'espace avec des romans noirs et des manuels d'informatique. Sur un petit bureau, dans un coin, se trouvaient un ordinateur portable et un chargeur de téléphone. Des assiettes sales et des emballages de restauration rapide encombraient la table de nuit.

— C'est sa chambre ? demanda Jace depuis le seuil.

— Apparemment, répondit Laura en s'écartant. C'est plutôt déprimant. J'ai l'impression qu'il a passé le plus clair de son temps, enfermé ici.

— Tant mieux, ça nous facilite le travail, déclara Jace, pragmatique, en soulevant la lampe de chevet. Je vais poser un micro ici, et un autre sur le bureau. Puisqu'on dispose de suffisamment de matériel, pourquoi se priver ?

Tandis qu'il s'attelait à la tâche, Laura passa au crible les étagères, le placard et les tiroirs de la commode. Elle glissa la main sous le matelas, regarda derrière les rideaux, à la recherche d'une cache. La police locale avait déjà fouillé la maison sans rien trouver qui puisse relier Leo à l'explosion mais un deuxième examen ne pouvait pas faire de mal.

— Si c'est lui qui a posé cette bombe, il a dû la fabriquer ailleurs qu'ici, nota Jace.

— Mais où ? Il n'y a même pas de garage, seulement ce petit abri, dans la cour de derrière. D'après l'équipe qui s'est chargée de la fouille, il ne contient que des outils de jardinage.

— Qui sait ? Peut-être une grange abandonnée ? Il doit y en avoir pas mal dans le secteur.

Elle le regarda fixer le minuscule micro au socle d'une agrafeuse puis refermer celle-ci et la reposer à sa place.

— Allez, on s'en va, dit Laura. Cet endroit me donne le cafard.

Il rangea ses outils et ils se dirigèrent vers la porte. Ils n'avaient pas fait un pas dans le couloir que Jace s'arrêta net.

— Qu'y a-t-il ? demanda-t-elle en butant contre lui.

Mais, au même instant, elle entendit la porte d'entrée qui s'ouvrait.

8

Sentant son anxiété, Jace attrapa sa main et la pressa brièvement avant de la relâcher juste au moment où Leo Elgin entrait.

Le jeune homme, pâle et les yeux rougis, les contempla.

— Qui êtes-vous ? demanda-t-il d'une voix mal assurée.

— Nous sommes envoyés par le traiteur, répondit Jace en s'avançant d'un pas et en tendant la main.

Machinalement, Leo la serra.

— Nous n'attendions encore personne à cette heure-ci, ajouta Jace d'un ton contrit.

Leo relâcha sa main.

— Je... J'ai eu besoin de sortir de là-bas.

— Nous sommes désolés pour votre perte. Toutes nos condoléances, dit Laura à son tour en adoptant l'accent traînant du sud et en priant le ciel que Leo ne reconnaisse pas en elle la femme qui l'avait abordé, la veille, chez Bundy.

— Mais que faisiez-vous dans cette partie de la maison ? s'enquit Leo en jetant un regard vers l'arrière.

— Nous prenons toujours soin de vérifier la salle de bains et les toilettes, avant l'arrivée des invités, improvisa Laura.

Un pli barra le front de Leo.

— Et vous avez besoin d'être deux pour ça ?

Du tac au tac, Laura répliqua, confuse :

— C'est ma faute. Il y avait une araignée dans le lavabo. J'ai demandé à Jeff de venir la tuer.

Bien joué, songea Jace même s'il n'avait jamais vu Laura perdre ses moyens dans quelque situation que ce soit. Sauf lorsqu'il l'avait embrassée. La façon dont elle s'était laissé aller dans ses bras lui avait donné à penser que, malgré ses réticences, elle le désirait tout autant que lui la désirait.

Mais ce n'était pas le moment de penser à ça.

— Il faut que vous partiez, reprit Leo.

— Nous n'en avons plus pour longtemps, plaida Jace. Nous…

— Non ! Je ne veux pas de vous ici, objecta Leo, haussant le ton, les yeux écarquillés. Il va déjà falloir que je reçoive tous ces gens après les obsèques. Alors, laissez-moi au moins un moment de tranquillité.

— Bien sûr, dit Laura d'un ton apaisant en prenant Jace par le bras. Nous finirons plus tard.

Laissant les plateaux en place, ils récupérèrent leurs sacs et quittèrent la maison. Jace sauta au volant de la fourgonnette, tourna le coin de la rue et se gara derrière un immeuble de bureaux désert.

Lorsqu'il eut prévenu Rogers qu'ils étaient sortis de la maison, il se renversa contre l'appuie-tête, attendant que les battements de son cœur reviennent à la normale. Il s'était trouvé dans des situations plus tendues lors d'opérations similaires mais tout de même… C'était toujours déstabilisant quand votre cible vous surprenait chez elle.

— C'est étrange qu'il ait quitté l'église vingt minutes après le début des funérailles, non ?

— Beaucoup de gens ne supportent pas les enterrements. Peut-être qu'il s'est senti débordé par l'émotion et qu'il a préféré partir.

— Peut-être.

Elle se tourna brusquement vers lui.

— Fais demi-tour et trouvons un endroit d'où on peut voir la maison.

— D'accord.

Il remit le moteur en route, fit le tour du pâté de maisons et trouva une place au bout de la rue, d'où ils voyaient distinctement l'allée de Leo et la porte d'entrée. À peine s'était-il garé qu'une berline blanche de marque Chevrolet tourna dans la rue. Laura poussa une exclamation de surprise quand elle passa à leur hauteur.

— C'est Merry Winger… La petite amie de Parker.

Merry s'engagea dans l'allée de Leo, sortit de la voiture et se dirigea vers la maison. C'était une jolie blonde vêtue d'une courte jupe bleu marine et d'un chemisier blanc sans manches, juchée sur des sandales blanches à hauts talons. Elle sonna et, quelques instants plus tard, Leo vint ouvrir.

— Il n'a pas l'air ravi de la voir, commenta Laura qui avait sorti une paire de jumelles du sac à dos posé à ses pieds.

Au même moment, Leo s'effaça pour la laisser entrer. Laura abaissa les jumelles.

— Comment as-tu deviné qu'il attendait quelqu'un ?

— Simple intuition, répondit-elle en continuant à observer la porte. Mais pourquoi Leo rencontre-t-il en secret la petite amie de Parker ?

— Rien ne nous dit qu'il s'agit d'un rendez-vous secret.

— Il a quitté la cérémonie pour venir la retrouver ici. Ça ne te paraît pas suspect, à toi ? Et où est Parker ?

— Peut-être que Leo et Merry entretiennent une liaison ? spécula Jace. Ou qu'ils étaient en couple avant et que, comme il est revenu ici, elle essaie de renouer avec lui ?

La porte se rouvrit et Merry émergea. Tête baissée, elle rejoignit rapidement sa voiture et s'en alla. Laura se renfonça contre le dossier de son siège.

— Elle n'est vraiment pas restée longtemps.

— Et il ne l'a même pas raccompagnée, renchérit Jace.

Donc, je crois qu'on peut oublier l'hypothèse d'une liaison. À moins qu'elle ne soit venue tenter sa chance et qu'il lui ait opposé une fin de non-recevoir.

— Rentrons au mobil-home. Peut-être que les écoutes que tu as posées nous en apprendront plus.

— Il n'a pas reçu un seul appel au cours des dernières vingt-quatre heures, annonça Rogers quand Jace vint aux nouvelles, dimanche après-midi. Pas de visites non plus depuis la fin de la réception. Et, pendant celle-ci, toutes les conversations n'ont été que des condoléances exprimées sous diverses formes ou des questions concernant ce qu'il comptait faire à l'avenir.

— Et que compte-t-il faire ? s'enquit Jace.

— Il ne sait pas encore. C'est ce qu'il a répondu à tout le monde.

— Et Merry Winger – la femme qui lui a rendu visite après notre départ ? De quoi ont-ils parlé ?

— Elle lui a apporté quelque chose, répondit Rogers. Attends… Je te fais écouter l'enregistrement.

Bruit de porte qui s'ouvre.
Leo : Qu'est-ce que tu veux ?
Merry : Je t'ai apporté ça.
Leo : Tu ferais mieux de partir.
Merry : Pas avant que tu m'aies dit ce qui se passe.
Leo : (réponse inintelligible)
Merry : Non. Vous, les hommes, vous êtes tous pareils. Vous me prenez pour une idiote mais ce n'est pas le cas.
Leo : Il faut que tu t'en ailles maintenant.
Longue pause. Bruit de talons sur le parquet.
Bruit de porte qui claque.

— Une idée de ce qu'elle est venue lui donner ? demanda Jace.

— Ce pourrait être une carte de condoléances, un gâteau, des explosifs… N'importe quoi, répondit Rogers. La réaction de Leo ne nous fournit aucune indication.

— Merry travaille dans les bureaux, chez Stroud, comme Laura. Nous verrons si elle parvient à découvrir quelque chose. En attendant, il faut que quelqu'un garde Leo à l'œil.

— On n'est pas suffisamment nombreux pour que quelqu'un puisse le surveiller en continu, dit Rogers. D'ailleurs, on n'est même pas sûrs que cela vaille la peine. On a déjà eu du mal à décrocher l'autorisation de mise sur écoute…

— Je peux le surveiller après le travail, proposa Jace.

— Et quand dormiras-tu ?

— Quand lui dormira. Est-ce que tu pourrais te charger de lui pendant la journée… Au moins pendant quelques jours ?

Rogers grommela quelque chose que Jace décida de prendre pour un assentiment.

— Tu espères trouver quoi ? demanda Rogers.

— Qui il voit, où il va. Si c'est bien lui le responsable de l'explosion, il n'a pas fabriqué la bombe chez sa mère.

— Bon, je veux bien me dévouer pendant quelques jours mais je ne suis pas convaincu que ce ne soit pas en pure perte.

Jace raccrocha et leva les yeux pour s'apercevoir que Laura le contemplait d'un air songeur.

— Tu vas surveiller Leo ?

— Merry lui a apporté quelque chose. Quoi ? Nous n'en savons rien. À en juger par la teneur de leur conversation, je ne crois pas que ce soit elle qu'il ait attendue. Il s'est débarrassé d'elle aussi vite qu'il l'a pu.

— Donc, il aurait quitté la cérémonie pour recevoir quelqu'un qui n'est pas venu – ou qui a dépêché Merry à sa place ?

— C'est ce que je pense, oui.

— Peut-être que c'est Parker ? J'ai la très nette impression que, s'il lui disait « Saute », elle demanderait « De quelle hauteur ? »

— Tâche de parler avec elle. Vois ce que tu peux découvrir.

— J'essaierai mais elle me déteste parce que je lui ai soufflé le poste de secrétaire de Parker qu'elle espérait décrocher.

— Oui, mais elle veut savoir ce que fabrique Parker. Tu pourrais lui proposer d'être son œil de Moscou ?

Laura le contempla.

— Tu crois vraiment qu'elle veut le surveiller ? Je pensais qu'elle cherchait simplement à se rapprocher de lui.

Il haussa les épaules.

— Oh ! je ne suis pas expert en psychologie. Mais je parie que Parker n'aurait pas souhaité la voir obtenir ce poste. En général, les hommes n'aiment pas que la femme avec qui ils sortent soit en permanence en train de les espionner.

Il aurait été bien en peine de déchiffrer le regard qu'elle lui jeta, si ce n'est qu'il lui parut osciller quelque part entre le dégoût et l'incrédulité. Il s'apprêtait à la rassurer en précisant qu'il était certain qu'elle n'était pas de ces femmes-là, mais il se ravisa. Laura et lui ne sortaient pas ensemble. Même s'il ne voyait plus qu'elle désormais dès lors qu'elle entrait dans une pièce, même s'il s'enivrait de son doux parfum, de sa peau plus douce encore, malgré la carapace derrière laquelle elle dissimulait ses émotions et qu'il rêvait de briser.

— Je verrai ce que je peux faire, dit-elle. Et toi, comment comptes-tu t'y prendre, pour Leo ?

— Comme ça, répondit-il en attrapant le sac à dos

muni de jumelles, d'un appareil-photo, d'eau et de barres de céréales qui était posé par terre, à côté de la table.

— Je commence dès ce soir. Ne m'attends pas.

La première chose que remarqua Laura en arrivant à Stroud Pharmaceuticals le lundi matin fut que toute trace des dégâts causés par la bombe dans le bâtiment administratif avait disparu. La rubalise avait été enlevée, le dallage de l'allée, remplacé, et le mur avait été réparé et recouvert d'une couche de peinture fraîche. Les ouvriers avaient dû y passer tout le week-end.

Une fois à l'intérieur, elle s'avisa que les gens évitaient quand même ce secteur. Que ce soit par superstition ou par véritable peur, elle n'aurait su le dire. Les réactions de ses collègues à son endroit étaient encore un peu circonspectes mais elle fit mine de ne pas s'en apercevoir. Peut-être aurait-elle suspecté ce couple de nouveaux employés si elle avait été à leur place. De toute façon, elle n'avait pas besoin de devenir la meilleure amie de chacun pour faire son travail.

Elle fit un crochet par la salle de repos pour y préparer deux tasses de café et puiser deux beignets dans la corbeille posée sur la table avant de se diriger, bille en tête, vers le bureau de Merry. La jeune femme la regarda approcher d'un œil soupçonneux.

— Qu'est-ce que vous voulez ? demanda-t-elle.

— J'ai besoin d'un conseil, répondit-elle en posant un café et un beignet devant Merry avant de tirer une chaise près d'elle.

Visiblement, Merry ne s'était pas attendue à cela.

— Quel genre de conseil ? questionna-t-elle, méfiante.

— Je veux faire du bon travail, dit Laura. Mais, malgré mes efforts, M. Stroud – Parker – ne semble pas satisfait.

Comme vous le connaissez beaucoup mieux que moi, je me suis dit que vous accepteriez peut-être de me donner quelques tuyaux pour l'amadouer.

— Pourquoi vous aiderais-je à faire le travail que je briguais ? rétorqua Merry.

— Eh bien… Je me suis dit qu'en retour je pourrais vous donner un coup de main, moi aussi, suggéra Laura tout en remuant sans hâte le sucre dans son café, histoire d'aiguiser la curiosité de Merry. Je sais que Parker et vous devez faire preuve de discrétion, concernant votre relation… Je pourrais vous faciliter les choses quand vous venez le voir.

— Je peux voir Parker quand je veux, répliqua Merry en secouant la tête. Je n'ai pas besoin de votre aide.

— Bien sûr, mais je pourrais empêcher les intrusions… Disons, inopportunes quand vous êtes dans son bureau. Et vous fournir son planning de façon que vous puissiez savoir quand il est libre.

— Pour quelle raison voudriez-vous m'aider ?

— Parce que j'ai moi aussi besoin de votre concours pour mieux faire mon travail, répondit Laura. Et parce que Parker est toujours de meilleure humeur après vous avoir vue.

Ce dernier argument n'était ni plus ni moins qu'un mensonge, mais elle tablait sur le fait que Merry la croirait.

De fait, celle-ci se détendit un peu.

— Je peux vous indiquer une ou deux idées mais je ne peux pas vous promettre qu'elles vous seront d'une quelconque utilité. Après tout, il est possible qu'il ne vous aime pas, tout simplement, acheva-t-elle avec une petite moue signifiant qu'elle aurait très bien compris Parker.

— Tous les conseils que vous me donnerez seront les bienvenus, répondit Laura sans broncher.

Merry mordit dans son beignet et mâcha, l'air songeur.

— Je n'arrive pas à croire que je suggère cela… Surtout

à vous, dit-elle après avoir avalé sa bouchée. Mais Parker aime les femmes qui se soucient de leur apparence. Il préférerait sans doute que vous vous habilliez de façon plus sexy… Vous comprenez, avec des jupes plus courtes et des décolletés plus échancrés.

Tout en se disant que Parker pouvait toujours courir, Laura hocha la tête, faisant mine de boire ses paroles.

— OK. Autre chose ?

— Il aime que je le complimente. Vous savez, certains hommes ont besoin que les femmes flattent leur ego.

Croyait-elle vraiment ce qu'elle disait ?

— Oui, mais vous êtes son amie, objecta Laura. Moi, je ne suis que son assistante.

— Oui, évidemment, reconnut Merry avec un haussement d'épaules. Je ne vois pas quoi vous dire d'autre. Peut-être sourire un peu plus ou vous montrer plus à l'écoute. S'il se montre désagréable, c'est sûrement que vous faites quelque chose de travers.

Ou peut-être Parker est-il simplement un mufle, songea Laura.

— D'accord. J'essaierai de m'en souvenir, dit-elle en se levant. Merci.

— Mais n'oubliez pas… Vous m'êtes redevable.

— Je n'oublierai pas.

Elle se détourna pour partir mais hésita.

— À propos, êtes-vous allée aux obsèques de Gini Elgin samedi ? demanda-t-elle.

— Oui. Pourquoi ?

— Pour rien. Je me demandais, voilà tout. Je suis passée devant l'église et j'ai vu qu'il y avait beaucoup de monde.

— Oui, en effet.

— Je suppose que vous y êtes allée avec Parker ?

— Oui, mais nous avons dû faire semblant d'être venus séparément à cause de ses parents, avoua Merry en levant les yeux au ciel. C'est tellement bête, mais Parker dit que je dois être patiente. Et toutes ces histoires de médicaments empoisonnés et de bombe nous mettent encore plus de bâtons dans les roues.

— Je suis sûre que votre patience sera récompensée, assura Laura. Comment allait le fils de Gini – Leo ?

Merry parut troublée.

— Comment connaissez-vous Leo ?

— Je l'ai croisé en ville. Il a l'air vraiment anéanti par la mort de sa mère.

— Oui. Ils étaient proches.

— Vous le connaissez bien ?

Merry plissa le nez.

— Non.

— Ah. Il me semblait avoir entendu quelqu'un dire que vous aviez été ensemble.

Merry se mit à rire.

— Moi et Leo ? Vous voulez rire ? On vous a fait marcher. Ce n'est absolument pas mon type ! nia-t-elle avec emphase.

— J'ai dû mal comprendre, éluda Laura en reculant d'un pas. Eh bien, je vais vous laisser. À plus tard.

Elle regagna son bureau, repassant dans sa tête la conversation qu'elle venait d'avoir avec Merry. Celle-ci, lui semblait-il, disait vrai, s'agissant de Leo. Le fils de Gini n'était pas spécialement attirant ; il n'était pas riche, ne brillait pas par son charme, n'était pas un homme de pouvoir – toutes choses à quoi Merry accordait de la valeur. Si elle était allée le voir, c'était donc probablement à la requête de Parker.

Parker était déjà là lorsqu'elle arriva. Il se retourna.

— Où étiez-vous ? demanda-t-il.

Laura vint s'asseoir à son poste.

— Je parlais avec Merry.

— De quoi ?

— De vous, répondit-elle en le regardant bien en face.

L'un de ses instructeurs, lorsqu'elle était encore en formation, mettait toujours l'accent sur le fait que la meilleure tactique consistait à coller à la vérité chaque fois que c'était possible. Elle avait toujours appliqué ce principe.

— Je lui demandais comment améliorer ma relation de travail avec vous.

— Comme si Merry pouvait en avoir la moindre idée !

— Mais c'est votre amie, n'est-ce pas ?

Il fronça les sourcils.

— Je suppose que c'est elle qui vous a dit ça.

— Oui. Pourquoi ? C'est un secret ?

— Il n'est pas très approprié que je sorte avec une employée.

Il tapota de l'index la pile de courrier d'arrivée.

— Je vous demanderai donc de ne pas le répéter.

— N'ayez aucune inquiétude.

Elle sourit et il recula d'un pas. Avant qu'il n'ait pu s'esquiver, elle ajouta :

— Comment se sont déroulées les obsèques de Gini Elgin ? Je suis passée devant l'église samedi et il m'a semblé qu'il y avait énormément de monde.

— Gini était très appréciée.

— Comment va votre ami Leo ?

— Pas très bien, j'imagine, étant donné que sa mère a été tuée.

— Oui, c'est terrible… La police a-t-elle un suspect ?

— Pas que je sache. Nous ne saurons probablement jamais qui a pu commettre un acte aussi horrible.

Il se détourna.

— Bloquez le reste de ma matinée. Je serai en réunion avec ma mère.

Sans attendre sa réponse, il sortit.

Elle regarda la porte se refermer sur lui. Ses conversations avec Merry et Parker ne lui avaient rien appris de nouveau. Certes, elle ne pouvait pas s'attendre à ce qu'ils se répandent en confidences auprès de la nouvelle employée, mais l'absence d'avancées notables dans leur enquête devenait frustrante.

La porte s'ouvrit et Merry entra.

— Je viens voir Parker, annonça-t-elle en se dirigeant droit vers son bureau.

— Il n'est pas là, dit Laura. Il est en réunion avec sa mère.

Une moue boudeuse tordit la bouche de Merry.

— C'est lui qui devrait être à la tête de cette société, pas elle.

Elle se laissa tomber sur la chaise en face de Laura.

— Honnêtement, elle le traite comme un gamin. Quand nous serons mariés, les choses seront différentes. Je ne la laisserai pas régenter sa vie de cette façon.

Laura ouvrit la bouche pour demander à Merry comment elle comptait s'y prendre lorsque le bâtiment trembla dans un grondement assourdissant. Les deux femmes se jetèrent au sol comme les tableaux ornant les murs, les tasses de café et un vase de fleurs dégringolaient et se brisaient. Comme le vacarme refluait, des cris résonnèrent. Laura se releva et sortit en courant, Merry sur ses talons.

— Que s'est-il passé ? s'écria cette dernière en voyant les gens, couverts de débris, hagards, les dépasser, se précipitant vers la sortie.

— Je crois que c'est une autre bombe, dit Laura, plus pour elle-même que pour Merry, s'efforçant de remonter le flux de la foule affolée, en direction de la source de la déflagration.

9

L'homme et la femme levèrent les yeux lorsque Ana frappa à la porte entrebâillée de la chambre d'hôpital.

— Madame Stroud ? Nous aurions quelques questions à vous poser, à vous et à votre fils.

Donna Stroud, la pâleur de son visage accentuée par les deux demi-lunes bleuâtres qui soulignaient ses yeux, se pinça les lèvres et hocha la tête. Parker, allongé sur son lit d'hôpital, la tête enturbannée de bandages blancs, ne dit rien mais il garda les yeux rivés sur Ana et Rogers tandis qu'ils entraient dans la chambre où flottait une odeur d'antiseptique.

— Comment vous sentez-vous, monsieur Stroud ? s'enquit Ana.

— Comme quelqu'un qui vient de réchapper à l'explosion d'une bombe.

— Où étiez-vous quand l'engin a explosé ? demanda Rogers.

— Juste devant la porte du bureau de ma mère. Je m'apprêtais à entrer.

— Saviez-vous que Mlle Dupree se trouvait à l'intérieur ?

— Non.

— C'est tellement affreux, reprit Donna d'une voix enrouée, presque un murmure. Angela n'était pas seulement une employée ; c'était aussi une amie.

Elle déglutit avec peine.

— J'ai peine à croire qu'elle soit partie.

— Savez-vous pourquoi Mlle Dupree se trouvait dans votre bureau hier matin ? demanda Ana.

— Je ne sais pas, dit Donna, secouant la tête. Mais il lui arrivait souvent de passer pour dire bonjour. Nous bavardions…

— D'après la secrétaire de Mlle Dupree, Shania Merritt, elle devait vous apporter des autorisations d'augmentation de salaire à signer, continua Ana.

Donna hocha lentement la tête.

— Pourquoi n'étiez-vous pas dans votre bureau, Mme Stroud ? interrogea Rogers. En général, vous y êtes à cette heure-là, non ?

— Oui, mais…, commença-t-elle en jetant un regard à son fils. Mon mari n'était pas très bien.

— Vous voulez parler de sa démence ou d'autre chose ?

Donna parut peinée.

— Steve a des trous de mémoire. La plupart du temps, il s'en accommode plutôt bien mais, parfois, son incapacité à se rappeler certains détails le frustre. Il se met alors en colère et cela donne lieu à des disputes. Hier matin, il était d'humeur particulièrement querelleuse et je suis restée à la maison pour tenter de le calmer.

— À propos de quoi cherchait-il querelle ? s'enquit Ana.

— Il s'était mis en tête que Parker négociait la vente de l'entreprise à un concurrent et il voulait le licencier.

Elle secoua la tête.

— C'est complètement absurde, bien sûr, mais une fois qu'il a une idée fixe, il est impossible de le raisonner.

— C'est un symptôme de sa maladie, renchérit Parker. Il fait un rêve ou voit quelque chose à la télévision et il croit ensuite que c'est la réalité.

— Que faisiez-vous devant le bureau de votre mère,

monsieur Stroud ? À cette heure, n'auriez-vous pas dû vous trouver dans le vôtre ?

— Je voulais parler à ma mère du planning de production pour le mois prochain. En tant que directeur de l'usine, je la consulte souvent.

— D'après votre secrétaire, Mlle Lovejoy, vous aviez une réunion prévue pour toute la matinée avec votre mère, dit Ana.

— Oui, c'est exact.

Ana se tourna vers Donna.

— Pourtant, cette réunion ne figurait pas dans votre agenda, madame Stroud.

— Mon fils n'a pas besoin de prendre rendez-vous avec moi pour me voir.

— Donc, cet entretien n'avait pas été fixé par avance ? souligna Rogers.

— Non. Si c'est ce que Mlle Lovejoy a pensé, elle a fait erreur.

Ou peut-être était-ce là ce que Parker avait voulu qu'elle pense. Ana reporta son attention sur Donna, laquelle semblait avoir vieilli de dix ans depuis leur première rencontre, une semaine plus tôt.

— Je sais que vous avez déjà répondu à cette question, dit-elle, mais je dois vous la reposer. Voyez-vous quelqu'un qui puisse avoir eu une raison de s'en prendre à vous ?

— Vous voulez dire que c'était ma mère que visait ce fou ? s'enquit Parker.

— La bombe était placée à son intention, monsieur Stroud, répondit Rogers. Elle était réglée pour se déclencher au moment où elle ouvrirait le tiroir du bas de son bureau.

Il regarda Donna qui avait encore blêmi.

— Quelqu'un voudrait me tuer ? Mais qui ?

Parker batailla pour se redresser dans son lit.

— Vous perturbez ma mère. Vous ne croyez pas qu'elle en a déjà enduré suffisamment ?

— Nous nous demandons pourquoi Angela a ouvert ce tiroir… Vous avez peut-être une idée, madame Stroud ?

— Oui… En effet.

Donna croisa nerveusement les doigts puis releva les yeux.

— On lui avait récemment diagnostiqué un cancer du sein. Elle devait être opérée puis commencer une chimiothérapie la semaine suivante. Cela l'inquiétait et elle passait souvent pour m'en parler. Il nous arrivait de pleurer. Hier, sans doute a-t-elle été déçue de ne pas me trouver… Elle aura sûrement voulu prendre un mouchoir. C'est dans ce tiroir que je rangeais la boîte de Kleenex.

— Et auriez-vous, l'un ou l'autre, remarqué une présence suspecte aux alentours la veille ou l'avant-veille ?

Parker et sa mère secouèrent la tête.

— Et vous n'avez pas non plus reçu d'appel téléphonique ou de lettre de menace ?

— Seulement celle que je vous ai donnée. Le message *Six pour six*.

— Est-ce que vous pensez pouvoir identifier le coupable ? demanda Parker. Parce que, pour l'instant, j'ai plutôt le sentiment que vous piétinez.

Ana ignora la pique. À sa place, elle aurait sûrement réagi de la même façon. Les civils avaient tendance à penser que les crimes se résolvaient en quelques jours, d'un claquement de doigts. Mais ce n'était pas ainsi que se déroulait une enquête et l'arrestation d'un coupable prenait généralement beaucoup plus de temps.

— Est-ce que vous envisagez de fermer temporairement l'usine ?

— C'est hors de question, répliqua Parker.

La réponse de Donna fut plus mesurée.

— Une centaine d'employés, et leurs familles, dépendent

de nous. Nous ne pouvons pas les laisser sans travail. Nous avons déjà dû mettre provisoirement au chômage la cinquantaine de personnes qui supervisaient la chaîne de fabrication des *Stomach Soothers.*

— Il faut que vous découvriez qui a fait ça pour que les choses puissent enfin revenir à la normale, après ces tragédies.

— Soyez certains que cette affaire est notre priorité absolue, déclara Rogers.

Une infirmière arriva pour prodiguer les soins aux deux blessés.

Ana et Rogers prirent congé non sans avoir rappelé qu'ils seraient certainement amenés à les auditionner de nouveau.

Une fois dans le couloir, Rogers se tourna vers sa collègue.

— Alors ? Qu'est-ce que tu en penses ?

— Je pense que quelqu'un a les Stroud dans le collimateur.

— Leo Elgin ?

— C'est possible. Vous l'avez placé sous surveillance, Jace et toi. Ça n'a rien donné ?

— Non, pas pour l'instant. L'usine est fermée aujourd'hui, donc c'est Jace qui l'a à l'œil. Mais s'il ne trouve rien de ce côté-là, il faudra chercher ailleurs. Nous intéresser à tous ceux qui avaient accès à ce bureau.

— Il y a Donna Stroud, évidemment, nota pensivement Ana. Donna qui, très opportunément, n'était pas là ce matin.

— Tu crois qu'elle aurait pu tuer deux de ses employées et saboter ses propres produits ?

— On a tous les deux vu plus incroyable encore.

Il hocha la tête.

— On va se pencher sur sa personnalité, voir ce qu'on trouve.

— Et il faut aussi qu'on entende ce concurrent avec lequel Steve Stroud est persuadé que Parker mène des tractations.

— Bonne idée.

C'était un fil de plus à tirer dans l'écheveau d'indices qui s'offrait à eux. C'était la partie fastidieuse d'une enquête – suivre des pistes qui ne conduisaient nulle part, interroger des gens qui avaient quelque chose à cacher, ou pas, essayer de rassembler toutes les informations pour former un tableau cohérent d'où finirait par émerger le nom du coupable. Cela requérait du temps, beaucoup d'efforts et de travail mais c'était cela, plus que la témérité ou la ruse, qui conduisait à la résolution de la plupart des affaires. C'était la raison pour laquelle le FBI engageait des profils d'agents si diversifiés. Les cellules grises comptaient tout autant que la force physique.

ENCORE QUATRE.

Merry avait posé l'enveloppe sur le dessus de la pile mardi matin et elle la signala à Donna lorsqu'elle lui apporta le courrier.

— Elle ressemble à l'autre lettre, non ? demanda-t-elle en se penchant vers elle pour que Donna hume son parfum – floral et délicat, même si elle s'en était aspergée un peu trop copieusement. Celle qui intéressait tant le FBI ?

Donna considéra l'enveloppe, libellée à son nom en lettres d'imprimerie noires, sans adresse ni mention de Stroud Pharmaceuticals.

— Vous ne l'ouvrez pas ? questionna Merry.

— Je crois que je devrais appeler la police, répondit Donna. Ou l'agent Ramirez. J'ai sa carte dans mon bureau, quelque part.

Mais elle restait immobile, le regard toujours fixé sur l'enveloppe.

— Mais s'il s'agissait d'un courrier des pompes funèbres ou quelque chose comme ça ? insista Merry.

Elle prit l'enveloppe et glissa un ongle verni de rouge sous le rabat.

— Vous allez détruire les empreintes, protesta Donna.

Merry secoua la tête.

— Tous les criminels savent qu'ils doivent porter des gants.

Elle souleva le rabat et fit tomber le contenu de l'enveloppe sur la table. Le feuillet atterrit de travers sur le sous-main, l'inscription en caractères gras proclamant **ENCORE QUATRE !**

Donna vacilla.

— Madame Stroud, vous êtes toute pâle, dit Merry en lui prenant le bras. Respirez à fond, lentement… Vous avez eu un choc.

Elle s'éloigna et revint avec un verre d'eau.

— Tenez, buvez ça.

Donna avala une gorgée d'eau et se sentit un peu mieux.

— Merci.

Elle contempla de nouveau l'inscription sur le papier et réprima un frisson, puis elle ouvrit un tiroir et sortit la carte d'Ana Ramirez.

— Il faut que j'avertisse le FBI.

— Qu'est-ce que ça veut dire ? demanda Merry. Encore quatre ?

— Je ne sais pas, mentit Donna.

Ce que cela signifiait, elle le savait très bien. Six personnes étaient mortes, empoisonnées par les *Stomach Soothers*. Deux personnes avaient péri dans les deux explosions à Stroud Pharmaceuticals. Encore quatre décès, et les compteurs seraient remis à zéro, selon la logique pervertie du poseur de bombes.

Jace commençait à s'ennuyer ferme après trois nuits de planque devant chez Leo Elgin, mais, s'en tenant à sa décision, il maintenait stoïquement sa surveillance.

Même si, jusqu'à présent, à en juger par les micros qu'il avait placés dans l'habitation, Leo ne faisait rien d'autre qu'enchaîner des parties de solitaire sur son ordinateur. Il n'avait reçu ni visites ni appels téléphoniques et la seule personne qu'il avait tenté de joindre était Parker Stroud. L'après-midi suivant l'explosion de la bombe qui avait tué Angela Dupree, Leo lui avait téléphoné à six reprises sans que celui-ci réponde une seule fois. Mais il était alors hospitalisé, ceci expliquant peut-être cela. Leo n'avait laissé qu'un seul message. *C'est Leo. Que se passe-t-il là-bas ?*

Jace changea de position dans son sous-marin – une camionnette portant le logo d'une fausse entreprise de désinsectisation – stationné à un endroit qui offrait une vue imprenable sur la maison d'Elgin. C'était dans des moments tels que celui-ci que fumer lui manquait le plus.

Un mouvement, dans la maison, suivi d'un bruit de porte, capta son attention. Jace se redressa sur son siège, les sens instantanément en éveil. Apparemment, Leo venait de sortir mais par l'arrière car il ne se passait rien à l'entrée. Jace descendit prestement du véhicule et remonta la rue sombre et déserte d'un pas décidé. Parvenu devant chez Leo, il se faufila le long des taillis qui séparaient le jardin de la propriété voisine. Il arriva dans la cour arrière juste à temps pour voir Leo déverrouiller la porte de l'abri en bois qui se trouvait au fond. Avec son toit affaissé et ses parois à la peinture écaillée, l'édifice semblait sur le point de s'écrouler.

Jace se renfonça dans les buissons, serrant les dents en sentant les épines lui égratigner les bras. Que faisait Leo là-dedans ? Des bruits d'objets qu'on remuait lui parvenaient. Il fallait en avoir le cœur net. Il s'avança et se glissa à l'arrière de l'abri, espérant qu'un fenestron lui permettrait de voir à l'intérieur, mais il déchanta en découvrant une sorte de talus herbeux auquel était adossée la paroi arrière de l'abri, comme si celui-ci avait été construit, accolé au flanc d'une butte.

Mais ce monticule n'était pas naturel. Jace avait vu ce genre de structure dans la ferme de ses grands-parents. Les Elgin, ou peut-être le propriétaire précédent, avaient compensé l'absence de cave en sous-sol par l'édification d'un cellier semi-enterré, à l'ancienne. Au lieu de creuser le sol pour ménager un espace souterrain, ils avaient remblayé le terrain derrière l'abri pour créer un équivalent.

Le FBI avait fouillé la propriété Elgin – abri y compris – mais ils avaient pu passer à côté de ce cellier dissimulé derrière.

Il réfléchit à toute vitesse. Ils n'obtiendraient jamais un deuxième mandat de perquisition. Néanmoins, il fallait qu'il sache ce qui se tramait dans cet abri.

Revenant sur ses pas, il rejoignit son véhicule. Une fois à l'intérieur, il sortit son téléphone et appela Laura.

Elle répondit à la deuxième sonnerie.

— C'est moi, annonça-t-il. Ne m'attends pas. Je vais avoir à faire cette nuit.

— Oh ? Tu as trouvé quelque chose ?

— Je ne sais pas encore. Je te tiendrai au courant.

— OK. Mais… Jace ?

— Oui ?

— Sois prudent, lui lança-t-elle avant de raccrocher.

Il demeura immobile, contemplant l'appareil dans sa main, le cœur saisi d'un étrange tressaillement. C'était le genre de recommandation banale que n'importe qui aurait pu faire. Mais Laura n'était pas n'importe qui et elle avait paru sincère.

Laura reposa son téléphone. Pourquoi diable l'avait-elle exhorté à la prudence ? Elle n'était pas sa mère, ni sa femme ! Elle aurait mieux fait de lui demander des précisions. Après tout, ils étaient partenaires dans cette enquête.

Reprenant résolument l'appareil, elle le rappela.

— Oui ? répondit Jace.

— Qu'est-ce qui se passe là-bas ? Que comptes-tu faire ?

— Je crois que Leo trame quelque chose dans l'abri de jardin, derrière la maison – ou, plutôt, dans le cellier attenant.

— Et ?

— J'attends la nuit pour aller jeter un coup d'œil à l'intérieur.

— Jace ! Tu n'as pas de mandat.

S'il en avait eu un, il n'aurait pas autant hésité à lui avouer ses intentions.

— Non seulement ce que tu te proposes de faire est illégal, mais, si tu trouves un élément de preuve, il ne sera pas exploitable. Tu risques de tout compromettre.

C'était bien Jace, ça. Prendre des raccourcis, considérer que les règles ne s'appliquaient pas à lui. Il n'en était pas à son coup d'essai et s'en était toujours tiré parce qu'il obtenait de bons résultats, mais, cette fois, il allait trop loin.

— Je ne compromets rien du tout, répondit-il aussi calmement que s'ils discutaient du menu du dîner. Je sais que je peux entrer et sortir sans laisser la moindre trace et je ne toucherai à rien. Je veux juste m'assurer que mon instinct ne m'a pas trompé. Après quoi, je le demanderai, ce mandat.

— Comment l'obtiendras-tu si tu ne peux pas faire état de ce que tu auras constaté ? rétorqua-t-elle.

— Je prétendrai avoir vu Leo mener des activités suspectes, ou transporter des objets suspects.

Elle aurait pu jurer qu'il souriait, de ce sourire un peu roué qui était sa marque de fabrique.

— Je peux me montrer extrêmement persuasif, acheva-t-il.

— Mais ce serait mentir ! se récria-t-elle. Fabriquer des preuves.

— Pas du tout. Je ne ferai que parler de ce que j'aurai *effectivement* vu dans ce cellier.

— Ça n'en reste pas moins un mensonge.

— Un tout petit mensonge, pour la bonne cause.

C'était probablement ce que n'importe quel agent, politicien ou capitaine d'industrie se disait quand il commençait à mettre un doigt dans l'engrenage de l'illégalité. Seulement, les petits mensonges en entraînaient de gros. Et les gros mensonges menaient à une chose qui portait un nom : la corruption.

— Jace, ne fais pas ça, l'exhorta-t-elle de nouveau sans pouvoir réprimer l'inflexion suppliante de sa voix.

Il laissa passer un instant avant de rétorquer :

— Pourquoi ?

— Parce que tu vaux mieux que ça, répondit-elle simplement.

Il garda le silence si longtemps qu'elle crut qu'il avait raccroché.

— Jace ?

— Je suis là, dit-il avant de pousser un soupir. Écoute, il faut que j'aille voir ce qu'il fabrique dans cet abri. Si c'est Leo qui a posé ces bombes, il a déjà fait deux victimes. On ne peut pas le laisser continuer à tuer impunément des innocents.

— Non.

Elle sentit ses convictions vaciller. Jace avait-il raison, en fin de compte ? La fin – stopper les agissements d'un assassin – pouvait-elle justifier les moyens ? Mais alors, où fixer les limites ?

— Je vais aller voir ce que cache cet abri, reprit Jace. Si je m'aperçois que j'ai fait fausse route, eh bien, nous saurons au moins que nous pouvons nous concentrer sur d'autres suspects.

— D'accord.

— Bon, il faut que j'y aille.

— Jace ?

— Quoi ?

— Sois prudent.

La maison Elgin était située dans un vieux quartier, à la périphérie de la ville. La plupart des maisons semblaient dater des années 1970 ou 1980 et étaient habitées par des couples d'un certain âge. À minuit, toutes les maisons de la rue étaient silencieuses et plongées dans l'obscurité. Chez Leo, la dernière lumière s'était éteinte une demi-heure plus tôt.

Jace, habillé d'un jean et d'un sweat-shirt à capuche noirs, sortit de la camionnette et reprit le chemin de l'abri, le long des buissons. L'atmosphère nocturne était lourde et humide, sans le moindre courant d'air. Il commençait à transpirer sous son épais sweat-shirt.

Au clair de lune, l'abri semblait encore plus décrépit. Jace approcha sans bruit de la porte d'entrée, non sans s'être assuré qu'il n'y avait personne aux fenêtres de la maison qui donnaient sur la cour. Il orienta le faisceau de sa lampe de poche vers la porte, fermée par un gros cadenas brillant qui avait l'air tout neuf. *Pourquoi tiens-tu tellement à t'assurer que personne n'entre ici, Leo ?* Jace songea qu'il lui faudrait vérifier s'il était déjà présent quand le FBI avait procédé à la fouille des lieux.

Il examina le cadenas – d'un modèle commercial classique – puis sortit ses outils et se mit au travail. Moins de deux minutes plus tard, le tour était joué. Il poussa le battant et se glissa à l'intérieur.

L'abri sentait le moisi et le désherbant. Le faisceau de sa lampe éclaira une pelle, un râteau et une binette accrochés à des clous sur le mur du fond. Des sacs de terreau étaient calés contre une paroi latérale ainsi que plusieurs grands seaux contenant des écorces de bois. Le sol était jonché de morceaux de métal rouillé. Contre la paroi opposée, sur une étagère métallique, étaient entreposés des pots de fleurs, des sacs d'engrais et suffisamment de désherbant et d'insecticide pour tuer la moitié de la population de Mayville. Si c'était là le poison qui avait été retrouvé dans les *Stomach Soothers*, Jace aurait pu soupçonner Leo d'avoir voulu se débarrasser de sa propre mère.

Le cellier se trouvant derrière le mur du fond, Jace promena le rayon de sa torche sur la paroi de bois brut, cherchant une ouverture. Elle devait forcément être dissimulée – et ce, de façon particulièrement astucieuse – sinon l'équipe qui avait perquisitionné les lieux n'aurait pas manqué de la localiser.

Une grosse lessiveuse en cuivre, du genre de celles qu'on utilisait autrefois pour faire bouillir le linge, occupait tout l'espace dans l'un des angles arrière de l'abri. Elle était remplie de matériel de pêche, surmonté d'une vieille bâche. Se souvenant des bruits qu'il avait entendus quand Leo était à l'intérieur, Jace la poussa sur le côté et balaya le coin de l'abri avec sa lampe.

Il ne nota rien d'inhabituel. Les planches fendillées semblaient fermement arrimées les unes aux autres. Un clou rouillé dépassait légèrement du bois, cependant. Jace essaya de le faire tourner du bout des doigts, en vain. Mais, lorsqu'il tira franchement dessus comme s'il s'agissait d'une poignée, ce fut un pan entier de bois qui s'ouvrit devant lui. Une bouffée d'air frais effleura son visage, chargée d'humidité et d'un léger relent d'huile de moteur.

Il s'immobilisa, tendant l'oreille, mais tout était silencieux. Il s'avança, courbé en deux, pour franchir l'ouverture.

Le cellier semi-enterré n'était pas grand, peut-être un mètre cinquante de profondeur par deux mètres de large – une sorte de grand placard avec un plafond si bas qu'il devait rester penché en avant pour ne pas se cogner la tête. Une espèce d'établi en bois occupait presque tout l'espace, couvert d'outillage, dont une petite perceuse à colonne, une balance et divers outils manuels. Des cartons et des caissettes de pommes étaient empilés à une extrémité. Il prit celui du dessus, l'ouvrit et laissa échapper un petit sifflement lorsque le faisceau de sa torche révéla une collection de fils électriques, de fusibles, de détonateurs et une belle quantité de dynamite.

Dans les autres boîtes, il trouva des tuyaux métalliques, des pièces électroniques qui devaient, selon lui, faire partie du mécanisme de minuterie. Si tout ce matériel correspondait à celui qui avait servi à fabriquer les bombes de Stroud Pharmaceuticals, il y avait largement assez de preuves matérielles pour envoyer Leo faire un très, très long séjour en prison. Il remit le tout en place et quitta le cellier. Il venait juste de remettre la lessiveuse en cuivre à sa place et s'avançait vers la porte quand le cliquètement du cadenas, suivi d'un juron proféré à voix basse le figea sur place.

Il n'eut que le temps de plonger vers l'un des coins sur l'avant de l'abri et de se cacher sous une bâche.

Leo entra.

10

Jace ne voyait rien à travers la bâche d'où s'exhalaient des remugles de terre et d'humidité. Accroupi, immobile, une main sur la crosse de son arme, il se tenait prêt à bondir si Leo découvrait sa cachette. Mais les pas de Leo se dirigèrent droit vers le fond de l'abri. Le raclement de la lessiveuse tirée sur le sol puis un léger bruit de coulissement annoncèrent l'ouverture de la porte secrète du cellier.

Jace risqua un coup d'œil en soulevant sans bruit un coin de la bâche. Leo avait allumé dans le cellier – peut-être une lanterne fonctionnant sur piles – et le halo jaune se propageait jusqu'à l'arrière de l'abri. Jace entendait Leo se mouvoir, déplacer des objets, des outils. Avait-il décidé, ne parvenant pas à trouver le sommeil, de venir fabriquer une autre bombe ?

Quelques secondes plus tard, Leo émergea du cellier, les bras chargés d'une caisse. Il sortit de l'abri et ses pas s'éloignèrent. Jace ne bougea pas, tellement à l'affût du moindre son indiquant son retour que ses oreilles finirent par tinter. Il compta jusqu'à cent, s'attendant à entendre le bruit de la porte de la maison qui s'ouvrait puis se refermait mais il ne vint pas. Juste au moment où il était sur le point d'émerger de la bâche pour rejoindre sa camionnette, une voiture démarra non loin. Leo quittait-il la maison en emportant la caissette quelque part ?

Mais le grondement de moteur, au lieu de décroître au loin, se fit de plus en plus fort, jusqu'à ce que le véhicule s'arrête, probablement juste devant la porte. Le moteur fut coupé et, de nouveau, Leo pénétra dans l'abri. Depuis sa cachette, Jace le vit transporter une deuxième caisse, puis une troisième jusqu'à sa voiture.

Il était coincé là. Impossible de sortir sans risquer d'être découvert. Mais il ne pouvait pourtant pas laisser Leo déplacer son atelier de fabrication d'explosifs autre part sans tenter de l'en empêcher ! Il tira son téléphone de sa poche et composa un SMS à l'adresse de Laura.

SOS. J'ai besoin de toi ici au plus vite. Avec des renforts.

Laura éprouva une décharge d'adrénaline à la seconde où elle lut le texto de Jace. Elle troqua le short qu'elle portait pour être à l'aise au mobil-home contre un jean, fixa prestement son holster à sa ceinture, chaussa une paire de baskets et attrapa au vol une grosse lampe torche qui présentait l'avantage de pouvoir aussi faire office de matraque.

Elle sauta dans le pick-up et appela Ramirez en roulant. Même si elle était probablement endormie à cette heure tardive, Ana répondit à la deuxième sonnerie, apparemment en pleine possession de ses moyens.

— Je viens de recevoir un message de Jace. Il est chez Leo et, apparemment, il y a un problème. Il a besoin de nous. Il a repéré une activité suspecte dans l'abri, dans la cour arrière.

— D'accord. On se met en route tout de suite.

Laura traversa les rues désertes de la ville, l'esprit en effervescence. Jace avait prévu de fouiller cet abri… Leo l'avait-il surpris ? Blessé, peut-être ? Un élancement douloureux lui étreignit la poitrine à cette pensée et elle appuya sur l'accélérateur, les mains serrées sur le volant à s'en faire blanchir les phalanges.

En s'engageant dans la rue de Leo, elle avisa immédiatement le véhicule de surveillance de Jace. Elle se gara derrière et, l'arme au poing, s'élança en courant vers la maison Elgin. Veillant à rester sous le couvert des taillis, elle se dirigea vers la cour arrière.

Elle discerna d'abord la forme sombre de la voiture garée devant l'abri, la portière conducteur et le hayon ouverts. Puis, comme une silhouette émergeait de l'abri, elle se renfonça dans les taillis. C'était Leo ; il transportait un carton.

Une voiture passa dans la rue, devant la maison, mais Leo n'y prêta même pas attention. Il rangea son fardeau dans le coffre et retourna dans l'abri. Le téléphone de Laura vibra ; elle le tira promptement de sa poche et regarda l'écran. C'était Ramirez.

Où es-tu ?

Elle pianota rapidement la réponse.

À l'arrière de la propriété, côté nord. Leo est là, dans l'abri.

Quelques instants plus tard, elle distingua deux silhouettes sombres qui s'avançaient vers elle. Elle attendit qu'elles soient presque sur elle pour murmurer :

— Par ici.

Ramirez approcha, suivie de Rogers.

— Qu'est-ce qui se passe ? demanda Ramirez.

— Leo est en train de sortir des cartons de l'abri.

— Tu as vu Jace ?

Laura secoua la tête. Elle hésita à lui envoyer un SMS mais il n'était peut-être pas en situation de répondre.

Leo reparut une nouvelle fois.

— Qu'est-ce qu'il transporte ?

— On va le savoir tout de suite, déclara Laura en décrochant sa grosse Maglite de sa ceinture.

Elle la braqua vers Leo et l'alluma.

— FBI ! clama Rogers. Posez ce carton et mettez les mains en l'air !

Leo regarda autour de lui d'un œil effaré.

— Les mains en l'air ! tonna Rogers.

Cette fois, Leo s'exécuta. Tandis que Ramirez et Rogers lui passaient les menottes, Laura se coula à l'intérieur de l'abri.

— Jace ? appela-t-elle.

— Je suis là.

Elle se tourna dans la direction d'où venait la voix au moment où il émergeait de derrière une bâche. À sa vue, quelque chose se dénoua instantanément en elle. Il n'était pas blessé.

— Où est Leo ? demanda-t-il en regardant la porte.

— Rogers et Ramirez s'occupent de lui. Alors, tu m'expliques ce qui se passe ?

Il alluma une petite lampe de poche et orienta le pinceau de lumière vers une ouverture dans le mur du fond.

— Il y a un atelier là derrière. Rempli d'électronique, de câbles, de fusibles et d'explosifs, bref, de tout ce qu'il faut pour fabriquer une bombe... Beaucoup de bombes, même. Du moins, il l'était avant que Leo ne se mette à tout déménager.

— Alors, c'est lui, le poseur de bombes ?

La nouvelle ne la surprenait pas outre mesure, mais elle était un peu déçue. Leo lui avait paru plus pathétique que malveillant. Pourtant, manifestement, il avait bel et bien tué deux personnes.

Ramirez les rejoignit dans l'abri.

— C'est bon. Leo est menotté dans notre véhicule. La police locale arrive.

— Leo a-t-il dit quelque chose ? s'enquit Jace.

— Seulement qu'il n'a tué personne. Après quoi, il a

demandé à voir son avocat et s'est muré dans le silence, répondit Ramirez en haussant les épaules. On finira par lui tirer les vers du nez.

Elle regarda Jace.

— Toi, ça va ?

— Oui. J'ai vu Leo entrer là-dedans et j'ai entendu des bruits bizarres. Ça m'a intrigué et je suis venu jeter un coup d'œil et me suis retrouvé piégé à l'intérieur quand il a commencé à faire des allers et retours. C'est là que j'ai prévenu Laura.

— Leo n'a opposé aucune résistance, intervint Ramirez. Je ne pense même pas qu'il ait été armé. On se charge de terminer ici. Vous deux, vous devriez filer avant que votre couverture ne soit grillée.

Ils reprirent le chemin de la camionnette et du pick-up.

— Tu aurais pu appréhender Leo toi-même. Pourquoi m'avoir appelée ? Pour préserver ta couverture ?

— Cela, et aussi pour qu'il y ait plusieurs témoins qui le voient pris la main dans le sac, en train d'évacuer tout ce matériel.

Il lui adressa un sourire ingénu.

— Tu comprends, je ne voudrais pas qu'on m'accuse d'avoir pris des raccourcis et mis l'enquête en péril.

Elle eut envie de lui décocher un bon coup de poing dans le bras – et aussi de le serrer contre elle et de lui dire combien elle était soulagée qu'il soit indemne. Mais elle se borna à grimper dans le pick-up tandis qu'il prenait le volant de la camionnette.

— Je n'ai tué personne.

Leo Elgin, vêtu d'une combinaison orange avec PRISONNIER placardé en grosses lettres blanches sur le devant et sur le dos, était assis face à Ana et Rogers, au poste de police de Mayville, les poignets et les chevilles entravés, flanqué d'un côté de son avocate commise d'office et de l'autre, d'un policier.

— Le problème, Leo, c'est que le matériel qu'on a retrouvé dans votre voiture est celui qui a servi à confectionner les deux bombes qui ont explosé à Stroud Pharmaceuticals, dit Ana. Celles qui ont tué Lydia Green et Angela Dupree.

— Est-ce que c'est Angela ou Lydia qui a mis du poison dans les *Stomach Soothers* ? demanda Leo avec, dans la voix, plus de désespoir que de défi. Le poison qui a tué ma mère.

— C'est ce que vous avez pensé ? rétorqua Ana. C'est pour ça que vous avez posé ces bombes... Pour vous venger ?

— Nous n'avons rien trouvé indiquant que l'une ou l'autre ait eu un lien avec le médicament empoisonné, répondit Rogers.

Leo enfouit son visage dans ses mains et se mit à sangloter.

— Je vous demande d'ajourner cet entretien. Mon client est bouleversé, intervint l'avocate, une femme à l'attitude maternelle d'environ cinquante-cinq ans, avec des boucles grises et des lunettes à monture d'écaille.

Rogers et Ana se levèrent.

— Nous nous reverrons bientôt, Leo, reprit Ana. Vous dites n'avoir tué personne, mais vous avez fabriqué ces bombes. Si ce n'est pas vous qui les avez posées, alors, qui est-ce ? *Qui*, Leo ?

Elle suivit Rogers hors de la salle. Au bout du corridor, le chef de la police, Gary Simonson, vint à leur rencontre.

— Alors, avez-vous réussi à en tirer quelque chose ?

— Il persiste dans ses dénégations. Mais c'est lui qui a fabriqué ces engins explosifs, j'en suis certain, dit Rogers.

— Reste à savoir si c'est lui qui les a posés, souligna Ana.

Rogers frotta sa mâchoire rugueuse, ombrée d'une barbe

de deux jours. Comme Ana, il n'avait dormi qu'une poignée d'heures en deux jours et son beau visage régulier accusait la fatigue. Ses yeux semblaient enfoncés dans leurs orbites.

— C'est l'hypothèse la plus probable. Il avait la clé et le badge de sa mère.

— Admettons. Mais qui a empoisonné les médicaments ? insista Ana. Se peut-il vraiment que ce soit Lydia ou Angela ?

— C'est ce qu'il prétend ? s'enquit Simonson.

— Il nous a demandé si cela pouvait être elles, comme s'il cherchait une confirmation de notre part, répondit Ana.

— On va examiner cette éventualité, bien sûr, mais aucun employé de Stroud Pharmaceuticals ne semble avoir de mobile, renchérit Rogers. Angela et Lydia travaillaient toutes les deux depuis des années pour l'entreprise, elles donnaient toute satisfaction. Ni l'une ni l'autre n'a jamais eu affaire à la police, pas même pour un excès de vitesse.

— Et s'il avait confectionné ces bombes pour quelqu'un d'autre ? suggéra Ana. Ou qu'il les croyait destinées à un autre usage ?

Son téléphone se mit à sonner et elle consulta l'écran.

— C'est Maynard. Mieux vaut que je prenne l'appel.

Elle s'éloigna dans le couloir, laissant Rogers avec Simonson.

— Salut, Hendrick, dit-elle en décrochant. Tu as quelque chose pour nous ?

— J'ai visionné toutes les vidéos des caméras de surveillance de Stroud que vous m'avez fait parvenir… J'ai bien dit *toutes*, insista-t-il. Trois semaines complètes d'enregistrement.

Elle pressa l'appareil plus étroitement contre son oreille.

— Et ?

— On y voit des centaines de personnes entrer et sortir, mais ce sont tous des employés, des fournisseurs ou des parents des employés. Mon équipe a pu identifier chacune d'entre elles.

— Joli travail, le complimenta-t-elle en s'efforçant d'instiller dans son intonation plus d'enthousiasme qu'elle n'en éprouvait.

— De toutes ces vidéos, il ne ressort qu'un élément significatif, poursuivit Hendrick. Leo Elgin n'apparaît sur aucune d'entre elles, ni à l'intérieur de l'entreprise ni à l'extérieur. Il n'a jamais approché des endroits où ont été posées les bombes.

Rogers la rejoignit. Comme elle croisait son regard interrogateur, elle secoua la tête.

— Merci, Hendrick, dit-elle avant de raccrocher.

— Leo Elgin ne figure sur aucune des vidéos. Il n'a pas posé les bombes.

— Alors, il doit avoir un complice dans la place ? répliqua Rogers. Je pense qu'il est temps de convoquer Parker Stroud ici pour avoir une petite conversation.

11

De retour au travail le mercredi matin, Parker, le visage portant encore des traces de contusion, réclama à Laura de nouveaux documents.

— Pourquoi examinez-vous tous les registres du premier trimestre ? s'enquit-elle en déposant une première pile devant lui.

— Ça n'est pas votre affaire, mais je m'attaque à de nouvelles procédures qui rendraient l'entreprise plus performante.

— Il paraît qu'il pourrait y avoir une nouvelle bombe. Vous croyez que c'est vrai ?

— Qui vous a dit ça ? releva-t-il, les yeux plissés.

— Oh ! c'est le bruit qui court, éluda-t-elle.

— Eh bien, n'écoutez pas les racontars.

— Mais, tout de même, pensez-vous que ce soit possible ? insista-t-elle, prenant l'air préoccupé.

— Je ne sais pas. Peut-être.

— Mais pourquoi ?

— Parce que quelqu'un, apparemment, s'est mis en tête de détruire cette entreprise et ma famille.

Elle ne perçut pas de colère dans ses mots, plutôt une sorte d'amère résignation.

— Et maintenant, laissez-moi travailler en paix.

Elle sortit et, ayant enfin réussi à accéder aux comptes

de Stroud Pharma pour les deux derniers trimestres, elle demeura assise à son poste pendant le reste de la matinée. À première vue, tout semblait en ordre mais un examen plus approfondi révéla des incohérences de plus en plus nombreuses. Se pouvait-il que Virginia Elgin ait été incompétente à ce point, ou quelqu'un avait-il délibérément effacé un certain nombre d'écritures des fichiers ?

Parker n'était pas présent quand Ramirez et Rogers arrivèrent après le déjeuner et demandèrent à lui parler.

— Il ne m'a pas dit où il allait, leur indiqua Laura. Mais, attendez… Je vais aller voir si je peux le trouver.

Mieux valait qu'elle parte elle-même à sa recherche afin d'éviter que la vue des deux agents du FBI rôdant dans l'usine n'alerte les employés.

Lorsqu'elle eut constaté qu'il n'était ni dans la salle de repos ni dans le bureau de sa mère, elle se dirigea vers l'atelier et le trouva effectivement sur la ligne de production en train de discuter avec Jace d'un dysfonctionnement de la remplisseuse. Jace lui adressa un chaleureux sourire.

— Salut, chérie.

Elle lui répondit par un bref sourire puis se tourna vers Parker.

— Deux agents du FBI demandent à vous voir, annonça-t-elle.

Une lueur d'inquiétude passa dans son regard mais il la dissimula si promptement qu'elle n'aurait rien remarqué si elle n'avait pas guetté attentivement sa réaction.

— Dites-leur que je suis indisponible, répondit-il.

— Je ne peux pas. Il s'agit du FBI.

— Certes, mais je n'ai pas de temps à leur consacrer pour l'instant. Vous n'avez qu'à leur répondre que vous ne m'avez pas trouvé. Que vous ne savez pas où je suis.

Il se tourna vers Jace.

— Ça vaut pour vous aussi.

— Oui, monsieur, dit Jace en regardant Laura, un sourcil arqué.

— Entendu, monsieur, acquiesça-elle avant de tourner les talons.

De retour dans le bureau, elle informa Ramirez et Rogers de la situation.

— Il est en bas, à l'atelier. J'ai reçu l'ordre de prétendre que je ne l'avais pas trouvé. À mon avis, il doit déjà se diriger vers le parking. Si vous vous dépêchez, vous pourrez le coincer avant qu'il ne s'en aille.

Dix minutes plus tard, Ramirez et Rogers réapparaissaient, précédés d'un Parker qui faisait grise mine. Ce dernier se dirigea droit vers son bureau sans un regard pour elle. Ramirez lui fit signe de la tête avant de s'y engouffrer à la suite de Parker et Rogers, prenant soin de laisser la porte entrebâillée.

Laura s'en approcha à pas de loup.

— Alors, comme ça, vous tentiez de nous fuir ?

— Pas du tout, objecta Parker. J'avais rendez-vous avec notre directeur régional des ventes. Si vous voulez me rencontrer, mieux vaut prendre rendez-vous auprès de ma secrétaire.

— C'était urgent, répliqua Rogers. Nous voulions vous voir à propos de vos relations avec Leo Elgin.

— Je ne comprends pas.

Parker s'était exprimé avec assurance et fermeté. Il bluffait bien, mais pas tout à fait assez bien pour les tromper.

— Je pense que si. Vous connaissez Leo Elgin, dit Ramirez.

— Oui, répondit Parker. Sa mère travaillait ici avant sa mort tragique. Et Leo et moi fréquentions le même lycée.

Le grincement de son fauteuil pivotant indiqua à Laura que Parker remuait sur son siège.

— Vous êtes amis, reprit Ramirez.

— Nous nous *connaissons*, rectifia Parker. Mais qu'est-ce que ça change ? Je connais beaucoup de monde.

— Leo Elgin a été arrêté ce matin. Il est inculpé d'avoir fabriqué les bombes qui ont tué Lydia Green et Angela Dupree, expliqua Rogers.

Long silence, que la voix de Ramirez rompit bientôt.

— Monsieur Stroud ? Vous vous sentez bien ?

Lorsque Parker répondit enfin, sa voix avait perdu de sa superbe et de son énergie.

— C'est Leo qui a posé ces bombes ? Mais pourquoi ?

Ramirez se dirigea vers la porte et fit mine de lancer à Laura :

— S'il vous plaît ! Monsieur Stroud voudrait un verre d'eau.

Laura remplit un verre et l'apporta à Ramirez.

— Qu'est-ce qui s'est passé ? questionna-t-elle à voix basse.

— La nouvelle de l'arrestation de Leo l'a clairement ébranlé. J'ai cru qu'il allait s'évanouir, souffla sa collègue avant de pivoter sur elle-même pour retourner dans le bureau.

— Monsieur Stroud, connaissiez-vous bien Mlle Green et Mlle Dupree ? s'enquit Rogers.

— Toutes deux étaient autant des amies de la famille que des employées, mais ma mère les connaissait mieux que moi.

Parker marqua une pause, peut-être pour boire un peu d'eau, avant d'ajouter :

— Leurs morts m'ont profondément ému. C'est un tel gâchis.

— Voyez-vous une raison pour laquelle l'une ou l'autre aurait pu saboter les comprimés *Stomach Soothers* ? Auraient-elles pu avoir l'occasion de le faire ? demanda Rogers.

— Non ! Aucune ! Angela et ma mère étaient les

meilleures amies du monde. Sans compter que ni l'une ni l'autre n'approchaient des chaînes de production. Je ne vois pas quand ni comment elles auraient pu s'y prendre.

Nouvelle pause.

— Est-ce que vous suggérez que Leo aurait posé ces bombes pour tuer ces femmes parce qu'il les croyait responsables de la mort de Gini ? s'enquit Parker d'une voix blanche.

— Nous explorons toutes les possibilités, répondit Rogers de façon sibylline. Ce qui nous intéresse pour le moment, ce sont vos tractations avec Leo Elgin.

— Il n'y avait pas de tractations.

— Nous avons deux témoins qui vous ont vu récemment, à deux reprises, en sa compagnie, assena Rogers.

La voix de Parker demeura calme. Raisonnable.

— Nous nous sommes croisés fortuitement une ou deux fois depuis qu'il est revenu en ville. Et je lui ai présenté mes condoléances, mais c'est tout.

— Qu'en est-il de l'argent que vous lui avez donné ? demanda Rogers.

— De quel argent parlez-vous ? se récria Parker, une once d'indignation dans la voix.

— Celui que vous avez confié à votre petite amie, Merry Winger, afin qu'elle le remette à Leo samedi dernier, continua Rogers. Le jour des funérailles de Gini Elgin. Mlle Winger affirme que vous lui avez demandé d'apporter à Leo une enveloppe contenant de l'argent pendant le service.

— Ma famille voulait apporter sa contribution au coût des obsèques. Par amour-propre, Leo avait refusé la somme que je lui avais initialement offerte. Alors, je me suis dit que, si Merry servait d'intermédiaire, il l'accepterait peut-être. J'avais raison.

— Vous aviez déjà pris en charge le prix du traiteur pour la réception après la cérémonie, nota Ramirez.

— Oui, mais nous voulions faire davantage. Gini était une employée très appréciée, avec beaucoup d'ancienneté dans l'entreprise. Même si nous n'étions pour rien dans sa mort, nous étions navrés que ce soit l'un de nos produits qui l'ait conduite à sa perte.

Qui l'ait conduite à sa perte ? Laura se demanda s'il s'était entraîné à prononcer cette réplique.

— Mais… Qu'est-ce que vous faites ?

Laura se retourna et vit Merry debout sur le seuil.

— Deux agents du FBI sont en train d'interroger Parker, expliqua Laura à voix basse.

Les yeux de Merry s'écarquillèrent et elle se hâta de la rejoindre.

— Que lui veulent-ils ? souffla-t-elle.

Laura la ramena jusqu'à son bureau.

— Ils lui ont posé des questions concernant une somme d'argent qu'il vous aurait chargée de donner à Leo Elgin.

Merry fronça les sourcils.

— Mais quel rapport avec les bombes et tout le reste ?

— Merry, pourquoi avez-vous quitté les obsèques pour apporter cet argent à Leo ? demanda Laura sans détours.

— Parce que Parker me l'a demandé, répondit-elle.

Elle se laissa tomber sur une chaise.

— Il m'a *suppliée*, plus exactement. Il a accepté de m'offrir une paire de boucles d'oreilles en diamants si je voulais bien faire ça pour lui, déclara-t-elle en portant les mains aux bijoux étincelants qui ornaient ses lobes.

Laura se cala contre le dossier de son siège.

— Mais pourquoi *pendant* le service ?

— Il a dit qu'il ne voulait pas mettre Leo dans l'embarras, répondit Merry en jetant un coup d'œil à la porte du bureau de Parker. Qu'a répondu Parker quand les fédéraux lui ont parlé de l'enveloppe ?

— Qu'elle contenait de l'argent pour aider Leo à payer les frais d'obsèques.

Merry leva les deux mains en l'air, clairement exaspérée.

— Mais pourquoi ne me l'a-t-il pas dit ? Il m'a juste demandé de remettre cette enveloppe à Leo et de ne pas poser de questions. J'ai dû regarder à l'intérieur pour savoir ce qu'elle contenait !

— Vous avez dû vous inquiéter quand vous avez vu l'argent.

— Oui ! J'ai eu peur que Parker n'achète de la drogue à Leo, ou quelque chose comme ça. Il y avait une grosse liasse de billets de cent dollars.

Laura croisa les bras sur sa poitrine.

— Ça coûte si cher que ça, des funérailles ?

— Je n'en sais rien, je n'ai jamais eu à en payer.

— Et vous croyez que Parker prend de la drogue ?

— En fait, non. Je veux dire, quand nous sortons ensemble, il boit rarement plus d'une bière. Il ne fume pas non plus.

Elle sourit.

— C'est ce qui me plaît chez lui. Il n'a pas de mauvaises habitudes. Il me dit toujours que son seul vice, c'est de trop travailler.

Laura n'aurait guère pu en attester, compte tenu du nombre de fois où son patron arrivait tard ou partait tôt mais elle garda son avis pour elle.

— Le pauvre chéri, continua Merry en secouant la tête avec attendrissement. Il était tellement effondré quand il a appris la mort de Gini. J'étais avec lui. Il est devenu blanc comme un linge et j'ai cru qu'il allait tourner de l'œil. Il répétait *Non, non, non*. Je ne savais pas qu'il était si proche de Gini, mais elle travaillait ici depuis longtemps, donc j'imagine qu'il la voyait un peu comme une tante.

À moins que Parker n'ait payé Leo pour qu'il s'abstienne de révéler un secret. Ou qu'il cesse de blâmer publiquement Stroud Pharmaceuticals pour la mort de sa mère. La mauvaise publicité faite autour des empoisonnements avait porté tort à l'entreprise. La prise en charge des frais d'obsèques avait peut-être été le moyen d'acheter le silence et la coopération de Leo.

La porte du bureau de Parker s'ouvrit et Parker, Ramirez et Rogers émergèrent.

— Si un souvenir pouvant nous aider dans notre enquête vous revenait, appelez-nous, recommanda Ramirez avant que Rogers et elle ne prennent congé.

Lorsqu'ils furent partis, Merry se précipita vers Parker.

— Qu'est-ce qu'ils voulaient ? questionna-t-elle.

— Ils ont arrêté Leo à cause des deux explosions qui se sont produites chez nous, répondit Parker.

Il semblait avoir vieilli ; des lignes plus marquées encadraient ses yeux et sa bouche, et il était d'une pâleur mortelle.

— Quoi ? C'est Leo qui a posé les bombes ? Lui qui ne ferait pas de mal à une mouche ?

— Ils ont l'air de penser qu'il était de mèche avec quelqu'un de l'entreprise, dit Parker.

— Mais enfin, ça n'a pas de sens ! se récria Merry. Sa mère meurt et alors, il déciderait de tuer deux autres personnes au hasard ?

— Le chagrin ou la tristesse peuvent conduire les gens à se comporter de façon étrange, observa Parker en regardant Merry fixement. Vois-tu qui aurait pu être le complice de Leo ?

— Non, bien sûr que non ! Et puis pourquoi me regardes-tu comme ça ? Tu ne penses quand même pas que c'est moi ? Ça ne risque pas ! Je le trouve… bizarre. Il me fait froid dans le dos.

— Vous disiez il y a un instant qu'il était inoffensif, souligna Laura.

— Oui, enfin, il est inoffensif *et* bizarre. Il n'a même pas d'amis.

— Ils m'ont posé tout un tas de questions concernant l'argent que j'ai donné à Leo.

L'expression de Parker se fit plus glaciale encore.

— Qu'est-ce qui t'a pris d'aller parler de moi au FBI ?

Merry recula d'un pas.

— Ils m'ont interrogée. J'étais bien obligée de leur répondre.

Il planta une main sur son épaule et l'entraîna vers la porte.

— Maintenant, tu t'en vas, décréta-t-il en tirant le battant et en la poussant au-dehors avant de lui claquer la porte au nez.

Il se retourna vers Laura.

— Je sais que vous écoutiez, derrière la porte.

— Je me demandais ce qu'ils vous voulaient.

— Ce sont ces agents-là qui vous ont interrogés, vous et votre mari ?

— Oui.

— Vous ont-ils demandé si vous connaissiez Leo ?

— Non.

— Eh bien, n'ayez crainte, ça viendra. Leur enquête fait du sur-place, donc ils se raccrochent à tout et n'importe quoi.

Il se dirigea vers la sortie.

— Où allez-vous ? lança Laura.

Comme il lui décochait un regard noir, elle précisa :

— Pour le cas où quelqu'un vous demanderait.

— Je retourne au travail. Vous devriez en faire autant.

Il n'était pas parti depuis une minute que son téléphone sonna.

— Je viens juste de voir Ramirez et Rogers s'en aller, dit Jace. Que s'est-il passé là-haut, dans les bureaux ?

— Ils ont interrogé Parker. Apparemment, l'enveloppe

que Merry a remise à Leo était pleine de coupures de cent dollars.

Jace émit un sifflement.

Laura jeta un coup d'œil à la porte demeurée ouverte et baissa le ton.

— D'après Parker, c'était pour payer les funérailles de Gini.

— Tu penses qu'il dit vrai ?

— Je ne sais pas. Peut-être qu'on devrait passer un marché avec Leo et lui promettre un allégement de peine ou une réduction des charges qui pèsent contre lui en échange du nom de son complice ?

— Pas question, protesta Jace, outré. Directement ou indirectement, il a causé la mort de deux personnes. Et on l'a pris sur le fait, en train de déménager le matériel qui a servi à fabriquer les bombes.

— Oui, mais tout de même… Pour le cas où il y aurait une autre bombe. Il y avait de quoi en fabriquer tout un tas dans ce cellier, tu l'as dit toi-même, rappela Laura. Imagine qu'il en ait fabriqué plusieurs d'avance et qu'une troisième soit sur le point de sauter ?

12

— On n'arrive à rien avec Elgin, déclara Rogers, de la frustration dans la voix. Il a peur mais on a beau essayer de se servir de ça pour l'amener à coopérer, rien à faire.

Jace coinça le téléphone entre son oreille et son menton pour retourner les burgers qui grésillaient sur le barbecue à l'ombre du catalpa, derrière le mobil-home.

— Et Parker Stroud ? Vous avez réussi à en tirer quelque chose, ce matin ?

— Il cache quelque chose, mais ça ne signifie pas qu'il soit coupable. Peut-être que l'argent était vraiment destiné à payer les frais d'obsèques. Pour le moment, en tout cas, on ne peut pas prouver le contraire.

— Laura pense que Leo a peut-être fabriqué d'autres bombes.

— C'est possible. On est en train de reconstituer tout son emploi du temps du dernier mois. Ce sera long, comme tu le sais.

Exact. Mais, parfois, le Bureau était trop procédurier au goût de Jace. Pendant qu'ils s'appliquaient à mettre les points sur tous les « i » et les barres aux « t », il pouvait y avoir une nouvelle victime.

Il mit fin à l'appel et songea à aller voir Laura dans le mobil-home. Mais comme il ne voulait pas risquer de laisser brûler les burgers, il reprit son téléphone et rédigea un SMS.

Eu des nouvelles de D & A. Rejoins-moi dehors pour que je te mette au courant – et pour dîner.

Cinq longues minutes s'écoulèrent avant que la porte de derrière ne s'ouvre et que Laura n'apparaisse, les bras chargés d'assiettes, de couverts et d'un assortiment de sauces et condiments sur un plateau. Elle était vêtue d'un short qui lui arrivait au-dessus du genou et découvrait de longues jambes fines et galbées ; il dut se forcer pour ne pas garder le regard rivé sur elles. Heureusement, elle était si concentrée sur sa tâche qu'elle ne remarqua rien.

— Alors, que t'a dit Rogers ? questionna-t-elle en se délestant précautionneusement de son fardeau sur la table.

— En gros, qu'Elgin ne lâchait toujours rien.

Elle s'installa à la table de pique-nique.

— Rien de nouveau sous le soleil, donc. Mais quand un suspect refuse de parler, c'est généralement qu'il a plus peur de quelqu'un d'autre que de nous.

Ils avaient troqué leurs tenues de travail contre des vêtements décontractés, et c'était étonnamment agréable de s'asseoir dans cette cour ombragée, relaxant presque – exception faite de l'enquête qui demeurait désespérément au point mort. Jace recouvrit les deux burgers de fromage et attendit qu'il fonde.

— De qui a-t-il peur, selon toi ? De son complice ?

— C'est ce que j'incline à croire, acquiesça Laura.

Il fit glisser les burgers sur un plat et la rejoignit à table. Les conjectures, c'était très bien lorsqu'il s'agissait d'orienter une enquête dans une direction vraisemblable mais ce qu'il leur fallait maintenant, c'était une preuve tangible. Il n'avait pas besoin de le rappeler à Laura ; elle travaillait pour le Bureau depuis plus longtemps que lui et semblait nettement plus à l'aise avec leurs méthodes qu'il ne l'était.

À défaut d'apprécier sa tendance à respecter à la lettre le règlement, il admirait son intelligence, la finesse de ses raisonnements et son implication.

— J'ai découvert quelque chose qui mérite qu'on s'y intéresse de plus près, déclara-t-elle.

Elle avait dit ça avec un petit air de ne pas y toucher qui lui fit dresser instantanément l'oreille.

— Quoi donc ?

— J'ai épluché les états financiers de Parker Stroud, déclara-t-elle en étalant consciencieusement de la moutarde sur son burger avant d'y adjoindre de la salade et des rondelles de tomate.

En face d'elle, Jace se concentra sur son propre burger.

— Et qu'y as-tu trouvé ? s'enquit-il négligemment.

— Un compte bancaire secret au nom de Steven Parker. Avec un solde de dix millions de dollars.

Jace siffla entre ses dents.

— Ah, en effet. C'est un joli bas de laine. D'où Parker peut-il tenir ces dix millions ?

— C'est précisément ce que je me suis demandé. Il a commencé à créditer ce compte il y a environ deux ans – quelques milliers de dollars par ci, dix mille par là. Mais c'est au cours de ces six derniers mois que le rythme des dépôts s'est accéléré de façon très significative.

— Donc, ça ne ressemble pas à un héritage ni à un investissement juteux.

— Non. Et j'ai gardé le plus intéressant pour la fin, reprit-elle en portant le burger à ses lèvres. L'argent ne fait pas qu'entrer sur ce compte. Il en sort aussi, à la cadence de deux règlements de cinquante mille dollars chacun au cours des deux dernières semaines.

— Il achète des biens fonciers ? Ou réinvestit dans d'autres placements ?

— Je te donne un autre indice. Le premier montant a

été débité trois jours après l'empoisonnement de la toute première victime, soit deux jours après la mort de Gini Elgin.

Leurs regards se croisèrent, une lueur de triomphe dansant dans les prunelles de Laura.

— Tu crois que quelqu'un fait chanter Parker parce qu'il a empoisonné les *Stomach Soothers* ? demanda Jace.

— Disons que ça vaut la peine de lui poser la question, non ? Il assiste à une réunion du Rotary Club, ce soir. Et il est censé être au bureau demain matin. Rien n'indique qu'il s'apprête à nous fausser compagnie. Je vais transmettre l'info à Ramirez et Rogers et les laisser s'en occuper.

— Super travail, commenta Jace.

Ses joues rosirent légèrement et elle mordit dans son burger, l'air songeur. Avec ses cheveux lâchés et son visage exempt de tout maquillage, elle avait l'air jeune et douce. Pas faible, non, mais… accessible.

Elle but au goulot de la bouteille une longue gorgée de bière locale et soupira.

— Tout concorderait si bien si nous découvrions que Parker a trafiqué les comprimés et posé ces bombes, dit-elle. Mais il tient tellement à maintenir l'entreprise à flot… Pourquoi se tirerait-il une balle dans le pied en empoisonnant le produit phare de l'entreprise ? Il faudra des années avant que le souvenir de ce qui est arrivé ne s'efface des mémoires. Et, à en juger par ce que j'ai vu de leur situation financière, le risque qu'ils ne s'en relèvent pas est bien réel.

— Leurs comptes sont dans le rouge ?

— C'est surtout qu'ils semblent truffés d'incohérences. Gini Elgin était sûrement quelqu'un de merveilleux, mais sa tenue des comptes laissait gravement à désirer. Il faudrait des mois de travail pour tout rectifier. Je n'ai eu que quelques heures pour les consulter.

— Pour résumer, Parker n'a pas de mobile valable d'avoir empoisonné les comprimés, dit Jace.

— Et Lydia et Angela non plus, apparemment, enchaîna Laura. Elles avaient encore moins d'occasions de le faire puisqu'elles travaillaient toutes deux dans les bureaux, et non à l'atelier. Et je ne crois pas que ce soit Leo.

— Peut-être n'avait-il pas l'intention de tuer sa mère, suggéra Jace. Sa mort aurait pu être accidentelle.

Laura secoua la tête.

— Leo était à Nashville quand les empoisonnements ont commencé. Il n'avait pas remis les pieds à Mayville depuis quatre mois.

— À notre connaissance. Ce n'est qu'à six heures de route ou deux petites heures d'avion. Il aurait pu faire l'aller-retour ni vu ni connu.

— Mais je ne crois pas qu'il l'ait fait.

— OK. Alors, qui ?

Elle repoussa le restant de son burger sur le bord de l'assiette.

— Peut-être que l'angle sous lequel on a considéré l'affaire depuis le début n'est pas le bon, suggéra Laura. Peut-être que les empoisonnements n'ont rien à voir avec Stroud ? Que c'est un cinglé quelconque qui a contaminé les comprimés *après* leur mise en rayon – comme dans l'affaire du Tylenol.

À Chicago, en 1982, quelqu'un avait prélevé des flacons de Tylenol des enseignes qui le commercialisaient, les avait contaminés avec du cyanure de potassium, causant la mort de sept personnes. L'affaire ayant défrayé la chronique, une loi avait été votée, faisant obligation aux laboratoires pharmaceutiques de présenter leurs produits dans des emballages inviolables.

— Mais on n'a relevé aucune trace d'effraction des étiquettes de sécurité sur les flacons de *Stomach Soothers* ni sur les boîtes contenant les flacons, observa Jace. Les techniciens du labo ont passé tous les emballages qu'ils ont récupérés aux rayons X. Et comment expliquer les flacons manquants ? Ceux qui se sont volatilisés entre l'usine et les points de vente ?

— Ce qui nous ramène à l'idée que c'est quelqu'un de Stroud Pharma qui a mis la ricine dans les comprimés pendant le processus d'emballage ?

Reprenant son burger, elle mordit de nouveau dedans.

— Et que cette personne pourrait être le partenaire d'Elgin, acheva Jace, poursuivant son raisonnement. Celui qui a posé les bombes. Mais quel est le mobile ?

— La destruction de la société ? Ou de la famille Stroud.

— Mais il me semble que, quand on a un ennemi aussi acharné, on le sait. Or, les Stroud affirment n'avoir aucune idée de l'identité de celui qui fait ça.

— Les gens mentent, tu le sais bien, souligna Laura.

— C'est vrai, mais on devrait parvenir à déceler leurs mensonges.

Ils se turent, terminant leurs burgers et leurs bières, se laissant pénétrer par le calme de la fin d'après-midi, dans la brise tiède agitant leurs serviettes en papier et soulevant les pointes des cheveux de Laura. Ils étaient assis l'un en face de l'autre, ils ne se frôlaient pas, et pourtant, ces instants qu'ils partageaient avaient tout d'un moment d'intimité. Elle repoussa son assiette vide et se cala contre le dossier de sa chaise.

— Je me plais plus que je ne l'aurais cru, ici, déclara-t-elle en promenant son regard sur la cour envahie de mauvaises herbes, avec sa ligne ébouriffée et colorée d'hémérocalles qui bordaient la clôture et les branches incurvées du chêne et du catalpa qui donnaient de l'ombre.

— C'est vrai qu'on pourrait y prendre goût, convint Jace. Le temps s'écoule plus lentement ici, la vie est moins stressante, les gens, moins sur leur quant-à-soi et le paysage, tellement luxuriant…

Il se sentit happé par la tentation nostalgique de retrouver de vieilles habitudes, ce qui n'eut guère l'heur de lui plaire.

— Comment est ta famille ? s'enquit Laura sans prévenir.

La question le prit au dépourvu. Il haussa les épaules.

— Je ne sais pas. Comme toutes les familles, ils font des choses que j'adore et d'autres qui me rendent fou.

Il gardait le contact par téléphone mais il n'avait fait savoir à personne qu'il travaillait si près de sa ville natale.

Elle se pencha en avant, les coudes sur la table.

— Comme quoi ?

Il secoua la tête.

— Ils ne comprennent pas pourquoi je suis parti. L'ambition ne fait pas partie de leurs valeurs. C'est juste un mot qui signifie pour eux « vouloir vivre au-dessus de sa condition ». Ils me jugent pour les choix que j'ai faits mais si je leur retourne la pareille, de leur point de vue, c'est parce que je me considère comme supérieur.

Il haussa les épaules.

— Je ne peux pas les changer. Je n'essaie même plus et peut-être que c'est mieux ainsi. Et toi ? Ta famille ?

— Je n'ai que mon père. Ma mère est morte quand j'avais dix ans.

— Oh. Ça a dû être dur. Tu as des frères et sœurs ?

Elle secoua la tête.

— Non, et pas d'autres parents proches. Nous avons beaucoup voyagé, donc mon père et moi avons pris l'habitude de compter l'un sur l'autre.

— Ces perpétuels déménagements… Ça aussi, ça a dû être difficile pour toi. Être toujours la nouvelle, à l'école…

— Oui, mais ça m'a appris à m'adapter.

Il l'étudia pendant un moment. Peut-être était-ce cette

seconde bière qui lui déliait la langue – ou peut-être voulait-il simplement courir le risque d'être honnête avec elle.

— Je crois que ça t'a aussi appris à garder une certaine distance, à ne pas te mêler aux autres.

Elle fronça les sourcils. Il éleva une main et se hâta d'ajouter :

— Ne me regarde pas de cet air noir. Ce n'est pas une critique, simplement un constat.

— Tu me trouves froide.

Une ombre voila son regard bleu.

— Ce n'est pas grave. Tu n'es pas le seul à penser ça.

— Tu devrais savoir maintenant que ce n'est pas le cas, me concernant. Ou, plutôt, que ça ne l'est plus.

Il se leva, contourna la table et vint s'asseoir sur le banc à côté d'elle. Elle le contempla avec une certaine réserve, mais ne résista pas lorsqu'il l'attira dans ses bras et l'embrassa.

Tu ne devrais pas l'embrasser. Ce n'est pas professionnel. Ça ne fait pas partie de ta mission.

Tais-toi. Je ne suis pas un robot. J'ai une vie en dehors de cette mission.

Laura ferma les yeux, rejetant l'insidieuse petite voix intérieure – une voix qui ressemblait un peu trop souvent à celle de son père – et s'abandonna au plaisir du baiser. La pression de ses lèvres sur les siennes réveillait en elle des sensations oubliées, des désirs qui étaient restés en sommeil pendant trop longtemps. Elle se laissa aller contre lui, renonçant à lutter contre l'attirance qu'il lui inspirait.

Lorsqu'elle se détacha enfin de lui, elle lut dans son regard le désir brûlant qui le consumait.

— À quoi penses-tu ? demanda-t-il.

— Je me disais que nous devrions rentrer.

Elle se leva et le tira par la main. Le visage fendu d'un

large sourire maintenant, il se laissa entraîner à l'intérieur. Lorsque la porte fut refermée derrière eux, elle l'embrassa de nouveau. Dos contre le mur, il répondit sans se faire prier à ses avances, mû par la même ferveur.

La peau de Jace sentait le pin et le savon, additionnés d'un léger relent de charbon de bois. Il avait un goût de sel et de cannelle, se dit-elle tandis que sa langue courait avec volupté le long de sa mâchoire. Il poussa un grognement étouffé lorsqu'elle lui mordilla l'épaule et laissa glisser ses mains jusqu'à son postérieur pour la presser plus étroitement contre lui. Oh ! Seigneur – ce short ne laissait aucun doute quant à ce qu'il éprouvait pour elle. Elle lui sourit.

— Tu veux tester mon nouveau lit ?

— Je commençais à croire que tu ne me le demanderais jamais.

Elle expédia le plus rapidement possible l'opération un peu embarrassante du déshabillage, lorgnant du côté de Jace qui retirait son short, sa chemise et ses sous-vêtements, révélant un corps dénudé qui accéléra instantanément son rythme cardiaque. Elle avait eu l'occasion de le voir une ou deux fois à la salle de sport du FBI mais sans jamais lui prêter véritablement attention. Il avait la musculature sexy qui allait avec l'intellect et le courage qui l'avaient initialement attirée.

Ils se coulèrent entre les draps, dans les bras l'un de l'autre, et elle laissa échapper un soupir d'aise en se pressant contre lui. Lentement, les mains de Jace remontèrent le long de ses jambes puis, retenant son souffle, elle sentit ses doigts tièdes se frayer un chemin entre ses cuisses avant de plonger dans la moiteur de sa chair.

Elle poussa un gémissement, à demi étouffé par l'assaut de sa langue cherchant la sienne. Puis sa bouche abandonna brusquement ses lèvres pour descendre plus bas, traçant un chemin de feu sur sa peau jusqu'à ses seins… Elle les effleura d'abord d'une caresse aussi légère qu'une plume puis elle se fit plus insistante et se mit à en agacer les pointes sensibles jusqu'à ce qu'elles durcissent sous son contact, jusqu'à ce que l'exquise sensation de succion se propage dans tout son être, lui nouant délicieusement les entrailles, faisant se contracter le fourreau de sa chair autour de son doigt. Laura s'arqua contre lui, submergée par le désir.

Tout en continuant à lui dispenser caresses et baisers sans jamais s'attarder longtemps au même endroit, il murmura « chut » pour calmer son impatience et s'écarta d'elle.

— Je reviens dans une seconde.

Curieuse, elle se redressa sur un coude pour le regarder sortir de la pièce. Lorsqu'il reparut, une boîte de préservatifs à la main, elle laissa échapper un petit rire et lui ouvrit les bras.

Elle le regarda se protéger, contenant à grand-peine son impatience. Il se positionna au-dessus d'elle et elle releva les genoux de façon suggestive, mais il lui décocha un petit sourire et approcha de nouveau ses lèvres de sa poitrine nue, dessinant du bout de la langue la courbe d'un sein, glissant jusqu'au creux de son nombril, puis il releva imperceptiblement la tête tandis que sa main glissait toujours plus bas.

— Qu'est-ce que tu veux ? chuchota-t-il d'une voix un peu rauque, comme s'il luttait pour se contrôler. Dis-le-moi.

— Je te veux, *toi*, souffla-t-elle en retour, mettant l'accent sur le dernier mot.

Les hanches minces de Jace s'abaissèrent et il la pénétra d'une longue poussée fluide. La sensation de sa chair chaude et dure glissant contre la sienne, bougeant en elle, entamant un mouvement d'allers et retours l'électrisa.

— Ne t'arrête pas… Surtout, ne t'arrête pas.

— Je n'ai pas du tout l'intention d'arrêter…

Ses coups de reins s'intensifièrent, en rythme et en

puissance, mais il la maintint tendrement soudée à lui tandis que l'une de ses mains dérivait vers le cœur de son intimité pour adjoindre la caresse de ses doigts à l'affolant va-et-vient de ses reins.

Elle pressa les deux mains sur ses hanches pour l'attirer plus près encore. Il l'embrassa à la base de son cou.

— Je veux que ce soit inoubliable pour toi, murmura-t-il.

Elle sentit qu'il se retenait, désireux de l'attendre. Lorsque la vague du plaisir l'emporta, il étouffa ses gémissements d'un baiser avant de mêler ses cris aux siens comme il la rejoignait dans une extase si intense qu'elle les laissa tous deux pantelants.

Bien plus tard, ce fut la sourde vibration du téléphone de Jace qui le tira du sommeil. Les yeux à demi fermés, il prit l'appareil.

— Allô ?

— Jace, c'est Ramirez.

La tension de sa voix le réveilla tout à fait. Il se redressa dans le lit et Laura en fit autant à côté de lui.

— Il y a eu une nouvelle explosion à Stroud Pharma, annonça Ramirez. C'est grave. Je n'en sais pas plus. Simplement que c'est grave.

13

Le chaos était tel aux abords de Stroud Pharmaceuticals que Jace dut zigzaguer parmi le flot des gens qui se pressaient dans les rues avoisinantes. Certains pleuraient ouvertement, d'autres s'agitaient ou étaient simplement excités par le nouveau drame qui venait de frapper l'entreprise. Le clignotement tapageur des gyrophares des voitures de police tranchait avec le doux rose orangé du lever de soleil.

Ne parvenant plus à avancer, Jace dut se garer à trois pâtés de maison et Laura et lui finirent le chemin à pied, rejoignant le cortège des employés de Stroud qui convergeaient vers le site industriel.

Des véhicules de la police et du Bureau du shérif barraient l'entrée de Stroud Pharma. Un peu partout, des camionnettes des médias étaient stationnées, leurs antennes paraboliques pointées vers le ciel. Jace crut apercevoir Rogers en train de parler à un policier mais, l'instant suivant, il disparut, avalé par la foule.

— Il paraît que M. Stroud – M. *Steve* – est mort, dit Barb Falk.

— Et M. Parker a été blessé, il est à l'hôpital, ajouta Phyllis Neighbors en essuyant ses larmes de l'index.

— C'est affreux, se lamenta une femme que Jace ne connaissait pas. Ça ne s'arrêtera donc jamais ? J'ai peur, je ne reviendrai pas travailler ici tant que ce fou continuera à faire sauter des bombes.

— Donna est là-bas, indiqua Laura en tirant Jace par la manche.

Il suivit son regard. Donna Stroud, en tailleur-pantalon bleu marine, était entourée de journalistes, micros à la main, qui lui masquaient son visage.

Ils se faufilèrent parmi la foule, ignorant les protestations de ceux qu'ils forçaient à s'écarter pour atteindre le cercle compact des reporters.

Le visage blême, la voix contrainte, elle déclarait :

— Nous allons stopper la production pendant quelques jours par respect pour mon mari et pour protéger la sécurité de nos employés.

— Avez-vous une idée de celui qui a pu faire ça ?

— Qu'en est-il du suspect interpellé par la police ? Ont-ils arrêté la mauvaise personne ?

— Et le FBI ? Que fait le FBI ?

De toutes parts, les journalistes la bombardaient de questions.

— Nous aurions dû empêcher ça, murmura Laura, la colère et l'angoisse transparaissant dans sa voix. Je savais qu'il y avait d'autres bombes. Nous aurions dû insister pour qu'ils ferment l'usine.

Jace passa un bras autour de ses épaules et l'éloigna des reporters.

— Même si nous le leur avions demandé, ils auraient refusé, avec l'appui de toutes les autorités du comté et de la ville.

— Maintenant, ils n'ont plus le choix, répondit Laura.

— Laissez-moi passer ! Je dois parler à Donna ! Il faut que je sache comment va Parker.

La foule s'écarta et Merry apparut, échevelée, les yeux

gonflés par les larmes. Elle s'avança, chancelante, et attrapa Laura par le bras.

— Parker est à l'hôpital mais ils n'ont pas voulu me laisser entrer ! s'écria-t-elle en sanglotant.

Le son perçant de sa voix attira l'attention des journalistes et de Donna.

Laura entraîna la jeune femme à l'écart, suivie de Jace, sous les regards intrigués des uns et des autres.

Merry renifla.

— Il a passé la nuit chez moi, dit-elle. Mais il est parti très tôt ce matin après que sa mère l'a appelé parce qu'il y avait un problème avec son père.

— Quel problème ? demanda Jace.

— Je ne sais pas. Il a juste dit qu'il devait aller s'en occuper.

— Quelle heure était-il ? s'enquit Laura.

— Très tôt. Environ cinq heures.

Elle bâilla.

— Ensuite, je me suis rendormie. À sept heures, mon amie Margo m'a appelée, continua-t-elle, son visage se chiffonnant de nouveau. Elle m'a dit qu'il y avait eu une explosion, que Parker était blessé… Mais personne n'a rien voulu me dire de plus à l'hôpital !

Donna Stroud s'avança et posa une main sur son épaule.

— Merry, voyons, reprenez-vous. Parker est entre de bonnes mains. Il a été opéré. On lui a retiré un éclat de la jambe mais il va bien.

— Qu'est-il arrivé ? lui demanda Laura. Merry dit que Parker est parti à l'aube pour venir aider son père ?

Les lignes se creusèrent au coin des yeux de Donna.

— Je me suis réveillée très tôt et j'ai constaté que Steve n'était plus là. J'ai compris que c'était le bruit de la porte du garage qui m'avait tirée du sommeil. Ça lui arrive parfois…

L'idée lui prend tout à coup d'aller faire un tour en voiture. J'ai beau cacher les clés, il finit toujours par les trouver.

— Et il va où ? s'enquit Jace.

La culpabilité crispa les traits de Donna.

— Souvent, il va à son bureau. C'est pourquoi j'ai appelé Parker. Il parvient mieux à raisonner son père, à le persuader de rentrer à la maison.

Elle se couvrit la bouche d'une main pour étouffer un sanglot.

— Y a-t-il quelque chose que je puisse faire ? demanda Laura.

Au ton de sa voix, Jace eut la nette impression qu'elle ne posait pas la question simplement pour recueillir des informations mais qu'elle cherchait réellement à aider Mme Stroud.

— Je pourrais avoir besoin que vous me transmettiez certains rapports qui se trouvent dans le bureau de Parker, répondit Donna. Je sais que ce n'est pas vraiment votre travail mais…

— Bien sûr que si, coupa Laura en coulant un regard en biais du côté de Merry pour mettre Mme Stroud en garde.

Merry parut ne rien avoir remarqué. Elle agrippa le bras de Donna.

— Madame Stroud, y a-t-il eu une nouvelle lettre ?

— Je ne crois pas que ce soit le moment d'en parler, Merry.

Merry fronça les sourcils en regardant Jace et Laura.

— Vous ne savez pas, pour les lettres du poseur de bombes ? Je croyais que tout le monde était au courant maintenant.

— On en a entendu parler, déclara vaguement Laura.

Donna soupira et tira une enveloppe froissée de sa poche.

— Cette fois-ci, le mot disait : « Et de trois. Les trois autres, c'est pour bientôt ». Je le remettrai aux agents Ramirez et Rogers dès que je les verrai. Mais, pour l'heure, je dois m'occuper de la fermeture de l'usine et de ma famille. Et puis, il y a tous ces journalistes…

Elle se détourna, la tête haute, les épaules rejetées en arrière, dans l'attitude d'une femme prête à livrer bataille.

— Combien de temps compte-t-elle fermer l'usine ? demanda Merry.

Jace l'avait presque oubliée. Mais elle se glissa entre eux deux, ses larmes et ses cheveux humides séchant au soleil. La foule s'était un peu éclaircie, nombre d'employés retournant chez eux ou rejoignant leur véhicules tandis que d'autres se rassemblaient au fond du parking pour regarder de loin.

— Le temps qu'ils trouvent le coupable, j'imagine, répondit Jace.

— Ils ont arrêté Leo, dit Merry. Je croyais que c'était lui.

— Il était en prison quand cette bombe a explosé, rappela Jace.

— Peut-être qu'il l'a posée avant son arrestation ?

— Peut-être, concéda-t-il sans se compromettre.

Mais aucun des explosifs n'avait jusqu'alors été équipé d'un mécanisme de minuterie.

— Je vais dire à Donna qu'elle doit demander à l'hôpital de me laisser voir Parker, annonça Merry en s'élançant derrière Donna Stroud.

Laura se rapprocha de Jace.

— Il faut qu'on aille à l'hôpital, nous aussi.

— Oui, mais comment faire pour ne pas nous griller ?

— Je suis l'assistante de Parker. Il est bien normal que je m'inquiète pour lui et me propose d'aider sa mère à traverser cette passe difficile, non ?

Il passa un bras autour de ses épaules.

— On ne t'a jamais dit que tu ferais un bon agent secret ?

Ils entendirent la voix de Parker bien avant d'avoir atteint sa chambre.

— Voilà dix fois que je vous demande un antalgique plus puissant. Appelez-moi le médecin ! J'en ai assez, cette fois.

— Je vois que, malgré l'explosion, ton chef n'a rien perdu de son charme, souligna Jace, pince-sans-rire.

Ils attendirent qu'un jeune infirmier noir en blouse bleue ait quitté la chambre pour s'avancer et frapper à la porte.

— Entrez ! aboya Parker.

Laura poussa la porte.

— Monsieur Stroud, c'est moi, Laura. Je suis venue tout de suite, avec mon mari, quand j'ai appris…

Parker, les cheveux ébouriffés et le menton ombré de barbe, paraissait plus jeune et un peu vulnérable. Mais c'était peut-être l'effet de tous les tubes et moniteurs auxquels il était relié.

— Comment se fait-il qu'on vous ait laissé passer ? J'avais dit « pas de visite ».

— Personne ne nous a rien demandé, éluda Laura, l'air faussement surpris.

En fait, ils s'étaient introduits par une porte de secours dont ils avaient forcé la serrure, en bas de l'escalier, au bout du couloir, ce qui leur avait permis d'éviter le bureau des infirmières.

— Qu'est-ce qui s'est passé ? reprit-elle. Votre mère m'a dit qu'elle vous avait envoyé voir votre père… ?

L'expression de Parker s'adoucit.

— Comment va-t-elle ?

— Elle tient bon, le rassura Jace. Elle est sous le choc, bien sûr, mais elle gère les journalistes.

— Elle a annoncé la fermeture temporaire de l'usine. Je suis désolée pour votre père.

— Ce vieux fou, dit Parker en se laissant retomber contre son oreiller. Il lui arrive de s'éclipser pour se rendre au bureau – en général, ça ne pose pas problème… Il imprime des comptes rendus, rédige quelques mémos. Mais ma mère m'a demandé de le ramener à la maison.

Il se tut et ils attendirent dans le silence seulement rompu par les bips des moniteurs.

— J'ai vu sa voiture dans le parking et je l'ai aperçu qui entrait dans le bâtiment. Je l'ai suivi. Je suis arrivé dans le couloir au moment où il ouvrait la porte de son bureau. Je l'ai appelé. Il s'est tourné vers moi… Et tout s'est désintégré.

Son visage se décomposa.

— Il souriait, comme s'il était tout heureux de me voir.

Laura puisa un mouchoir dans la boîte posée sur sa table de chevet et le lui tendit.

Ils patientèrent le temps qu'il se reprenne puis Jace s'enquit :

— Et vous n'avez rien remarqué en arrivant sur le site ce matin ?

Parker fit la grimace.

— On croirait que vous êtes flic, à vous entendre.

— C'est juste que je suis intrigué. Qui ne le serait pas ?

— Je n'ai vu personne, répliqua Parker. Il était très tôt ; les gens étaient encore couchés à cette heure-là. Je n'ai croisé qu'une seule voiture en venant et c'était celle de Phil Dorsey, qui allait ouvrir son café.

— Merry m'a dit que vous étiez ensemble hier soir, observa Laura.

— Oh. Donc, vous l'avez déjà vue ?

— Elle était à l'usine. Elle était très contrariée que le personnel de l'hôpital ne l'ait pas laissée vous voir.

Parker fit la grimace de nouveau.

— Je n'étais pas en état de supporter ses lamentations.

Il regarda Laura.

— Ne vous mettez jamais en tête de jouer au poker,

ma chère Laura, souligna-t-il. Votre opinion de moi se lit sur votre visage.

Seulement parce que je n'ai rien fait pour la dissimuler, songea-t-elle à part soi.

— Vous pensez que je la mène en bateau pour obtenir d'elle ce que je désire, poursuivit Parker. Mais, croyez-moi, elle n'est pas en reste. Elle a ce qu'elle veut, elle aussi.

— Et que veut-elle ?

— L'argent. Le statut social associé à mon nom. N'étant pas d'ici, vous ne vous en rendez peut-être pas compte, mais le nom de Stroud jouit d'une grande notoriété dans la région.

— Merry croit que vous allez l'épouser, déclara Laura.

— Je n'ai jamais rien dit de tel. Elle ne porte pas de bague.

Mais vous ne l'avez pas détrompée non plus.

Sur ces entrefaites, une femme en blouse blanche, un stéthoscope accroché autour du cou, entra dans la chambre.

— Monsieur Stroud. Il paraît que vous souffrez et que l'antalgique prescrit ne suffit pas à calmer la douleur.

— Ah, tout de même ! Il était temps ! J'ai très mal, en effet.

Laura et Jace refluèrent vers la porte et prirent congé.

De retour à la voiture, Laura observa :

— Il est terrifié. C'est ce qui se cache derrière ses outrances et ses récriminations.

— En même temps, il y a de quoi. Il l'a échappé belle.

— J'étais presque sûre que c'était lui, le partenaire de Leo, reprit Laura, songeuse. Mais, maintenant, j'ai de sérieux doutes.

— D'un autre côté, la disparition de son père augmente ses chances d'accéder plus vite à la direction de Stroud Pharma. Et puis il y a cette rumeur selon laquelle il aurait été en pourparlers avec un concurrent à propos de la vente de l'entreprise.

— OK. Mais ce n'est pas en empoisonnant le produit phare de Stroud et en posant des bombes dans les locaux qu'il en tirera le meilleur prix, objecta Laura. Et puis Parker ne pouvait pas savoir que son père viendrait ce matin.

Elle sortit son téléphone et appela Ramirez.

— On est passé voir Parker à l'hôpital. D'après lui, la bombe a explosé au moment où son père déverrouillait la porte de son bureau.

— Oui, ça cadre avec l'expertise préliminaire, confirma Ramirez. La bombe était prévue pour se déclencher, comme les autres, à l'ouverture de la porte. Pas de minuterie, donc. Et rien n'indique pour l'instant à quel moment elle a pu être posée. Donna Stroud affirme que personne ne s'est approché de ce coin de toute la semaine. Quand le diagnostic de sa maladie est tombé, elle a rapatrié dans son propre bureau tous les dossiers actifs en cours qui s'y trouvaient et n'a laissé qu'un ordinateur et de vieux documents afin qu'il se tienne tranquille et ait de quoi s'occuper.

— A-t-elle dit si Steve venait souvent ?

— De trois à quatre fois par mois, quand il échappait à sa vigilance ou à celle de l'auxiliaire de vie qu'elle avait engagée.

— Et Leo ? Comment a-t-il réagi à la mort de Steve Stroud ?

— Nous ne l'avons pas encore interrogé.

— J'ai trouvé quelque chose d'intéressant à propos des finances de Parker, déclara Laura avant de mettre Ramirez au courant du compte bancaire secret et de l'existence d'un possible chantage.

— Quand as-tu découvert ça ? s'enquit Ramirez.

— Hier soir, répondit-elle avec une pointe de culpabilité. Elle avait eu l'intention de prévenir aussitôt ses collègues mais sa résolution avait faibli quand elle s'était retrouvée dans les bras de Jace.

— Et de votre côté ? interrogea Laura. Autre chose que nous devrions savoir ?

— Rien pour le moment si ce n'est l'esclandre qu'a causé la petite amie, Mlle Winger, répondit Ramirez.

La scène qu'elle relata n'était rien d'autre que la continuation de ce à quoi Jace et Laura avaient assisté avant de partir pour l'hôpital.

— Cette fille est une vraie furie, conclut Ramirez. Elle a rameuté tous les journalistes et proclamé que c'était la faute du FBI si son fiancé était à l'article de la mort.

— Elle ne doit pas être la seule de cet avis, observa Laura.

— Qu'ils pensent ce qu'ils veulent, répliqua Ana sans s'émouvoir. Je ne suis pas entrée au FBI pour devenir populaire.

— Moi non plus, répondit Laura avant de raccrocher.

— Si j'ai bien compris, souligna Jace. Merry a profité de la présence des micros et des caméras pour en remettre une couche.

— Apparemment. Si elle continue comme ça, tout le monde – sauf Parker lui-même – croira qu'ils sont effectivement fiancés, répondit Laura en rempochant son téléphone.

— C'est peut-être bien ce qu'elle espère. Qu'est-ce qu'on fait, maintenant ?

— Rentrons petit-déjeuner au mobil-home, suggéra Laura.

— OK.

Il tourna à gauche au prochain croisement pour reprendre le chemin de leur logement. Loin du site de Stroud, tout semblait presque normal en ville, à l'exception de la présence incongrue d'une camionnette des médias ici ou là. C'était l'atmosphère dans laquelle Jace avait grandi, celle d'une petite bourgade bruissante d'activité où tout le monde se connaissait, à des années-lumière de la vie de base militaire en base militaire qu'avait connue Laura.

— Pourquoi es-tu entré au FBI ? demanda Laura au bout de quelques instants.

— Il fallait que je trouve un travail quand j'ai quitté l'armée, et pourchasser les méchants me semblait intéressant. Et toi ?

— C'était sur la suggestion de mon père.

Elle s'éclaircit la gorge.

— Il connaissait quelqu'un qui connaissait quelqu'un. Bref, j'ai passé un entretien et tout s'est enchaîné.

— Tu avais envisagé une autre voie ?

— J'avais songé à devenir vétérinaire.

Devant son regard surpris, elle précisa :

— J'aime bien les animaux.

— Mais tu n'en as pas.

— Non. C'est compliqué dans ce métier. Mais j'aimerais bien en avoir un, un jour. Un chien, ou peut-être un chat – ce serait plus simple, pour commencer.

— Si c'était à refaire, tu opterais pour devenir vétérinaire ?

— Non. J'aime ce travail et je crois que je suis plutôt douée.

— Tu sais que j'étais intimidé à l'idée de t'avoir pour partenaire sur cette mission ?

Elle lui jeta un regard incrédule.

— Tu me fais marcher.

— Non, c'est vrai. J'ai regardé ton dossier. Éloge sur éloge. Tu as vraiment l'étoffe d'un agent spécial en charge. Comparé à toi, je suis un dilettante.

De nouveau, elle s'éclaircit la gorge.

— Je ne dirais pas que tu es un dilettante, non.

Elle aussi avait consulté ses états de service. Il avait joué un rôle déterminant dans plusieurs enquêtes d'importance mais il avait aussi été réprimandé deux ou trois fois pour avoir outrepassé les ordres et enfreint le règlement. À l'époque, elle avait jugé son comportement irresponsable mais, aujourd'hui, une partie d'elle lui enviait presque cette propension à courir des risques s'il estimait que cela en valait la peine.

— Tu n'es pas aussi sévère et coincée que je le craignais, dit-il.

Il n'y avait certes rien eu de coincé chez elle, la veille, songea-t-elle en remuant sur son siège au souvenir de la nuit qu'ils avaient partagée.

— Je suis partisane du respect du règlement. Il est fait pour que les droits des uns et des autres soient protégés. Mais je reconnais que, parfois, l'esprit est aussi important que la lettre de la loi.

Son père aurait grincé des dents s'il l'avait entendue. Il lui avait appris à marcher droit et à ne jamais remettre en question l'autorité. Mais elle n'était pas un soldat sur un champ de bataille. Elle était une civile, engagée dans une lutte d'un ordre différent, où l'ennemi était le plus souvent difficilement discernable, quand il n'était pas totalement invisible.

14

Merry regarda partir Laura et Jace. Il y avait quelque chose de bizarre chez ces deux-là : ils avaient débarqué en ville, sans connaître personne et, tout à coup, voilà qu'ils se mêlaient des affaires de tout le monde et qu'ils posaient des questions comme s'ils étaient en droit de connaître les réponses. Et cette façon de faire ami ami avec Donna Stroud en se montrant serviables et pleins de compassion… Ça non plus, ça ne lui avait pas échappé. La vieille s'y était peut-être laissé prendre, mais pas elle. Merry allait les avoir à l'œil, tous les deux.

La plupart des journalistes s'éloignaient. Attirer leur attention avait été une bonne idée. Maintenant, tout le monde saurait à quel point elle était inquiète pour Parker et sa famille. À quel point elle était proche d'eux. Elle avisa Donna qui essayait de s'éclipser et elle pressa le pas pour la rattraper.

— Donna ! Attendez ! l'apostropha-t-elle.

Donna se retourna et la contempla d'un air inexpressif qui fit à Merry l'effet d'une gifle. La mère de Parker ne la reconnaissait-elle donc pas ?

— Avez-vous eu des nouvelles de Parker ? demanda-t-elle en approchant. Je me suis fait tellement de souci.

Peut-être aurait-il été plus correct de présenter d'abord ses condoléances pour la mort de son mari… Mais non.

C'était de Parker qu'il s'agissait pour l'instant. Elle se planta devant elle. Merry n'en revenait pas que Donna ait pris la peine d'enfiler son sempiternel tailleur avant de venir affronter tout le monde. Comme si son image de femme d'affaires était plus importante que cette tragédie.

— J'ai voulu aller le voir à l'hôpital mais ils ne m'ont pas laissé entrer, reprit Merry. Peut-être pourriez-vous leur en toucher un mot…

Donna fronçait les sourcils maintenant.

— Écoutez… Merry. Parker a subi une intervention chirurgicale ; il va bien mais il a besoin de repos. J'apprécie votre sollicitude mais je crois qu'il vaut mieux que vous ne lui rendiez pas visite.

— Bien sûr, je comprends que vous ne vouliez pas qu'il soit dérangé. Mais, dans mon cas, c'est un peu différent, vous ne croyez pas ? Je veux dire, Parker et moi sommes pratiquement fiancés.

— Mais, étant donné que vous ne l'êtes pas encore, nous limitons les visites à la famille proche.

Nous ? Qui était ce « nous », d'abord ? Et pour qui se prenait cette sorcière ? Ce n'était pas à elle de décider qui son fils – adulte – pouvait ou non voir ?

La moutarde commençait à lui monter au nez mais elle fit un dernier effort pour garder son sang-froid.

— Parker était chez moi hier soir, plaida-t-elle. Je pense qu'il serait content de me voir.

Donna ne répondit pas ; elle regardait droit devant comme si elle ne la voyait pas, comme si elle était transparente. Merry lui décocha un regard venimeux.

— Parker vous déteste, dit-elle. Vous le saviez ? C'est un adulte et vous le traitez comme un gamin de quatorze ans. Il ferait merveille à la tête de cette entreprise, mais vous préférez laisser un vieux fou aux commandes plutôt que faire confiance à votre propre fils.

Deux taches rouges colorèrent les joues de Donna, contrastant avec son teint livide.

— Vous n'avez pas le droit de me parler de cette façon. Veuillez partir maintenant.

— Je m'en vais, ne vous inquiétez pas, rétorqua Merry. Mais vous ne vous débarrasserez pas de moi si facilement. Quand Parker et moi serons mariés, souvenez-vous d'une chose : c'est *moi* qui choisirai votre maison de retraite.

Elle sentit les yeux de Donna lui transpercer le dos comme des dagues acérées tandis qu'elle s'éloignait dans le parking. Cette femme avait intérêt à faire attention. Merry était capable de lui causer beaucoup plus d'ennuis qu'elle ne l'imaginait.

— Comment diable faut-il le dire ? fulmina Parker du fond de son lit. J'ai bien stipulé à l'infirmière : pas de visites !

— Je comprends mais nous devons absolument vous parler, déclara posément Ana.

Rogers entra à sa suite et referma la porte derrière lui.

— Nous sommes au courant pour le chantage, reprit Ana sur le ton de la conversation.

Parker accusa visiblement le choc.

— Pardon ?

— Nous savons que vous avez versé jusqu'à présent cent mille dollars au maître chanteur, continua-t-elle en s'avançant jusqu'au pied du lit. Évidemment, c'est une broutille comparativement au solde du compte bancaire que vous détenez sous le nom de Steven Stroud mais, à ce rythme-là, il sera vide avant longtemps.

— Je… Je ne sais pas de quoi vous parlez.

Mais ses joues avaient perdu toute couleur et les bips du moniteur cardiaque battaient la mesure à une cadence accélérée. *Aussi efficace qu'un détecteur de mensonge*, se dit Ana.

— Oh que si, assena Rogers. Quelqu'un vous extorque de l'argent. Pourquoi ? Parce que vous avez empoisonné les *Stomach Soothers* ?

Parker avala sa salive et reprit un peu contenance.

— Vous lancez des accusations sans fondement, se défendit-il. Vous n'avez aucune preuve.

— Ça viendra, contra Rogers. Nous découvrirons qui était le destinataire de ces montants. Et, pour le poison, on trouvera aussi.

— Sortez d'ici, ordonna-t-il. C'est du harcèlement.

— Nous partons, dit Ana. Mais ne vous avisez pas de faire quelque chose de stupide. Nous vous aurons à l'œil.

De retour au mobil-home, Jace prépara du café pendant que Laura s'occupait à découper un grand morceau de papier sulfurisé et à le punaiser à la porte de la cuisine, en face de la table. Elle dénicha ensuite deux marqueurs dans un tiroir. Elle était heureuse d'avoir l'occasion de se concentrer sur l'enquête, pour prouver, ne fût-ce qu'à elle-même, que Jace et elle étaient toujours parfaitement capables de faire du bon travail ensemble en dépit de l'intimité qu'ils partageaient désormais. Elle avait toujours scrupuleusement veillé à séparer sa vie privée de sa vie professionnelle. La ligne était devenue un peu floue avec Jace, mais elle entendait bien la rétablir.

— Assieds-toi et reprenons ce qu'on sait de l'affaire, déclara-t-elle.

Avec un petit rire, Jace tira une chaise et s'y installa. Il avala une gorgée de café et la regarda, un sourire jouant toujours sur ses lèvres.

— Qu'y a-t-il de si drôle ?

— J'admire l'agent spécial en charge dans ses œuvres.

Elle préféra ignorer ce qui ressemblait fort à une raillerie.

— Si tu veux venir à ma place et écrire toi-même nos réflexions, pas de problème, suggéra-t-elle.

— Oh ! non. Tu t'y entends bien mieux que moi, répondit-il en buvant de nouveau son café. C'est une bonne idée. Allons-y.

Elle ôta le capuchon de son marqueur et se tourna vers le rectangle de papier.

— Bien. Commençons par la chronologie des événements.

Elle inscrivit :

— 1er mai. Premières victimes des comprimés empoisonnés.

— Remonte plus loin, observa Jace. Au 29 avril. C'est à ce moment-là que ce lot spécifique de comprimés a été fabriqué. Il a été expédié le lendemain.

— D'accord, acquiesça-t-elle en ajoutant cette information avant de lister les dates des autres décès. Gini Elgin, elle, est morte le 2 mai. Pour autant qu'on sache, c'est là que Leo entre en jeu.

— Oui… Pour autant qu'on sache.

Lisant à voix haute, elle écrivit :

— 6 mai. Première explosion à Stroud Pharma.

Suivirent les dates où les deux autres bombes avaient explosé, ainsi que le nom des victimes qu'elles avaient faites.

— Toutes les bombes ont explosé dans la partie administrative des bâtiments, souligna Jace en contemplant le tableau. Donc, des endroits où Donna était susceptible de se trouver – la porte par laquelle elle entrait quand elle arrivait tôt, celle de son bureau et celle du bureau de son mari.

— Elle n'utilisait quasiment pas celui de Steve, rappela Laura. Mais, en effet, Donna Stroud semble avoir été la cible visée. Pourquoi ? Qui gagnerait à la voir éliminée ?

— Son fils. Si elle venait à disparaître ou à ne plus

pouvoir exercer ses fonctions, c'est lui qui reprendrait les rênes de l'entreprise.

— Quelqu'un d'autre ?

— Il nous faudra découvrir s'il y a d'autres héritiers, dit Jace.

— Merry profiterait de sa mort si elle se mariait avec Parker.

— Je ne crois pas qu'il ait l'intention de l'épouser, répondit Jace. Et, à moins qu'elle ne soit beaucoup plus idiote qu'il n'y paraît, elle le sait.

Laura étudia un moment ce qu'elle avait écrit.

— Revenons à la tragédie initiale – les comprimés empoisonnés. C'est peut-être ce qui a tout déclenché. Est-il possible que la contamination ait été accidentelle ? Tous les ingrédients des *Stomach Soothers* sont naturels et, après tout, la ricine aussi est naturelle. Elle est extraite du ricin. Imaginons qu'il y ait eu une erreur de manipulation…

— La ricine est extrêmement toxique – mortelle. Ce n'est pas le genre de produit que Stroud Pharmaceuticals possède en stock. Et seuls certains flacons ont été contaminés – moins d'une douzaine. Si la ricine avait été introduite par erreur dans la chaîne de fabrication, nous aurions retrouvé des centaines de flacons contaminés.

— Ce qui nous ramène donc à la question : qui avait l'opportunité d'insérer le poison et pourquoi ?

— Huit personnes travaillaient sur la ligne de production le jour où ces comprimés ont été conditionnés, dit Jace en comptant sur ses doigts. Tous étant des employés de longue date. Nous avons vérifié leurs antécédents – aucun ne semble avoir un mobile.

— En tant que directeur de l'usine, Parker avait facilement accès à toutes les étapes du processus de fabrication, souligna Laura.

— Sa mère aussi. Ainsi que son père.

Laura fronça les sourcils.

— Tu crois que ce pourrait être Steve Stroud ? Pourquoi ?

— Autant vérifier où il se trouvait, histoire de ne rien laisser au hasard. J'ai lu le rapport du visionnage de la vidéo de surveillance de ce jour-là. Elle ne couvre pas la totalité de la chaîne, mais on y constate que Donna et Parker étaient tous les deux en bas, dans la zone de production, ainsi que Gini Elgin et Merry Winger.

— Oh ? Merry et Gini étaient là ?

— Merry était venue apporter son déjeuner à Parker. Et Gini était descendue pour lui parler.

Laura ajouta ces nouveaux éléments au tableau puis recula pour contempler la liste au côté de Jace.

— C'est toujours Parker qui semble avoir le mobile le plus solide, conclut-elle au bout de quelques instants. Peut-être que la bombe était destinée à sa mère et que son père, venu le premier, en a été la victime accidentelle ? Et Parker ayant lui-même été blessé, il a pu penser que cela le disculperait à nos yeux.

— J'aimerais quand même revoir Merry, dit Jace, songeur. J'ai le sentiment qu'elle nous cache quelque chose.

— Parker est blessé et M. Stroud, mort ? se récria Leo, horrifié, en s'attrapant la tête à deux mains. Ce n'était pas censé arriver.

— Qu'était-il censé arriver, Leo ? rétorqua Rogers en posant les paumes à plat sur la table et en s'inclinant vers le jeune homme. Vous avez fabriqué ces bombes, on le sait. Résultat : nous en sommes à trois morts. Si, vraiment, vous désirez que ça s'arrête, il faut nous dire qui détient les autres engins explosifs.

Leo gémit et se balança sur sa chaise.

— Je sais que vous n'avez pas voulu tout ça, dit d'une voix douce Ana, assise à côté de lui.

— Non, confirma Leo en secouant la tête.

Elle posa une main sur son avant-bras.

— Combien de bombes y a-t-il au total, Leo ?

Nouveau long gémissement.

— Six.

Ana échangea un regard alarmé avec Rogers. Combien de morts y aurait-il encore si trois autres bombes sautaient ?

— À qui avez-vous donné ces engins ? demanda Ana.

Il secoua la tête.

— Je ne peux pas le dire.

Rogers se pencha de nouveau vers lui mais Ana l'arrêta de la main.

— Pourquoi ne pouvez-vous pas nous le dire, Leo ?

— Parce que je l'ai promis, répondit-il en relevant la tête, les traits déformés par l'angoisse. Sur la tombe de ma mère.

— Vous savez, je crois que votre mère souhaiterait que vous nous aidiez à stopper ces crimes.

— Est-ce que Parker va s'en sortir ?

— Il a dû être opéré, dit Rogers. Il devrait se rétablir, oui, mais il gardera sûrement des cicatrices indélébiles.

Les lèvres de Leo tremblèrent et il lutta pour se dominer.

— Après la mort de ma mère, Parker a essayé de faire les choses bien, dit Leo. J'ai refusé de l'écouter mais il m'a tendu la main. On était amis à l'école. Il ne m'a jamais fermé la porte, contrairement à certaines personnes. Contrairement à sa mère.

— Donna vous a fermé sa porte ? s'enquit Ana.

La colère durcit ses traits, lui donnant l'air soudain plus mûr.

— Oui, au sens littéral du terme. Quand je suis allé la voir pour lui parler, elle m'a claqué la porte au nez.

— Il y avait de quoi être fou de rage, souligna Rogers.

Alors, vous avez fabriqué les bombes. Les six bombes. Pourquoi six, d'ailleurs ?

— Je n'en ai d'abord fait qu'une. Il n'était pas question de tuer qui que ce soit… Juste de leur faire peur.

— Et donc, vous avez posé la bombe qui a tué Lydia, continua Rogers, le poussant dans ses retranchements.

— Non ! J'aimais bien Lydia. Ce n'est pas moi, protesta Leo en secouant éperdument la tête.

Rogers se pencha, approchant son visage à quelques centimètres du sien.

— Il y a déjà eu trois morts, Leo. Quand allez-vous nous dire…

— Je ne peux pas ! cria Leo en repoussant brutalement sa chaise et en se levant, imité par Rogers et Ana. Je ne parlerai plus. Je veux mon avocate.

Ana et Rogers se regardèrent une nouvelle fois.

— On va l'appeler, déclara Rogers. Mais vous savez ce qu'elle va vous dire ? Qu'il est dans votre intérêt de coopérer.

Ils sortirent tandis que deux gardiens remmenaient Leo à sa cellule.

— Il va craquer, commenta Rogers.

— Oui, acquiesça Ana. Reste à savoir s'il parlera à temps pour que nous puissions stopper le massacre.

Merry vivait dans un petit cottage gris pâle dans un quartier de maisons anciennes dont beaucoup étaient en cours de rénovation. Des plates-bandes fleuries couraient le long de la clôture et de part et d'autre de l'allée qui menait à la porte – de hautes roses trémières déclinées dans un camaïeu de roses allant du cuisse de nymphe au magenta le plus soutenu, des hémérocalles orangées, semblables à des cloches retournées, et des zinnias et des mufliers rouges, jaunes et blancs qui venaient combler les espaces de leurs touches colorées.

— Qu'est-ce que vous voulez, tous les deux ? demanda Merry en ouvrant la porte.

— On venait s'assurer que vous alliez bien, dit Laura. Comme votre fiancé est à l'hôpital… Au fait, avez-vous pu le voir ?

Merry sortit et tira la porte derrière elle.

— Nous pouvons tout aussi bien discuter dehors, décréta-t-elle en se dirigeant vers le jardin. Non, cette infirmière à l'air pincé m'a répondu que seule la famille était autorisée à lui rendre visite. J'ai demandé à Donna qu'elle lui explique la situation et vous savez ce qu'elle a eu le culot de me répondre ? Que, comme Parker et moi n'étions pas officiellement fiancés, je ne faisais pas partie de la famille !

Du bout des ongles, elle sectionna une fleur fanée d'une tige de rose trémière et la broya entre ses doigts.

— C'est un peu rude, commenta Jace.

— Oh ! ça ne m'a pas surprise, répliqua Merry en arrachant une autre fleur flétrie et en la jetant dans l'herbe. Elle est tellement froide… Elle a fait de la vie de Parker un enfer. C'est un homme intelligent, qui a des tas de bonnes idées pour l'entreprise mais elle le traite comme un gamin ignare.

— Et voyez-vous une raison pour laquelle quelqu'un pourrait vouloir du mal à Parker ou à sa famille ? demanda Jace.

Merry s'immobilisa et le regarda bien en face.

— Pourquoi cela vous intéresse-t-il à ce point ? questionna-t-elle, les yeux plissés.

— Avec l'usine qui a fermé, nous nous retrouvons sans travail, expliqua Laura. La police et le FBI ne semblent pas près de trouver qui a posé ces bombes, alors… on s'est dit qu'on pouvait peut-être mener notre petite enquête nous-mêmes.

— On n'a rien de mieux à faire, de toute façon, renchérit Jace. Comme on est des amateurs, peut-être qu'on aura la chance des débutants, qui sait ?

L'air enthousiaste, il cligna de l'œil à l'adresse de Laura qui se mordit l'intérieur de la joue pour ne pas pouffer de rire.

Merry se remit à supprimer les fleurs fanées.

— Si vous voulez mon avis, les flics feraient bien de s'intéresser à Donna. Je ne serais pas étonnée qu'elle ait elle-même posé ces bombes pour se débarrasser de son vieux cinglé de mari. Elle devait payer une fortune pour que des gens le surveillent quand elle était au travail.

— Mais pourquoi aurait-elle voulu tuer Angela ou Lydia ?

— Je ne sais pas. Peut-être qu'Angela était trop envahissante. Peut-être qu'en faisant le ménage, Lydia a trouvé quelque chose de compromettant…

— À votre avis, Parker aurait-il pu poser ces bombes ? demanda Laura.

— Parker ? Jamais ! Il serait incapable de tuer quelqu'un, répliqua-t-elle en s'essuyant les mains sur les jambes de son short en denim. Il râle, il grogne, il récrimine mais il n'aurait jamais le cran de faire une chose pareille. Sa mère, en revanche…

De nouveau, elle s'interrompit et, plantant les poings sur les hanches, elle les contempla tour à tour.

— Qu'est-ce que vous cherchez, en fait, tous les deux ?

Laura ne se démonta pas.

— Comment ça ? On vous l'a dit : on aimerait résoudre ce crime et pouvoir récupérer nos emplois.

— Mais qu'est-ce que vous êtes venus faire ici, à Mayville ? Vous n'y aviez ni parents, ni amis. C'est un trou perdu.

Laura, qui se sortait en général sans difficulté de ce genre de situation, chercha désespérément une réponse crédible qui ne vint pas. Ce fut Jace qui les tira de ce mauvais pas.

— Ma famille vit à Hatcher, déclara-t-il. Juste de l'autre côté de la frontière avec le Tennessee. Nous voulions nous rapprocher mais sans être trop près, pour garder notre indépendance. De toute façon, il n'y a pas de travail à Hatcher alors qu'ici…

— C'est vrai ? demanda Merry à Laura, apparemment déçue.

— Bien sûr que c'est vrai, affirma celle-ci. Qu'est-ce que vous vous imaginiez ? Vous l'avez dit vous-même, quelle autre raison aurions-nous pu avoir de venir à Mayville, sinon ?

— Je ne sais pas. Vous semblez si bien vous entendre avec Donna Stroud… Je me suis demandé si vous n'aviez pas de liens avec la famille.

Jace éclata de rire.

— Ça alors, c'est la meilleure ! Et nous serions quoi ? Les parents pauvres ravis de venir habiter un mobil-home miteux pour travailler dans leur usine ?

Merry sourit.

— Oui, je reconnais que c'est un peu tiré par les cheveux.

Le sourire s'effaça.

— Et ça montre bien à quel point Donna Stroud m'en veut. Préférer embaucher une étrangère comme secrétaire de son fils plutôt que de me donner le poste, à moi…

— Certaines mères surprotègent leurs fils, nota Laura sans pouvoir s'empêcher d'éprouver un bref élan de pitié pour Merry.

Le portrait qu'elle avait brossé de Donna n'était pas très flatteur.

— Prévenez-nous si vous apprenez quelque chose d'intéressant, déclara Jace en prenant Laura par le bras. On en fera autant de notre côté. On ne va pas vous déranger plus longtemps.

Bras dessus bras dessous, ils quittèrent la cour.

Lorsqu'ils furent à bonne distance, Laura se détendit un peu.

— Tu crois toujours qu'elle cache quelque chose ?

— Je n'en sais rien. Mais on ferait bien d'appeler Rogers et Ramirez pour qu'ils creusent un peu du côté de Donna Stroud.

Elle acquiesça en silence.

Ils n'avaient pas compté Donna au nombre des suspects jusqu'à présent parce que c'était la personne qui semblait avoir le plus à perdre avec tous ces crimes. Mais si elle avait eu plus encore à y gagner ?

— À propos de mères… Pour ce que ça vaut, la mienne serait aux anges si elle savait que je sors avec quelqu'un comme toi, déclara incidemment Jace.

L'idée qu'il ait pensé à elle en rapport avec sa famille la prit de court.

— Oh… Vraiment ? Pourquoi ?

— Parce que tu es intelligente. Belle. Que tu n'as pas peur de me renvoyer dans les cordes quand tu estimes que j'ai tort. Ma mère apprécierait, j'en suis sûr.

C'était plutôt flatteur mais lorsqu'elle songea à la réaction de son père vis-à-vis de Jace, sa satisfaction s'évanouit.

— Mon père serait plus dur à convaincre.

— Des coriaces comme lui, je parie que j'en ai rencontré des tas à l'armée. Fier, droit dans ses bottes, loyal. Mais aussi strict, intransigeant. Il me détesterait… Jusqu'à ce que je gagne sa sympathie, acheva-t-il avec un large sourire charmeur.

Elle se mit à rire devant son assurance.

— Quoi ? Tu ne m'en crois pas capable ?

Elle secoua la tête, riant toujours. Jace n'avait-il pas

gagné son cœur, à elle, alors qu'elle aurait juré, seulement quelques jours plus tôt, qu'une telle chose était impossible ?

— Je ne m'inquiète pas de mon père, reprit-elle en saisissant sa main. Il m'a appris à prendre mes décisions seule, donc il n'y a que mon opinion qui compte vraiment.

— Et cette opinion… Quelle est-elle ?

Il s'efforçait de parler d'un ton léger mais la tension de sa voix était presque palpable.

— Eh bien, je dirais que tu es plus complexe que je ne le croyais. Et la complexité, j'aime bien ça.

Il pressa sa main entre ses doigts.

— Moi aussi. Ça nous fait un point commun.

Elle aurait pu facilement s'habituer à cela, mais elle n'osait pas trop se fier à ses impressions. En tant qu'agent, elle avait toute confiance en sa capacité à évaluer une situation et obtenir des résultats. Mais, en matière de vie sentimentale, c'était une autre paire de manches. Elle tombait là dans la catégorie « amateurs » sans avoir la moindre idée de ses chances de succès.

La quatrième bombe sauta à deux heures, le lendemain matin, sur le porche de Merry Winger. Pas de blessés, mais l'explosion sema la terreur dans la ville. Jusque-là, les Stroud avaient semblé clairement visés. Mais, désormais, tout un chacun pouvait être pris pour cible.

Les empoisonnements avaient fait peur mais il suffisait, pour écarter le danger, de ne pas consommer les produits Stroud.

Mais une bombe ? Comment éviter une bombe qui pouvait exploser n'importe où, n'importe quand ?

15

— Où étiez-vous la nuit dernière entre, disons, vingt heures et six heures du matin ?

Donna Stroud, pâle et hirsute, ne semblait pas elle-même sans son impeccable tailleur-pantalon et son maquillage soigné. La police avait débarqué chez elle un peu après sept heures du matin et l'avait trouvée en pantalon de coton rose et T-shirt à l'effigie du Parc National des Smoky Mountains. C'était à peine si Ana reconnaissait en elle la cheffe d'entreprise compétente qu'elle avait rencontrée le jour de son arrivée à Mayville.

— Où j'étais la nuit dernière ? Mais… Quelle importance ? Pourquoi me posez-vous cette question ?

— Veuillez répondre, s'il vous plaît, insista Ana.

Rogers, elle et le capitaine Simonson, de la police de Mayville, étaient assis en face de Donna et de son avocat, Adam Sepulveda, lequel, après avoir proféré quelques faibles protestations, s'était tenu coi, se contentant de remuer sur son siège ou de jouer avec sa cravate.

— J'étais à l'hôpital, au chevet de mon fils jusqu'à environ huit heures et demie. Ensuite, je suis rentrée chez moi.

— Y avait-il quelqu'un avec vous ? s'enquit Ana.

— Non.

— Avez-vous eu quelqu'un au téléphone, ou bavardé

avec un voisin ? Quelqu'un peut-il confirmer que vous étiez bien chez vous ?

Donna se redressa sur son siège, se ressaisissant quelque peu.

— Écoutez, je vous ai dit où je me trouvais et c'est la vérité. Mais je ne suis pas en mesure de le prouver.

— Quelles sont vos relations avec Merry Winger ? demanda Rogers.

Les sourcils de Donna s'arquèrent, disparaissant sous les courtes mèches qui balayaient son front.

— Merry travaille chez Stroud Pharmaceuticals. Elle est également proche de mon fils.

— Qu'entendez-vous par « proche » ? s'enquit Ana, jugeant le choix du mot plutôt singulier.

— Je sais que mon fils couche avec elle, qu'il lui achète des cadeaux, mais je les ai rarement vus ensemble et il ne l'a jamais invitée à la maison, donc je ne la qualifierais pas de petite amie.

— Vous ne l'aimez pas beaucoup, traduisit Rogers.

— Disons que ce n'est pas la première personne avec laquelle je rêverais de voir mon fils entretenir une liaison, mais la plupart des gens ont besoin de faire leurs propres expériences, leurs propres erreurs.

— Donc, selon vous, Merry est une erreur ? souligna Ana.

— L'avenir le dira.

Elle posa les deux mains à plat sur la table devant elle.

— Bien. Pourquoi toutes ces questions ? Quelque chose est-il arrivé à cette fille ?

— Pourquoi pensez-vous qu'il lui est arrivé quelque chose ? rétorqua du tac au tac Rogers.

— Vous voulez savoir où j'ai passé la nuit, ce qui signifie que vous essayez de déterminer si j'ai un alibi. Ensuite, vous m'interrogez à propos de Merry. Il n'est pas besoin d'être grand clerc pour en tirer des conclusions. Lui est-il arrivé quelque chose ?

— Merry va bien, répondit Ana. Mais une bombe a explosé devant sa porte d'entrée ce matin.

Donna les considéra, bouche bée, les yeux écarquillés. Un son étranglé monta des profondeurs de sa gorge et Ana craignit un instant qu'elle ne fasse une attaque. Elle lui toucha le bras et Donna tourna la tête, la contemplant, l'air hagard, avant de reprendre peu à peu ses esprits. Elle s'humecta les lèvres.

— Est-ce que… ça s'est passé comme les autres fois ?

— De façon similaire, convint Rogers, laconique.

En fait, la bombe était identique aux trois premières, prévue pour se déclencher à l'ouverture de la porte, quand Merry sortirait pour soigner ses fleurs ou se rendre à sa voiture, garée le long du trottoir.

Mais l'engin avait explosé au passage du véhicule de son voisin – un énorme pick-up customisé, équipé de pneus surdimensionnés et d'une sono aux basses si puissantes qu'elles faisaient vibrer les vitres de toutes les villas devant lesquelles il passait.

— Elle a explosé accidentellement, enchaîna Ana. Il n'y a pas eu de blessé mais, si Merry avait ouvert sa porte d'entrée, elle aurait été tuée sur le coup ou très grièvement blessée.

Donna se couvrit la bouche de la main, les yeux remplis de larmes.

— Avez-vous placé cette bombe chez Merry Winger ? demanda Rogers.

— Non ! Jamais je ne ferais une chose pareille. Ni à Merry ni à qui que ce soit !

— Ma cliente est une citoyenne irréprochable – un pilier de la communauté – qui n'a jamais eu ne fût-ce qu'un procès-verbal pour excès de vitesse, intervint l'avocat. Je m'oppose avec la plus grande fermeté à ce genre de questions tendancieuses.

— Vous n'êtes pas au tribunal, Maître, contra Rogers d'un ton bref avant de reporter son attention sur Donna. Voyez-vous qui aurait pu poser cette bombe sur le porche de Merry ?

— Non, je n'en ai pas la moindre idée. Je vous assure que, si c'était le cas, je vous le dirais. Je veux que tout ça s'arrête.

— Madame Stroud, la première explosion, le 6 mai, s'est produite à une porte de service utilisée seulement par le personnel qui en possédait la clé, reprit Rogers. Vous avez indiqué que vous étiez généralement la première à arriver au bureau, le matin, et que vous empruntiez alors cette entrée.

— En effet.

— Pourtant, ce matin-là, Lydia vous a devancée.

— J'avais été retardée par mon mari. Il était agité et j'ai dû le calmer avant de pouvoir partir.

— Le deuxième engin explosif était relié à la porte de votre bureau, continua Rogers. Quand il s'est déclenché, c'est Angela Dupree qui a été tuée. Là encore, vous étiez en retard, ce qu'ont confirmé plusieurs membres du personnel, précisant que c'était inhabituel de votre part.

— Mon mari était toujours désorienté le matin mais, ces derniers temps, les choses allaient de mal en pis.

— Venons-en à la troisième explosion, celle qui a tué votre mari et blessé votre fils. La bombe était fixée à la porte du bureau de votre mari. Toutes les personnes que nous avons interrogées nous ont affirmé que votre mari et vous-même étiez les seuls à y entrer. Mais votre mari n'y venait qu'occasionnellement. Vous étiez donc la cible la plus probable mais, encore une fois, vous avez par miracle été épargnée.

— Qu'est-ce que vous sous-entendez ? demanda Donna.

— Nous avons examiné les statuts de la société, dit Ana. Il y est mentionné que votre mari en était le représentant légal et principal décisionnaire – et ce jusqu'à son décès. Rien n'avait été prévu en cas d'incapacité de travail résultant d'une maladie, d'une blessure ou d'une invalidité. Donc, vous vous êtes substituée à lui en qualité d'administratrice intérimaire, mais sans pouvoir développer ni vendre l'entreprise. Vos capacités d'emprunt étaient également limitées. La mort de votre mari vous donne désormais toute latitude pour prendre ce genre de décision.

— Je n'ai pas tué mon mari si c'est ce que vous insinuez, protesta Donna d'une voix vibrante. Je n'ai tué personne.

— Madame Stroud vient de perdre son mari, souligna l'avocat en se levant. Elle-même est menacée de mort. Que vous osiez suggérer…

— Un individu en lien avec Stroud Pharmaceuticals pose des bombes et tue des gens, assena Rogers. C'est notre rôle d'examiner scrupuleusement les faits et gestes de chacune des personnes ayant eu à la fois une occasion et un mobile. C'est le cas de Mme Stroud.

— Je n'ai pas tué mon mari, répéta Donna. Je le jure.

Elle enfouit le visage dans ses mains et se mit à pleurer.

Ana se détourna. Elle avait beau ne pas être convaincue de son innocence, elle ne pouvait s'empêcher d'être désolée pour cette femme qui avait tant perdu.

— J'exige que vous relâchiez immédiatement ma cliente, déclara l'avocat.

— Elle est libre de s'en aller, répondit Rogers. Mais nous poursuivons nos investigations.

Ana et Rogers rejoignirent Smitty et Cantrell qui avaient suivi l'entretien depuis la salle d'observation en compagnie de Rowan, revenue la veille à Mayville.

— À votre avis, demanda celle-ci. Combien de temps

va-t-il se passer avant qu'un article paraisse dans le journal local faisant état de la honteuse façon dont le FBI malmène la sainte patronne de Mayville alors qu'elle vient juste de perdre son cher et tendre époux ?

Rogers se laissa tomber sur une chaise au bout de la table.

— À toi de nous le dire. Combien ?

— À vue de nez, pas plus de vingt-quatre heures. Cet avocat va s'empresser de faire pencher la presse en faveur de sa cliente.

— Alors, c'est qu'il est plus malin que je ne l'imagine, répliqua Rogers. Mais peu importe. On n'est pas là pour se faire des amis. Et, pour l'heure, c'est Donna Stroud qui avait le plus intérêt à faire disparaître son mari et la maîtresse de son fils.

— C'est également elle qui avait le plus à perdre, observa Smitty. Son mari, sa meilleure amie, la réputation de l'entreprise à laquelle elle s'est vouée corps et âme.

— Tu la crois innocente ? s'enquit Ana.

Smitty coinça ses longs cheveux derrière son oreille.

— Je ne dis pas qu'elle est coupable ni qu'elle est innocente. Je pense simplement que fondre sur elle bille en tête n'est pas la solution. Nous devons garder tous les éléments à l'esprit, sans nous focaliser sur ceux qui cadrent avec une théorie.

C'était Smitty dans toute sa splendeur. Elle et son sacro-saint respect de la loi. Rogers lui jeta un regard irrité. Ils s'étaient plus d'une fois accrochés à propos de sa tendance à rappeler aux autres le règlement en donnant l'impression de leur faire la leçon.

Ana regarda Cantrell, s'attendant à le voir prendre fait et cause pour Rogers. De tous les membres de l'équipe, c'était avec lui que Smitty avait le plus souvent croisé le fer. Mais non… Il demeura tranquillement assis, le dos calé contre le dossier de son siège, se bornant à observer :

— Le problème, dans cette affaire, c'est que chacun de nos principaux suspects a d'aussi bonnes raisons de ne *pas* être le coupable que n'importe qui d'autre.

— C'est simplement le signe qu'il nous faut réunir des preuves supplémentaires, persista Rogers.

— La police locale a-t-elle découvert quelque chose chez Merry ?

— On a passé la maison au crible mais on n'a rien trouvé, indiqua le chef Simonson.

— Selon Merry, elle a jardiné jusqu'à environ huit heures, hier soir, reprit Rogers. Après quoi, elle est rentrée, a mangé un sandwich puis regardé la télévision dans sa chambre jusqu'à dix heures et demie. Elle n'a rien vu ni entendu de suspect au-dehors.

— Sa chambre donne sur l'arrière de la maison, souligna Simonson. Donc, si quelqu'un se trouvait sur l'avant, avec le son de la télévision, elle ne pouvait pas l'entendre.

— Les autres bombes ont toutes été posées à Stroud Pharma, dit Ana. Pourquoi viser Merry, cette fois ?

— Parce que quelqu'un veut se débarrasser d'elle, suggéra Cantrell.

— Parce que le poseur de bombes pense qu'elle sait quelque chose et qu'il a peur qu'elle parle, ajouta Smitty.

— Parker était toujours hospitalisé hier soir, rappela Simonson. Il doit sortir ce matin. Quant à Leo, il est toujours bouclé et il n'a eu aucune visite à part celle de son avocat.

— Quelqu'un l'a-t-il informé de la dernière explosion ? s'enquit Smitty.

— Je ne crois pas, répondit le capitaine.

— Alors, prévenez-le et surveillez sa réaction, dit Rogers.

Au même instant, une jeune femme passa la tête par la porte.

— Désolée de vous déranger, chef, mais on vous demande. Nous avons… un petit problème. Parker Stroud est là.

Simonson se leva aussitôt pour se diriger vers le hall d'accueil du poste de police, et Ana et Rogers lui emboîtèrent le pas.

Parker Stroud s'y trouvait. Il avait l'air enragé – du moins aussi enragé qu'il est possible de paraître, avec des béquilles, en pantalon de survêtement, chemise de ville blanche et sandales en plastique.

Sitôt qu'il avisa le capitaine, il s'approcha en claudiquant.

— Vous avez perdu la tête ? Qu'est-ce qui vous a pris d'arrêter ma mère ? Vous trouvez qu'elle n'en a pas assez enduré ? Il fallait que vous retourniez le couteau dans la plaie ?

— Votre mère n'est pas en état d'arrestation, rectifia le capitaine. Elle a accepté de son plein gré de répondre à nos questions et vous devriez la trouver chez elle maintenant.

Parker s'aperçut alors de la présence d'Ana et Rogers.

— C'est vous qui êtes derrière tout ça. Vous n'arrivez pas à coincer le coupable, alors vous vous acharnez sur une vieille femme désemparée !

Ana douta que Donna eût jugé la formulation à son goût.

— Si nous voulons élucider cette affaire, nous sommes obligés de poser beaucoup de questions… Tout le monde est logé à la même enseigne. Personne n'est épargné.

— Ma mère ne sait rien, répliqua Parker en s'appuyant sur ses béquilles, le teint grisâtre sous la barbe naissante. Et c'est elle qu'on cherche à tuer, non ?

— Et concernant Merry ? suggéra Ana.

— Eh bien, quoi, Merry ? rétorqua-t-il, le sourcil froncé.

— Une bombe a explosé sur son porche tôt ce matin.

— Oh ! Seigneur, souffla Parker en se passant la main sur le visage. Est-ce qu'elle…

— Non, il n'y a pas eu de blessés. Vous ne saviez pas ?

— Je viens juste de quitter l'hôpital. Personne ne vous dit jamais rien là-bas. Où se trouve-t-elle, maintenant ?

— Chez elle, je pense, répondit Simonson. Malgré les dégâts dans l'entrée, la maison est toujours habitable.

— J'imagine qu'il faut que je lui rende visite, dit Parker.

— Ça n'a pas l'air de vous emballer, nota Rogers.

— C'est-à-dire que… j'essaie de trouver un moyen de rompre.

— Oh. Et vous pensez qu'elle va mal prendre ? souligna Ana.

Parker fit la grimace.

— Mal, c'est peu dire. Si Merry met la main sur l'une de ces bombes, elle se fera sûrement un plaisir de me la jeter à la figure.

16

— Qu'est-ce qui nous échappe ? grommela Laura en considérant les feuilles fixées à la porte du placard, couvertes des annotations qu'elle y avait consignées de son écriture serrée et régulière. Durant l'heure qui venait de s'écouler, Jace et elle avaient tout repassé en revue, en quête d'un détail qui leur aurait jusque-là échappé : la liste des victimes, celle des suspects, les horaires, les faits.

Elle pointa du doigt le nom de Steve Stroud.

— Nous aurions dû aller le voir, souligna-t-elle. Il avait accusé Parker de négocier en secret la vente de la société. Et si c'était vrai ? Maintenant, c'est trop tard.

— Il n'avait pas toute sa tête, répondit Jace en étendant les jambes, assis sur son siège, les mains enfoncées dans ses poches. On ne l'a pas interrogé parce que son témoignage n'aurait pas été fiable.

— On aurait quand même dû essayer, dit Laura. Cette erreur va peut-être nous coûter cher.

L'idée que Steve serait peut-être encore en vie si elle avait réagi plus tôt ne cessait de la tracasser.

— Battre notre coulpe ne nous mènera nulle part, dit-il en se levant et en s'avançant vers elle. Demain, on considérera les faits sous un jour nouveau. Et peut-être que quelque chose nous apparaîtra.

Elle se laissa aller contre lui. Elle avait toujours été

réfractaire à l'idée de sortir avec un collègue mais il fallait reconnaître que ce n'était pas désagréable d'être avec quelqu'un qui comprenait à quel point ce métier était accaparant, tant sur le plan physique que sur le plan émotionnel.

Il l'embrassa sur la tempe, sur la joue puis sa bouche dériva vers ses lèvres et s'en empara en un ardent baiser qui la laissa hors d'haleine et vibrante de désir.

Le gardant soudé à elle, elle l'entraîna vers la chambre, aiguillonnée par son impatience.

Elle se sentait plus sûre d'elle, cette fois, plus audacieuse. Lorsqu'ils se furent dévêtus, il attrapa la boîte de préservatifs mais elle la lui prit des mains et puisa un petit étui dans le paquet. Elle déchira l'emballage, renversa Jace sur le matelas et se mit en devoir de dérouler la mince membrane de latex sur son sexe érigé tandis qu'il tendait les mains vers elle, qui le chevauchait.

Ils firent l'amour sans hâte, en prenant le temps de se regarder, presque sans parler mais avec une intensité telle que toute parole était superflue. Ce fut elle, cette fois, qui mena la danse tandis que Jace se laissait guider, réagissant à chacune de ses sollicitations avec tant d'adresse et de diligence qu'elle demeura longtemps au bord du vertige avant que la vague du plaisir ne déferle en elle tel un torrent dévastateur.

Le souffle court, elle se laissa retomber contre lui et il l'enlaça tendrement. Elle se lova dans ses bras, épuisée mais comblée.

— Plus d'histoires de bombes pour ce soir, murmura-t-il en remontant le drap sur ses épaules. Je me sens trop bien pour bouger pendant au moins les huit heures qui viennent.

Elle voulut lui répondre mais ses paupières se fermaient déjà. Elle sombra dans le sommeil avant que les mots n'aient trouvé le chemin de ses lèvres.

Et, subitement, elle se retrouva dans une maison plongée

dans l'obscurité, courant, pieds nus et paniquée, pour échapper à un poursuivant invisible, gravissant quatre à quatre des escaliers, longeant d'étroits couloirs interminables. Sa course effrénée fut stoppée par une porte au bout d'un corridor. Elle actionna frénétiquement la poignée mais rien à faire : celle-ci résista à toutes ses tentatives. Et, pendant ce temps, la silhouette sombre et menaçante de son poursuivant se rapprochait, se rapprochait, l'emplissant de terreur.

— Laura ? Laura ! Réveille-toi… Tu as fait un cauchemar.

En nage, elle ouvrit les yeux avec la sensation d'atterrir brutalement sur le sol. Mais elle était en sécurité, dans le lit, dans les bras de Jace.

— Tout va bien, murmura-t-il en lissant de la main ses cheveux emmêlés et en l'embrassant sur le front.

— Je rêvais que quelqu'un me pourchassait et que je n'arrivais pas à sortir. La porte était coincée, il n'y avait pas d'issue…

— Pas besoin d'être Freud pour en comprendre la signification, dit-il. Tu es poursuivie par l'affaire que tu n'arrives pas à résoudre.

Il l'attira plus près.

— Ne sois pas trop dure envers toi-même. Tu fais du mieux que tu peux, comme nous tous.

Elle hocha la tête mais sans conviction. Bien sûr, ils travaillaient tous dur mais était-ce suffisant ? Ne se laissait-elle pas distraire par sa relation naissante avec Jace ? L'écho de la voix de son père résonna dans sa tête. *Le devoir passe avant tout. Servir son pays exige tous les sacrifices.* C'était ainsi qu'il avait vécu toute sa vie, sans omettre de lui rappeler, chaque fois qu'elle se plaignait de ne pas le voir suffisamment, que des centaines de soldats dépendaient de lui, alors que la petite fille qu'elle était ne courait aucun danger, *elle*.

— C'est fini maintenant, chuchota Jace en lui frictionnant doucement l'épaule. Je suis là, avec toi.

Les yeux la picotèrent et elle ferma les paupières pour refouler ses larmes, respira son parfum de savon, si masculin, et s'endormit dans ses bras, d'un sommeil exempt de mauvais rêve, de peur. Exempt de solitude.

Jace s'éveilla aux premières lueurs du jour et se glissa hors du lit sans bruit. Il se dirigea vers la cuisine, prépara le café puis se posta devant la fenêtre de derrière et regarda le soleil apparaître à travers les arbres. Le monde semblait si tranquille à cette heure-là. Même au plus fort des combats en Afghanistan, le lever du soleil avait apporté un semblant de paix, comme si tout se mettait en pause, prenait une grande respiration avant de replonger dans le chaos.

Le riche arôme du café parvint à ses narines et il se tourna vers le placard pour sortir une tasse. Entendant l'eau couler dans la salle de bains, il en ajouta une deuxième pour Laura. Un sourire joua sur ses lèvres. Il avait commencé cette mission en se disant que feindre d'être le conjoint de Laura n'allait pas être une mince affaire. Mais il avait incarné le rôle avec une telle facilité que cela l'effrayait presque. Elle était si pointilleuse, si susceptible, forte et néanmoins sensible. Il avait envie de la protéger, même s'il avait conscience qu'elle n'avait pas vraiment besoin de lui. Elle n'était pas son type – il aimait les femmes simples, Laura était compliquée, le genre de femmes à avoir de hautes exigences, de celles qu'il n'avait aucun espoir de satisfaire.

Et pourtant, ils étaient ensemble et c'était si bon. Comme si cela allait de soi. Il avala une gorgée de café très chaud, content que la brûlure dissipe l'espèce de brouillard affectif qui lui obscurcissait l'esprit. Car, si être avec Laura pour le moment était merveilleux, il aurait été idiot de se laisser aller à croire que leur relation pouvait avoir un avenir. Tôt ou tard, la passion des débuts s'émousserait et ils redeviendraient deux personnes portant sur le monde des regards radicalement différents.

Laura entra dans la cuisine, ses mèches humides frisottant autour de son visage.

— Bonjour, dit-il en lui remplissant sa tasse.

— Merci.

Elle trempa les lèvres dans le café en fermant les yeux, puis soupira.

— J'ai réfléchi à l'affaire, déclara-t-elle.

Et moi qui espérais que tu étais en train de penser à moi. Mais il se garda de formuler ses mots à haute voix ; ils touchaient de trop près la vérité.

— Et tu as envisagé les choses sous de nouvelles perspectives ? s'enquit-il.

— Peut-être bien. Nous ne savons pas pour qui Leo a fabriqué ces bombes, mais c'est une personne qui lui est assez chère pour qu'il refuse obstinément de la dénoncer. J'ai repensé à cette histoire de fausse bombe qu'il avait donnée à un professeur, au lycée… Personne n'a pu oublier cet incident. Imaginons qu'en revenant ici après la mort de sa mère il ait renoué avec un ancien amour de lycée ? Ce sont souvent les plus intenses. Si l'objet de sa flamme avait des griefs contre les Stroud, elle a pu voir l'occasion de se venger.

— Tu penses à quelqu'un qui, aujourd'hui, travaillerait à Stroud Pharma ? demanda Jace. Tout pointe en ce sens.

— Tout à fait. Donc, on va à l'école, on s'informe, on vérifie les albums annuels du lycée, les photos de classe… Tout.

Elle but le reste de son café et reposa sa tasse.

Rien d'autre. Pas de baiser enamouré pour dire bonjour.

Pas l'ombre d'une allusion à leurs ébats de la veille. L'agent spécial Smith s'était substitué à l'amante ardente de la veille.

Compliquée.

Le lycée de Mayville – fief des Mayville Wild Cats – était un bâtiment d'apparence austère, comme toutes les institutions, qu'il s'agisse d'écoles ou de prisons, les premières se distinguant par la présence d'un complexe sportif attenant, les secondes, par celle de hauts murs d'enceinte surmontés de barbelés. En ce samedi de fin de printemps, les lieux étaient presque déserts et leurs pas résonnèrent sur l'asphalte tandis qu'ils traversaient le parking.

— Tu étais doué en sport, au lycée, j'imagine ? questionna Laura. Tu étais quoi ? Quarterback au football américain ? Star de l'équipe de basket ?

— Ailier au football, répondit-il. Et je jouais aussi au base-ball, pas au basket. Au poste de lanceur.

À cette époque, il avait rêvé de devenir professionnel mais « doué » n'était pas synonyme « d'exceptionnel » et il n'avait pas réussi à franchir ce cap-là.

— Et toi, je parie que tu étais major de ta promotion.

Elle le contempla, les yeux ronds.

— Comment as-tu deviné ?

— Comment aurais-tu pu ne pas l'être ? rétorqua-t-il en lui tenant la porte ouverte.

Le principal, Mike Caldwell, avait accepté de les recevoir.

L'homme à la carrure massive et aux cheveux gris coupés en brosse qui émergea d'un bureau pour les accueillir rappela à Jace tous les sergents instructeurs qu'il avait pu côtoyer. Caldwell leur serra la main, examina leurs badges puis les invita à le suivre.

— J'imagine que cette visite est en rapport avec ce qui se passe à Stroud Pharmaceuticals, commença-t-il en s'installant derrière un bureau couvert de dossiers. Comment puis-je vous aider ?

— Nous recherchons des informations concernant l'un de vos anciens élèves, Leo Elgin, déclara Laura.

— Oui… J'ai appris que vous l'aviez arrêté. Je suppose que vous avez entendu parler de cette histoire de bombe qu'il avait donnée à l'un de ses professeurs. Mais ce n'était pas une vraie bombe, juste une réaction stupide de la part d'un gamin trop impulsif.

— Vous connaissiez bien Leo ? s'enquit Laura.

— Oui. J'entraînais les équipes de football et d'athlétisme et enseignais l'éducation civique. Je l'ai eu comme élève.

— Comment était-il ? interrogea Jace. À part être impulsif.

— C'était un garçon intelligent. Un peu trop, peut-être. Ces enfants-là s'embêtent parfois en classe et c'est ce qui les amène à avoir des ennuis ou à faire des bêtises, comme cette histoire de fausse bombe.

Il se pencha en avant.

— Leo avait une dent contre cette enseignante parce qu'elle l'avait mal noté lors d'un devoir de mathématiques. Il s'est avéré que Leo avait raison et qu'elle s'était trompée. Mais il ne lui a jamais pardonné cette erreur.

— Il était rancunier ? souligna Laura.

— Il l'a été cette fois-là.

— Et était-il populaire ? questionna Jace.

— Assez, oui. Il ne faisait pas partie du petit groupe des élèves les plus populaires mais il était plutôt apprécié de la plupart de ses camarades. Il avait un côté un peu rebelle, ce que certains adolescents ont tendance à admirer.

— Lui avez-vous connu des petites amies ?

Caldwell hocha la tête.

— Il plaisait aux filles. Je ne me souviens pas d'une personne en particulier mais, pour un jeune qui n'était ni athlétique ni spécialement beau, il avait une cour d'admiratrices assez nombreuse.

— Et vous n'avez pas en mémoire une fille avec qui il serait sorti et qui travaillerait aujourd'hui chez Stroud ?

Il se frotta le menton, fouillant dans sa mémoire.

— Non, je ne me rappelle pas.

— Auriez-vous les albums des années où Leo fréquentait votre établissement ? s'enquit Laura.

— Bien sûr.

Il fit rouler sa chaise jusqu'aux étagères qui couvraient le mur, derrière lui, et sélectionna quatre gros classeurs.

— Tenez, dit-il en les posant sur le bureau, devant eux, avant de se lever. Vous m'excuserez, je dois aller assister à la répétition de la cérémonie de remise de diplômes mais vous pouvez rester pour feuilleter ces albums.

— Merci, répondit Jace. Mais il se pourrait que nous devions en emporter un ou deux.

— Pas de problème pourvu que vous me promettiez de les rapporter. Nous les avons tous conservés depuis 1926 et je ne voudrais pas que ces années-là manquent à la collection.

— C'est promis. Nous vous laisserons un récépissé.

Laura était déjà plongée dans la consultation du premier classeur quand Jace la rejoignit dans le mobil-home après avoir garé le pick-up.

— L'index liste les élèves par classe, annonça-t-elle. On va commencer par repérer les noms qui nous semblent familiers. Ensuite, on les comparera avec le registre du personnel de Stroud.

En une heure, ils trouvèrent une douzaine de noms d'anciens élèves désormais employés chez Stroud Pharma, dont celui de Parker. Ils s'attardèrent sur une photo de Leo qui regardait droit dans l'objectif, un ricanement étudié retroussant ses lèvres.

— Dis-moi, il t'aurait plu, à toi, quand tu étais au lycée ? demanda Jace.

Elle haussa les épaules.

— Difficile à dire. J'aimais bien les types intelligents. Et les fortes têtes ont certainement un petit plus, répondit-elle, une lueur malicieuse dansant dans ses prunelles.

Il dut lutter contre l'envie de se pencher pour l'embrasser. Refermant l'épais volume, il déclara :

— Il y a bien quelques photos de groupes mais rien ne me saute aux yeux.

— À moi non plus, dit-elle en soupirant. Je pense qu'il va falloir qu'on cherche du côté de l'université.

— Il était à West Virginia University. C'est à trois heures d'ici.

— Eh bien, je crois qu'un petit voyage s'impose.

17

Le samedi matin, Merry se connecta à son compte en banque et sourit toute seule en consultant son solde. Parker était si généreux. Dommage que les choses n'aient pas fonctionné ainsi qu'elle l'espérait. Mais elle était assez maligne pour savoir lorsqu'il était temps d'arrêter les frais.

Elle quitta le site de sa banque et cliqua sur la page de voyage qu'elle avait rangée dans ses favoris. Quelle destination devait-elle choisir pour ses vacances de rêve ?

Son téléphone sonna. Ennuyée d'être interrompue, elle regarda l'écran. Donna Stroud ? Peut-être toute cette mauvaise publicité avait-elle incité les Stroud à verser les salaires des employés mis au chômage à cause de la fermeture de l'usine ? Ils pouvaient certainement se le permettre.

— Allô ? dit-elle, veillant à instiller de l'amabilité dans sa voix.

— Merry, c'est Donna Stroud.

N'avait-elle donc jamais entendu parler de la fonction Présentation du nom ?

— Bonjour, madame Stroud. Comment allez-vous ?

— Aussi bien que possible, compte tenu des circonstances. Je vous appelle parce que j'ai décidé de travailler depuis la maison, jusqu'à ce que l'usine rouvre. Je voulais donc vous demander de vous présenter ici lundi matin, à neuf heures. Vous savez où c'est, n'est-ce pas ?

Si elle savait où c'était… Franchement ! Les Stroud avaient la plus grande demeure de la ville – une horreur à colonnades blanches qui semblait sortir droit d'*Autant En Emporte Le Vent.*

— Malheureusement, ça ne va pas être possible, répondit Merry, se délectant par avance de la réaction de son interlocutrice. J'ai deux semaines de congé à rattraper et, comme l'usine a fermé, j'ai décidé de partir en vacances.

— En vacances ? Mais… Merry, je sais que c'est un sacrifice, mais vous devez les repousser jusqu'à ce que tout soit rentré dans l'ordre. Il y va de la santé future de l'entreprise.

Comme si Merry s'en souciait, de la santé de l'entreprise ! L'œil rivé à son écran, elle cliqua sur le bouton *Réservation.*

— Je suis désolée mais j'ai déjà acheté mes billets.

— Comme c'est ennuyeux ! Combien de temps serez-vous absente ?

— Je ne sais pas encore.

Elle avait acheté un aller simple.

— Merry, je ne peux pas accepter cela, dit Donna. Vous auriez dû me parler de votre projet.

— Excusez-moi mais vous n'êtes pas ma mère. Je n'ai pas à vous demander votre permission pour partir en vacances.

— Ne prenez pas ce ton. Je dis simplement que j'attends de tous les membres de l'équipe une implication à cent pour cent pendant cette période de crise.

— Alors, peut-être que je ne fais plus partie de l'équipe.

Un courant d'exaltation la parcourut. Elle aurait voulu voir la tête de Donna.

— Que dites-vous ?

— Je dis que je m'en vais. Je pars en vacances.

Elle coupa la communication et reposa le téléphone. Puis elle imprima sa réservation.

Un aller pour le Brésil. Elle avait toujours voulu voir Rio.

La société de sécurité que Donna Stroud avait engagée pour surveiller le site de Stroud Pharmaceuticals n'hésita que quelques secondes avant de laisser passer Merry lorsqu'elle leur présenta un courrier rédigé sur le papier à en-tête personnel de Donna Stroud, l'autorisant à accéder aux bureaux de la direction pour y prendre des documents importants.

— Je n'en ai pas pour longtemps, assura Merry avec un petit sourire à l'adresse du garde.

Une fois à l'intérieur, elle se dirigea d'abord vers le bureau de Donna Stroud qu'elle fouilla méthodiquement. Elle ne tarda pas à tomber sur un dossier judicieusement intitulé FBI. Elle l'ouvrit et le feuilleta avec curiosité. Tout à coup, un nom attira son attention et un frisson d'excitation la parcourut. Laura Lovejoy… De son vrai nom, Laura Smith. Agent spécial Laura Smith.

L'assistante de Parker était une espionne ! Ainsi que son mari, apparemment, dont la véritable identité était Jason Cantrell.

Forte de cette information, Merry replaça le dossier dans son tiroir et se rendit ensuite dans le bureau de Parker.

Tâtant la face inférieure du tiroir du milieu, elle localisa le petit taquet qui libérait le loquet d'un deuxième tiroir, secret celui-là. Elle avait déjà en sa possession une copie du livret bancaire que Parker rangeait là, mais autant posséder l'original. Elle sourit en voyant le petit carnet noir et le glissa dans son sac avant de partir, avec seulement un soupçon de regret. Elle aurait bien aimé être Mme Parker Stroud. Parker était plutôt bel homme, il faisait un amant convenable et son nom et son argent auraient compensé les éventuelles désillusions allant de pair avec un mariage d'intérêt. Mais peut-être était-elle destinée à obtenir mieux que cela…

Elle salua aimablement le garde en quittant le parking, puis composa sur son téléphone le numéro de Laura.

— Allô ?

— Laura, il faut que je vous voie tout de suite. C'est important.

— Nous étions en train de partir faire une course, répondit Laura d'une voix légèrement impatientée. Peut-être plus tard…

— Non, ça ne peut pas attendre, répliqua Merry d'un ton pressant, consciente que c'était elle qui avait les cartes en main. J'ai découvert quelque chose concernant Parker… Que je dois communiquer au plus vite au FBI.

— Mais pourquoi m'appelez-vous dans ce cas ?

— Parce que je sais qui vous êtes, agent Smith.

— Très bien, acquiesça Laura d'un ton bref.

— J'arrive. Ne vous inquiétez pas, je connais l'adresse.

Dix minutes plus tard, Merry tournait dans l'allée semée d'ornières qui menait au mobil-home niché sous les arbres. Jace et Laura, debout sur le porche, la regardèrent descendre de voiture.

— Le FBI aurait pu vous loger autre part que dans ce taudis, nota-t-elle en remontant l'allée gravillonnée qui menait au pied des marches.

Jace poussa la porte.

— Entrez, Merry.

— Comment avez-vous découvert notre identité ? s'enquit Laura en suivant Merry à l'intérieur.

— Je ne suis pas idiote et je sais me servir de mes yeux et de mes oreilles, dit-elle en prenant place dans le fauteuil inclinable.

Ils s'assirent face à elle sur le sofa.

— Vous êtes réellement mariés ou ça fait aussi partie de votre petite comédie ? s'enquit Merry en tendant le bras pour ouvrir son sac à main.

Elle vit les deux agents se raidir.

— Ne craignez rien, ce n'est pas un pistolet, observa Merry en sortant le petit livret noir. Tenez, regardez... Je viens de trouver ça dans le bureau de Parker, où j'étais allée chercher des documents à la demande de Mme Stroud.

Merry comptait sur le fait que les deux fédéraux seraient trop pressés d'interpeller Parker pour aller vérifier ses dires auprès de l'intéressée.

Laura feuilleta le carnet puis le tendit à Jace.

— Merci de nous l'avoir apporté, dit Laura.

Elle ne semblait même pas surprise. Ce qui signifiait que le FBI était déjà au courant, pour le compte bancaire secret.

— Vous ne voulez pas savoir ce que signifie ce livret ?

— J'imagine que vous allez nous le dire, intervint Jace.

Merry prit un air attristé. Sa mine s'allongea.

— Je crois que c'est Parker qui a empoisonné les *Stomach Soothers*. Rétrospectivement, ça paraît tellement évident...

Échange de regards entre les deux agents.

— Nous vous écoutons.

Elle se mordit la lèvre comme si elle répugnait à attirer des ennuis à l'homme qu'elle aimait. Finalement, elle hocha la tête, comme à son corps défendant.

— Je pense que Parker détournait de l'argent de la société, qu'il plaçait sur un compte secret. Gini Elgin a dû s'en rendre compte. J'ai surpris une vive discussion entre eux à l'usine, un jour. J'ai entendu Gini prononcer les mots « puiser dans les comptes... illégal ». Ce soir-là, Parker était d'une humeur massacrante. Il n'a pas voulu m'expliquer pourquoi mais il a dit que Gini se mêlait de ce qui ne la regardait pas. Et, le lendemain, je l'ai aperçu dans le carré d'herbes.

— Le carré d'herbes ? répéta Laura, de son ton impatienté de nouveau.

Merry réprima un sourire.

— C'est un jardin qui se trouve sur le site de l'entreprise. On y a fait pousser toutes les plantes qu'Evangeline Stroud, la fondatrice de la société, utilisait pour fabriquer ses remèdes naturels. Il y a des allées, un joli kiosque et de petits écriteaux identifiant chaque plante. J'ai participé à sa création parce que j'ai la main verte.

— Donc, Parker était dans le jardin, reprit Jace. Et alors ?

— Et alors… Pour commencer, il n'y allait jamais, poursuivit Merry. Il me taquinait toujours à propos de mon intérêt pour le jardinage. Mais, ce jour-là, il y était, ce qui a attiré mon attention et, en regardant plus attentivement, j'ai vu qu'il se tenait près du ricin.

— D'où est issue la ricine, commenta Laura.

Merry hocha la tête.

— Je n'ai fait le rapprochement que bien plus tard… Mais je pense maintenant qu'il a empoisonné ces comprimés pour se débarrasser de Gini sans risquer d'être suspecté. En tant que directeur de l'usine, il lui était facile de mettre le poison dans un flacon de comprimés et de substituer celui-ci au flacon de Gini. Elle en avait toujours un dans le tiroir de son bureau, tout le monde le savait.

— C'est très important, souligna Jace. Savez-vous si Parker a encore de la ricine ? Ou d'autres flacons contaminés ?

Pourquoi n'avait-elle pas pensé à cela ?

— Je ne sais pas. Je n'en ai jamais vu chez lui ni au bureau.

— Quand avez-vous commencé à le faire chanter ? questionna Jace aussi naturellement que s'il lui avait demandé combien de sucres elle mettait dans son café.

Mais Merry ne cilla même pas.

— Fait *chanter* ?

— Vous êtes allée voir Parker, lui avez révélé que vous saviez tout et il a acheté votre silence, dit Laura. Cinquante mille dollars par semaine.

Merry leva les yeux au ciel et se mit à rire.

— Ah, si seulement… ! Mais, sérieusement, je n'avais pas besoin de faire chanter Parker. On allait se marier. Il est tellement généreux, il me couvre de cadeaux, m'achète tout ce que je veux. Sans compter que tout ce qu'il possède allait aussi être à moi.

— Vous parlez au passé, releva Jace. Le mariage n'est plus d'actualité ?

Les larmes lui piquèrent les yeux. Elle était vraiment douée pour jouer la comédie, non ?

— Je ne peux pas épouser un homme qui a causé la mort de six personnes, souffla-t-elle d'une voix frémissante d'émotion. J'aime Parker mais… il a besoin d'aide. Et si ma vie était en danger, maintenant, parce que je vous ai tout révélé ?

Elle sauta sur ses pieds comme si elle s'apprêtait à s'enfuir.

Jace l'attrapa par le bras, sans brutalité mais d'une poigne musclée.

— Calmez-vous et rasseyez-vous. Dites-nous ce que vous savez au sujet des bombes.

Elle reprit place dans le fauteuil, en profitant pour se ressaisir.

— Rien. Rien du tout. Je ne sais plus que penser…

Elle baissa les yeux, contemplant ses mains, puis releva la tête pour regarder Laura dans les yeux.

— Je n'aurais jamais cru Parker capable de faire une chose pareille mais… Leo et lui étaient amis depuis des années et, quand cette bombe a explosé sur le pas de ma porte…

— Vous vous êtes dit que Parker voulait vous tuer, acheva Jace.

— J'ai pensé qu'il avait pu me voir le jour où il était dans le jardin, qu'il avait peut-être eu peur que je ne parle…

Elle se cacha le visage dans les mains.

— Maintenant, j'ai peur… Vraiment peur. Je suis terrifiée !

Cette fois, lorsqu'elle se leva, personne ne la retint.

— Nous pouvons vous faire placer sous protection policière, proposa Laura en se redressant, elle aussi, et en s'avançant.

— Oh non !

D'une voix plus contrôlée, elle reprit :

— Je ferai très attention. Mais tenez-moi au courant, OK ?

Elle marqua une pause, la main sur la poignée de la porte.

— Et je ne dirai à personne que vous êtes du FBI, promis.

La main de Laura se posa fermement sur la sienne.

— On reste en contact. Nous allons vérifier vos déclarations.

Merry la défia du regard. Ils voulaient vérifier ? Eh bien, qu'ils vérifient ! Parker n'était pas le seul à détenir un compte secret. Et, même si les fédéraux remontaient jusqu'à cette banque, Merry avait un temps d'avance. Elle avait déjà transféré les fonds en lieu plus sûr encore. Demain, elle serait en route pour le Brésil, hors d'atteinte.

18

Le dimanche matin, Laura se sentit redevenir elle-même dans ses vêtements habituels. Elle tapota son chignon serré, sans une mèche qui dépassait, ferma le bouton du milieu de sa veste de tailleur et alla rejoindre Jace dans le séjour du mobil-home. Avec un peu de chance, à cette heure-ci, le lendemain matin, ils se retrouveraient chacun dans leur appartement, à Knoxville.

Jace aussi avait enfilé un costume pour l'occasion mais il n'avait pas encore mis sa veste, qui était accrochée à une chaise. Il la contempla comme elle entrait dans la pièce et elle se demanda s'il comparait son apparence à celle de la jeune mariée qu'elle avait incarnée.

À moins qu'il ne l'imagine nue, dans ses bras.

— Tu es prête ?

— Plus que cela. J'attendais ce moment avec impatience.

Aller procéder à une arrestation dans un vieux pick-up moutarde n'avait peut-être pas le même panache que se présenter dans un SUV noir, mais au moins cela n'éveillerait-il pas les soupçons de Parker Stroud.

La vue des deux voitures de police et de la berline noire de Rogers et Ana l'alarmerait sans doute, mais comme la maison serait encerclée, Parker ne risquait pas de leur échapper.

En fait, ils durent sonner deux fois et attendre sur le

porche que Parker vienne répondre. Quand, enfin, la porte s'ouvrit, il apparut, l'air renfrogné, appuyé sur ses béquilles.

— Qu'est-ce que vous faites ici ? demanda-t-il, les sourcils froncés.

Laura lui présenta son badge.

— Parker Stroud, je vous arrête pour les meurtres de Viriginia Elgin, Herbert Baker, Gail Benito…

Elle lut les noms des autres personnes qui étaient mortes après avoir ingéré les *Stomach Soothers* empoisonnés. Elle aurait pu y ajouter ceux des victimes des explosions, mais l'équipe était encore en train de réunir les preuves.

Tandis qu'elle parlait, elle vit le visage de Parker se décomposer.

— Tournez-vous, les mains derrière le dos, dit Jace lorsqu'elle eut fini d'énumérer les charges qui pesaient contre Parker.

— Mais… Il doit y avoir une erreur, se défendit celui-ci d'une petite voix chevrotante qui évoquait plus un petit garçon effrayé qu'un assassin.

— Tournez-vous, répéta Jace.

Il obtempéra mais regarda Laura par-dessus son épaule.

— Je veux mon avocat.

— Vous pourrez l'appeler du poste de police. Vous avez le droit de garder le silence…

Elle lui récita ses droits puis fit signe aux policiers de venir le chercher. Ce ne fut que lorsqu'il les vit approcher que Parker émergea de son hébétude.

— Hé ! lança-t-il comme Laura se détournait, l'ayant confié aux deux policiers chargés de le conduire au poste. Qu'est-ce que ça veut dire, cette arrestation ? Vous êtes ma secrétaire.

— J'ai de multiples talents, répondit-elle avant de se diriger vers le pick-up.

Jace accéléra le pas pour venir se placer à sa hauteur.

— C'est exactement toi, ça... Polyvalente et talentueuse.

Ses paroles étaient chargées d'une chaleur si sexy qu'elle réveilla en elle ses instincts les plus primaires... et grilla probablement quelques synapses. Elle lui décocha un regard sévère auquel il répondit par un sourire malicieux qui fit encore grimper d'un cran sa température.

Tandis que les policiers embarquaient Parker, Laura et Ramirez rejoignirent Rogers qui avait commencé à perquisitionner le domicile de Parker. La résidence, dotée de quatre chambres avec salles de bains et dressings, était également équipée d'une salle de projection, d'un billard, d'une piscine et d'un spa. Enfilant des gants en latex, ils commencèrent par la chambre qui faisait office de bureau, passant au peigne fin tous les tiroirs, ouvrant tous les livres et les dossiers, regardant derrière chaque tableau.

Laura trouva la clé USB cachée dans une chaussure de ville tout au fond du dressing de la chambre principale. Elle la connecta à l'ordinateur portable sur place et sourit en voyant des colonnes de chiffres envahir l'écran.

— Bingo !

Elle pointa le doigt sur une colonne de chiffres affichés en rouge.

— Voilà pourquoi les livres de compte de Stroud Pharmaceuticals paraissaient bancals. Ce sont tous les endroits où les recettes et les dépenses ne correspondent pas. Gini Elgin a dû s'en apercevoir et établir le lien entre l'argent manquant et Parker.

— Mais pourquoi avoir conservé ces fichiers ? observa Jace.

— Tôt ou tard, la société aurait fait l'objet d'un audit financier. Les anomalies auraient été immédiatement repérées. Donc, je pense qu'il pensait s'en servir de base pour reconstruire les données afin de donner une image plus favorable de la situation financière de Stroud Pharma.

Surtout s'il entendait s'associer avec un concurrent ou vendre carrément la société.

— Steve Stroud avait peut-être vu juste, finalement, souligna Jace.

— C'est sans doute pour ça que Parker a posé la bombe dans son bureau, enchaîna Laura. Il a pris un gros risque en suivant son père... Mais il a dû se dire que cela écarterait les soupçons de sa personne.

Ramirez et Rogers les rejoignirent.

— On a passé toutes les pièces au crible, annonça Rogers. Pas de médicaments, mais on a quand même trouvé une boîte de graines de ricin au fond du placard de la cuisine.

— On fera venir une équipe pour examiner les murs et les plafonds demain, ajouta Ramirez. D'ici là, allons rendre une petite visite à Parker.

En voyant Parker, Jace eut l'impression de contempler un ballon de baudruche dégonflé. Tout s'était tassé, affaissé chez lui, de ses épaules à ses traits en passant par son aspect général. Il ne leva même pas les yeux lorsque Laura et Jace entrèrent dans la salle. Ils avaient décidé de l'interroger les premiers et, en fonction des résultats obtenus, de passer le relais à Ramirez et Rogers.

Un homme d'âge plus mûr, le visage orné d'une impressionnante moustache blanche qui ajoutait à sa prestance, se leva et se présenta comme étant Gerald Kirkbaum.

— Je salue votre détermination à vouloir trouver la personne responsable de ces morts tragiques, déclara-t-il. Mais il y a eu une terrible erreur. M. Stroud n'a rien à voir avec ces morts. Il n'avait aucune raison de commettre un acte aussi affreux.

Parker ne donnait pas l'impression d'être innocent, de

l'avis de Jace. Il n'avait même jamais vu quelqu'un avoir l'air aussi coupable.

— Nous pensons, au contraire, qu'il en avait une, dit Laura en tirant une chaise et en s'asseyant face à Parker. Nous avons un témoin qui nous a remis un livret bancaire où apparaît le compte secret sur lequel vous avez déposé l'argent que vous avez détourné de Stroud Pharmaceuticals. Ce même témoin vous a vu avoir une altercation avec Gini Elgin à ce propos et elle est prête à venir déclarer sous serment au tribunal qu'elle vous a vu dans le jardin, là où est planté du ricin. Du ricin… d'où est tirée la ricine, vous me suivez ? Je suis sûre que oui puisque nous avons retrouvé des graines de ricin dans votre placard.

— Merry ment, réfuta Parker, toujours sans lever la tête. Elle est furieuse parce que je ne veux pas l'épouser. Elle ment pour se venger.

— J'ai examiné les finances de l'entreprise, j'ai constaté l'existence de ce compte secret et j'ai vu les graines de ricin, assena Laura. Elle ne ment pas.

Elle se pencha en avant, les coudes sur la table.

— Combien avez-vous payé Leo Elgin pour ces bombes ? Pensiez-vous qu'en tuant votre père et votre mère vous hériteriez enfin de l'entreprise ? Que vous seriez libre de la gérer à votre guise ? Après tout, vous n'étiez plus à deux morts près. Vous aviez déjà six victimes à votre actif. Et puis, hein… votre père était déjà un peu ailleurs…

— C'est faux ! Je n'ai pas tué mon père !

Son cri résonna dans la salle.

— Je vais vous demander d'interrompre cet interrogatoire, intervint Kirkbaum. Parker, ne dites plus un mot.

Mais Parker s'était mis à sangloter, les larmes ruisselant le long de ses joues. Il tendit ses mains entravées vers Laura en manière de supplique.

— Je ne voulais tuer que Gini. Ça me faisait horreur…

Mais elle avait tout découvert, pour l'argent, et elle menaçait de prévenir ma mère. Mon père s'était déjà retiré des affaires et j'espérais finir par la convaincre de me laisser prendre les commandes.

— Donc, vous reconnaissez avoir mis la ricine dans les comprimés de *Stomach Soothers* pour tuer Virginia Elgin ? souligna Jace.

— Oui, murmura Parker d'une voix à peine audible, la tête entre les mains.

— Parker, je vous conseille de vous taire, conseilla Kirkbaum en se penchant vers son client.

— Je n'ai pas tué mon père, répéta Parker en relevant la tête. Pas plus que je n'ai tenté de tuer ma mère. Et je n'ai jamais acheté de bombe à Leo.

— Parlez-nous de la ricine. Vous saviez comment en fabriquer ?

— Non mais j'ai regardé sur Internet. J'étais au courant pour le ricin dans le jardin – Merry me l'avait montré en m'indiquant que c'était une plante très toxique. Elle s'y connaissait en jardinage et en botanique.

— Et dans combien de flacons en avez-vous mis ?

— Un plateau entier – douze. C'était le moyen le plus rapide de l'introduire quand les flacons passaient dans la remplisseuse. Je suis venu une nuit et ai mis moi-même la machine en route. J'ai coupé toutes les caméras. Ensuite, j'ai sorti le lot de la chaîne de production avant qu'il n'atteigne l'étape de l'expédition.

Il fronça les sourcils.

— Mais quelques flacons ont dû échapper à ma vigilance et se retrouver dans la ligne de distribution. J'ai mis un des flacons dans le bureau de Gini à la place de celui qu'elle gardait toujours là. Et puis… ensuite, il y a eu toutes ces morts.

Il se couvrit le visage de ses mains.

— Je n'ai jamais eu l'intention de tuer ces gens.

— Et qu'avez-vous fait des autres flacons du plateau ?

— Je les ai enterrés dans la cour arrière, chez ma mère. Près du barbecue… Je ne savais pas quoi en faire.

Jace jeta un coup d'œil à la vitre sans tain. Ramirez et Rogers allaient immédiatement envoyer quelqu'un les récupérer.

— Quand Merry a-t-elle découvert ce que vous aviez fait ? demanda Laura.

— Elle m'avait vu dans le jardin ce jour-là et elle m'avait vu auparavant me disputer avec Gini. Donc, je suppose que, quand Gini est morte, elle a compris.

— Elle vous faisait chanter, dit Laura.

Parker hocha la tête.

— Elle est venue me voir quelques jours après le décès de Gini. Elle n'a pas réclamé d'argent d'emblée. Elle a dit que, si nous nous mariions tout de suite, elle ne pourrait pas témoigner contre moi.

Personne ne prit la peine de lui signaler que ce n'était pas ainsi que fonctionnait le privilège du conjoint.

— Mais vous avez refusé, et le chantage a commencé.

— Je ne pouvais pas l'épouser. Jamais ma mère ne m'aurait cédé les rênes de la société si je m'étais ne serait-ce que fiancé à Merry. Et il fallait que je prenne le contrôle de l'entreprise. Donc, j'ai ménagé la chèvre et le chou : j'ai offert de lui verser les cinquante mille dollars par semaine en promettant de l'épouser sitôt que ma mère aurait signé les documents me plaçant à la tête de Stroud Pharmaceuticals. Ça ne lui a pas plu, mais elle voulait vraiment devenir Mme Parker Stroud…

— Elle vous aimait à ce point ?

— C'est surtout l'argent qu'elle aimait et l'idée de vivre dans le luxe, d'être courtisée par tous, de voir les gens se bousculer pour se lier d'amitié avec elle…

— Bien. Donc, d'après vous, deux jours après la mort de Gini, Merry vous savait déjà coupable, résuma Laura. Mais elle affirme l'avoir compris voilà seulement quelques jours.

— Vous n'avez qu'à vérifier si vous ne me croyez pas : j'ai effectué le premier versement le 4.

Cela concordait en effet avec les mouvements figurant sur le document bancaire que leur avait remis Merry.

Réfléchissant à toute vitesse, Laura se pencha vers lui.

— Merry pensait que vous l'épouseriez dès que vous auriez pris officiellement la relève de vos parents. Croyez-vous qu'elle ait pu… vouloir accélérer les choses ?

Jace vit au regard de Parker qu'il saisissait ce que cela signifiait.

— Elle m'a questionné sur Leo un jour, peu de temps après avoir découvert la vérité sur les comprimés empoisonnés. Je lui ai parlé de cette histoire de bombe, au lycée…

Il s'interrompit, s'humecta les lèvres avant de poursuivre :

— Je n'y ai pas prêté attention sur le moment mais, plus tard, Leo m'a dit que Merry était venue le voir, qu'elle s'était montrée particulièrement compréhensive et avait convenu avec lui que les Stroud – mon père et ma mère – n'étaient rien d'autre que des assassins.

— Quand vous a-t-il dit cela ?

— Nous nous sommes retrouvés un jour, au bord du lac, quelques jours après les funérailles de sa mère.

— Qu'en est-il de l'argent que vous lui avez donné ? demanda Laura.

— C'était pour couvrir les frais d'obsèques, déclara-t-il, l'air accablé. Merry a insisté pour le lui remettre elle-même, disant que Leo serait plus susceptible de l'accepter si c'était elle qui le lui apportait, qu'ils étaient amis désormais parce qu'ils savaient tous deux ce que c'était que d'être traités comme moins que rien par les Stroud.

Les pieds de la chaise de Laura raclèrent le sol comme elle se levait.

— Ce sera tout pour le moment.

Elle quitta la salle d'interrogatoire, Jace sur ses talons.

— Il faut qu'on mette la main sur Merry, déclara-t-elle en remontant rapidement le couloir.

— Tu crois que c'est elle qui a posé ces bombes ?

— Oui. Et tu as vu les lettres qu'elle a envoyées à Donna… Elle n'en a pas encore terminé.

19

Merry chargea sa deuxième grosse valise dans le coffre de sa voiture puis se mit au volant.

Les flics devaient penser qu'elle avait simplement volé le livret bancaire de Parker pour le leur remettre. Mais elle ne s'en était pas tenue là. Elle avait également mis la main sur ses mots de passe, et même sur les réponses aux questions secrètes qui faisaient partie des mesures de protection du compte. Grâce à ces informations, elle avait pu transférer une large part des dix millions de dollars sur son propre compte. Ç'avait été si facile… Un jeu d'enfant. Et, avec une somme pareille, qui se souciait encore des Stroud ? Pas elle, en tout cas !

Elle roula jusqu'au centre du bourg. Elle avait encore une dernière chose à faire avant de se rendre à l'aéroport.

Dans la chaleur oppressante de l'après-midi, le mobil-home paraissait encore plus minable que dans son souvenir. Elle se gara à l'ombre du catalpa, dont les feuilles en forme de cœur pointaient misérablement vers le bas, et remonta rapidement l'allée. Elle glissa sa carte de crédit entre la porte et le chambranle et, en un clin d'œil, la serrure de piètre qualité céda. Merry ne s'attarda pas plus de cinq minutes à l'intérieur. Sa méthode pour livrer ses petits cadeaux était désormais bien rodée.

Fredonnant tout bas, elle rejoignit sa voiture et enfonça la pédale d'accélérateur. Direction l'aéroport.

Quand Laura et Jace arrivèrent chez Merry, ce fut pour constater que sa voiture n'était pas dans l'allée. Ils firent le tour de la maison, tambourinèrent à la porte… Personne.

— Il faut forcer cette porte, décréta Laura en regardant Jace.

— Sans mandat de perquisition ? se récria-t-il, l'air choqué.

Elle ne répondit pas, se bornant à lui retourner un regard noir. Il recula, puis décocha un grand coup de pied juste au-dessus de la poignée, puis un deuxième. La porte alla cogner contre le mur.

— Je prends la chambre et la salle de bains, dit Laura, s'avançant déjà. Toi, le séjour et la salle à manger.

— J'adore quand tu es autoritaire, cria-t-il par-dessus son épaule.

Pas de Merry dans le séjour, mais, dans la salle à manger, il vit un papier blanc ouvert sur la table.

PLUS QUE DEUX. DEVINEZ QUI ?

— Laura ! J'ai trouvé !

Il appela Laura. Elle accourut. À peine eut-elle jeté un coup d'œil au mot qu'elle échangea un regard avec lui, puis se rua vers la porte.

— Prends le volant. Je préviens l'équipe pendant qu'on roule. Il faut que la police locale lance un avis de recherche. Nous, on fonce à…

— L'aéroport, acheva-t-il, sa voix à l'unisson de la sienne.

Merry s'engagea dans la voie du service de voituriers. Plus question de faire des économies. Elle tendit sa clé au guichetier, fit signe à un porteur de se charger de ses bagages en lui indiquant le nom de sa compagnie puis, contournant la foule de passagers qui attendait, elle se dirigea, la tête haute, vers le point d'enregistrement rapide de la première classe.

— Je vous souhaite un excellent vol, mademoiselle Winger.

Oui ! Elle n'aurait aucun mal à s'habituer à ce genre de service.

Dire que, pendant ce temps-là, Laura et Jace devaient être en train de régler son compte à Parker. Pour un peu, elle aurait ri tout haut.

L'imbécile. Fallait-il être bête pour s'imaginer pouvoir empoisonner des gens en toute impunité et, pis encore, aggraver son cas en tentant de la doubler !

Il n'en aurait pas été là aujourd'hui s'il l'avait épousée quand elle le lui demandait…

Une fois la porte d'embarquement franchie – non sans une légère appréhension, elle respira plus librement.

Quelques instants plus tard, installée sur son confortable siège de première classe, elle sirotait son champagne en pensant à l'avenir. Elle ferait ses courses le lendemain – un nouveau bikini, non, plusieurs bikinis et des vêtements adaptés à la vie sous les tropiques – puis elle irait voir une agence immobilière pour louer une belle villa, située dans un quartier chic et sécurisé.

Elle n'avait qu'un seul regret : ne pas pouvoir assister à l'émotion qui s'emparerait de Mayville quand les deux dernières bombes exploseraient. Leo s'était vanté d'avoir fabriqué six bombes pour elle mais elle lui avait promis de trouver la personne qui avait tué sa mère et de la faire payer. Cela, ajouté à la perspective de coucher avec elle, l'avait convaincu. Elle n'avait bien sûr jamais eu l'intention de tenir ce serment-là mais, cela, il ne l'avait pas su.

Les hommes étaient si crédules… Et si faciles à manipuler.

Pendant que les derniers passagers embarquaient, Merry se renfonça contre le dossier de son siège et ferma les yeux avec un soupir d'aise.

— Il y a cinq vols en partance dans les deux prochaines heures, annonça Laura à Jace tandis qu'ils entraient dans Yeager Airport.

Jace montra la photo de Merry sur son téléphone à un guichetier.

— Avez-vous vu cette femme ? demanda-t-il d'un ton pressant.

Le jeune homme étudia la photo et secoua la tête.

Jace et Laura s'étant partagé la tâche, il doubla rapidement la file d'attente d'un deuxième guichet sous les regards agacés des passagers.

— Je recherche cette femme, annonça-t-il en produisant son badge. Elle s'appelle Merry Winger mais pourrait s'être présentée sous un autre nom. L'avez-vous vue ?

Cette fois, l'agent écarquilla les yeux.

— Mais oui ! Elle vient d'embarquer il y a quelques minutes sur le vol à destination de Rio.

Jace le remercia et avertit Laura par texto tout en s'élançant vers la sécurité, où il lui demandait de le retrouver.

Quelques minutes plus tard, brandissant leurs badges, ils franchissaient la porte d'embarquement, hors d'haleine. Un membre de la police de l'air les attendait de l'autre côté, prévenu par la TSA, l'agence nationale de sécurité dans les transports.

— La passerelle a déjà été retirée, annonça l'homme. L'avion s'apprête à décoller.

— Eh bien, qu'ils la remettent en place, ordonna Laura.

— Et arrangez-vous pour ne pas éveiller les soupçons de la suspecte, ajouta Jace. Elle a déjà tué au moins trois personnes. Nous ne savons pas de quoi elle est capable si elle se sent prise au piège.

— D'accord, répondit l'homme. On va faire en sorte qu'elle ne se doute de rien.

— Mesdames et messieurs, ici votre commandant de bord. Notre appareil est retenu quelques minutes sur l'aire de stationnement. N'ayez aucune inquiétude, ce ne sera pas long ; il s'agit d'une simple procédure de précaution. Je vous remercie de votre compréhension.

Rouvrant les yeux d'un coup, Merry se redressa sur son siège, un peu anxieuse. Elle appela l'hôtesse.

— Que se passe-t-il ? J'ai une correspondance à Charlotte…

— Ne vous inquiétez pas, mademoiselle. Vous ne devriez pas la manquer. Le pilote a bien indiqué que ce ne serait pas long.

— Mais tout de même… L'avion s'apprêtait à rejoindre la piste ?

— Oh ! ça arrive souvent, vous savez, répondit l'hôtesse en haussant les épaules, l'air parfaitement serein.

— Ils remettent la passerelle, lança un passager de l'autre côté de l'allée.

— Je parie qu'il s'agit d'un VIP arrivé en retard, commenta un autre voyageur.

Il se passa quelques instants, puis une autre personne, le nez collé au hublot, de l'autre côté de l'allée, annonça :

— Ils sont deux – un homme et une femme – mais leurs visages ne me disent rien.

Deux ? Merry déboucla prestement sa ceinture et balaya la cabine du regard, cherchant une échappatoire.

Elle se leva et l'hôtesse de l'air se précipita vers elle.

— Madame, vous devez rester assise à votre place, avec votre ceinture.

Merry lui adressa un petit sourire d'excuse.

— C'est tout ce champagne…, plaida-t-elle. Il faut vraiment que j'aille aux toilettes.

— Je suis désolée mais vous devez patienter encore un peu, insista l'hôtesse en s'interposant pour lui bloquer le passage.

Au même instant, la porte s'ouvrit, livrant passage à Laura et Jace. Leur regard s'arrêta instantanément sur elle.

D'une brutale bourrade, Merry écarta l'hôtesse de son chemin et se rua dans l'autre direction.

— Arrêtez-la ! cria Jace.

Un homme essaya de lui couper la route, mais Merry lui échappa, l'envoyant tomber sur les genoux d'une passagère.

Quelqu'un d'autre lui saisit le bras. Merry se démena comme un beau diable pour se libérer… Trop tard.

Laura lui sauta dessus et la plaqua au sol.

— Merry Winger, vous êtes en état d'arrestation pour le meurtre de trois personnes ! proféra Laura d'une voix forte sous les yeux éberlués des passagers, dont certains filmaient la scène avec leurs téléphones.

Merry la fusilla du regard.

— Trois ? Ça veut dire que vous n'avez pas trouvé les autres bombes.

— Où sont-elles ? interrogea Jace.

— Comme si j'allais vous mâcher le travail…

Elle lui jeta un petit sourire suffisant.

— Ce sera tellement plus drôle de vous laisser le découvrir par vous-mêmes.

20

— Nous ne savons pas où se trouvent les deux bombes restantes, déclara Laura face à l'assemblée réunissant des membres de la DCT, de la police locale ainsi que les équipes d'assaut et de déminage du comté. Mais ce que nous savons, c'est que les trois précédentes ont explosé sur le site de Stroud Pharma. La quatrième, celle qu'elle avait posée chez elle, était un leurre, destiné à détourner les soupçons.

— Donc, elle a probablement posé la cinquième et la sixième également sur le site de l'entreprise, suggéra un membre de l'équipe d'assaut.

— À ceci près que l'usine est fermée jusqu'à nouvel ordre, intervint Ramirez. Donc, elles ne feraient aucune victime.

— Les deux premières bombes ont tué d'autres personnes, mais c'était Donna Stroud qu'elles visaient, reprit Laura. Il en va probablement de même de la troisième – celle qui a tué son mari, Steve Stroud.

— On peut donc raisonnablement penser que l'une des deux dernières sera destinée à Donna, enchaîna Jace.

— Exactement, continua Laura. Mme Stroud a déjà été évacuée de son domicile et mise en lieu sûr, sous protection policière. Une équipe est sur place, en train de fouiller la maison.

Laura promena son regard sur la petite assemblée dont les visages fermés et attentifs révélaient la tension. Chacun avait bien conscience que des vies étaient suspendues aux décisions qu'ils allaient prendre.

— Quelqu'un a-t-il une autre idée ?

— Je crois qu'on devrait aller voir Leo, proposa Ramirez. Merry a peut-être laissé échapper un détail qui pourrait nous mettre sur la voie et nous indiquer l'identité de la dernière cible.

Mentalement, Laura se reprocha de n'y avoir pas pensé.

— Excellente idée, déclara-t-elle. On fait ça.

Vingt minutes plus tard, Laura, Ramirez, Jace et Rogers se serraient dans une petite salle d'entretien, face à Leo Elgin.

Vêtu de la combinaison orange des prisonniers, ses cheveux trop longs pendant de part et d'autre de son visage, il semblait plus jeune que ses vingt-trois ans.

— Leo, commença Jace décidé à aller droit au but. Parker a été arrêté pour le meurtre de votre mère – il a reconnu avoir mis de la ricine dans les *Stomach Soothers*. Merry Winger dormira elle aussi en prison ce soir. C'est elle qui a posé les bombes…

Il marqua une pause.

— Mais, ça, vous le savez déjà, n'est-ce pas, Leo, puisque vous les avez fabriquées pour elle ?

Leo le dévisagea, l'air complètement déboussolé.

— Parker ? Mais… Mais pourquoi ?

— Il détournait l'argent de Stroud Pharma et votre mère s'en est rendu compte. Il l'a supprimée pour l'empêcher de parler. Mais pour l'instant, revenons à Merry Winger, Leo. On a un problème, avoua-t-il, décidant de ne pas y aller par quatre chemins. On sait qu'il reste deux bombes quelque part, prêtes à exploser, mais on ne sait pas où.

Leo les contempla tour à tour, l'air effaré.

— Je n'ai jamais pensé qu'elle s'en servirait vraiment. Elle m'avait promis de trouver l'assassin de ma mère, alors…

Il baissa la tête et se cacha le visage dans les mains.

Pendant quelques secondes, seuls ses sanglots rompirent le silence dans la salle. Laura ne le quittait pas des yeux, retenant son souffle.

Enfin, il releva la tête.

— Écoutez, je savais que j'avais tort de fabriquer ces bombes mais j'étais tellement en colère… Alors, quand Merry m'a proposé de m'aider…

— Mais pourquoi des bombes ? l'interrompit Rogers.

— Elle savait ce que j'avais fait, au lycée. J'ai bien essayé de lui dire que ce n'était qu'une stupide vengeance de gamin, qu'elle était fausse, mais elle a insisté, insisté. Et puis… elle m'a flatté. Elle était vraiment jolie et je me sentais si seul…

Il laissa sa phrase en suspens, secouant la tête.

— Puis Lydia est morte, et ensuite Angela… et je me suis senti affreusement mal. J'ai appelé Merry pour la supplier d'arrêter mais elle ne voulait pas. Elle m'a dit que je n'avais pas à m'inquiéter, que tout irait bien, qu'on partirait bientôt ensemble.

De nouveau, il secoua la tête.

— Elle a tout fait pour que je la croie.

— Leo, deux bombes n'ont pas encore explosé. Si vous savez où Merry les a placées…

— Je ne sais pas, dit-il en regardant Jace bien en face. Je le jure. Si j'en avais la moindre idée, je vous le dirais. Je ne…

Le téléphone de Laura vibra, signalant l'arrivée d'un SMS.

N° 5 désamorcé chez D. Stroud. Rien chez P. Stroud.

Elle releva les yeux au même moment que Jace qui, lui aussi, avait consulté son téléphone. Il soutint son regard comme pour lui signifier « On y est presque ».

— Nous devons partir, déclara-t-elle abruptement en se levant et en quittant la pièce.

Jace la rattrapa en courant dans le couloir.

— Pourquoi partir si vite ? Tu as pensé à quelque chose ?

— On ne tirera rien de plus de Leo. Il est toujours amoureux de Merry. Si elle arrivait maintenant et lui proposait de partir avec elle, il la suivrait sans hésiter.

— Je reconnais que c'est tordu, mais…

— Je viens juste de m'apercevoir que, dans cette affaire, l'amour a été beaucoup utilisé pour manipuler les autres. Merry s'est jouée de Leo, de Parker. Même Donna Stroud a refusé à son fils une plus grande participation aux décisions de l'entreprise en s'efforçant de minimiser l'état de son mari, tout ça par amour aussi, probablement.

— Donc, l'amour, ou l'idée distordue que certaines personnes s'en font, peut conduire les gens à mal se comporter, conclut Jace. Ça, on le savait déjà. Mais on sait aussi que l'amour vrai peut mener à des fins merveilleuses.

Il passa un bras autour de sa taille, l'attirant à lui. Elle se tourna vers lui, luttant contre l'angoisse qu'elle sentait monter en elle.

— Qu'est-ce qu'on va faire, une fois cette affaire terminée ? demanda-t-elle.

Il ne chercha pas à se dérober, ne lui demanda pas ce qu'elle voulait dire, ce dont elle lui sut gré.

— Je ne sais pas. Qu'en penses-tu, toi ?

— On ne fera plus semblant d'être mari et femme. On ne vivra plus sous le même toit, mais on continuera à travailler ensemble.

Il laissa passer quelques secondes.

— Je commençais à m'habituer à me réveiller tous les matins avec toi, à dîner avec toi tous les soirs, dit-il de sa voix basse, séductrice qui, habituellement, faisait battre son cœur.

Mais, cette fois, elle lui donna envie de pleurer.

— Je m'étais même habitué à tous ces légumes que tu persistes à vouloir me faire manger.

Elle se détacha de lui, éprouvant le besoin de prendre ses distances pour réfléchir.

— Les romances entre collègues, ce n'est pas une bonne idée.

— Rien ne les interdit dans le règlement, pourtant. Le Bureau se montre même très accommodant vis-à-vis de ses couples d'agents mariés.

— Qui parle de mariage ?

La panique la saisit à la gorge. Ce n'était pas à Jace Lovejoy, son mari de fiction qu'elle parlait, mais à Jace Cantrell, l'indomptable, téméraire et un peu trop sûr de lui, agent Cantrell qui n'hésitait pas à s'affranchir allègrement des règles pour parvenir à ses fins. Tout le contraire d'elle !

— Je ne cherche pas à te bousculer, s'empressa-t-il d'ajouter. Je souligne simplement que, si notre hiérarchie ne voit pas d'inconvénient à ce qu'un agent entretienne une liaison avec un collègue, il n'y a pas de raison que cela nous pose problème, à nous.

— Je ne peux pas discuter de ça maintenant.

Quelque chose passa dans le regard de Jace et elle se cuirassa, prête à livrer une joute verbale. Peut-être était-ce cela qu'elle avait recherché, au fond ? Provoquer une dispute qui aboutirait à la rupture. Au moins cela aurait-il prouvé qu'elle ne pouvait pas compter sur un homme comme lui.

— D'accord, dit-il posément. On ne parle pas maintenant, mais il faudra qu'on parle plus tard.

L'arrivée de Ramirez et Rogers lui évita d'avoir à répondre.

— Il faut qu'on se procure la liste des employés de Stroud Pharma, déclara Ramirez. On se disait que la prochaine cible doit se trouver parmi eux. Vous en aviez une, tous les deux, non ?

— Si, répondit Laura. Elle est sur mon ordinateur, au mobil-home. Je vais la chercher.

— Je t'accompagne, dit Jace.

— Non, tu restes ici, répondit-elle sans tourner la tête vers lui, le regard fermement arrimé sur les deux autres de peur de trahir les émotions qui se livraient bataille en elle. Rogers et toi, Ana, vous devriez aller voir Merry, voir si vous pouvez en tirer quelque chose. Jace peut vous aider.

— Entendu, acquiesça Ramirez. C'était justement notre intention.

Laura se mit en route avant que Jace ait pu faire valoir son point de vue. Tout ce qu'elle voulait, c'était un peu de temps loin de lui pour se ressaisir. Elle avait besoin de se recentrer sur l'affaire, hors de la présence de l'homme qui avait mis sa vie sens dessus dessous.

Jace regarda Laura s'éloigner. Juste au moment où il pensait avoir enfin fait tomber les remparts derrière lesquels elle se protégeait, voilà qu'elle s'escrimait à les réédifier.

— Allez, en route, dit Ramirez. Allons cuisiner Merry.

Mais, lorsqu'ils entrèrent dans la salle d'interrogatoire, celle-ci les toisa, l'air presque goguenard au lieu de paraître effrayée, ainsi que Jace s'y était attendu.

— Laura n'est pas venue ? s'enquit Merry, plissant les yeux.

— Elle est occupée ailleurs, répliqua Jace.

— Elle ne voulait pas m'affronter, c'est ça ? reprit Merry.

— Si vous préférez qu'elle soit présente, je peux l'appeler, intervint Ramirez.

— Sûrement pas, protesta Merry en agitant la main d'un geste dédaigneux, comme si elle chassait une mouche. Je ne l'ai jamais aimée. Pourquoi voudrais-je qu'elle soit là maintenant ?

Ana s'assit en face de Merry tandis que Jace restait debout, près de la porte.

— Parlez-nous des bombes, Merry, commença-t-elle lorsqu'elle eut indiqué la date et l'heure du début de l'interrogatoire et appuyé sur le bouton Enregistrer. Et, d'abord, pourquoi avoir opté pour des bombes ?

— Une bombe, on ne peut pas l'ignorer ni faire comme si c'était un accident. Une erreur. Une bombe, ça a du sens.

— Quel sens ? Qu'est-ce que ça veut dire ?

— Je suis là et bien là, et vous allez devoir compter avec moi.

— Qui vous ignorait, Merry ? continua calmement Ramirez.

— Les Stroud, évidemment. Ils ne me jugeaient pas assez bien pour leur fils adoré, tellement parfait.

Elle ricana.

— Je me demande si Donna le trouve toujours aussi parfait maintenant qu'elle sait que c'est un assassin.

— On a trouvé la cinquième bombe dans la voiture de Donna, assena Ramirez. Elle a été désamorcée.

Merry fronça les sourcils mais se tint coite.

Jace, qui l'observait attentivement, questionna :

— Où est la sixième, Merry ?

Elle porta les yeux sur lui, l'air faussement chagriné.

— Oh. Vous n'avez pas deviné ? C'est dommage…

Une expression amusée se peignit furtivement sur ses traits.

— Rassurez-vous, ça ne tardera plus.

Jace se figea. Ramirez posa une autre question mais cette expression satisfaite, méprisante demeurait imprimée sur sa rétine. Merry avait le sentiment d'avoir réussi son coup.

Mais lequel ? Se venger de quelqu'un qu'elle n'aimait pas ?

Il tourna les talons et quitta la pièce, sortant son téléphone tandis qu'il marchait. Il pianota rapidement sur son clavier un texto à Laura.

Reviens. N'entre pas dans le mobil-home ! SOUS AUCUN PRETEXTE.

Il courait maintenant mais il se souvint subitement que Laura avait pris le pick-up. Il apostropha un policier.

— Donnez-moi vos clés ! Il me faut une voiture. C'est une urgence !

Le policier plongea la main dans sa poche et lui tendit un trousseau.

— C'est le Nissan Rogue bleu, dans le parking.

Il roula à tombeau ouvert, gyrophare allumé et sirène hurlante, tout en appelant Laura.

— Allez, réponds… *Réponds !*

Mais il entendit la messagerie vocale se déclencher. Il raccrocha et recommença.

Il était à huit cents mètres du mobil-home quand, enfin, elle décrocha.

— Laura ! Où es-tu ? cria-t-il en prenant un virage sur les chapeaux de roues.

Les deux roues de droite chassèrent, mordant sur le bas-côté, mais il ne ralentit pas.

— J'arrive au mobil-home… Attends une seconde.

— N'entre pas ! lança-t-il. Je crois que la dernière bombe est à l'intérieur.

Mais il remontait déjà l'allée à fond de train, le Nissan tressautant sur les ornières.

Elle le regarda jaillir hors de la voiture et courir vers elle. Il la serra contre lui.

— Bon sang, j'ai failli arriver trop tard.

Sa voix se brisa et il sentit les larmes rouler sur ses joues mais il s'en moquait. Il plongea son regard dans celui de Laura.

— J'ai failli te perdre.

— Je suis là.

Elle prit son visage entre ses mains et l'embrassa. Un baiser si tendre, si réconfortant qu'il pria le Ciel qu'il ne finisse jamais.

Quelques minutes plus tard, ils étaient rejoints par le policier à qui il avait emprunté le véhicule, flanqué de Rogers et Ramirez ainsi que d'une équipe de déminage dotée d'un berger allemand qui marqua immédiatement l'arrêt sur le seuil du mobil-home.

— Il y a bien une bombe ici ! leur lança son maître engoncé dans sa lourde tenue de protection. Dégagez le secteur.

Lorsqu'ils repartirent, Laura insista pour prendre le volant. Si secouée qu'elle soit, elle l'était moins que Jace. Contrairement aux autres, elle ne reprit pas le chemin du poste de police mais se dirigea vers le lac au bord duquel ils avaient épié Leo et Parker. Se pouvait-il qu'il ne se soit passé que dix jours depuis lors ? Elle avait l'impression que c'était il y a une éternité !

Elle se gara dans le parking et coupa le moteur. Ils demeurèrent assis un moment en silence dans la brise tiède qui filtrait par les vitres ouvertes.

— Cette fois, c'est terminé, dit finalement Jace. On va pouvoir rentrer à Knoxville et retrouver notre vie normale.

Oui… À ceci près que sa vie à elle ne serait plus jamais comme avant. Elle déboucla sa ceinture et se tourna vers lui.

— Tu sais, ce que tu m'as dit, à propos de nous ? Des couples.

— Oui ?

— J'ai envie d'essayer. Quand je t'ai vu accourir vers moi au mobil-home… Personne ne m'avait jamais regardée de cette façon – comme si j'étais ce que tu avais de plus précieux au monde.

— C'est parce que c'est le cas, Laura.

Il se libéra lui aussi de la ceinture de sécurité et lui fit face. Elle tendit les lèvres, prête à recevoir son baiser, mais il se borna à repousser tendrement les cheveux de son front.

— Je t'aime, Laura Smith. J'aime le fait que tu respectes les règles parce que tu as compris combien tout peut rapidement partir en vrille. J'aime que tu sois d'une détermination inébranlable sans pour autant être téméraire. Et, par-dessus tout, j'aime que tu aies le cran de t'ouvrir à de nouveaux horizons, même si cela t'oblige à sortir de ta zone de confort.

Elle enroula les bras autour de son cou.

— Sortir de ma zone de confort avec toi… Je trouve ça très agréable.

— Je m'en souviendrai, souffla-t-il en abaissant sa bouche vers la sienne.

Elle l'arrêta.

— Qu'y a-t-il ?

— Moi aussi, je t'aime, Jace. Je n'ai encore jamais dit ça à personne. Pas même à mon père. Tu trouves ça étrange ?

Ses yeux se rétrécirent.

— Non, répondit-il, la voix enrouée par l'émotion. Je suis juste honoré d'être le premier.

Il l'embrassa et elle s'abandonna tout entière à son baiser, plongeant avec délice dans cet océan d'émotion qui l'effrayait un peu, l'excitait et la remplissait d'un bonheur qu'elle n'aurait jamais cru possible.

Retrouvez prochainement,
dans votre collection

BLACK ROSE

Au piège des apparences, de Lena Diaz - N°677

LES JUSTICIERS - 4/4

Menotté, brutalisé, accusé d'un crime qu'il n'a pas commis... Alors qu'il vient de se réveiller près du corps sans vie de son ancienne fiancée, Mason Ford a bien du mal à contenir sa rage. Comment lui, le justicier, le défenseur des plus faibles, a-t-il pu tomber dans un piège aussi grossier ? Et comment prouver son innocence, quand tout l'accuse et que même Hannah Cantrell, la troublante analyste de la police, met sa parole en doute ?

Le secret de Black Canyon, de Cindi Myers

D'une voix hésitante, Cara énonce à Jason Beck, ranger dans le parc de Black Canyon, les raisons pour lesquelles elle est venue le trouver. Peut-être, comme il le suggère, aurait-elle mieux fait de s'adresser à la police pour signaler la disparition de son patron ? Mais c'est dans ces montagnes qu'il a disparu. Et, si quelqu'un peut le retrouver, c'est sans aucun doute cet officier athlétique, au regard franc et volontaire...

Un protecteur très séduisant, de Carla Cassidy - N°678

Fatiguée de fuir son ex-mari, violent et possessif, Ainsley s'est installée dans une petite ville du Kansas avec Melinda, sa fillette de huit ans. Mais, alors qu'elle reprend peu à peu goût à la vie, elle reçoit une lettre et un colis contenant une menace à peine déguisée. Désespérée, elle se confie à Hunter, le shérif adjoint de la ville, qui promet de la protéger et de traquer le psychopathe qui a juré sa perte...

La menace en embuscade, de Danica Winters

Épaules larges, cheveux noirs, yeux sombres. Attirant et dangereux... Qui est cet homme qui vient, sous les yeux de Kate, d'échapper aux tirs d'un sniper en pleine rue ? Mais qu'importe son identité, en tant qu'agent du FBI, la priorité de Kate est de retrouver le tireur. Plus tard, elle interrogera le mystérieux inconnu et tentera de comprendre pourquoi on a cherché à l'éliminer...

Retrouvez prochainement,
dans votre collection

BLACK ROSE

Disparue sans laisser de traces, de Paula Graves - N°681

Comment ses ennemis ont-ils réussi à la retrouver ? Après avoir quitté la CIA, Tara a pourtant tout fait pour effacer ses traces. Mais désormais elle doit fuir. Vite, et loin. Et convaincre Rick Cooper, l'homme qu'elle aime, de ne pas chercher à l'aider. Car Rick ignore tout de son ancienne vie...

Un dangereux huis clos, de Rachel Lee

Les montagnes du Wyoming, à perte de vue... Skylar a découvert l'endroit idéal : dans ce décor de rêve, elle pourra s'adonner à sa passion, la peinture. Et, peut-être, oublier le chagrin qui la ronge depuis que son fiancé l'a abandonnée. De bonnes résolutions qu'un inconnu réduit en cendres quand il vient la trouver pour lui ordonner de quitter la région...